CRIME ET COUCHES-CULOTTES

DU MÊME AUTEUR

Alors, heureuse ?, Belfond, 2002, et Pocket, 2004
Chaussure à son pied, Belfond, 2004, et Pocket, 2006
Envies de fraises, Belfond, 2005

JENNIFER WEINER

CRIME ET COUCHES-CULOTTES

Traduit de l'américain
par Laure Manceau

belfond
12, avenue d'Italie
75013 Paris

Titre original :
GOODNIGHT NOBODY
publié par Atria Books, New York.
Édition publiée en accord avec Linda Michaels Limited,
International Literary Agents.

Ce livre est une œuvre de fiction. Les noms, les personnages, les lieux et les événements sont le fruit de l'imagination de l'auteur ou utilisés fictivement. Toute ressemblance avec des personnes réelles, vivantes ou mortes, des événements ou des lieux serait pure coïncidence.

Si vous souhaitez recevoir notre catalogue
et être tenu au courant de nos publications,
vous pouvez consulter notre site internet,
www.belfond.fr
ou envoyer vos nom et adresse
aux Éditions Belfond,
12, avenue d'Italie, 75013 Paris.
Et, pour le Canada,
à Interforum Canada Inc.,
1055, bd René-Lévesque-Est,
Bureau 1100,
Montréal, Québec, H2I 4S5.

ISBN 2-7144-4239-0

À Frances Frumin Weiner

« Dans ces banlieues, toutes les épouses étaient aux prises avec la même question. Tandis qu'elles faisaient les lits ou les courses, choisissaient des housses de coussin assorties aux rideaux, mangeaient des sandwichs au beurre de cacahuète avec leurs enfants, conduisaient les louveteaux au club scout, se couchaient le soir à côté de leur mari, elles avaient peur de se demander : "Est-ce là toute ma vie ?" »

Betty FRIEDAN, *The Feminine Mystique*

« Paresseuse oiselle qui couvait un œuf, Mayzie soupira :
"Je suis fatiguée, j'en ai assez
D'être assise là jour après jour,
J'ai des fourmis dans les pattes.
Je déteste ce travail !
Je préférerais jouer, moi !
Si quelqu'un prenait ma place dans mon nid,
Je m'envolerais loin, loin d'ici...
Oui, si je trouvais quelqu'un, je m'envolerais – libre..." »

Dr SEUSS, *Horton Hatches the Egg*

« J'ai fait un rêve et dans ce rêve
J'allais dans une petite ville
Et toutes les filles dans cette ville
S'appelaient Betty. »

Laurie ANDERSON, « Smoke Rings »

PREMIÈRE PARTIE

Une bonne mère

1

« Ohé ! »

Je frappai à la porte de chez Kitty Cavanaugh puis insistai sur le heurtoir en cuivre.

« Y a quelqu'un ?

— Maman, je peux appuyer sur la sonnette ? me demanda Sophie sur la pointe des pieds.

— Non, c'est mon tour ! » intervint Sam en cognant du bout de ses baskets les citrouilles alignées sur le perron.

Nous n'étions qu'à une semaine d'Halloween, et nous n'avions fini notre citrouille que depuis la veille. Son sourire était tout de travers, et le côté droit avait commencé à pourrir et s'était affaissé dans la nuit. On aurait dit qu'un sadique avait eu une crise cardiaque et s'était écroulé devant chez nous. Quand j'avais allumé la bougie, les enfants s'étaient mis à pleurer.

« Non, c'est à moi ! dit Jack en poussant son frère son cadet de trois minutes.

— Mais arrête de me pousser ! cria Sam en le bousculant.

— Du calme ! D'abord Sophie, après Sam et après Jack. »

Deux diplômes en littérature anglaise, une carrière à New York, pour me retrouver devant la maison d'une femme que je connaissais à peine, dans une banlieue du Connecticut, mal coiffée et sapée comme l'as de pique, avec trois chamailleurs de moins de cinq ans. Comment en étais-je arrivée là ? J'étais incapable de me l'expliquer. Comme de tomber enceinte des jumeaux alors que Sophie n'avait que sept semaines, conséquence d'un moment d'égarement dont je me souvenais tout juste.

Le bras étiré de tout son long, Sophie appuya sur la sonnette. Une fossette creusa sa joue gauche lorsqu'elle jeta à ses frères un regard supérieur qui signifiait : *C'est comme ça qu'on fait.* Personne ne vint ouvrir. Je regardai ma montre. Avais-je mal compris Kitty ? Elle avait appelé mercredi soir, pendant que les garçons prenaient leur bain et que Sophie, assise sur les toilettes, attendait son tour en se barbouillant de rouge à lèvres. Accroupie devant la baignoire, le tee-shirt trempé, je récurais leurs ongles tout en m'abandonnant à l'une de mes rêvasseries préférées, celle où deux hommes venaient frapper chez moi. Qui étaient-ils ? Des officiers de police ? Des agents du FBI ? Je n'avais jamais éclairci le mystère.

Le plus jeune portait un costume beige et une petite moustache blonde bien taillée ; le plus vieux était en costume noir et avait les cheveux ramenés sur le côté pour cacher sa calvitie. C'est lui qui parlait. *Nous avons commis une erreur*, il disait, avant de préciser que, en raison d'un pépin technique – que je n'avais pas cherché à approfondir (cauchemar ? univers parallèle ?) –, je vivais avec les enfants d'une autre femme une existence qui n'était pas la mienne. *Vraiment ?* je demandais, en prenant soin de cacher ma joie. Puis une femme – récemment, elle apparaissait sous les traits de la fille qui joue dans la pub Swiffer – se postait entre eux, mains plantées sur les hanches. *Ah, vous voilà, petits galopins !* disait-elle aux enfants. Puis, à moi : *Je suis désolée pour le dérangement. Ce n'est rien*, répondais-je de bonne grâce. Et alors, elle ajoutait…

« Téléphone. »

Je levai les yeux. Sur le seuil de la salle de bains se trouvait mon mari, sacoche dans une main et téléphone dans l'autre. Si ce n'était du mépris que je lisais dans son regard, ce devait être son cousin germain. Je me rendis compte avec consternation que les éclaboussures du bain des enfants étaient la seule toilette que j'avais faite ce jour-là.

Je tendis une main savonneuse vers le combiné.

« Tu peux les surveiller une minute ?

— Laisse-moi juste le temps d'enlever ce costume », répondit-il en disparaissant au bout du couloir.

Traduction : *Je reviens dans une heure*. Je réprimai un soupir et coinçai le combiné sous mon menton.

« Allô ?

— Kate ? Kitty Cavanaugh, à l'appareil. Je me demandais si vous étiez libre vendredi pour déjeuner ? »

Trop décontenancée pour articuler un « Bien sûr » ou un « Tout à fait », je lui répondis « Bien fait ! » La gaffe. D'autant plus que déjeuner avec Kitty Cavanaugh ne figurait pas vraiment dans mes priorités. Elle représentait tout ce que je détestais dans cette ville où je venais d'emménager.

Je me souviens de la première fois où j'ai vu Kitty. Après une matinée à défaire des cartons, j'avais emmené les enfants au parc dont nous avait parlé notre agent immobilier. Je ne m'étais pas lavé les cheveux depuis trois jours et mes boucles brunes étaient en piteux état, mais je m'étais dit que les autres mères avaient dû en voir d'autres. Sauf qu'en franchissant le petit portail blanc de l'aire de jeux nous sommes tombés sur quatre super-mamans, assises sur un banc en bois, près du jeu de bascule : même teinte de rouge à lèvres, toutes d'apparence très soignée, brushing impeccable. En mères professionnelles, chacune portait à l'épaule un sac à langes en soie à motif cachemire, prête à dégainer le bon ustensile au moindre incident.

« Bonjour ! »

Ma voix ne trouva pour écho que le grincement des balançoires.

Elles observèrent ma tenue (pantalon large taché de sirop, baskets éclaboussées de peinture, un tee-shirt à manches longues gris délavé de mon mari par-dessus lequel j'avais mis un des miens, violet, à manches courtes), mes cheveux en bataille, mon visage non maquillé, mon ventre et mes cuisses que j'avais l'intention de remodeler depuis deux ans, puis, enfin, mes enfants. Jack avait l'air correct, mais Sam suçotait furieusement sa tétine préférée, qu'il n'avait pas utilisée depuis des mois. Quant à Sophie, elle avait enfilé un tutu par-dessus son bas de pyjama.

Miss Muscle – la blonde assise au milieu, vêtue d'un pantalon couleur fauve et d'une veste en mouton – nous adressa un demi-sourire. Son nom, apprendrais-je plus tard, était Lexi Hagen-Holdt, et elle ressemblait exactement à ce qu'elle était : une ex-championne de foot et de hockey, qui avait travaillé en tant que prof de sport avant de se marier et qui avait commencé à s'entraîner pour un triathlon six semaines après avoir mis le petit Brierly au monde.

La brune à côté d'elle avait des cheveux fins très lisses qui lui tombaient jusqu'aux épaules et des sourcils parfaitement épilés teints de la même couleur ; elle nous fit un vague signe de la main. Sa bouche se déforma, comme si elle avait mangé quelque chose d'amer. C'était Sukie Sutherland, en jean et bottes en daim pointues à talons hauts – le genre de tenue que ma copine Janie aurait portée pour sortir en boîte et que moi je n'aurais tout simplement jamais tentée.

« Bonjour ! » nous lança la rousse, en pull couleur citrouille et jupe longue dans les tons rouge et or. Carol Gwinnell portait des boucles d'oreilles en forme de clochettes qui carillonnaient et des mules mauves à sequins. Son mari dirigeait le service des litiges dans l'un des cinq plus grands cabinets d'avocats de New York. Carol, Rob et leurs deux fils vivaient dans une très belle maison et avaient une résidence secondaire à Nantucket, ce qui, j'imagine, lui donnait le droit de s'habiller comme pour un concert de Stevie Nicks si ça lui chantait.

Enfin, la quatrième femme daigna nous approcher. Elle s'accroupit avec grâce face à mes enfants et leur demanda à chacun son prénom. Elle avait relevé ses cheveux châtain foncé et brillants en queue-de-cheval, ce qui dégageait son joli visage : des lèvres pleines, un nez fin, des pommettes hautes et un petit menton. Étant donné sa couleur de cheveux et son teint mat, je m'étais attendue à ce qu'elle ait les yeux marron, mais ils étaient bleu marine, presque violets. Couleur pensée.

« Et moi je m'appelle Kitty Cavanaugh, dit-elle à mes enfants. Moi aussi, j'ai des jumeaux. Enfin, des jumelles.

— Kate Klein », répondis-je en pensant *Ne vous avisez pas de tomber dans le panneau, petits monstres.*

Trop tard. Mes enfants étaient sous le charme. Déjà, les garçons me lâchaient la jambe en lui souriant timidement tandis que Sophie la dévisageait, l'air émerveillé.

« Ce que vous êtes belle ! » s'exclama-t-elle.

La dernière fois que Sophie m'avait regardée avec autant d'insistance, elle m'avait dit que j'avais un poil qui me poussait au menton.

Sourire figé, je dressais dans ma tête une liste de choses à faire : me dégoter une veste en daim bien coupée ; dénicher l'adresse où ces femmes s'étaient fait couper les cheveux, blanchir les dents et épiler les sourcils ; et essayer de localiser des mères aussi débordées, négligées et ramollies que moi, quitte à traverser les frontières de l'État pour les trouver.

Elles reprirent leur conversation, qui semblait concerner le nombre d'élèves par classe dans les écoles privées de la ville. Trois après-midi au parc, vingt minutes à écouter Sukie parler de la réorganisation de sa buanderie et un petit tour chez le coiffeur avaient été nécessaires avant que Kitty et moi n'ayons une « vraie » discussion : quel genre de gâteau devais-je préparer pour la kermesse annuelle de la Cabane rouge, le jardin d'enfants ? « Pas de noix, d'aucune sorte, et pas de produits laitiers », m'avait-elle répondu. J'avais acquiescé humblement en me retenant d'ajouter : « Pourquoi pas de la coke, alors ? C'est bien, la coke, non ? »

Au cours de notre deuxième conversation, j'eus moins de succès. C'était un après-midi d'été, nous étions près des balançoires. Kitty portait une robe en lin rose, simple et bien coupée, et moi un pantalon pas très net et un débardeur en coton. Comme d'habitude, je me sentais trop grosse, décalée, pas à ma place. *C'est à cause de cette ville*, je m'étais dit, tirant sur l'élastique de mon pantalon d'une main et poussant Sophie de l'autre. À New York, il m'arrivait de me faire siffler par un peintre en bâtiment, ou d'être matée par un type dans la rue. Cent kilomètres plus loin, j'étais devenue une baleine mal fagotée.

Je rêvais à voix haute, lui parlais des vacances que je ne prendrais sûrement jamais, de la brochure d'une agence de voyages que j'avais feuilletée dans la salle d'attente de mon gynéco. Une station balnéaire avec bungalows, terrasses et piscines individuels, papayes et ananas frais tous les matins…

« Et on peut amener les enfants ? m'avait-elle demandé.

— Pourquoi vouloir faire une chose pareille ?

— Phil et moi, on emmène les filles partout où on va. Jamais je ne partirais sans elles. Jamais.

— Jamais jamais ? avais-je répété, peut-être un peu trop sarcastique. Même pour aller au ciné un vendredi soir ? Ou au restaurant ? Ou même pour boire un café ? »

Elle avait secoué ses magnifiques cheveux en me souriant d'un air suffisant.

« Non. Jamais. »

Je lui avais souri en retour, avais arraché Sophie de la balançoire, bredouillé un « Bon week-end » (avant de me rendre compte qu'on était mardi), fait grimper les enfants dans le minivan, glissé un DVD dans le lecteur, monté le son, et répété le mot « tarée » jusqu'à la maison.

Depuis lors, Kitty et moi nous disions bonjour de loin quand nous nous croisions au parc ou au rayon laitier du supermarché. Et c'était très bien comme ça. Inutile que ça aille plus loin. Pourtant, j'avais accepté son invitation à déjeuner. J'aurais dû réfléchir avant de dire oui. J'étais la reine, pour ce genre de chose. C'est d'ailleurs comme ça que je me retrouvais à vivre en banlieue avec trois gamins sur les bras.

« Je crois que nous avons un ami commun, m'annonça Kitty au téléphone.

— Vraiment ? Qui donc ? »

L'espace d'un instant, j'étais sûre qu'elle allait me répondre « Jésus » et que j'allais avoir droit à un monologue de vingt minutes sur sa relation personnelle avec le Sauveur. Et qu'ensuite elle allait essayer de m'embrigader.

Mais Kitty répondit à ma question par une autre.

« Vous étiez journaliste, n'est-ce pas ?

— Oh, c'est un bien grand mot… Je travaillais au *New York Night*, je couvrais les cures de désintox des vedettes. Pas vraiment du journalisme d'investigation, si vous voyez ce que je veux dire… Pourquoi ? »

Je m'attendais à tout. Écrire le bulletin de la crèche ? Peaufiner la carte de vœux des Cavanaugh ? (« Chers amis, nous espérons que vous vous portez au mieux en cette saison de réconfort et de joie. Ce fut une année bénie pour le clan Cavanaugh… »)

« En fait, il y a quelque chose… », commença-t-elle.

Au même moment, Sam mit la tête de Jack sous l'eau.

« Maman, il est en train de noyer le bébé », commenta Sophie depuis son trône, où elle se faisait un chignon. Je me penchai pour relever Jack. Il crachait, Sam pleurait, et Kitty me dit qu'on parlerait de tout ça vendredi.

Enfin, il me semblait bien qu'elle avait dit vendredi. Je soufflai un bon coup et redonnai quelques coups de heurtoir. Sous le ciel sans nuages, la maison des Cavanaugh était drôlement pimpante. Les haies étaient taillées, les feuilles mortes ratissées, les vitres étincelaient, et dans les jardinières des compositions de douces-amères et de citrouilles miniatures s'accordaient joliment à la guirlande de piments rouges séchés qui ornait la porte. Je frappai à nouveau, plus fort cette fois-ci, et la porte s'ouvrit toute seule.

« Ohé ? » appelai-je dans l'entrée obscure.

Pas de réponse… Mais, au bout du couloir, j'aperçus une lueur provenant de la cuisine. Et il y avait de la musique, un des *Concertos brandebourgeois*, certes plus édifiant que les airs de polka dont mes enfants raffolaient.

« Kitty ? Vous êtes là ? »

Toujours rien. Un coup de vent envoya quelques feuilles valser sur le parquet. Je commençais à avoir un mauvais pressentiment. J'appelai les renseignements depuis mon portable et demandai la résidence des Cavanaugh au 5, Folly Farm Way.

L'opératrice me mit en relation. Dans la maison, la sonnerie du téléphone retentit. Une fois… deux fois… trois fois…

« Y a personne », chuchota Sophie en sautillant sur place.

Je remarquai que ses baskets roses n'allaient pas très bien avec sa salopette orange.

« Attends… Ohé ? » répétai-je.

Toujours rien.

« Maman ? »

Sophie me prit la main. Les garçons, fronçant les sourcils, échangèrent un regard, la bouche tordue par la même moue inquiète. Ils avaient la même bouille ronde creusée de fossettes et une peau d'albâtre qui rougissait dès qu'ils avaient chaud ou à la moindre contrariété. Leurs longs cils projetaient des ombres en épi sur leurs joues rebondies, et leurs frisettes brunes étaient si adorables que j'avais pleuré à leur première visite chez le coiffeur... et à la deuxième... et aussi à la troisième. À la différence de ses frères, Sophie était grande et dégingandée, elle avait la peau mate de son père, et des cheveux fins qui avaient plus tendance à faire des nœuds que des frisettes.

« Ne bougez pas. Restez là. Sur le perron. Sur les citrouilles, leur dis-je, dans un élan d'inspiration. Faites les statues sur les citrouilles jusqu'à ce que je revienne. Et ne fermez pas la porte ! »

Sophie avait dû comprendre qu'un truc clochait.

« Je surveille les petits.

— On n'est pas petits ! s'écria Jack, les poings serrés.

— Soyez sages », leur ordonnai-je.

Je retins mon souffle et me décidai à entrer. Les Cavanaugh avaient le même modèle de maison que nous, la Montclaire (six chambres, cinq salles de bains, parquet à tous les étages). Dans notre quartier, presque tous les investisseurs étaient italiens, la plupart des résidents étaient juifs, et pourtant les maisons portaient des noms qui évoquaient des membres du Parlement britannique. De toute évidence, personne n'aurait acheté un modèle appelé la Lowenthal ou la Delguidice, mais s'il s'agissait de la Carlisle ou de la Bettencourt les gens faisaient la queue, prêts à signer un gros chèque.

Sur la pointe des pieds, j'entrai dans la cuisine, où résonnaient les notes solennelles du violoncelle et le tic-tac de la vieille horloge. Pas de vaisselle dans l'évier, pas de journaux sur le plan de travail, pas de miettes sur la table, et aucune trace de la maîtresse de maison. Je baissai alors les yeux.

« Ô mon Dieu ! » soufflai-je en portant la main à ma bouche.

Je m'agrippai au comptoir pour ne pas m'écrouler. Kitty avait adopté les mêmes matériaux que Ben et moi avions choisis : carrelage en granit, parquet en érable, portes-fenêtres en bois clair à tout petits carreaux qui donnaient sur le jardin. Il y avait un réfrigérateur énorme et la même cuisinière que chez nous. Entre les deux gisait Kitty Cavanaugh, face contre terre, la lame d'un couteau de boucher en acier inoxydable longue de vingt centimètres plantée entre les omoplates.

Je me précipitai vers elle et m'agenouillai dans une mare de sang gluant et froid. Elle était étendue poings sur les hanches, son chemisier blanc souillé de marron foncé. Je fus prise de vertiges quand je me penchai sur elle, j'eus même un haut-le-cœur en touchant ses cheveux poisseux mais tirai sur le manche du couteau.

« Kitty ! »

J'avais vu assez de séries policières pour savoir qu'il ne fallait toucher à rien, mais c'était comme si je flottais hors de mon corps, incapable d'interdire à mes mains de saisir Kitty par ses frêles épaules pour la serrer dans mes bras. La musique allait crescendo, cordes et instruments à vent résonnaient dans l'air immobile, et d'un coup sa poitrine s'affaissa dans un horrible craquement. Je relâchai mon étreinte. Le choc de son corps contre le sol émit un bruit sourd. Je portai les mains à ma bouche pour m'empêcher de vomir.

« Maman ? »

La voix de Sophie me semblait provenir d'une autre planète.

« Deux secondes, les enfants, j'arrive ! » répondis-je d'une voix tremblante.

Une fois debout, je m'essuyai machinalement les mains sur mon pantalon et fis un tour sur moi-même. Puis un autre. Ce n'est qu'après m'être cogné la hanche contre la table que je m'efforçai de me calmer et de réfléchir. Devais-je appeler la police ? Partir avec les enfants ? Et si l'assassin était toujours dans la maison ?

D'abord les flics, décidai-je. Comme au ralenti, je sortis mon portable de ma poche et réussis à composer le 911.

« Oui, bonjour, je m'appelle Kate Klein et je suis chez une amie, Kitty Cavanaugh, au 5, Folly Farm Way et elle est… euh… morte. Elle a été assassinée.

— Pouvez-vous répéter l'adresse, s'il vous plaît ? Et votre nom ? »

Je m'exécutai. La fille à l'autre bout du fil commençait à m'exaspérer. Numéro de Sécurité sociale ? Date de naissance ?

« Mais envoyez quelqu'un, bon sang ! explosai-je. La police… Une ambulance… Les marines, s'ils sont dans le coin… »

Ma voix se brisa net lorsque j'aperçus du coin de l'œil un bloc-notes couleur crème près du téléphone. Et, surtout, les dix chiffres qui y étaient inscrits. Mon sang se figea.

L'indicatif de Manhattan suivi du numéro qu'il avait à l'époque où je l'avais rencontré, le numéro que j'avais composé je ne sais combien de fois du temps où nous habitions sur le même palier, le numéro que presque tous les jours depuis lors je m'étais retenue d'appeler, au prix de coûteux efforts.

Je crois que nous avons un ami commun…

Sans réfléchir, je raccrochai au nez de la fille, arrachai la feuille de papier d'une main tremblante et la froissai avant de la mettre dans ma poche. Un peu d'eau sur mes mains ensanglantées, et je rejoignis les enfants d'un pas chancelant.

« Maman ? » appela Sophie, le visage pâle, le regard grave.

Sam et Jack lui tenaient la main, Sam suçait son pouce. Sophie ne pouvait détacher ses yeux de mon pantalon maculé de sang.

« Tu t'es fait mal ?

— Non, non, ma chérie, maman va bien. »

J'attrapai dans mon sac une lingette que je tapotai sur les taches et pris les garçons dans mes bras en disant à Sophie de me suivre. Je sentais leur cœur battre fort contre ma poitrine. Assis par terre dans l'allée, nous avons attendu les secours.

2

« Excusez-moi ? »

Pas évident de se faire entendre au-dessus du grésillement du scanner et de la radio, sans compter les bavardages des flics agglutinés autour de la machine à café.

« Stan ? »

Stanley Bergeron, le commissaire de police d'Upchurch, leva la tête d'un air distrait. Il m'avait plantée sur une chaise à roulettes face à un bureau presque vide, sur lequel trônait un vieux téléphone à cadran, à côté d'une fiche d'inscription au programme Weight Watchers. Tout ça ne me rassurait pas vraiment, pas plus que la secrétaire standardiste qui se grattait le crâne avec le bout de son crayon et faisait semblant de taper, sans rater une miette des conversations alentour.

Détends-toi, Kate, m'intimai-je en silence. *Si tu t'agites, ils vont croire que tu es coupable*. Il y en a qui perdent leur sang-froid sous la pression. Moi, je perds mon sérieux, je sors des blagues. Je pris un air aussi détaché que possible.

« Hé, est-ce que vous pouvez au moins me dire si je suis en état d'arrestation ? Parce que, c'est pas pour être désagréable, mais si je vais en prison, ça va sacrément chambouler mon emploi du temps.

— Rassurez-vous, Kate, on ne va pas vous arrêter », grommela Stan.

Stan était petit, trapu et joufflu, avec un regard larmoyant de basset et une moustache brun grisâtre qui pendouillait. Il avait exercé au sein de la police de New York jusqu'au 11 Septembre, puis avait troqué le grand banditisme et la menace terroriste contre la quiétude d'Upchurch – où une grosse journée supposait tout au plus un ou deux excès de vitesse, un avertissement aux adolescents trop entreprenants à l'arrière des voitures, et une amende à Lois Kenneally, dont les chiens de concours avaient une fâcheuse tendance à saccager le jardin des voisins. Stan et moi avions appris à nous connaître au cours de mes deux premiers mois à Upchurch, grâce à notre système d'alarme très cher et extrêmement sensible que je n'arrivais pas à maîtriser, et qui l'avait contraint à se déplacer presque un soir sur deux.

« J'ai juste quelques questions à vous poser, ajouta-t-il.

— Je vous écoute. »

J'essayais de faire comme si tout allait bien. Sauf que j'avais la gorge nouée, que je tremblais encore, et que la boule de papier dans ma poche où était écrit le numéro de téléphone de mon ancien béguin était comme une tumeur qui grossissait à vue d'œil. J'avais pensé la jeter dans les toilettes et tirer la chasse d'eau mais… si elle restait coincée ? J'avais aussi songé à la déchirer en petits morceaux que j'aurais mangés mais… si ça me rendait malade ? Il valait mieux attendre. En croisant les jambes, j'eus l'impression que tout le monde avait entendu le froissement du papier.

Trois heures s'étaient écoulées depuis ma macabre découverte. D'abord, j'avais appelé Gracie, la baby-sitter, pour qu'elle vienne chercher les enfants. Puis on m'avait conduite au poste de police, où l'on avait relevé mes empreintes et enregistré ma déposition. J'avais expliqué à trois reprises à trois personnes différentes pourquoi on avait identifié mes empreintes sur le manche du couteau. Un des flics qui m'interrogeaient m'avait presque grondée :

« Dites donc, ma p'tite dame, vous regardez jamais *New York District* ?

— Voyez-vous, chez nous, c'est Disney Channel en continu… Alors non. »

Je retirai les barrettes à perles de mes cheveux. Chez le coiffeur, je m'étais laissé tenter par un dégradé, mais comme Mr Steven avait refusé de venir chez moi tous les matins pour me coiffer, je me retrouvais avec une frange ingérable qui me tombait toujours devant les yeux. D'où les barrettes. En les remettant en place, je m'inquiétai :

« Est-ce qu'il me faut un avocat ? »

Stan haussa les épaules. « Pour quoi faire ? Vous êtes témoin dans cette affaire, pas suspect. Vous n'avez rien à cacher.

— Qu'est-ce que vous en savez ? »

Stannie me lança un regard noir.

« Je plaisante, je plaisante. »

Il prit un air consterné. Je m'empressai de poursuivre :

« Enfin, Stan… Comme si je n'avais que ça à faire, préméditer des meurtres. Ça fait une semaine que mon mari est en Californie. J'ai à peine le temps de vider le lave-vaisselle, avec les enfants. »

Je regardai ma montre, rappelai mon mari et raccrochai sans laisser de message lorsque la boîte vocale se déclencha. J'en avais déjà laissé une dizaine, des variations autour du thème : *Ben, je suis passée chez Kitty Cavanaugh et je l'ai trouvée morte dans sa cuisine, un couteau planté dans le dos. Là, je suis au poste de police, ils m'interrogent. Rappelle-moi s'il te plaît. Rentre à la maison. Je t'en prie, rappelle-moi et rentre dès que possible.* Mais il n'avait toujours pas donné signe de vie.

Mon mari était en déplacement à Los Angeles à l'occasion d'un grand raout du Parti démocrate, à la recherche de nouveaux clients pour son cabinet de consultants en politique. Si vous avez vécu dans le Nord-Est au cours de ces trois dernières campagnes électorales, et que vous soyez tombé sur une pub où l'on voit un candidat courir au ralenti, ou sur une affiche en noir et blanc à gros grains qui rappelle l'avis de recherche d'un tueur en série, alors il y a des chances que vous ayez vu l'œuvre de Ben. À son actif : deux sénateurs, trois députés, le gouverneur du Massachusetts et le ministre de la Justice ; des articles dithyrambiques dans la presse politique ; et assez d'argent pour nous faire vivre tous les cinq bien en sécurité dans cette banlieue-dortoir à trois quarts d'heure de Manhattan, où la maison la moins chère coûte plus d'un million de dollars, où toutes les voitures sont des 4×4, et où je ne me suis pas fait une seule amie.

Je ne tenais plus en place. Je regardais l'agent de circulation affecté à l'école maternelle discuter avec un type en bleu. J'aurais parié que c'était le facteur. C'était à croire que tous ceux qui portaient un uniforme dans cette ville s'étaient déplacés pour la circonstance.

L'air de rien, j'enfonçai le bout de papier tout au fond de ma poche. Je m'étais lavé les mains deux fois, mais j'avais encore de l'encre au bout des doigts. Pendant ce temps, Stan marmonnait dans son téléphone. La standardiste posa son crayon et sortit un miroir et un tube de mascara d'un tiroir de son bureau. Elle ouvrit le miroir en faisant semblant de se remaquiller mais elle l'avait orienté de façon à observer ce qui se passait dans son dos. Stan finit par raccrocher, il échangea quelques mots avec l'agent de circulation, serra la main du facteur et revint vers moi en remontant son pantalon.

« Vous connaissez un certain Evan McKenna ? »

Mon cœur cessa de battre. Oh, mon Dieu ! *Ils savent.* D'une façon ou d'une autre, ils savaient que j'avais pris le mot où figurait le numéro d'Evan. Dans moins de cinq secondes, Stan allait me dire « Finie la plaisanterie », et il me passerait les menottes. Je serais arrêtée. Jetée en prison.

Je ne reverrais plus jamais mes enfants. Mon mari demanderait le divorce et finirait par se remarier à une ravissante blonde qui saurait jouer au tennis et qui s'adapterait à merveille à cette ville qu'il avait choisie, et mon beau-frère passerait le reste de sa vie à me seriner « J'te l'avais dit. »

« Quel rapport avec Kitty Cavanaugh ? demandai-je nerveusement.

— Son nom est apparu sur son identifiant d'appel. »

Je sentais mon corps se détendre peu à peu. « J'ai rencontré quelqu'un qui s'appelait comme ça, à New York. On était... Enfin, ça fait des années qu'on ne s'est pas vus. »

Stan acquiesça, se laissa tomber de tout son poids dans sa chaise et griffonna quelques mots.

« Dites, il n'est pas suspect ? bredouillai-je avant qu'une pire éventualité ne me traverse l'esprit. Vous le... Il n'est pas... »

Intéressant. J'avais passé des années à souhaiter à Evan les pires souffrances physiques, le nombre de fois où j'avais imaginé pour lui une mort aussi atroce qu'humiliante, et maintenant qu'il était peut-être en danger, voilà que je tremblais pour lui.

Stan ignora mes questions. « Il fait quoi dans la vie, ce Mr McKenna ?

— Il se tape des mannequins. »

Pas l'ombre d'un sourire.

« Je veux dire, comme métier ?

— À l'époque il était détective privé. Il travaillait en free lance pour des compagnies d'assurances, il enquêtait sur des demandes d'indemnités et... sur des cas de divorces. Il surveillait des gens. Des maris infidèles... Oh ! »

Je devais vraiment avoir le cerveau ramolli. D'un autre côté, rien d'étonnant : quatre ans que je n'avais pas fait une nuit complète. Je me levai d'un bond.

« Peut-être que Kitty a fait appel à lui parce que son mari la trompait ! Ensuite, son mari l'a appris, et il l'a tuée ! »

Stan me dévisagea. Ainsi que le facteur et l'agent de circulation. Dans ma tête, plus de menottes, plus de beau-frère qui me faisait la morale… J'imaginais déjà Stan me donner une tape dans le dos en me disant *Vous êtes un génie, Kate ! Vous venez de résoudre notre affaire !* Au lieu de quoi il se contenta d'ouvrir son calepin à une nouvelle page.

« Vous connaissez Philip Cavanaugh ? »

Je secouai la tête.

« Bon, reprenons depuis le début. Quand Kitty vous a appelée, elle vous a dit qu'elle voulait vous parler de quelque chose. Vous savez de quoi il s'agissait ?

— Je n'en ai pas la moindre idée. Je suis désolée. J'aimerais pouvoir vous aider, mais franchement, je la connaissais très peu.

— Donc vous ne savez pas ce qui la tracassait.

— Non. Est-ce que vous avez interrogé son mari ? »

Stan mouilla son pouce et tourna une autre page.

« Pourquoi ?

— C'est toujours le mari le coupable, non ?

— Toujours ? répéta-t-il en se frottant la joue.

— C'est en tout cas ce que m'a démontré mon expérience de journaliste. »

Stan me regardait à présent comme si une deuxième tête avait surgi de mon cou.

« Dans les feuilletons pour bonnes femmes, c'est pareil, continuai-je. Le mari. Toujours. À moins que ce soit l'amant.

— Est-ce que Kitty avait un amant ?

— Aucune idée. Si c'est le cas, elle devait être sacrément organisée. Parce que avec deux enfants… »

Soudain, un agent de police entra dans le poste en soutenant fermement un homme par le coude. Le type en question était grand, assez séduisant, cheveux blond grisonnant, la quarantaine. Il semblait marcher avec difficulté.

« Excusez-moi », me dit Stan en se levant pour les rejoindre.

La standardiste cessa de jouer les indifférentes, posa son mascara et se retourna carrément pour suivre l'action. Stan saisit l'homme par l'autre coude et l'entraîna dans son bureau. La porte claqua derrière eux, mais on entendit le type crier.

« Ma femme ! Ma femme… »

Puis sa voix se brisa. Les yeux fermés, je revoyais le corps de Kitty baignant dans le sang. À nouveau, je jetai un œil sur ma montre. Trois heures. Les filles de Kitty n'allaient pas tarder à rentrer de l'école. Qui leur apprendrait la nouvelle ? Qu'allaient-elles devenir ?

Je tendis l'oreille pour capter des bribes de conversation. La voix de Stan était grave et apaisante, son accent new-yorkais me rendait mélancolique. Je n'entendais qu'un mot par-ci par-là, mais tout ce que disait Philip était parfaitement audible.

« C'est ma faute, l'entendis-je gémir tandis que la standardiste se penchait en avant, les yeux écarquillés. Tout est ma faute… »

Ils me laissèrent partir un quart d'heure plus tard, avec pour ordre de ne pas quitter l'État et de les appeler si j'avais des nouvelles d'Evan McKenna.

« Entendu, répondis-je à Stan. Mais je doute qu'il m'appelle. On a coupé les ponts.

— Bah… Les choses changent… »

L'agent de circulation, un gamin au visage poupin de dix-neuf ans au plus, me reconduisit sur le lieu du crime. La tête baissée, je passai devant les caméras de télé déjà plantées devant la maison des Cavanaugh et m'engouffrai dans ma voiture. J'étais à peine au bout de la rue que mon cœur se mit à battre à tout rompre. Tellement que j'avais du mal à conduire. Evan McKenna. Après tout ce temps…

Je saisis mon portable et commençai à composer le numéro qu'à ma grande surprise je connaissais toujours par cœur. Au bout de trois chiffres, j'abandonnai. Que lui aurais-je dit s'il avait décroché ? *Salut ! C'est Kate Klein. Tu te souviens de moi ? Tu m'as brisé le cœur. Bref, je sais bien qu'on ne s'est pas parlé depuis des années, mais il paraît que tu connais Kitty Cavanaugh. Il se trouve qu'elle a été assassinée, et la police aimerait bien te dire deux mots.*

Je m'agrippai au volant jusqu'à ce que mes mains cessent de trembler. Puis je laissai un message à ma meilleure amie, Janie Segal, lui demandant de me rappeler dès que possible. Il était plus que temps de rentrer à la maison.

3

Le lendemain après-midi, après avoir récupéré les enfants au cours d'éveil musical, je continuai à remplir dûment mon rôle de mère. Sandwichs au fromage et pickles au déjeuner, quelques pages de lecture à voix haute d'*Il est où Papy ?* – un bouquin gnangnan écrit par deux psychologues pour « aider les enfants à intégrer la notion de deuil » –, un gros sac plein de vêtements de rechange, de lingettes et de jus de fruits en brick, et hop ! tout le monde dans le minivan. Direction le parc.

Il y avait huit mois que j'habitais à Upchurch, et, pour être tout à fait honnête, j'avais tout fait de travers depuis le début. Je m'étais pointée en pantalon informe aux journées portes ouvertes de la Cabane rouge, alors que toutes les mamans étaient en jupe et bottes à talons. J'avais aussi hurlé « Putain de ta mère ! » quand Sophie m'avait coincé le pouce dans la portière – à la différence de Rainey Wilkes, qui s'était contentée d'un « Punaise ! » lorsque son mari lui avait roulé sur le pied en manœuvrant sur le parking.

Tout ça n'était rien en comparaison de la fête que j'avais organisée pour les trois ans des jumeaux. Un désastre.

À New York, dans notre trois-pièces avec minivue sur Central Park, ç'aurait été une fête tout à fait convenable. J'avais donc invité tous les enfants qui étaient dans la classe des garçons, ainsi que quelques camarades de New York, y compris Zeke, qui avait deux mamans, Jonah, qui avait deux papas, et May, une petite Chinoise adoptée par une mère célibataire un an auparavant. Deux coupes débordaient de fruits et de bonbons, j'avais fait un gâteau (une préparation à laquelle j'avais ajouté des pépites de chocolat), coupé des légumes en lamelles, mis des chips au fromage dans un grand saladier, le tout accompagné de punch et de sodas. Côté animation, il y avait atelier peinture et jeu de l'âne – et, pour les adultes, Janie en minijupe noire qui servait des mojitos en évoquant sans complexe les piètres qualités de son dernier mec en matière de sport en chambre.

Tout le monde avait l'air de bien s'amuser, même s'il ne m'échappait pas que les mères d'Upchurch empêchaient leurs enfants d'approcher des chips – au cas où un contact visuel leur aurait fait prendre dix kilos – tout en posant un tas de questions, dont la plus récurrente était : « Y a-t-il des colorants artificiels dans le punch ? » J'avais aussi remarqué que plusieurs gamins avaient le nez collé à la vitre et demandaient où étaient les poneys pour la balade et quand est-ce qu'on allait monter le château gonflable. Je m'étais dit qu'ils plaisantaient. Que nenni.

Quinze jours plus tard, nous étions invités à l'anniversaire d'un des enfants de la maternelle. La fête avait lieu à l'Auberge d'Upchurch. Buffet de poissons fumés, chef japonais fabriquant des sushis à la chaîne, et sculpture en glace grandeur nature du petit garçon à l'honneur ce jour-là. Pas de fourchettes en plastique, pas de jeu de l'âne, pas de familles recomposées, pas de nourriture partiellement hydrogénée, pas de colorants, et pas d'évocation de cunnilingus médiocres autour d'un verre de punch. Les divertissements étaient également un chouïa plus sophistiqués que ceux que nous avions proposés. Le père, agent sportif, avait monté un terrain de basket sur le parking et s'était débrouillé pour faire venir les Knicks jusque dans cette banlieue afin de jouer avec les invités. Et, qui plus est, de les laisser gagner.

Sur le chemin du retour, Ben n'avait pas pipé mot, mais à le voir jouer avec les boutons de la radio, les lèvres pincées, je savais bien qu'il était contrarié.

« Je n'avais pas la moindre idée de ce que ça allait être ! protestai-je tandis que les enfants, que le gâteau d'anniversaire à quatre étages, les petits cadeaux personnalisés et le meneur de jeu de l'équipe des Knicks avaient terrassés, somnolaient dans leurs sièges-autos. Je t'assure, si j'avais su, j'aurais loué un clown ! Ou un cirque, plutôt !

— Tu passes tes journées avec ces nanas, et tu me dis que tu ne savais pas ?

— Je suis désolée, soupirai-je en haussant les épaules.

— La prochaine fois, renseigne-toi. »

Je lui promis, sceptique à l'idée que ça change quoi que ce soit. Les dés étaient jetés. Si la désastreuse fête en l'honneur des jumeaux n'avait pas réglé notre sort, la version *a cappella* de « Touche pas à mon toot-toot » exécutée par Sophie lors du spectacle de l'école « Nos enfants ont du talent » s'en était chargée. Non seulement la maîtresse nous avait envoyé un mot exigeant des « paroles plus appropriées » pour les prestations futures, mais les instits s'étaient réunis avec tous les élèves autour d'un psychologue pour enfants, prêt à répondre à toutes les questions que se posaient les gamins, du genre : c'est quoi un toot-toot ? ou : qui c'est qu'a le droit de le toucher ?

« Touche pas à mon toot-toot, chantais-je en me garant sur le parking. Touche pas à mon toot-toot. Je sais que tu en vois une autre. Touche pas à mon toot-toot. »

Je ressentis une pointe de culpabilité en sortant du minivan : quel genre d'opportuniste amoral se servirait du meurtre d'une voisine pour améliorer son rang social ? Je n'étais pas sûre que ça puisse m'aider. Sur l'échelle sociale maternelle d'Upchurch, je n'étais même pas sur le premier barreau. Si une femme lançait à la cantonade qu'elle achetait des couches en papier recyclé, sa voisine utilisait du tissu, et la mère d'à côté se servait de couches en tissu qu'elle cousait elle-même. Si une mère ne donnait à ses enfants que des aliments issus de l'agriculture biologique, Maman numéro deux leur donnait de la bouffe bio *et* végétarienne, et Maman numéro trois, végétalienne fondamentaliste, nourrissait ses enfants de concombres et de carottes qu'elle faisait pousser dans son jardin à l'aide d'un engrais naturel qu'elle fabriquait elle-même.

Mais, si elles pouvaient passer pour des clones de Martha Stewart avec leurs trois fournées de muffins par jour, ces super-mamans en avaient dans le ciboulot. Avant d'accoucher de Peyton et de son petit frère Powell, Marybeth Coe avait été gestionnaire de fonds à Wall Street. Carol Gwinnell avait dirigé une galerie d'art à SoHo. Heather Leavitt avait exercé en tant qu'avocate dans la banque d'affaires Goldman Sachs. Toutes avaient été précipitées dans le monde merveilleux des couches en tissu, des jouets en bois de fabrication artisanale, des biscuits bio, et de l'optimisation de l'emploi du temps de leurs enfants afin qu'ils s'épanouissent un max. Avant même d'aller à l'école, les gamins d'Upchurch prenaient des cours d'acrobatie et de patinage artistique. Ils participaient à des ateliers de travaux manuels et jouaient au tennis. Ils pratiquaient au moins un instrument de musique et apprenaient deux langues étrangères. Les filles suivaient des cours de danse, les garçons des cours de golf, et tous jouaient au football (entraînement deux fois par semaine et match tous les samedis) en automne et au printemps.

Les parents se comportaient comme si tout cela était parfaitement naturel, comme si, en fait, c'était la seule manière d'élever des enfants. Une chose que je ne m'expliquais pas. Peut-être bien qu'après leur accouchement une méchante fée avait soufflé de la poudre de Super-Maman sur leur oreiller en leur susurrant à l'oreille : *Dorénavant, tes seules préoccupations seront l'allaitement, l'apprentissage du pot, les cours de yoga avec bébé et la comparaison des taux de réussite des écoles maternelles de la ville.*

Je n'avais pas la moindre chance. Même si je n'avais eu qu'un seul enfant à qui dévouer toute mon énergie, même si j'avais été mince, jolie, et assez motivée pour me maquiller et faire une heure d'exercice tous les matins, et que mon passe-temps préféré eût été de reconstituer l'alphabet cyrillique avec des cubes de tofu pour le déjeuner des petits. Même si mes enfants avaient été du genre à se lancer spontanément dans une telle activité.

Les autres gamins d'Upchurch n'avaient jamais passé plus d'une minute devant la télévision. Chez eux, pas de crises de colère qui les faisaient arriver en retard à l'école, pas de caprices pour aller au KFC – invariablement prononcé Kafessée par mes chers enfants –, pas de convocations de la directrice de l'école. Enfin bon. Je défroissai mon pantalon et ouvris ma portière juste au moment où Lexi Hagen-Holdt garait son 4×4, un véhicule flambant neuf aux vitres si démesurées qu'on aurait dit une serre ambulante. Je jetai un œil à mon reflet dans le rétroviseur – lèvres gercées, peau luisante, cheveux en bataille, et un air un peu trop exalté. J'essayai de me composer un visage grave et peiné avant de sortir.

« Seigneur ! s'exclama Lexi de sa voix rauque en extrayant Hadley de son siège-auto sans la moindre difficulté. Vous avez appris la nouvelle ? »

Elle cala son fils sur une hanche pour attraper le sac à langes sous le siège de la voiture, où ne traînaient ni miettes de gâteau ni emballages en tout genre.

« J'ai passé la soirée devant les infos hier, et pourtant je n'arrive toujours pas à le croire ! »

Je suivis Lexi dans le parc tandis que mes fils se dirigeaient vers le petit mur d'escalade, et Sophie vers les balançoires. Je pris place sur le banc qui, dans mon esprit, avait remplacé la table de la cantine réservée aux filles les plus populaires du lycée, un banc où je n'avais jamais osé m'asseoir. J'attendis quelques instants afin d'avoir toute l'attention des autres mères, baissai la tête et lâchai, avec un petit trémolo dans la voix :

« C'est moi qui l'ai trouvée.

— Ô mon Dieu ! » murmura Carol Gwinnell.

Sukie Sutherland et Marybeth Coe se rapprochèrent du banc. Marybeth avait les yeux rouges et Sukie s'était fait une queue-de-cheval à la va-vite.

« Racontez-nous tout », me pria Lexi en me tapotant l'épaule pour me réconforter – sauf qu'elle avait bien dû me faire un ou deux bleus au passage.

Lexi portait ce que j'appelais l'uniforme des mamans d'Upchurch : tee-shirt douillet à manches longues, veste en daim, pantalon en laine évasé au pli impec, et « baskets » en daim et tulle de nylon qui devaient coûter dans les trois cents dollars.

Je pris une profonde inspiration.

« Kitty m'a appelée mercredi soir pour m'inviter à déjeuner avec les enfants.

— Ah ? Vous étiez amies ? » me demanda Carol Gwinnell.

Je secouai la tête, étonnée par sa question. Ces femmes me voyaient souvent, au parc, à la bibliothèque, ou sur le parking de l'école. Elles devaient bien se douter que ni Kitty ni aucune d'elles ne l'étaient.

« Alors pourquoi vous a-t-elle appelée ? s'enquit Sukie Sutherland.

— Je ne sais pas. Vraiment, je n'en ai pas la moindre idée. »

De nombreuses questions s'ensuivirent. Ces dames voulaient des détails. Elle était dans la cuisine ? Allongée ? Sur le dos ou sur le ventre ? Est-ce que la porte était ouverte ? Est-ce qu'on avait volé des objets ? Dans quel état était-elle ? Et la police, elle avait dit quoi ? Y avait-il des pistes ? Est-ce que l'assassin avait frappé au hasard, ou était-ce une vengeance ? Mais que faisait la police ? Est-ce que la famille offrait une récompense ? Et les filles de Kitty, dans tout ça ?

« Elles sont chez moi », intervint Sukie.

Sukie et moi faisions des efforts de politesse depuis le premier jour de notre rencontre – elle m'avait dit que ses enfants s'appelaient Tristan et Iseult, j'avais éclaté de rire en pensant qu'elle plaisantait, mais pas du tout.

« Philip pensait que c'était mieux si elles ne passaient pas la nuit dans la maison où… enfin, vous voyez… où ça s'est passé. Il les emmène chez ses parents demain.

— Vous connaissez bien les Cavanaugh ? demandai-je à Sukie.

— Nous sommes voisins. Et les filles sont dans la classe de Tristan.

— Et est-ce que l'une d'entre vous a une idée de qui aurait bien pu… ? »

Remarquant que les enfants étaient tous à portée de voix, je laissai ma phrase en suspens.

Sukie secoua la tête. Ses grands yeux marron brillaient.

« Des policiers sont venus me parler, mais je ne pense pas les avoir beaucoup aidés, chuchota-t-elle. Je parie que ça a un rapport avec son travail.

— Attends un peu…, intervint Carol.

— Quoi ? demanda Lexi.

— Kitty travaillait ? » m'exclamai-je.

Le choc. J'étais persuadée que toutes les mamans d'Upchurch étaient mères au foyer.

« Qu'est-ce qu'elle faisait ? demanda Lexi.

— Elle était écrivain. Enfin, nègre, plus exactement.

— Pour qui ?

— Vous lisez *Content* ? »

Toutes acquiescèrent, moi y compris. Mais, en vérité, je ne le lisais pas vraiment. Mon mari et moi étions abonnés, comme la plupart des gens de notre âge et de notre classe sociale. Toutes les semaines j'avais l'intention d'y jeter un œil mais les numéros finissaient par prendre la poussière sous la table basse, jusqu'à ce que, dans un élan de culpabilité, je les relègue dans la poubelle à papier. Il faut dire que les extraits de fiction postmoderne branchouille me passaient au-dessus de la tête, sans parler des dessins qu'il fallait regarder pendant une heure si on voulait se donner une chance de comprendre la blague – quand il y en avait une – ou des articles politiques sur des pays que je n'arrivais même pas à situer sur une carte.

« Vous connaissez cette chronique qui s'appelle "Une bonne mère" ?

— La chronique de Laura Lynn Baird ?

— Oui, c'est elle qui la signe… Mais, en fait, c'est Kitty qui la rédigeait. Tout un tas de sites Internet en parlaient ce matin. »

Comme si j'avais le temps de surfer sur Internet. Comme si je savais où était passé mon ordinateur portable…

« Incroyable ! » s'écria Marybeth Coe.

Moi non plus je n'en revenais pas. Ouvertement conservatrice, et experte en lancer de pavés dans la mare, Laura Lynn Baird était une blonde télégénique au sourire carnassier et au vocabulaire de charretier, et ses idées politiques auraient fait passer Pat Buchanan pour un modéré. Tout le monde avait été surpris lorsque *Content*, plutôt orienté à gauche, l'avait engagée. « Nous sommes en quête d'écrivains capables de bousculer les idées reçues », avait annoncé le rédacteur en chef, un certain Joel Asch, lors d'une émission politique matinale que Ben enregistrait religieusement et qu'il m'imposait de regarder avec lui avant d'aller au lit. « Laura Lynn Baird possède deux atouts rares : un esprit subtil et une personnalité attachante », avait-il ajouté, quelque peu déconcerté, comme s'il s'étonnait que ces deux qualités puissent coexister chez une femme.

La chronique paraissait tous les mois, mais je ne l'avais lue qu'une ou deux fois. Son contenu m'agaçait tellement que j'en avais des accès d'hypertension. Selon Laura Lynn, une bonne mère était une femme qui se retirait dans le « sanctuaire de son foyer » après la naissance de ses enfants et qui ne s'aventurait au-dehors que lorsque sa progéniture avait atteint la majorité. Laura Lynn s'opposait fermement aux mères qui « entreposent leurs enfants à la garderie », critiquait « les femmes aisées et cultivées, soi-disant féministes, que la vie de famille insupporte et qui engagent des immigrées de couleur pour leur confier leurs enfants en déblatérant des platitudes sur la solidarité féminine alors qu'elles les payent au noir ». Autant que je sache, elle n'avait pas encore donné son avis sur les mères qui faisaient appel à une baby-sitter un samedi soir par-ci par-là, mais j'étais prête à parier que ça n'allait pas tarder.

« Alors c'est Kitty qui écrivait ces inepties ? » demandai-je.

Sukie hocha la tête.

« Et elle y croyait ?

— Elle rédigeait la chronique. C'est tout ce que je sais.

— Est-ce que quelqu'un d'autre était au courant que Laura Lynn Baird avait un nègre ? Avant que ça ne soit diffusé sur Internet ?

— Je n'en sais rien. Mais la police m'a posé exactement la même question. »

Les mères chuchotaient, mal à l'aise, et digéraient la nouvelle. Je n'aurais su dire si elles étaient plus choquées d'apprendre que Kitty avait écrit pour le compte de l'infâme Laura Lynn Baird ou par le fait que l'une d'entre nous avait un travail.

« Comment va Philip ? demanda Carol Gwinnell.

— Je l'ai vu au poste de police hier, répondis-je. Il avait l'air bouleversé.

— Ça n'a rien d'étonnant, intervint Lexi.

— Philip a toujours vécu à Upchurch, ajouta Sukie.

— Sa famille y vit depuis des générations, reprit Carol.

— C'était le garçon le plus séduisant de la classe de ma sœur, au lycée, dit Sukie en esquissant un sourire. D'ailleurs, on est sortis ensemble quelque temps. C'était il y a une éternité… »

Lexi plissa les yeux en direction des balançoires.

« Hadley ? » appela-t-elle.

L'inquiétude pointait dans sa voix. Ses joues s'empourprèrent.

« Hadley ? répéta-t-elle en regardant de tous les côtés. Il était juste là, près du toboggan… »

Nous nous sommes toutes levées d'un coup, et je fus soulagée d'apercevoir Sam et Jack sur le jeu de bascule, ainsi que Sophie, qui chantonnait en se balançant.

« Maman ! »

Le petit Hadley fit un signe de la main à Lexi de l'autre côté de la barrière. Lexi traversa l'aire de jeux en courant et prit son fils dans ses bras.

« Ne me refais jamais une peur pareille ! dit-elle en le serrant fort contre elle. Plus jamais ! »

Hadley, qui s'était probablement éloigné pour se mettre les doigts dans le nez à l'abri des regards, leva les yeux vers sa mère, puis éclata en sanglots.

« Je croyais que tu t'étais perdu ! » s'écria Lexi tandis que Hadley beuglait.

Nous nous sommes réunies autour d'elle pour la réconforter. « Tout va bien, tout le monde est là, il n'y a plus d'inquiétude à avoir. » Nos paroles manquaient de conviction. Dix minutes plus tard, la quête de bonbons pour Halloween était annulée et remplacée par une soirée chez Carol. Nous nous sommes saluées, avons fait monter les enfants dans nos voitures à airbags et à carrosserie renforcée, et avons reconduit tout ce petit monde chacun chez soi.

4

Comme je mettais deux sachets de riz instantané au micro-ondes, mon portable sonna.

« Allô ?

— Poussin ? »

La voix à l'autre bout du fil était hésitante et presque inaudible. Mon père, Roger Klein, se sentait plus à l'aise avec son instrument de musique qu'avec les mots. Le son qu'il tirait de son hautbois était le plus pur de tous les sons de la création. Mais sa voix aurait pu être celle d'un collégien amoureux. Il m'appelait encore par le surnom qu'il me donnait quand j'étais petite, et ça me faisait toujours craquer.

« Salut, papa. »

Je fermai la porte du micro-ondes, réglai la minuterie, sortis assiettes et serviettes du placard et jetai un œil dans le salon : calés devant la télé, les enfants étaient hypnotisés par *Bob le bricoleur*, et j'espérais que la magie durerait encore un moment.

« Comment vas-tu ? Est-ce qu'ils ont arrêté quelqu'un ?

— Non, pas que je sache.

— Ils en ont parlé aux infos. Elle s'appelait Kiki ?

— Non, Kitty. Kitty Cavanaugh. Et tu ne devineras jamais ! C'était le nègre de Laura Lynn Baird !

— De qui ? »

Je poussai un soupir.

« Mais si, tu sais, la blonde de droite là, qui est toujours en train de vociférer quand elle passe sur CNN. Elle a une chronique dans *Content* qui s'appelle “Une bonne mère”, et en fait c'est Kitty qui l'écrivait. »

Roger n'eut pas l'air impressionné.

« Bon, et toi, tu fais attention, hein ? Tu fermes tes portes à clé ? Tu branches ton système d'alarme ? »

Je sortis le riz du micro-ondes et ouvris le réfrigérateur, en quête de légumes que les enfants ne bouderaient pas.

« Ne t'inquiète pas, papa, on est prudents. Tout va bien.

— Et la police, elle a trouvé des suspects ?

— Je n'en sais trop rien… C'était peut-être quelqu'un qui en voulait à Laura Lynn. Les gens la détestent. »

En rentrant du parc, j'avais planté les enfants devant un DVD, ravalé ma honte et passé dix minutes sur le Net. Ma première requête sur Google m'avait donné pas moins de dix mille occurrences pour Laura Lynn. Il y avait quelques mails de fans inconditionnels, mais la majorité provenait de blogs et de magazines en ligne dont les auteurs souhaitaient ardemment et publiquement sa mort.

« Ou alors, c'est Laura Lynn elle-même qui l'a assassinée. Ça ne m'étonnerait pas. Chaque fois que je l'ai vue à la télé, elle semblait à deux doigts de sauter à la gorge de son contradicteur. Si ça se trouve, Kitty a dit quelque chose qui lui a déplu. Elle a peut-être suggéré que les dealers devraient être jugés avant d'être envoyés sur la chaise électrique. »

Mon père se mit à rire. Je repérai un sachet de jeunes carottes dans le bac à légumes. Avec une bonne dose de sauce blanche, j'avais peut-être mes chances.

« Écoute, Kate, je donne un concert ce soir, mais je peux toujours louer une voiture et venir chez toi après. »

Pour quoi faire ? me demandais-je. *Monter la garde devant la maison avec ton hautbois ?*

« Non, ce n'est pas la peine, ça va aller. Ben rentre demain après-midi.

— Ouaaaais ! Papa rentre à la maison ! crièrent Sam et Jack en déboulant dans la cuisine.

— Tu devrais appeler ta mère, me dit mon père.

— Et où puis-je joindre Reina ces temps-ci ?

— Elle est toujours à Turin. Je lui ai faxé les articles sur le meurtre, et elle aussi elle se fait du souci. »

Alors pourquoi elle ne m'a pas passé de coup de fil ? me retins-je de demander. Je promis à mon père d'essayer de la joindre dès que j'aurais un moment. Je raccrochai, envoyai *Bob le bricoleur* aux oubliettes malgré les protestations des enfants et leur donnai l'ordre de se laver les mains avant de passer à table.

5

Mes plus lointains souvenirs remontent à ma petite enfance, lorsque mes parents chantaient ensemble. Mon père se mettait au piano, sur lequel trônaient des photos de divas dans des cadres dorés : la Callas, Renata Tebaldi, Nellie Melba et, bien sûr, ma mère. Je m'allongeais sous le piano, avec mes livres de coloriage et mes crayons. Ma mère se tenait debout près de mon père, une main posée sur son épaule. Elle chantait des arias de Mozart, les paupières à demi fermées, pianissimo, les vocalises, me disait-elle, les plus difficiles à maîtriser pour une soprano. Même lorsque Reina chantait doucement, sa voix atteignait des sommets que la mienne ne gagnerait jamais – ample, chaude et saisissante, une onde vivante qui repoussait les murs et le plafond et emplissait tout l'espace.

C'était comme si je pouvais palper la voix de ma mère, ainsi que l'admiration de mon père, mêlée d'amour et de désir. Des notions encore abstraites lorsque j'avais quatre ans, ou même six ou huit, mais à l'âge de dix ans j'avais assez de jugeote pour sortir du salon de musique après la première chanson. Je fermai la porte de ma chambre à clé, m'allongeai sur mon lit avec un bouquin, écouteurs bien enfoncés dans les oreilles, et j'écoutais Blondie ou Pat Benatar à fond. Mais rien n'y faisait, je les entendais : les notes vibraient dans l'air surchauffé, puis le silence, profond, intime, plus éloquent encore que si je les avais surpris en pleine action. « *Mi chiamano Mimi* », chantait-elle, son aria préférée, un air qu'elle n'avait jamais chanté sur scène, une partie pour soprano lyrique, pas pour les coloratures, qui exécutent les parties les plus aiguës et, souvent, les plus impressionnantes. Et pourtant, je le savais, ma mère rêvait du rôle de Mimi, de mourir avec grâce tous les soirs sur scène. « *Il perche non so.* »

Ma mère, née Rachel Danhauser, a vu le jour à Kankakee, dans l'Illinois. Elle a changé de nom lorsqu'elle a quitté sa ville natale pour New York, avec deux cents dollars en poche et l'intégrale des enregistrements de la Callas pour tout bagage. (Elle avait aussi obtenu une bourse pour la Juilliard, le prestigieux conservatoire de musique classique, mais c'est le genre de détail qu'elle omettait de mentionner, en particulier lorsque des journalistes l'interviewaient.)

C'est dans cette école que mes parents se sont rencontrés. Mon père y était professeur et ma mère, étudiante en troisième cycle. Je me suis imaginé leur rencontre un tas de fois : mon père, célibataire de trente-six ans, le crâne légèrement dégarni, ses lunettes de travers, son regard doux, sa carrière de hautboïste déjà auréolée de succès (ce qui n'était pas gagné d'avance, parce que autant il y a des superstars dans la chanson, des virtuoses du violon, des pianistes millionnaires qui jouent à guichets fermés dans le monde entier, autant se faire un nom avec un hautbois n'est pas évident). Et puis Reina, son mètre soixante-quinze rehaussé de sept centimètres de talons, sa cascade de boucles brunes ; la magnifique Reina, partitions serrées contre la poitrine, toquant à la porte de la salle de répétition de mon père pour lui demander de sa douce voix s'il pouvait l'accompagner pour ses examens de fin d'année. (Il m'arrive parfois de me les représenter à poil sur le piano, mais seulement après avoir bu quelques verres.)

Je suis née en été, un an après le mariage de mes parents. Après quarante-huit heures passées à l'hôpital de Lenox Hill, ils m'ont ramenée à la maison, dans l'immeuble d'avant-guerre d'Amsterdam Avenue qui, depuis la nuit des temps, était exclusivement habité par des musiciens. Les baux de location se transmettaient de génération en génération, comme des héritages. Un joueur de basson rejoignant l'orchestre symphonique de Boston léguait son trois-pièces à un violoncelliste fraîchement débarqué à New York ; un ténor en partance pour Londres cédait son studio au nouveau premier violon du Met.

Dans l'immeuble, c'était musique à tous les étages. Fugues et concertos se déversaient dans les conduits de chauffage, arpèges et glissandos traversaient les couloirs. Dans l'ascenseur, on pouvait entendre la ritournelle d'une flûte, une mezzo-soprano répétant une phrase d'aria, les notes cuivrées d'une trompette ou celles, mélancoliques et lancinantes, d'un violoncelle… mais cela faisait des années que les cris d'un bébé n'avaient pas rejoint la chorale.

Les voisins ont dû se pencher sur mon berceau, chacun y allant de son pronostic sur les talents que je ne manquais pas de posséder.

Mrs Plansky, clarinettiste : *Hum, ces doigts… Pianiste, peut-être ?*

Mon père : *Non… Regardez ses lèvres. Faites pour un instrument à vent. Je dirais le cor d'harmonie.*

Reina, pas peu fière : *Non, sûrement pas. Vous avez entendu ses cris ? Les aigus qu'elle atteint ?* Elle me souriait en battant de ses faux cils. (Je n'en ai aucun souvenir, mais je suis sûre que deux jours après son accouchement ma mère portait ses faux cils.) *Ma fille sera chanteuse.* Et tout le monde acquiesçait plus ou moins convaincu.

Chanteuse, répétaient-ils, telles de bonnes fées donnant leur bénédiction. *Elle sera chanteuse.*

Ç'aurait été plus simple si j'avais été incapable de chanter, si je n'avais pas du tout eu l'oreille musicale. Le hic, c'est que j'étais douée, mais pas assez. J'avais une belle voix pour les chorales du lycée et de la fac, une voix qui m'avait permis de gagner cinquante dollars en cocktails dans un bar à karaoké. Je baignais dans l'environnement idéal, bénéficiais des meilleurs professeurs dont on puisse rêver. Mais, à l'éternelle consternation de ma mère, je n'étais pas taillée pour être cantatrice d'opéra.

Ma carrière de chanteuse, pour autant qu'on puisse appeler ça une carrière, prit fin l'année de mes quatorze ans, deux semaines avant les auditions du conservatoire.

« Tu peux demander à ta mère de monter me voir une minute ? » me suggéra Mrs Minheizer à la fin de mon cours de chant.

Âgée de soixante-douze ans, Alma Minheizer était un petit bout de femme aux joues roses et aux cheveux gris bouffants. Sur un mur de son appartement se trouvaient tout un tas de photos de ses représentations à travers le monde. Elle avait été l'une des profs de ma mère, quinze ans auparavant, lorsque Reina était arrivée à New York. Je descendis chercher ma mère qui, pour une fois, était à la maison. Elle m'avait bien fait comprendre qu'elle avait refusé le rôle de Reine de la nuit à San Francisco afin d'être présente à mon audition.

« De quoi s'agit-il ? » me demanda-t-elle depuis le canapé.

Rouge à lèvres impeccable, boucles ramenées en chignon, partitions et agenda sur les genoux, elle parlait au téléphone avec son agent – en italien, naturellement – et était mécontente d'être dérangée. Je haussai les épaules, elle me suivit jusqu'à l'ascenseur. Je laissai la porte de Mrs Minheizer entrouverte afin de ne pas rater une miette de leur conversation. Je m'appuyai contre le mur, puis me laissai glisser au sol, comme pour me rendre invisible. Plus facile à dire qu'à faire, avec mon mètre soixante-treize et la silhouette de ma mère – une poitrine généreuse que je cachais sous des pulls informes, des hanches larges dont les régimes à répétition et l'aérobic ne viendraient jamais à bout, une bouche pleine et des boucles denses. Ma mère attachait souvent ses cheveux, de façon sophistiquée ; je laissais les miens me pendre sur la figure, ce qui camouflait assez bien les boutons que j'avais sur le front. Certes, j'avais la beauté de Reina (ou du moins je l'aurais une fois mes problèmes d'acné résolus), mais je n'avais pas hérité de sa voix. Je le savais, et Mrs Minheizer ne l'ignorait pas non plus.

« ... elle a un niveau satisfaisant, mais elle ne s'améliorera pas », l'entendis-je dire.

Prise de vertige, je m'enfonçai un peu plus dans la moquette du couloir, à la fois honteuse et soulagée. Quelqu'un avait enfin annoncé à Reina ce dont je m'étais doutée, ce qu'une douzaine d'autres professeurs avaient déjà insinué, sans jamais trouver le courage de l'énoncer clairement. Et puisque c'était Mrs Minheizer, femme à la carrière honorable, Reina allait devoir accepter cette vérité.

« Voyons Alma, c'est absurde », rétorqua ma mère.

Je me l'imaginais, le menton relevé d'un air autoritaire, agitant ses bracelets en or sertis de rubis pour ponctuer sa phrase.

« ... vous savez combien cette vie peut être pénible. Si j'avais une fille...

— Sauf que vous n'en avez pas. C'est de ma fille qu'il s'agit.

— Si j'avais une fille, reprit ma prof d'un ton calme et grave, et si elle pouvait faire quoi que ce soit d'autre – écrire, peindre, enseigner, ou travailler dans une banque –, je l'y encouragerais. Vous savez bien à quoi ressemble notre vie ! Pour cent chanteuses, il n'y a qu'un créneau dans les chœurs, sans parler de celles qui veulent devenir solistes. Il faut être la meilleure pour se faire une place. »

Il y eut un silence, suivi de quelques murmures.

« Elle s'entraînera, finit par dire ma mère.

— Mais elle s'exerce déjà beaucoup. Je n'ai jamais eu d'élève plus appliqué que Kate.

— Elle peut s'entraîner davantage. »

Elle claqua la porte plus fort que nécessaire et parcourut le couloir dans un bruissement de soie, manches de dentelle au vent, laissant dans son sillage un nuage de parfum et d'indignation.

« Alors, qu'est-ce qu'elle voulait ? lui demandai-je en la rattrapant.

— Il faut que tu t'exerces davantage.

— Maman, écoute… »

Je soufflai un bon coup tandis qu'elle appelait l'ascenseur.

« … Je ne veux plus chanter. »

Elle me dévisagea, comme si je lui parlais chinois.

« Comment ? s'exclama-t-elle en battant des cils. Je te demande pardon ?

— Maman, je n'aime pas chanter. »

Ce n'était pas tout à fait vrai. J'adorais fredonner des airs de Bessie Smith et de Billie Holiday seule dans ma chambre. Ce que je détestais, en revanche, c'étaient les exercices interminables, les notes que j'essayais d'atteindre en vain, malgré mes efforts, et la façon dont Mrs Minheizer prenait soin de choisir ses mots pour ne pas me froisser. Mais je n'étais pas dupe : je savais pertinemment que je n'étais pas à la hauteur. J'avais entendu ma mère. Ses élèves, aussi. Des filles aux hanches larges, au double menton, mal fagotées… Je les trouvais quelconques, jusqu'à ce qu'elles donnent de la voix, une voix si aérienne, si transcendante, qui, comme par magie, les rendait incroyablement belles.

« Je suis nulle, marmonnai-je.

— Kate, je refuse d'entendre ce genre de chose !

— Mais tu le sais, enfin ! Je n'ai aucun talent. Si je passe les auditions au conservatoire, ils vont se moquer de moi, et s'ils me prennent, ce sera juste parce que je suis ta fille. »

L'espace d'un instant, le visage de ma mère se radoucit, sûrement parce que je venais de lui faire un compliment. Puis elle insista sur le bouton de l'ascenseur du bout de son ongle rouge vif.

« On va te trouver un autre professeur.

— Maman ! J'ai déjà fait tous les profs de l'immeuble !

— On va trouver un autre immeuble. »

Les portes de l'ascenseur s'ouvrirent. Elle entra. Je restai dans le couloir.

« Kate.

— Non.

— Kate, ne sois pas...

— NON. »

Elle dut sentir à mon regard que je ne plaisantais pas. Les portes se refermèrent sur son visage déçu, mais lorsque je la retrouvai en bas elle s'était recomposée. Elle m'adressa un sourire timide et me tendit un étui comme gage de réconciliation. En l'ouvrant, j'hésitai entre le rire et les larmes : c'était un hautbois de mon père, un de ses préférés.

« Tu as du talent ! » cria-t-elle dans mon dos tandis que je dévalais le couloir pour me réfugier dans ma chambre.

Je m'allongeai sur mon lit et repris ma lecture, *Les Brumes d'Avalon*.

« Kate, je t'assure ! Tu ne feras peut-être pas carrière dans l'opéra, mais tu ne devrais pas abandonner la musique ! »

J'avais gagné une bataille, mais pas encore la guerre. J'annulai mon audition au conservatoire, mais dus promettre en échange de continuer mes cours de chant jusqu'à ce que j'entre à la fac. De mauvaise grâce, Reina et Roger m'inscrivirent à Pimm, un lycée de filles dans l'Upper East Side qu'ils avaient choisi, apprendrais-je plus tard, car c'était le seul autre lycée dont ils avaient entendu parler (rapport à une des lycéennes retrouvée assassinée dans Central Park suite à une partie de jambes en l'air sous cocaïne, fait divers qui avait fait les gros titres un an auparavant). À Pimm, toutes les filles étaient des héritières bichonnées qui, après le déjeuner, allaient vomir leurs branches de céleri dans les toilettes en marbre. Elles se connaissaient depuis la maternelle et n'étaient pas pressées d'accueillir une brune interlope sans héritage qui ne faisait pas un petit trente-six et ne s'adonnait que très rarement à leurs passe-temps préférés, à savoir le vol à l'étalage et la boulimie.

Je faisais comme si tout allait bien, mais j'avais du mal, surtout lorsque je voyais mes parents chanter ensemble. Ou quand ma mère était à l'étranger, ce qui était le cas la moitié du temps. Je ne laissais rien paraître, mais elle me manquait, même si j'avais quinze ans, et que la règle à cet âge-là voulait que je me moque de tout ce qu'elle pouvait dire.

« Je serai de retour en juin », m'annonça-t-elle un jour où je rentrais de l'école pour la trouver dans sa chambre entourée de ses malles en cuir.

Trois mois de représentations au Staatsopera.

« Vienne ? » demandai-je sèchement.

Je détestais le son de ma voix, ma ressemblance avec la sienne, l'ironie de ne pouvoir espérer mieux qu'un « niveau satisfaisant » quand je chantais.

« Vienne », confirma-t-elle.

Sa chevelure flamboyait : elle avait retouché sa couleur cet après-midi-là, comme chaque fois qu'elle partait pour longtemps.

« Ils m'ont proposé un contrat pour trois opéras, et tu sais combien c'est rare !

— Trois mois, c'est long, quand même…, répondis-je la voix brisée. Tu vas rater la comédie musicale de l'école. »

On répétait *West Side Story*, où je jouais le rôle d'Anita. Sûrement un coup de chance, les altos étaient rares à Pimm. Bizarrement, le chemisier décolleté et la longue perruque noire que je portais pour le spectacle m'avaient donné une assurance que je n'avais jamais éprouvée durant toutes mes années de cours de chant. Je m'étais imaginé le soir de la première : ma mère, fière et ravie, m'aurait tendu un bouquet de roses en m'embrassant. *Kate, je suis très impressionnée, bravo !* se serait-elle exclamée.

Reina s'assit sur le couvre-lit en satin, passa le doigt sur une éraflure au bout de ses bottes en cuir verni et prit mes mains dans les siennes.

« Je t'assure que tu vas me manquer, tu n'as pas idée, mais je ne peux pas me permettre de rater cela. »

Elle se leva pour continuer à faire ses bagages. Tout en empilant vêtements, bouquins et CD dans ses malles, elle parlait de biologie, de temps qui passe, de l'injustice selon laquelle une chanteuse ne dispose de la plénitude de son timbre et du contrôle de sa voix que pendant un nombre d'années relativement réduit.

« Je commencerai par perdre ma souplesse, puis… »

Elle haussa les épaules, la bouche tordue par une grimace de dégoût.

« … les rôles principaux, et les galas de charité.

— Peut-être que tu pourrais revenir juste pour le week-end ? Pour *West Side Story* ?

— Tu sais très bien que les heures d'avion, c'est très mauvais pour ma voix… »

Je baissai la tête. Pas de Reina pour la première, ni pour le bal de la promo, alors que je m'étais dégoté un cavalier. Elle ferma ses malles avant de rassembler ses flacons de parfum. Puis elle passa une main dans ma frange. Instinctivement, je reculai. Je voulais qu'elle me prenne dans ses bras, pas qu'elle m'effleure du bout des doigts. Je ne voulais pas qu'elle parte. Je ne voulais pas qu'elle revienne. Jamais.

Le lendemain matin, j'ignorai ses toc-toc à ma porte. Il était six heures, je faisais semblant de ne pas l'entendre murmurer mon prénom. La tête enfouie dans mon oreiller, je me demandais si les choses auraient pu être différentes.

Si, au lieu de mes jeans trop grands et de mes sweats, j'avais mis les bottes en cuir, la veste en daim et le maquillage qu'elle m'avait achetés, est-ce qu'elle serait restée ? Si je me faisais appeler Maria Katerina et non Kate, si je m'étais acharnée jusqu'à ce que ma voix ait ce timbre rare et pur, serait-elle restée sur le même continent que mon père et moi ?

Je me levai et, le nez collé à la vitre, les genoux sur les piles de livres que j'entassais dans des cartons, j'observai la limousine se garer le long du trottoir pendant que ma mère sortait de l'immeuble. Le chauffeur passa un bon quart d'heure à charger tous ses bagages dans le coffre. Mon père l'embrassa avant de rentrer dans le couloir, la confiant au chauffeur et à ce qui lui tendait les bras : un nouvel avion, un nouveau pays, un nouvel opéra – mourir sur scène tous les soirs pendant trois mois. Le chauffeur lui ouvrit la porte. Avant de monter, elle leva les yeux vers ma fenêtre. *Je t'aime*, articula-t-elle. Queue-de-cheval dans la bouche, je mordis de toutes mes forces dans mes cheveux tandis qu'elle m'envoyait un baiser.

6

En sortant sur le perron ramasser le journal par un après-midi calme, j'entendis un moteur vrombir dans notre impasse. Mon cœur fit un bond. C'était une Porsche Boxster rouge vif, la voiture « idéale » pour une femme qui ne prenait le volant qu'une fois par mois et conduisait comme un manche.

« Janie !

— Et on dit que la vie est plus sûre en banlieue ! Mon œil ! » ironisa ma meilleure amie.

Elle portait une minijupe en daim couleur chocolat, un pull col boule en cachemire et des santiags rouges. Ses longs cheveux châtain clair étaient illuminés de mèches miel et ambre, un gloss rosé faisait scintiller sa petite bouche et un savant trait d'eye-liner rehaussait son regard. Quant à son sac à main et à ses boucles d'oreilles, ils avaient dû coûter à eux seuls le double de ma première année de fac.

Elle monta les marches et jeta un œil à l'intérieur.

« Salut, les mômes !

— Tante Janie ! s'écria Sam, qui l'adorait.

— Janie ! » s'exclama Jack à son tour en se jetant sur elle.

Jack l'aimait encore plus que Sam.

« Bonjour », dit simplement Sophie en l'embrassant sur les deux joues du bout des lèvres.

Elle l'aimait bien plus que ses deux frères réunis, mais même à quatre ans elle était déjà trop raffinée pour les effusions. Je conduisis Janie et les enfants à la cuisine, où nous étions en train de fabriquer une banderole de bienvenue pour le retour de Ben à la maison.

« Ooh, c'est l'heure des travaux manuels, à ce que je vois », dit Janie en examinant un crayon de couleur comme si elle n'en avait jamais vu.

Elle épousseta une chaise couverte de paillettes pour s'y asseoir.

« Et devinez qui vous a apporté des cadeaux ?

— Tante Janie ! crièrent les enfants en chœur.

— Et qui est-ce qui vous aime plus que votre papa et votre maman réunis ?

— Tante Janie ! hurlèrent-ils de nouveau.

— Et devinez qui va dîner dans un resto chic vendredi soir avec un type qu'elle soupçonne de porter un postiche ?

— Tante Janie ! » répétèrent Sam et Jack.

Sophie, elle, fronça son bout de nez.

« C'est quoi un potiche ?

— Pourvu que tu ne le découvres jamais, ma chérie… » conclut Janie en sortant trois paquets-cadeaux de son sac.

Les garçons eurent droit à des voitures téléguidées qu'ils testèrent sur-le-champ dans la cuisine. Sophie, à une nouvelle tenue sur mesure – un chapeau de cow-boy miniature, un lasso, un bandana, des minisantiags et des jambières de cuir – pour Uglydoll, une peluche bleue rectangulaire aux dents de lapin, yeux jaunes et oreilles protubérantes que Janie lui avait offerte à sa naissance.

« Chapitre deux cent trente-sept, annonça Janie d'une voix râpeuse, avec l'accent du Sud qu'elle avait assigné à la poupée des années auparavant. Celui où je gagne tous les rodéos sur un taureau mécanique. »

Sophie gloussa de plaisir et se rua dans sa chambre pour parer sa peluche de ses nouveaux atours.

« Bon, y a un truc à boire dans cette maison ? » s'enquit Janie en fouillant entre les petits pois surgelés et les blancs de poulet.

Enfin, elle tomba sur la bouteille de vodka qu'elle avait laissée lors de sa dernière visite. Mais la bouteille de jus d'orange du réfrigérateur, encore pleine le matin même – je l'aurais parié – était vide. J'attendis qu'elle eût le dos tourné pour couper sa vodka avec du Pedialyte, et nous allâmes au salon.

« Alors, fais-moi un petit compte rendu », dit Janie en sombrant dans le canapé.

(Le décorateur que Ben avait engagé n'avait manifestement pas la même vision que moi du mot *rembourré*. J'avais imaginé un petit quelque chose confortable en lin lavable à la machine… et me retrouvai avec un canapé modulable de trois mètres de long aux coussins si larges et si mous qu'on s'y noyait littéralement.)

Janie prit une longue rasade de son cocktail et fit la grimace mais, par chance, ne me demanda pas ce qu'il y avait dedans.

« Tu as quitté Manhattan pour ce trou à rats ?

— Un trou à rats, certes, mais avec les meilleures écoles qui soient !

— Tu parles ! Les femmes qui vivent ici sont des crétines qui ne pensent qu'à se reproduire – et à parler de leur progéniture… Franchement, qu'est-ce qu'on en a à faire de leurs tétons irrités ? »

Je savais bien ce qui mettait Janie dans cet état. Lors de sa première visite à Upchurch, pendant la kermesse de l'école maternelle, elle s'était fait coincer par Marybeth Coe, qui lui avait expliqué en détail comment elle éduquait son fils : elle ne lui mettait pas de couches et essayait de « s'adapter à son rythme naturel » – ce qui impliquait de le maintenir au-dessus d'un saladier lorsqu'elle le sentait « prêt ». Janie s'était déclarée traumatisée à vie par cette expérience. Il lui avait fallu des semaines avant de pouvoir se faire une vinaigrette.

« Tu es au moins à trente kilomètres du Saks le plus proche, sans parler d'un bon resto… Tiens, d'ailleurs, ça me fait penser… »

Elle fouilla dans son sac et me tendit un pirojki sous emballage cadeau. Je déchirai le papier et pris une énorme bouchée tandis qu'elle continuait à fulminer.

« Non mais sans blague, tu me plantes pour emménager à perpète, un prétendu havre de paix bucolique et ultra-sûr, et paf ! tu tombes sur un cadavre !

— Je ne suis pas tombée sur elle, je l'ai trouvée, c'est tout.

— Ne joue pas sur les mots… »

Je haussai les épaules. C'était tellement bon d'avoir Janie à mes côtés que j'en remerciais presque le Ciel d'avoir découvert le cadavre de Kitty.

« Tu peux rester ? lui demandai-je.

— J'en ai bien l'intention, répondit-elle en avalant une nouvelle gorgée. Vous n'êtes pas en sécurité tout seuls ici.

— Et c'est toi qui vas nous défendre ? »

Elle fouilla de nouveau dans son sac.

« Gaz incapacitant, annonça-t-elle en me montrant le spray. Fer à lisser les cheveux. Rouge à lèvres longue tenue. BlackBerry. Je suis armée. Si le tueur se pointe, suffit que je le mette en copie cachée de tous mes mémos, il mourra d'ennui.

— Il me plaît bien, ce plan… »

Janie et moi nous étions rencontrées neuf ans auparavant, après avoir décroché un entretien pour bosser au *New York Review*, le plus important magazine littéraire du pays (du moins, c'est ce que disait la petite annonce).

« Par ici », murmura la femme qui nous faisait passer le test.

Dans la pièce de l'examen, petite et surchauffée, se trouvaient deux bureaux. Celui qui était le plus près de la porte était occupé par une fille mince en tailleur noir très chic qui, à la différence du mien, n'avait sûrement pas été acheté aux soldes monstres avant liquidation totale d'un magasin discount. Elle était tellement penchée sur ses feuilles que je ne voyais que le bout de son nez et ses beaux cheveux.

La femme me tendit cinq feuilles agrafées, deux stylos bleus, un dictionnaire et un dictionnaire des synonymes.

« Corrigez ces textes à l'aide des signes typographiques conventionnels. Vous avez trente minutes. »

Elle quitta la pièce pendant que je rangeais dans mon sac le livre que j'avais emporté pour lirc dans le métro et m'assis derrière le second bureau. Comment ne pas être déçue ? J'avais obtenu une licence d'anglais à l'université de Columbia, mais puisque ce n'était pas un handicap suffisant pour trouver du travail, j'avais entrepris une maîtrise en littérature américaine, et j'avais achevé mon doctorat. Après la fac, j'avais travaillé en intérim dans un cabinet d'avocats, traîné pas mal à la maison, envoyé des CV à tous les magazines susceptibles de m'embaucher comme pigiste, en rêvant d'écrire mon propre roman – sans jamais m'y mettre. Le vendredi soir, j'allais à la bibliothèque emprunter une douzaine de livres pour la semaine. Le dimanche soir, mon père et moi – et Reina, quand elle était là – nous faisions livrer des plats chinois. J'étais sortie avec quelques mecs – un conseiller d'orientation rencontré au vidéoclub, un étudiant en maîtrise de gestion dont la mère jouait du basson avec mon père. Une existence paisible en somme, pas malheureuse, mais pas franchement excitante non plus. Parfois, le soir, quand j'éteignais la lumière, immobile dans mon lit, au plus profond de l'obscurité la plus totale, j'écoutais le bruit des bus et des taxis dans la rue, les voix, les cris, les rires aussi, et je me disais, *J'attends que ma vraie vie commence.*

J'essuyai mes mains moites sur ma jupe en jetant un coup d'œil alentour. Je m'étais attendue à des locaux plus impressionnants, pour un magazine qui avait publié les auteurs les plus marquants de notre époque : un sanctuaire douillet, à l'éclairage tamisé, meublé de bureaux en ébène, avec des recoins secrets et de vieux fauteuils sur lesquels les écrivains assoiraient tout le poids de leur génie, un verre de whisky à la main. Au lieu de quoi j'avais trouvé un vendeur ambulant de falafels devant la porte et, au dix-septième étage, du mobilier en bois clair bon marché et des rangées de néons bourdonnants, qui conféraient à l'endroit tout le charme mystérieux d'une salle d'attente de podologue.

J'avais sous les yeux un essai sur la géographie et le climat d'un lieu appelé Pago Pago. Cet endroit existait-il vraiment ? Le *Review* allait-il publier cet article ? L'avait-il déjà fait ?

La fille aux beaux cheveux se leva.

« Dans *La Belle et la Bête*, me demanda-t-elle, est-ce que la Belle couche avec la Bête ? »

J'étais soufflée.

« C'est ça ton test ? *La Belle et la Bête* ?

— Non, c'est sur Pago Pago. Je me demandais, c'est tout. Tu sais ou pas ? »

Je posai mon stylo.

« Le conte de fées ou la série télé ?

— La série. »

Elle était petite, avec de jolis yeux noisette assez rapprochés et un nez en trompette que je reconnus comme l'œuvre du Dr Kornbluth, un chirurgien esthétique de l'Upper East Side qui avait refait le nez d'au moins une dizaine de filles de ma promo de lycée. Elle avait un visage mobile et très expressif qui respirait l'intelligence, et un sourire plein de malice.

« Désolée, je ne l'ai jamais regardée, répondis-je.

— Tant pis », soupira-t-elle.

Elle fit claquer ses talons sur le sol et craquer tous ses orteils. Je lui lançai un regard cordial en essayant de lui faire comprendre que je cherchais à me concentrer. Je n'arrivais toujours pas à croire que j'avais décroché ce test, je n'allais pas me laisser distraire par la première excentrique venue. Quelques minutes s'écoulèrent. « À Pago Pago, la température médiane est de vingt-deux degrés… » *Médiane* ? J'ouvris mon dictionnaire. *Il faudrait plutôt dire moyenne non ?*

« Si tu avais un bar gay, comment tu l'appellerais ? me demanda l'autre fille d'un air songeur.

— Je… euh… Faudrait que j'y réfléchisse. »

Elle enroula une mèche de cheveux colorés autour de son stylo.

« Moi, je l'appellerais La Queue leu leu, reprit-elle.

— Hum…, pas mal.

— Ou alors L'Homo sapé, ça serait bien aussi. Ou peut-être…

— OK ! Hum, écoute, tout ça est vraiment intéressant, mais il faut que je me concentre, là.

— Pourquoi ? »

À nouveau, je posai mon stylo et pris une profonde inspiration. Ça faisait peut-être partie du test. Il pouvait y avoir des caméras planquées dans le plafond. Après tout, cette fille un peu bizarre pouvait être un agent infiltré, et quelque part dans le couloir les rédacteurs du journal guettaient peut-être ma réaction ? Si j'affrontais la situation avec dignité et aplomb, on me guiderait à travers un passage secret jusqu'aux vrais bureaux, où John Updike et Philip Roth me présenteraient leurs félicitations et un verre de whisky, sans oublier deux tickets en première classe pour Pago Pago.

« Parce que j'ai très envie de décrocher ce boulot, prononçai-je lentement, au cas où le plafond m'aurait espionnée.

— Ah bon ? s'étonna-t-elle, comme si le concept de travail lui était étranger.

— Euh… Oui ! Ce n'est pas pour ça que tu es venue, toi ?

— Si, j'imagine… Mon père dit qu'il est temps que je travaille. Que c'est une honte, à mon âge, de n'avoir jamais bossé. Mais bon, moi ce que je vois, c'est que si on me donne un boulot, je le prends à quelqu'un qui en a vraiment besoin. »

Elle m'adressa un grand sourire.

« Comme toi !

— Hum… Oui. Bon, euh… »

Je me penchai une nouvelle fois sur mon texte. *Les conserveries de thon représentent le principal employeur de Pago Pago.*

« C'est le Roi de la moquette », continua-t-elle.

Je levai les yeux vers elle en serrant les poings.

« Mon père. Sy Segal. Le Roi de la moquette. »

Mes mains se décrispèrent à mesure que je percutais.

« Mais… ce magazine lui appartient, non ?

— Oui, il me semble », répondit-elle.

Elle avait enfoncé ses mains dans ses chaussures et leur faisait danser une gigue sur son bureau.

« Ou alors il possède la compagnie qui possède le magazine, je sais plus. C'est pas évident de suivre.

— Donc, il pourrait leur demander de te le filer, ce boulot.

— Oui ! Et à toi aussi ! »

Toujours tout sourire, elle retira ses mains de ses chaussures et fit rouler sa chaise jusqu'à moi pour me serrer la main.

« Je m'appelle Janie Segal.

— Kate Klein, répondis-je. Bon, je ferais mieux de m'y remettre.

— Ah. Oui, oui, bien sûr. Vas-y. »

Le silence se fit. J'en profitai pour reprendre ma lecture. *Le port de Tutuila est entouré d'une spectaculaire chaîne de montagnes qui plongent directement dans la mer.*

« Mais avant, je peux te poser une question ? Juste une ? Pourquoi tu veux à tout prix travailler ici ?

— Tu plaisantes ? Je te signale que c'est le *Review*, quand même ! »

Je prononçai le nom du magazine avec tout le respect que m'avaient instillé mes neuf ans à l'université de Columbia et autant d'années passées le nez dans leur numéro annuel consacré aux jeunes auteurs, submergée alternativement par des vagues de jalousie et d'admiration.

« Moi, je préfère lire *People*. En fait, je préférerais travailler pour eux. Tu crois qu'ils embauchent ?

— Euh…

— Attends ! s'écria-t-elle en pointant un doigt en l'air. J'ai une idée ! »

Elle traversa la pièce jusqu'au téléphone et décrocha le combiné d'une main aux ongles parfaitement manucurés.

« Oui, bonjour, je voudrais les bureaux du magazine *People*. Oui, à New York. »

En attendant d'être mise en ligne, elle saisit un bloc-notes.

« Écris ton numéro de téléphone, me chuchota-t-elle. Oui, le rédacteur en chef, s'il vous plaît… Ah, zut, c'est sa messagerie !

— Tu sais, je crois qu'on ne devrait pas… »

D'un air autoritaire, elle leva la main pour me faire taire.

« Oui, bonjour, je vous appelle du *New York Review*. Nous avons travaillé récemment avec deux jeunes femmes que malheureusement nous n'allons pas pouvoir embaucher. Elles sont expertes en culture populaire et en célébrités contemporaines et, comme vous le savez, au *Review*, nous mettons un point d'honneur à n'évoquer quelqu'un de connu que si c'est un homme politique ou un transcendantaliste décédé.

— Non mais qu'est-ce que tu racontes ? grognai-je.

— Elles s'appellent Jane Segal et Kate Klein. Vous pouvez les joindre au… »

Elle énonça nos numéros de téléphone.

« Merci par avance de votre aide, conclut-elle avant de raccrocher. Et voilà ! lança-t-elle d'un air triomphant, en prenant son sac et son manteau.

— Euh… Tu ne finis pas le test ? » lui demandai-je en pointant Pago Pago du doigt.

Je lus une phrase au hasard. *Jusqu'en 1980, l'on pouvait admirer la vue depuis les sommets en prenant un tramway aérien qui surplombait le port.* Est-ce qu'il y avait un trait d'union à *tramway* ? Je n'en savais rien. Et, d'un coup, je n'étais plus sûre que ça ait tant d'importance que ça.

Janie me lança un regard plein de pitié, incluant la peinture écrue qui s'écaillait sur les murs, la moquette miteuse marronnasse, la fontaine à eau qui gargouillait dans un coin comme un vieillard souffrant d'indigestion.

« Je crois que je préférerais mourir plutôt que de bosser dans cet endroit.

— Mais…, bredouillai-je. Norman Mailer ! Tom Wolfe ! Saul Bellow ! Jerzy Kosinski ! »

Dans un cadre accroché au mur se trouvaient les deux premières pages de *La Lettre écarlate*, seule touche littéraire de la pièce. Janie se hissa sur la pointe des pieds face au cadre et se servit de son reflet dans le verre pour se remettre du gloss.

« La dernière fois que j'en ai entendu parler, ils étaient tous mariés.

— En fait, Jerzy Kosinski est mort, précisai-je.

— Tu vois ? C'est encore pire ! »

Elle se passa une main dans les cheveux puis ramassa mon sac à main et mon manteau.

« Allez, ma belle, on s'arrache. On n'a rien à faire ici. »

Elle mit une main sur la poignée. Je croisai les jambes d'un air de défi, pris mon stylo et entourai le mot *tramway*.

« Non. Non merci. Vas-y si tu veux. Moi je vais finir le test.

— Kate… »

Je sentais l'impatience poindre dans sa voix, mais son regard était empreint de douceur.

« Regarde un peu autour de toi, reprit-elle. Les locaux sont à vomir, ils ont l'air de se la péter, et pas un célibataire en vue. T'as vraiment envie de bosser ici ? »

Tous mes profs avaient parlé du *Review* comme les croyants parlent du paradis, comme les fans de country parlent de Dolly Parton, comme ma mère parle du Met. Mon père aurait été ravi que je décroche ce boulot. Mais avais-je vraiment envie de passer mon temps à corriger des articles ? En arrivant ici, je ne pensais même pas me poser la question, mais à bien y réfléchir…

« Non, pas vraiment. Pas du tout en fait.

— Alors viens ! On bouge !

— Non, je ne peux pas.

— Bon. OK. »

Elle enfila son manteau et se mit à fredonner.

« Bonne chance, lui dis-je.

— À toi aussi. »

Puis elle commença à chanter.

« *When I was young… I never need-ed anyone. And making love was just for fun…* »

Elle secoua la tête d'un air triste.

« *… Those days are gone.*

— Pardon ?

— *All by mysellllf*, chantait-elle à pleins poumons. *Don't wanna be… alll by myself.* »

Malgré moi, je me mis à rire. Elle chantait faux et fort. Mais alors, très fort.

« Janie, je…

— *All ! By ! My ! Self !* »

Quelqu'un frappa à la porte. Je ne m'attendais plus à voir John Updike ou Philip Roth.

« Excusez-moi ? demanda la femme qui nous avait accueillies. Vous pouvez baisser d'un ton ?

— *All by myself* », termina Janie d'une voix mélancolique.

Je posai mon stylo et finis par la suivre.

Des années après, nous nous retrouvions donc à discuter dans mon salon.

« Alors, dis-moi, où est Ben ?

— En Californie. Voyage d'affaires. Il rentre demain. »

Je pris son verre et m'envoyai une gorgée de vodka. Janie haussa un sourcil. Sans la quitter du regard, j'en bus un peu plus.

« Je rêve ou tu bois ? Ta découverte t'a traumatisée à ce point ?

— Hum… Disons plutôt que mon traumatisme s'appelle Evan McKenna. »

Le visage de Janie s'assombrit.

« Je croyais qu'on s'était juré de ne plus jamais prononcer son nom.

— Je sais, et ça m'embête de briser notre pacte, mais il se trouve que… »

Un coussin serré contre la poitrine, je lui racontai toute l'histoire – le numéro d'Evan dans la cuisine de Kitty, la police qui avait relevé son numéro sur l'identifiant d'appel…

À ces mots, Janie se leva et se mit à faire les cent pas.

« Oh là là, mon Dieu ! Tu imagines ? Et si c'était lui, le tueur ? Ils vont le condamner à mort ! »

Elle dégaina son téléphone portable.

« Est-ce que la peine de mort est en vigueur dans cet État ?

— Je n'en suis pas sûre. Mais, Janie... »

Elle me fit signe de la boucler et composa un numéro.

« Sy connaît quelqu'un au cabinet du gouverneur. »

Elle marqua une pause.

« En fait, il me semble bien que c'est le gouverneur en personne. On aura peut-être le droit d'appuyer sur le bouton ? Ou de lui faire nous-mêmes l'injection létale ! Ou...

— Janie ! »

Je lui arrachai son téléphone des mains.

« Écoute-moi une seconde, tu veux ? Je ne pense pas que ce soit Evan qui l'ait tuée.

— Ah, mais alors qui ? »

Déçue, elle se rassit.

« C'est peut-être cette Marybeth. Drôle de bonne femme. Une nana qui ne met pas de couches à son fils est capable de tout. »

Sam et Jack déboulèrent dans le salon en courant, suivis de près par Sophie qui pleurnichait. À l'aide d'un élastique, les garçons avaient attaché Uglydoll à une des voitures téléguidées.

« Chapitre deux cent trente-huit, annonça Janie d'une voix éraillée. Celui où je me fais kidnapper par des voyous en culotte courte ! »

Je libérai la poupée et consolai Sophie, avant d'envoyer les garçons au coin. Puis je m'aperçus qu'il était cinq heures et demie. Déjà. Évidemment, j'avais oublié de m'occuper du dîner.

« Et attends, ce n'est pas tout, dis-je à Janie. Kitty était le nègre de Laura Lynn Baird.

— Non ! Tu me fais marcher ! »

Je secouai la tête.

« Pas du tout. Plein de sites Internet en parlaient ce matin.

— Mais pas les magazines, hein ? Pas encore ? s'inquiéta-t-elle, à la recherche de son portable. D'un autre côté, ça ne m'étonne pas, ce que tu me dis. Tout le monde pense qu'elle ne peut pas faire tout ce qu'elle fait à moins d'avoir été clonée. Chaque fois que j'allume la télé, elle est là, à blablater sur les mesures antidiscriminatoires ou je ne sais quoi. J'ai toujours cru qu'elle commandait ses chroniques à une cellule de réflexion délocalisée à Madras, pas à une mère de famille de banlieue !

— Parce que aucune mère de famille de banlieue n'est capable d'aligner deux phrases, c'est ça ?

— Exactement. À part toi, bien sûr. Dis donc, c'est une histoire incroyable. In-croy-able. »

Le bout de son nez se fronça lorsque la messagerie de son rédacteur se déclencha.

« Segal à l'appareil. Rappelez-moi. »

Elle se leva, les doigts pianotant déjà dans le vide à la recherche d'un clavier.

« Il est où, ton ordinateur ?

— Janie, écoute-moi. Tu crois que tu pourrais m'obtenir une interview avec Laura Lynn Baird ?

— Hein ? Mais pourquoi ?

— Parce que… »

Il me fallait trouver une excuse qui lui plaise.

« Parce que si Evan est impliqué dans cette affaire…

— Ah non non non non non. Je t'arrête tout de suite. Tu as perdu assez de temps avec cette sous-merde. S'il s'avère qu'il est coupable, c'est moi qui m'occupe de son cas. Et je te fais capitaine des rangers pour me seconder. Tu as de la chance, les capitaines, c'est eux qui ont les plus beaux chapeaux. »

Je fis une nouvelle tentative.

« Peut-être que Laura Lynn sait un truc qu'elle n'a pas dit aux flics. Et puis, Kitty était mon amie. »

Elle me lança un regard noir.

« Je croyais que tu n'avais aucune amie dans ce trou pourri ! C'est moi, ton amie, d'abord ! »

Tentative numéro trois…

« C'est ma communauté. Mon quartier. C'est ici que mes enfants vivent. Je me sens concernée, tu sais. »

Janie posa doucement une main sur mon épaule.

« Et quand les extraterrestres t'ont enlevée, tu as beaucoup souffert ?

— OK, finis-je par dire, tu veux savoir pourquoi ? Parce qu'il y a un assassin qui court en liberté, et même toi tu dois admettre que ce n'est pas très rassurant. Et tu sais quoi d'autre ? JE M'ENNUIE. »

Je fis une pause pour donner plus d'effet à mes propos, sachant que je venais de prononcer le mot le plus vulgaire du vocabulaire upchurchien. Pour mes concitoyennes, admettre que l'on s'ennuyait revenait à avouer que l'on était à deux doigts de noyer ses enfants dans la baignoire. L'ennui, ici, c'est un péché. Un interdit. Et voilà que je brisais le tabou absolu.

« Je m'ennuie, et ce meurtre, aussi horrible soit-il, est la seule chose intéressante qui se soit passée depuis que les Langdon à côté ont voulu construire une maison d'invités et ont pété leur fosse septique. C'est plus fort que moi, j'ai envie d'en savoir plus. »

Janie prit un air satisfait.

« Ah, enfin je te retrouve ! »

7

Il était une fois une femme qui avait vécu à New York et déménagé dans le Connecticut avec son mari et son bébé – une femme pas très différente de moi, ou de Kitty Cavanaugh. Sauf que Laura Lynn Baird était célèbre et qu'elle n'avait pas le temps de s'ennuyer. Son fils à peine né, elle avait repris le travail (même si, paradoxalement, cela impliquait de nombreux déplacements en avion et des apparitions à la télé dans des émissions où elle traitait les femmes de mauvaises mères si elles bossaient hors de chez elles).

Je garai mon minivan devant le 734, Old Orchard Lane à Darien, dans le Connecticut, retouchai mon rouge à lèvres dans le rétroviseur et repoussai ma frange derrière mes oreilles. Comme par magie, Janie avait réussi à avoir Laura Lynn en ligne. « B-bonjour », avais-je bredouillé. Cela faisait des années que je n'avais pas mené d'interview – à part, d'une certaine manière, pour recruter une baby-sitter. Un peu gauchement, je lui avais expliqué l'objet de mon appel : je travaillais à l'écriture d'un hommage à ma voisine disparue, et je lui serais très reconnaissante, malgré son emploi du temps surchargé, si elle pouvait m'accorder…

« Dix heures demain matin, m'avait-elle coupé. Je vous consacre vingt minutes, pas une de plus. »

Clic.

La pendule du tableau de bord indiquait 9 h 54. Je sortis un tas de feuilles de mon sac. La veille, après avoir mis les enfants au lit, j'avais imprimé chacune de ses chroniques parues dans *Content* et avais surligné les passages importants. « Le grand mensonge féministe est une hydre à deux têtes, un serpent qui susurre à l'oreille de la femme moderne que son propre bonheur est primordial, qu'elle peut mener de front carrière professionnelle et vie de famille sans que ses enfants n'en souffrent, ou même ne s'en rendent compte, avait écrit Laura Lynn Baird-tiret-Kitty Cavanaugh. La vérité, comme le savent bien les femmes honnêtes avec elles-mêmes, c'est que les enfants doivent être élevés par leur mère. Dans ce cas, et pour un nombre d'années limité, la biologie est leur destinée. Honte sur la femme qui troque les câlins du soir, les baisers qui consolent et les berceuses contre les plaisirs éphémères, les cocktails de bureau en vue d'une promotion... Plaignons plutôt la nounou issue de la classe moyenne, qui ne se rend pas compte que son véritable ennemi n'est pas le crétin misogyne de base mais bel et bien la femme qui porte des vêtements en fibre recyclée, mange des produits bio et invoque la solidarité féminine alors qu'elle l'exploite et la paye sans la déclarer. »

Remontée, la fille. Difficile d'imaginer Kitty, avec son gentil sourire et ses conversations inoffensives, écrire de telles choses. Je rangeai les feuilles dans mon sac, appelai à la maison pour m'assurer que rien ne brûlait et me décidai à sortir de la voiture. J'empruntai l'allée en forme de croissant et montai les quelques marches du perron avant de frapper à la porte. À dix heures précises, une main bronzée et osseuse se faufila dans la minuscule embrasure de la porte, me saisit par le bras et me tira vers l'intérieur.

« Vous êtes bien Kate Klein ?

— Oui », répondis-je.

Chaque fois que je l'avais vue à la télé, en train de démolir un membre démocrate du Congrès ou une avocate féministe, elle m'avait semblé mince mais imposante. Mais, en vrai, elle était minus ; plate comme une limande, pas plus haute qu'une gamine de huit ans, elle ressemblait à un farfadet androgyne en tailleur Chanel rose. Elle portait des escarpins couleur crème, un double rang de perles roses, et des boucles d'oreilles en or serties de perles. Sa chevelure blonde de rigueur, teinte en jaune paille, brushée et laquée à l'extrême, lui donnait l'air d'avoir mis les doigts dans une prise électrique.

« Venez », m'ordonna-t-elle sans me lâcher le bras.

Je la suivis au salon, un espace très haut de plafond, décoré de rares meubles en métal et en cuir, une pièce à peu près aussi chaleureuse qu'elle.

« Asseyez-vous. »

Je pris place sur le fauteuil qu'elle m'indiqua, une causeuse en cuir suédé blanc. Accrochés au mur comme des tableaux se trouvaient trois écrans de télé flanqués de bibliothèques qui montaient du sol au plafond, remplies de livres reliés. L'artillerie lourde conservatrice au grand complet : Ann Coulter et Peggy Noonan, Bill O'Reilly et Sean Hannity, les Michael (Medved et Savage), sans oublier les Laura (Ingraham et Schlessinger).

Au dos de chaque bouquin était collé un Post-it, où étaient inscrits deux nombres, ainsi que les mots « place » et « durée ».

« Liste des best-sellers du *New York Times*, m'expliqua Laura. J'aime bien me tenir au courant. »

Je regardai autour de moi, en quête de l'attirail qu'impliquait la présence d'un bébé – transat, youpala, coussin taché de vomissures... En vain. En revanche, je remarquai une grande photo de son père, Byron « Bo » Baird, posée devant un drapeau américain. Au sommet de sa carrière, Bo Baird, aux cheveux gris métallisé et au regard d'acier assorti, avait été à la tête de vingt-huit journaux dans tout le pays, chacun plus orienté à droite que le précédent. Il avait dîné avec beaucoup de présidents et avait conseillé de nombreux sénateurs avant de casser sa pipe à soixante-dix-huit ans, dans un lit qu'il partageait avec une femme qui, détail fâcheux, n'était pas son épouse. À l'époque, j'étais au lycée, mais je me souviens que les invités des émissions qui passaient tard le soir à la télé s'en étaient donné à cœur joie. La rumeur – jamais confirmée mais extrêmement persistante – voulait que non seulement Bo ait rendu l'âme couché sur une autre femme, mais qu'en plus il portait les talons hauts de la dame.

« Je vous donne vingt minutes, décréta Laura Lynn en regardant ostensiblement sa montre en or. Ah, et avant de commencer, permettez-moi d'éclaircir un point : Kitty Cavanaugh n'était pas mon nègre. Nous travaillions ensemble. Ces enfoirés de bloggers racontent n'importe quoi, le *Times* de ce matin a déjà relayé l'info… Il a fallu que je demande à mon avocat de rédiger un démenti. »

Elle reprit son souffle et sortit une canette de Coca Light d'un seau à glace gravé à ses initiales.

« Vous avez vu la nécro ? aboya-t-elle.

— Je… euh… »

Je plongeai une main dans mon gros sac, parmi le fouillis de crayons de couleur cassés et de serviettes en papier usagées, et parvins à en extraire un calepin – rose à paillettes avec Hello Kitty sur la couverture. C'était celui de Sophie, le seul que j'avais réussi à trouver dans un délai aussi court.

« La notice né-cro-lo-gique, articula-t-elle, comme si je venais de subir une lobotomie. Dans le journal d'aujourd'hui. »

Elle me colla la page sous le nez.

« Un écrivain, mère de deux enfants, assassiné, annonçaient les gros titres en page B-6. Katherine Cavanaugh, vivant dans le Connecticut, employée à la rédaction du magazine *Content*, pour lequel elle écrivait la chronique "Une bonne mère" – chronique signée par la très critique et critiquée Laura Lynn Baird – a été retrouvée morte dans sa cuisine vendredi après-midi. Mrs Cavanaugh, âgée de trente-six ans… »

Je ne pus continuer ma lecture, car Laura Lynn m'arracha le journal des mains.

« Ne lisez pas ça, gronda-t-elle, les dents serrées. Ce n'est qu'un tissu de mensonges. De mensonges et de conneries. De la diffamation, voilà ce que c'est. Typique de la gauche. Mon avocat a déjà contacté leur médiateur. Oh, excusez-moi, se reprit-elle d'une voix sarcastique, avec la personne en charge de la médiation, parce que ça pourrait tout aussi bien être une femme. Il faut faire attention à ne vexer personne de nos jours, pas vrai ? PAS VRAI ? »

Elle rejeta la tête en arrière, dévoilant un cou de poulet tout décharné, et émit un bruit qui pouvait passer pour un rire – quand elle était à la télé.

« Ça faisait combien de temps que Kitty travaillait avec vous ?

— Cinq, six ans, quelque chose comme ça. »

Je notai.

« Et comment l'avez-vous rencontrée ?

— Nous avons été présentées. Par Joel Asch, le rédacteur en chef de *Content*. Elle avait été son élève à Hanfield. Il la trouvait brillante, je lui ai fait passer un entretien, elle semblait intelligente, très capable… Alors voilà. »

Elle faisait claquer ses talons contre le parquet.

« Quoi d'autre ? Que voulez-vous savoir ? »

Je bredouillai la première chose qui me vint à l'esprit.

« Où est votre fils ? Il fait la sieste ?

— Ma mère l'a emmené au parc. C'est elle qui s'occupe de lui quand je travaille. »

Elle leva le menton et plissa les yeux, comme pour me mettre au défi de la traiter d'hypocrite.

« Oh, je vois.

— … Et quand je suis en déplacement, continua-t-elle. Avant, je l'emmenais avec moi – c'était plus pratique quand il était tout bébé – mais c'est vite devenu trop compliqué. L'année dernière, j'étais sur les routes un jour sur trois. C'est en ça que Kitty m'a été d'une aide si précieuse. Moi, je fournissais le contenu politique, l'idéologie, le style. Et elle, les détails. Vous voyez. Tout ce qui se rapporte à la vie domestique. Les couches à changer, les bavoirs, tout ça…

— Et donc… »

Je faillis lui demander qui était réellement l'auteur des chroniques.

« … comment vous partagiez-vous la tâche ? »

Voilà qui était mieux.

Laura Lynn secoua la tête, agacée. Pas un seul de ses cheveux ne bougea.

« On se contactait par téléphone, ou par mail. Je lui donnais la ligne directrice, quelques idées, on en discutait, et elle m'envoyait le produit fini, pour ainsi dire. À bien y réfléchir, je lui rendais un grand service. »

Je ne pus m'empêcher de hausser les sourcils, mais j'essayai de déguiser ma moue de dégoût en air intrigué.

« Ah oui ?

— Pour moi, l'égalité, ça se mérite. »

Je reconnus l'accroche de l'une de ses apparitions télévisuelles.

« Et à la différence de ces soi-disant féministes, moi, je soutiens les femmes.

— Ah oui ?

— Absolument. Voyez-vous, une femme comme Kitty, maman de deux enfants… »

Elle tapotait sur son genou, et pour la première fois depuis le début de notre entretien elle me parut déconcertée, voire peinée.

« Elle avait deux enfants, c'est bien ça ? »

J'acquiesçai.

« Deux enfants, en banlieue, à quel autre travail pouvait-elle prétendre ? Un emploi de bureau était impossible, tout comme reprendre ses cours. Et moi, je lui ai offert le luxe de rester chez elle avec ses enfants et l'occasion de faire entendre ses opinions ! » conclut-elle d'un air triomphant.

Je continuai de prendre des notes, en veillant à garder les yeux rivés sur mon carnet, car je savais que si je risquais un œil vers elle, mon visage me trahirait.

« Donc, elle travaillait chez elle ? »

Laura Lynn hocha la tête, poussa un soupir sonore et regarda de nouveau sa montre.

« Oui, chez elle. Après notre première rencontre en ville, nous avons trouvé plus simple de communiquer par téléphone ou par mail.

— Et votre rédacteur en chef n'y voyait pas d'inconvénient ? »

Je consultai mes notes.

« Joel Asch, c'est bien ça ?

— Il lui aurait tout passé. C'est bien simple, elle l'aurait fait marcher sur la tête, tellement il l'adorait. Si ça se trouve même, il la baisait… »

Bel exemple de solidarité féminine, me retins-je de commenter.

« Et est-ce qu'elle partageait vos idées ? Votre vision de la maternité ? »

Laura Lynn me lança un regard mauvais.

« Mais bien sûr ! Quelle idée ! »

Je notai toujours sans lui répondre. Je n'allais pas me jeter dans la gueule du loup. Et puis, c'était sûrement vrai. Une femme qui avait dit à une quasi-inconnue, « Pour rien au monde je ne laisserais mes enfants », avec une telle lueur dans le regard, le visage empreint d'une ferveur toute religieuse, ne pouvait qu'être d'accord avec Laura Lynn. À moins d'être folle.

« Écoutez, reprit-elle en posant une main sur mon genou pour plus d'emphase, croyez bien qu'une double signature m'aurait ravie. Je vous assure. Seulement, pour la direction, c'était mon nom, le principal attrait. Cela aurait pu troubler les lecteurs. Et puis, ça ne dérangeait pas Kitty. Surtout après qu'on a eu signé le contrat.

— Le contrat ? »

Elle poussa un autre soupir d'impatience, avant de s'ouvrir une seconde canette de Coca Light.

« Nous avons vendu notre manuscrit il y a trois semaines. Six maisons d'édition étaient intéressées, on a pu faire monter les enchères. »

Elle se servit de sa canette comme d'un micro.

« Un recueil d'essais sur la nature controversée du rôle de mère dans l'Amérique d'aujourd'hui. Nous avons obtenu un à-valoir de sept chiffres.

— Vous aviez choisi un titre ? J'aimerais en parler à la messe de souvenir. »

Elle cligna plusieurs fois des yeux tandis que je me félicitais pour ma présence d'esprit.

« *Une bonne mère*, évidemment. »

Évidemment.

« Et nos deux noms auraient figuré sur la couverture ! s'exclama-t-elle, comme si ça faisait d'elle une sainte. N'oubliez pas de le mentionner. Je pense que ç'aurait été un truc du genre "de Laura Lynn Baird, avec la collaboration de Kitty Cavanaugh". Vous voyez… »

J'acquiesçai, me souvenant d'une phrase que j'avais lue dans des dizaines de romans policiers : *suivre la piste de l'argent*. Un à-valoir de sept chiffres, c'était donc une piste à ne pas négliger.

« Je ne voudrais pas vous paraître trop indiscrète mais… comment comptiez-vous partager l'à-valoir, et les droits d'auteur ?

— Eh bien… »

Elle posa sa canette et joua avec son collier de perles.

« Nous n'avions pas tout à fait réglé la question. Mais je peux vous assurer que le partage aurait été équitable. Pour moi, les femmes ont droit à un traitement juste. Et à une rémunération juste. »

Je hochai la tête tout en écrivant, pendant qu'elle m'exposait son avis sur la maternité (pour), le féminisme (contre), l'influence des femmes sur le monde (significative et favorable, à condition qu'elles s'occupent d'abord de leurs enfants, opérant ainsi un changement à petite échelle, mais les petits ruisseaux font les grandes rivières, n'est-ce pas, et il n'y aurait nul besoin de lois sur le port d'armes, de réformes sur le financement des campagnes électorales, ou de contrôle gouvernemental d'Internet, si seulement les mères du monde faisaient leur boulot).

« Janie Segal m'a dit que vous aviez trouvé le corps. Est-ce qu'il était… ? Est-ce qu'elle était… ? Enfin… Est-ce qu'elle a souffert ?

— Je n'en sais rien. »

Quelques secondes s'écoulèrent dans le silence avant que Laura Lynn n'avale les dernières gouttes de son Coca.

« Bon, il faut que je file, dit-elle en s'essuyant la bouche du revers de la main. J'ai un train à prendre pour Washington. »

L'heure de ma dernière réplique avait sonné.

« Kitty vous a-t-elle déjà parlé d'un certain Evan McKenna ? »

Son nom resta suspendu en l'air, tel un mobile. Si j'avais levé les yeux, je l'aurais vu pendiller au-dessus de ma tête.

« Non, répondit-elle. Qui est-ce ?

— Oh, personne. Ce n'est personne. »

Personne. Si seulement…

Elle se leva.

« Bon, écoutez, je suis désolée que Kitty nous ait quittés, et que vous en soyez peinée. Vous étiez très amie avec elle ?

— Non, je ne la connaissais pas si bien que ça. On se croisait à l'école, au supermarché, aux matchs de foot… »

Cet aveu sembla détendre Laura Lynn.

« Comme c'est dommage ! C'était une personne adorable. Digne de confiance. Très consciencieuse. »

Elle observa une pause, remarquant peut-être que sa description correspondait plus à une lettre de recommandation pour une femme de ménage qu'au panégyrique destiné à une collègue disparue.

« Vous savez ce qu'était Kitty par-dessus tout ? Une bonne mère. Comme le disait la chronique. »

J'arrivai à la maison à 11 h 05, ce qui me laissait un quart d'heure de débriefing avec Janie, un quart d'heure de recherches sur Internet, et dix minutes pour aller chercher les enfants à la Cabane rouge pour la sortie de 11 h 45.

La combinaison « Laura Lynn Baird », « bonne mère » et « contrat éditorial » fit cracher une dizaine d'articles à mon moteur de recherche préféré. En effet, Laura Lynn avait décroché un contrat d'« au moins un million de dollars », pour un recueil d'essais sur la maternité déjà publiés dans *Content*, « plus quelques textes inédits ». Tous les articles mentionnaient son nom, quelques-uns avaient même exhumé le scandale qui avait entouré la mort de son père, mais le nom de Kitty Cavanaugh n'apparaissait nulle part, que ce soit en tant que coécrivain, nègre, ou assistante d'une quelconque nature. Je griffonnai le nom de l'agent et de l'éditeur, cherchai leur numéro de téléphone sur Google, et jetai un œil sur la pendule : 11 h 28. Tant pis. Je composai le premier numéro.

Dafna Herzog, l'agent littéraire de Laura Lynnn, émit un rire rauque après mon petit laïus sur ma voisine Kitty Cavanaugh et ma visite le matin même à Laura Lynn Baird.

« Ah là là…, gloussa-t-elle. Ma nouvelle cliente préférée !

— Je ne voudrais pas me mêler de ce qui ne me regarde pas mais…

— Mais bien sûr que si ! Comme la vingtaine de journalistes qui m'ont déjà appelée ce matin. Le nègre assassiné ! Quelle histoire !

— Alors vous étiez au courant pour Kitty ?

— Disons que je suis perspicace. Je me doutais bien que Laura se faisait aider pour ses chroniques à *Content.* Elle défend parfaitement sa cause, elle sait y faire à la télé, mais lorsqu'il s'agit de coucher les mots sur le papier… ou sur un écran… – elle gloussa de nouveau –… non. Elle excelle dans les slogans, les phrases assassines, mais elle ne peut pas faire des paragraphes entiers, encore moins des chapitres…

— Par manque de talent ?

— Par manque de temps, me corrigea Dafna. J'en ai donc déduit qu'elle ne travaillait pas seule, mais je n'en étais pas sûre, jusqu'à ce que je le lise dans le *Times* ce matin.

— Laura ne vous a jamais dit qu'elle n'écrivait pas ses chroniques seule…

— C'était une hypothèse tacite. Je n'ai pas posé la question, elle ne m'a rien dit, voilà tout.

— Et pour ce qui est du contrat…, hésitai-je. Hum… à combien se montait l'à-valoir exactement ?

— À sept chiffres, plus des bonus. Mais je ne vous en dirai pas plus.

— Entendu… Laura Lynn m'a dit qu'elle devait partager cette somme avec Kitty.

— Alors elles s'étaient arrangées entre elles. Le contrat que j'ai négocié était au seul nom de Laura. »

Contrat au seul nom de Laura, notai-je.

« Vous savez quoi ? Je crois que votre cliente m'a menti… »

Dafna éclata de rire.

« *Mazel tov !* Vous venez de perdre votre virginité ! s'amusa-t-elle. Écoutez, Laura Lynn était enfin est, écrivain.

C'est du moins ce qu'elle voudrait. Et les écrivains mentent. Ils brodent. Ils dissimulent. Ils inventent. Vous vous attendiez à quoi, au juste ? À ce qu'elle vous dise "J'ai les dents qui rayent le parquet et la dalle de béton au-dessous et je vais tout garder pour moi" ? Enfin, quoi qu'il en soit, elle se retrouve dans de sales draps. Il va sûrement falloir qu'elle paye les frais d'université pour les filles de Kitty plus tard, histoire de faire bonne figure. Bref. Vous avez autre chose à me demander ? »

11 h 32. Je me lançai.

« Vous pensez que Laura Lynn Baird aurait pu assassiner Kitty ? »

Je m'attendais à un nouvel éclat de rire, mais il n'en fut rien.

« Pour l'argent, vous voulez dire ? Pour l'empêcher de la poursuivre en justice, ou de faire un scandale ? Tout ce que je sais, c'est que des gens se sont entretués pour beaucoup moins que ça... Dites donc, ce serait une sacrée affaire !

— Une sacrée affaire..., répétai-je. Mais que va-t-il advenir du bouquin ?

— Difficile à dire. Maintenant qu'il est de notoriété publique que Laura n'a pas écrit ses chroniques toute seule, le nom de votre cadavre va apparaître sur l'ouvrage. Ça va susciter la curiosité des gens. Étant donné les... les événements récents... Bref. Rappelez-moi si je peux faire quoi que ce soit. »

Clic.

Il était 11 h 34. Je composai le numéro du standard de *Content*, où l'on me passa le bureau de Joel Asch.

« De quoi s'agit-il ? » me demanda la secrétaire d'un ton méfiant.

Je m'étais présentée de façon très succincte : Kate Klein, d'Upchurch, dans le Connecticut.

« De Kitty Cavanaugh. C'était une amie à moi. »

J'hésitai à poursuivre... *Oh, et puis merde !*

« C'est moi qui ai trouvé… qui l'ai trouvée. Morte.

— Et… de quoi s'agit-il ? »

Coriace, la secrétaire.

« Eh bien… Je sais qu'elle travaillait pour *Content*, et que Joel Asch l'avait engagée…

— Oui, en effet. Mais quel est l'objet de votre appel ? Qu'est-ce que vous voulez, au juste ?

— Simplement lui parler, répondis-je mollement. Lui parler de Kitty.

— Je lui transmettrai le message.

— Merci », dis-je, avant de laisser mon nom et mon numéro.

11 h 37. Je raccrochai et piquai un sprint jusqu'au minivan. Si j'arrivais encore en retard, j'allais avoir droit aux remontrances et à une amende de dix dollars par enfant de la part de la directrice de l'école, Mrs Dietl, qui avait les boucles grises et le doux regard d'une mamie gâteau, mais autant de cœur qu'un distributeur de billets.

Je tiens mon premier suspect, pensai-je au volant de la voiture, évitant de peu notre boîte aux lettres. Je revoyais le cou noueux de Laura Lynn Baird, ses doigts maigres enserrant sa canette de Coca. J'avais un suspect qui tenait la route.

Je m'engageai sur Liberty Lane, puis sur Main Street, et me mis à fredonner pour me détendre. En dépassant une voiture de police garée à l'angle de Folly Farm Way – et en remarquant l'air réprobateur de l'agent –, je me rendis compte que je devais chanter à tue-tête. Oups ! Je fermai la bouche et pris mon portable, qui s'était mis à biper de façon hystérique. Un appel en absence. Rien d'étonnant à ce que je ne l'aie pas entendu sonner : le réseau était des plus médiocres à Upchurch, car les habitants s'étaient fermement opposés à ce que des antennes viennent dénaturer le charme tellement pittoresque de leur coin de paradis. J'appelai ma messagerie et sentis mes mains se crisper sur le volant en entendant mon nom.

« Kate », dit une voix que je n'avais pas entendue depuis sept ans. La ligne grésillait, et il y avait beaucoup de bruit en fond sonore. « … c'est Evan McKenna. Il faut qu'on parle. »

8

Janie et moi n'avions pas été engagées par le magazine *People* mais, grâce à la ténacité de Janie, mes bonnes notes, et, je suppose, les agissements en coulisse de Sy Segal, nous avions décroché un boulot de correctrice/aspirante journaliste au *New York Night*, un hebdomadaire à scandale qui faisait son beurre – ou plutôt ses gin tonics – sur le dos de jeunes célébrités sous l'emprise de l'alcool et/ou de stupéfiants. Bien sûr, nous n'avons jamais rencontré les célébrités en question – de façon paradoxale, si le père de Janie avait moins insisté pour qu'elle travaille, celle-ci aurait pu faire la fête avec elles tous les soirs au lieu de bosser toute la journée.

Assises derrière nos vieux bureaux grêlés de brûlures de cigarettes, nous étions chargées de vérifier que les journalistes épelaient correctement le nom des stars et exposaient dans le bon ordre leur passé de toxicomanes. Si, en période de bouclage, un journaliste criait « Charlie Sheen ! », à nous de lui sortir l'âge de l'acteur, son lieu de naissance, les titres, partenaires et recettes (aux États-Unis et à l'étranger) de ses trois derniers films et, le plus important aux yeux du *New York Night*, ses récentes conquêtes, le type de substances qui le bottaient à ce moment-là, et les endroits où il traînait.

Au bout de quelques mois, nous avons, chacune de notre côté, trouvé nos sources d'information. Janie entretenait une relation téléphonique suivie quasi sexuelle avec le concierge d'un centre de désintox du Minnesota : elle le surnommait Apollon, l'appelait tous les jours à la pause déjeuner, lui envoyait des boîtes d'excellents chocolats, et lui promettait de passer le restant de ses jours avec lui dès qu'elle aurait divorcé.

Je n'avais pas la plume de Janie, ni sa force de persuasion pour tirer les vers du nez aux agents les plus récalcitrants. Mais j'avais Mary Elizabeth. L'une des filles les plus vulgaires – et les plus ivres – que Pimm eût jamais comptées parmi ses élèves. En seconde, elle avait mis une serviette hygiénique sur ma chaise en cours de maths, et je m'étais baladée avec ce truc collé aux fesses toute la journée. L'année d'avant, elle m'avait assuré que Todd Avery lui avait demandé mon numéro, et j'avais passé le mois qui avait suivi dans un rayon de moins de deux mètres du téléphone. À deux mois de la remise des diplômes, elle s'était fait expulser de l'école pour avoir corsé les jus d'orange de l'équipe de basket avec de la vodka – à moins que ce ne soit pour s'être fait pincer en posture très délicate avec un prof de sport dans le placard à balais du gymnase. Mary Elizabeth réussit cependant à obtenir son diplôme de fin d'études secondaires, mais elle fut recalée à l'examen d'entrée de la Wesleyan, se fit virer de la Penn, et dilapida l'intégralité de sa bourse avant ses vingt-trois ans, âge auquel elle s'enfuit avec un des types en sabots de la troupe Lord of the Dance. À vingt-huit ans, elle se reprit et s'inscrivit aux Alcooliques anonymes. Lors de ma première semaine au *New York Night*, elle m'avait téléphoné un peu par hasard ; elle en était à l'étape neuf (se racheter directement auprès de ceux qu'elle avait blessés). Dans l'espoir qu'on me confie enfin un article, j'avais fait en sorte qu'elle me rappelle toutes les semaines pour me tenir au courant des agissements des vedettes qu'elle croisait dans les spas et les cliniques qu'elle fréquentait.

Notre chef s'appelait Polly : elle avait des lunettes assez épaisses pour arrêter des balles de revolver et semblait passer sa vie dans la salle de rédaction. Elle était déjà là quand on arrivait le matin. Et elle était toujours là quand on partait le soir. Non seulement on ne l'avait jamais vue quitter l'immeuble, mais jamais non plus aller aux toilettes... Un jour, Janie et moi en avions longuement discuté avec Sandra, la critique littéraire, qui prenait un malin plaisir à parler des livres où l'héroïne ridiculisait le héros. Sandra avait des cheveux châtains aux mèches très inégales – elle devait les couper au coupe-ongles –, était diplômée d'une prestigieuse université et avait pondu un manuscrit de cinq cents pages, qui, vraisemblablement, finissait mal, et gisait dans une boîte à chaussures sous son lit, sous les trente-six lettres de refus d'agents littéraires qu'elle avait reçues. Finalement, nous étions tombées d'accord : moins on parlait des habitudes excrétoires de notre boss, mieux c'était.

Le chef de Polly, le directeur de la rédaction, s'appelait Mark Perrault. Environ une fois par mois, lorsqu'on dépassait nos délais à cause des types de la fabrication, il sortait de son bureau et essayait de lancer sa chaise à roulettes par-dessus le bureau du photographe. Malheureusement pour lui, Mark, sans être nain, mesurait tout juste un mètre cinquante et devait peser moins que la chaise en question. Il réussissait à la lever à la hauteur de son torse tout en postillonnant « Mais combien de temps encore va-t-il falloir que je me tape ces connards incompétents ? », vacillait d'avant en arrière, puis, avec un « Arrrgh ! » de rage, jetait la chaise à cinquante centimètres de lui, tandis que Janie et moi, prises de fou rire, nous cachions derrière le distributeur.

« Tu sais ce qu'on devrait faire ? me demanda Janie un soir où l'on dégustait des sundaes au chocolat pour fêter le dernier divorce de son père.

— Non, quoi ?

— Prendre un appart !

— Mais… Tu as déjà un appart, non ? »

Je ne le savais que trop bien : Janie avait sa propre suite dans l'appartement de son père situé sur Park Avenue, un palace de dix-huit pièces avec ascenseur qui avait déjà fait la couverture du *Metropolitan Home*.

« Oh, écoute… On ne va quand même pas vivre avec nos pères pour le reste de nos jours !

— Hum, je crois qu'on n'est pas tout à fait dans la même situation toi et moi…

— N'empêche, dit-elle en sortant un journal de son sac – lequel avait dû coûter la vie à plusieurs bébés alligators. Regarde, un trois-pièces dans Murray Hill pour mille huit cents dollars par mois ! C'est tout à fait dans nos moyens ! »

Elle entoura l'annonce au crayon à lèvres et regarda la page de plus près.

« C'est où, Murray Hill ? Pas à Brooklyn, au moins ? »

Je me creusai la tête pour trouver un repère qu'elle situerait.

« C'est pas trop trop éloigné de Grand Central Station.

— Génial ! On n'a qu'à aller le visiter ! »

Elle sortit aussitôt son portable.

« Mais il faut d'abord qu'on sache s'il est toujours disponible, et puis il faut prendre rendez-vous… »

Janie leva une main pour me faire taire.

« Oui, allô ? Qui est à l'appareil, je vous prie ? Achmed ? Bonjour, Achmed, ici Janie Segal, la fille de Sy Segal… »

Je secouai la tête, en sachant pertinemment que toute forme de résistance était inutile. Après notre rencontre au *Review*, pendant des mois j'avais accompagné Janie dans toutes ses incroyables sorties. Six mois de soirées chic dans les musées ou salles de concert de la ville, suivies de quelques verres dans des bars de nuit ou en boîte, et à aucun moment je n'avais eu l'impression d'être la copine grassouillette et mal fagotée dont elle se serait servie comme d'un bouclier contre tous les mecs qui lui demandaient si elle voulait une bière, danser, ou leur filer son numéro. On s'éclatait ensemble, que l'on soit en train de s'acheter des boucles d'oreilles à cinq dollars sur le marché aux puces de la Sixième Avenue, ou de manger des joues de veau braisées à un gala de charité au musée d'Art moderne, avant d'aller dans un bar-karaoké de Chinatown, toujours en robe du soir.

Janie en finit avec Achmed et raccrocha, la mine triomphante.

« C'est bon ! On le visite samedi !

— Ah, je pourrai pas, j'ai déjà un truc de prévu.

— Un rendez-vous galant ? Je peux venir ?

— Comment ça, « je peux venir » ?

— Mais si, allez ! Je ferai semblant d'être ta conseillère des Alcooliques anonymes !

— Janie...

— Quand ils apporteront la carte des vins, je dirai "Oh, non, merci, on va s'en passer..." Et puis après, j'expliquerai au type que tu n'es même pas censée sortir avec un mec, mais que ton thérapeute t'a accordé une autorisation spéciale...

— Janie ! Non, tu ne peux pas venir avec moi et te faire passer pour ma conseillère ! Et puis, de toute façon, il ne s'agit pas d'un rendez-vous galant.

— Oh. Alors tu fais quoi samedi ?

— Je... »

Pfff... J'allais vraiment avoir l'air pathétique, mais je me lançai quand même.

« Je vais louer un film, commander de la bouffe chinoise et aider mon père à payer ses factures.

— Ah, OK. Hum, ç'a l'air sympa. »

Je remarquai son air soudain mélancolique et sus que si je ne lui proposais pas de m'accompagner, elle se mettrait à chanter « All By Myself ».

« Tu veux venir ?

— Je peux, vraiment ?

— Évidemment !

— Et dimanche, on fera nos cartons !

— Oui, enfin, il faudra d'abord qu'on trouve un appart…

— Ah oui, c'est juste… », répondit-elle en griffonnant « porter des chaussures confortables » dans la marge des annonces immobilières.

Pensive, elle tapotait son crayon à lèvres contre le journal. Elle finit par rayer le mot « porter » et le remplaça par « acheter ».

« T'inquiète, je te prêterai des baskets… »

Une semaine après, on tombait raides dingues d'un grand trois-pièces dans le West Village. « Sur Jane Street ! s'était exclamée Janie. C'est un signe du destin ! » Une salle de bains, une salle d'eau, un lave-vaisselle, une cuisine assez grande pour deux, exposition à l'est et des fenêtres immenses qui baignaient l'espace de lumière.

Nous avons emménagé un samedi matin d'avril. Le soleil brillait, c'était le premier jour où l'on sentait la douceur du printemps. Sur mes cartons, j'avais écrit Cuisine, Salle de bains, Chambre et Livres. Janie avait suivi mon exemple – elle s'était procuré des cartons dans un bar et les avait même remplis et étiquetés toute seule. Sur les trois premiers empilés au pied de notre immeuble, on pouvait lire : Cosmétiques, Papiers d'emballage et Bracelets. Pas tout à fait ça, mais c'était un début.

Les allers-retours avaient commencé. Janie avait apporté un CD d'Abba qu'elle lança à plein volume, de sorte que tout l'immeuble en profita.

Comme j'avais déposé toutes mes affaires dans ma chambre en six ou sept voyages, j'aidais les déménageurs à traîner les cartons de Janie sur le trottoir. Janie, elle, en salopette et grosses chaussures montantes achetées spécialement pour l'occasion, avait pris ses quartiers dans la cuisine. De là, elle surveillait les déménageurs qui déballaient son service de porcelaine pour dix-huit personnes, attendait la livraison de son matelas et supervisait l'installation de toute une batterie de cuisine en inox flambant neuve, même si elle avait avoué que ses talents culinaires se limitaient au pop-corn micro-ondable et à la décongélation des croque-monsieur.

C'était une journée incroyable. Le ciel était d'un bleu pur, et entre les immeubles on apercevait l'Hudson scintiller sous le soleil. On aurait dit que tous les New-Yorkais, ou du moins tous les habitants du Village, étaient de sortie et tenaient des ballons, poussaient des landaus, dégustaient des cônes de glace… et que beaucoup se sentaient obligés de commenter nos activités.

« Alors, on déménage ? » Ça, on y avait eu droit une dizaine de fois. Ou « Ha, de nouveaux voisins ! » Ou encore « Attention à ne pas vous faire mal avec ça », tandis que j'essayais de soulever un carton sur lequel Janie avait écrit Cartons, en songeant qu'au lieu de me mettre en garde le crétin aurait pu m'aider. Vers cinq heures de l'après-midi, je me suis dit que le prochain à me faire une remarque stupide allait le sentir passer. Aussi, lorsqu'une voix masculine me demanda « Vous emménagez au 4-B ? », j'étirai mon dos courbatu sans me retourner et lâchai « Non. En fait, je fais le casse du siècle. Mais ne le dites à personne, OK ?

— Ne vous inquiétez pas, avec moi, votre secret sera bien gardé. En fait, je connais un type sur la Onzième qui peut s'occuper d'écouler la marchandise pour nous. On partage les gains avec lui et on se tire à AC.

— AC ? demandai-je.

— Atlantic City, chérie. »

Mains au creux des reins, je me retournai, souriant malgré moi à l'idée de tout planter pour filer à toute blinde dans le New Jersey. L'homme qui me renvoyait mon sourire était grand, avec des cheveux bruns bouclés coupés court, des yeux verts étincelants et une cicatrice au menton.

« Ils ne nous retrouveront jamais », me promit-il.

Je sentis le rouge me monter aux joues lorsqu'il s'agenouilla et se mit à passer en revue les CD que j'avais récupérés chez mes parents. Il sortit un album de Billie Holiday, *Commodore Master Takes*, puis un autre, *The Essential Ida Cox*.

« Ils sont à vous ? »

J'acquiesçai. M'éclaircis la voix.

« Oui, finis-je par articuler.

— Et vous avez *Blues for Rampart Street* ? »

De nouveau je hochai la tête.

« Oui, j'ai tout Billie Holiday », répondis-je.

Pourquoi je ne m'étais pas habillée comme Janie, nom d'un chien, à la place de ce tee-shirt informe et de ce jean, celui qui me flattait le moins ?

« Alors, vous aimez le blues…

— J'aime ces chanteuses… Toutes ces vieilles chansons tristes… »

Il continua à examiner le contenu de la boîte. Il sortit un CD, poussa un sifflement d'admiration et me le brandit sous le nez. Mon cœur se serra lorsque j'aperçus le visage de Debbie Gibson sur la pochette.

« *Electric Youth* ?

— C'est bon, c'était les années quatre-vingt, quoi ! » protestai-je.

Il secoua la tête et prit la boîte sous son bras.

« Allez, je vous file un coup de main. »

Je soulevai le carton de cartons de Janie et le suivis jusqu'à l'ascenseur. Il avait des épaules larges, des avant-bras musclés, et une bande de peau plus claire sur la nuque, comme s'il venait de se faire couper les cheveux.

J'appuyai sur le bouton du quatrième.

« Hé, on est voisins de palier ! »

Son sourire s'agrandit. Il me regardait comme s'il me connaissait depuis toujours… ou plutôt, comme s'il m'avait déjà vue nue et que ça lui avait plu.

Oh là là… Je levai les yeux et me concentrai de manière excessive sur les chiffres lumineux. Il se mit à fredonner « Wild Women Don't Get the Blues ». L'espace d'un instant, j'envisageai d'appuyer sur le bouton d'arrêt d'urgence. Une fois l'ascenseur immobilisé, comme par magie, la lumière se serait éteinte, et il m'aurait cherchée à tâtons, ses doigts effleurant à peine mon tee-shirt. « Viens », m'aurait-il dit de sa voix chaude, sur un ton auquel je n'aurais pu que céder, et je me serais glissée dans ses bras, la tête contre sa poitrine, enivrée par l'odeur suave de sa peau… Il m'aurait serrée fort contre lui et embrassée dans le cou en me disant…

« Hé ! »

Je clignai des yeux, secouai la tête et m'aperçus que les portes de l'ascenseur étaient ouvertes.

« C'est notre étage !

— Hein ? Ah, oui, c'est bien ça ! 4-B ! »

Une fois devant la porte de l'appartement, nous avons mis la main sur la poignée en même temps. En entrant, je faillis tomber sur le cadre de lit en fer forgé que l'antiquaire venait de livrer pour Janie.

« Je ne connais même pas votre prénom, me dit-il.

— Kate. »

J'avais du mal à parler tellement j'avais la gorge sèche, et apparemment je ne me souvenais plus de mon nom de famille.

« Kate, répéta-t-il d'un air satisfait. Je m'appelle Evan McKenna. J'habite au 4-A.

— Enchantée. »

Ah, voilà qui était mieux ! Pas encore une phrase complète mais, au moins, c'était à propos. Je posai le carton dans le placard du couloir et enfonçai les mains dans mes poches.

Il jeta un œil sur le désordre qui régnait dans l'appart : les valises, les cartons, les tas de papier journal bouchonné, les déménageurs qui transpiraient à grosses gouttes et juraient en manipulant le cadre de lit…

« Et vous êtes combien à emménager ?

— Hein ? Oh, hum, on n'est que deux. Moi et ma coloc Janie. Janie Segal, la fille de Sy Segal. Le Roi de la moquette. »

Mais qu'est-ce qui m'avait pris de dire ça ?

« Le Roi de la moquette… », répéta-t-il.

J'acquiesçai sans rien ajouter. Autant limiter les risques de sortir des conneries.

« Et… aurait-elle subi un revirement de situation ?

— Oh, non, non, pas du tout. C'est juste qu'elle préfère vivre un peu plus simplement, être plus en contact avec les gens réels… Enfin, les gens de West Village. Ha ha. »

Evan – Evan ! Quel prénom génial ! – observait les affaires de Janie en tas, en piles, en fatras aux quatre coins de la pièce.

« Vous avez encore besoin d'aide, peut-être ?

— Non, non, c'est bon, ça va aller, on a presque fini, là… »

Soudain, on entendit le bruit de quelque chose qui se casse dans la cuisine, suivi par des injures en tout genre. Je me précipitai sur les lieux, Evan derrière moi. Janie était à quatre pattes sur le sol.

« Chier ! cria-t-elle en ramassant les restes d'un bol en porcelaine. Bah, voilà, maintenant, ça sera plus qu'un service pour dix-sept…

— Fais gaffe, dis-je en m'agenouillant près d'elle pour ramasser les éclats. Ah, au fait, je te présente Evan McKenna. Notre voisin. »

Elle leva la tête, l'examina, puis me lança un regard, et reposa les yeux sur lui. À nouveau, un énorme fracas se fit entendre. Cette fois, ça venait de sa chambre.

« Ravie de vous avoir rencontré, dit-elle à Evan en lui serrant la main avant d'aller constater les dégâts.

— Euh…

— Ouais, hum…, bafouillai-je. Elle est un peu… euh… »

Dieu qu'il était beau ! Au même moment, comme par magie – ou plutôt comme si Janie avait lu dans mes pensées –, la musique d'Abba fit place aux premières notes de « Jesse's Girl ».

Evan sourit.

« Vous êtes des fans de Rick Springfield ?

— J'adore cette chanson ! m'écriai-je. Je lui ai envoyé une lettre d'amour quand j'avais douze ans, et il m'a répondu par une photo et un autographe. Ma mère se trompait tout le temps : elle l'appelait Rick Springsteen.

— Rick Springsteen, répéta-t-il.

— Eh oui… Elle est chanteuse d'opéra. Elle n'aime rien de ce qui a été composé ces cinquante dernières années. Bon… euh… Je crois que je vais me remettre au boulot.

— Je vais vous filer un coup de main. »

J'ouvris un carton sur lequel était inscrit Laque, qui contenait, il fallait s'en douter, deux bonnes douzaines de sprays à moitié vides. Puis je balayai les restes de porcelaine dans la cuisine. Rick Springfield fut remplacé par la voix envoûtante de Bessie Smith, grâce à Janie, qui officiait aux platines depuis le salon.

« *Si jamais il pleut, ouvre ton parapluie. S'il neige un peu, mets-toi à l'abri. Mais contre l'amour, il n'existe pas de remède.* »

En entendant Evan fredonner les paroles, je sentis mon cœur faire des bonds dans ma poitrine. C'était un signe. C'était obligé.

« … mais contre l'amour, il n'existe pas de remède… »

Tout en secouant la balayette dans la poubelle, j'entonnai moi aussi le refrain.

« Hé, attends. »

Je relevai la tête. Evan me regardait… me dévisageait même, avec ce sourire désarmant.

« Quoi ?

— Ne bouge pas… »

Il tendit une main vers ma queue-de-cheval.

« Tu avais un truc dans les cheveux. »

Je regardai dans sa paume : une plume rose.

« Waouh. Euh… Je me demande bien d'où ça peut venir. »

En fait, j'avais ma petite idée sur la question. Quelques heures plus tôt, j'avais rangé un boa en plumes de Janie, que j'avais extirpé d'un carton estampillé… Boas en plumes. Mais j'aurais été bien incapable de le lui expliquer, même si j'avais voulu. Son regard était toujours posé sur moi, mes yeux se perdaient dans les siens, j'avais la bouche sèche, mon cœur battait à tout rompre et…

Evan sortit un biper de sa poche. Je n'avais même pas remarqué qu'il sonnait.

« Oups, une urgence. Il faut que je file.

— Ah ? Oui, bien sûr, bien sûr… Euh… ravie d'avoir… »

Il me fit un signe de la main, se fraya un chemin parmi le bazar de Janie et disparut, me plantant là, frustrée, une boule dans la gorge et une plume dans la main.

Les déménageurs avaient laissé le miroir de deux mètres cinquante de haut de Janie dans le salon. Le reflet qu'il me renvoyait n'était pas joli à voir. Pourquoi n'avais-je pas mis un peu de fond de teint ? me demandai-je en observant mes joues rosies et mon front luisant. Ou du rouge à lèvres ? Ou mieux : pourquoi ne m'étais-je pas mis un sac sur la tête ? Ç'aurait été parfait, un sac. Il y avait peut-être plus pratique pour déménager des cartons…

Toujours face au miroir, je tirai sur mon tee-shirt en aspirant mes joues. Le conseiller d'orientation avec lequel j'étais sortie n'était pas du genre mince et avait une fâcheuse tendance à postillonner quand il parlait. Quant au type en maîtrise de gestion, il était plutôt beau gosse, mais il faisait une tête de moins que moi. Un mec comme Evan McKenna ne m'aurait jamais accordé une seconde d'attention s'il n'avait pas vu mes CD.

Je m'attachai les cheveux. Enfin, il avait bien dû voir quelque chose d'attirant en moi... Un truc que même moi j'étais incapable de voir.

« Vietnamien ou thaï ? s'enquit Janie en agitant une liasse de menus à emporter. Sénégalais ? Laotien ? Sino-cubain ? »

En apercevant mon drôle d'air, elle se tut.

« Hum, alors c'est bien ce que je pensais...

— Quoi ? dis-je innocemment, tout en m'inquiétant de ce que j'avais pu faire de mon petit haut noir porte-bonheur.

— Ne te fous pas de moi... Je te connais. Tu t'es entichée de ce mec.

— Je ne vois pas de quoi tu parles. Bref. Sino-cubain, ça me tente bien. »

Je m'éclipsai à la cuisine. Il y avait plein de bières au réfrigérateur, six packs de six qu'on avait prévu d'offrir aux déménageurs le lendemain, plus des pourboires, lorsqu'ils reviendraient livrer les meubles du salon. Je choisis le pack le plus frais, enfilai mon haut noir, empruntai du rouge à lèvres et du mascara à Janie, ainsi qu'un de ses bracelets, et sortis dans le couloir, direction le 4-A. Je soufflai un bon coup et fis mon plus beau sourire quand la porte s'ouvrit.

« Hé... »

La réplique pleine d'esprit que j'avais préparée mourut sur mes lèvres : en face de moi se tenait la plus belle femme que j'avais jamais vue. Des cheveux brun-roux ondulés qui lui descendaient jusqu'au bas du dos, des yeux aigue-marine en amande, des pommettes ciselées, et une bouche charnue comme un fruit.

« Oui ? » dit-elle poliment.

En une seconde, elle me jaugea de la tête aux pieds. *OK, pas une rivale potentielle*, dut-elle se dire.

« Oh, excusez-moi, j'ai dû me tromper d'appartement. »

Je m'apprêtais à déguerpir lorsque Evan apparut sur le seuil de la porte.

« Kate ! Salut ! »

Je lui tendis le pack de bières.

« Tiens. Je voulais te remercier, euh… pour ton aide.

— Oh, mais ce n'était pas la peine, vraiment ! »

OK, pas de panique. C'était peut-être sa sœur. Ou juste une amie. Ou une lesbienne, de celles qui mettaient des minijupes et du rouge à lèvres, que le magazine *New York* avait découvertes récemment et…

« Kate, je te présente Michelle, dit-il en lui posant les mains sur les épaules, avec l'air qu'un type qui vient de gagner le gros lot au Loto. Ma fiancée.

— Enchantée », répondis-je en essayant de sourire.

Mais Michelle ignora mes efforts.

« Miam, dit-elle en se léchant les babines avant de prendre une bière.

— Tu pourrais dire merci, Michelle, lui dit Evan.

— Merci, Michelle », récita-t-elle.

Elle tourna les talons. Evan haussa les épaules en signe d'excuse. J'entendais de la musique à l'intérieur de leur appartement, ni Billie ni Bessie, mais un truc atonal et répétitif, comme un disque rayé.

« Merci beaucoup. C'est très gentil. »

Quand il souriait, ses yeux se plissaient aux coins.

« Bon, ben… à bientôt alors.

— Oui, c'est ça, à bientôt, répondis-je en me dirigeant vers mon nouveau chez-moi.

— Kate ! »

Lorsque je me retournai, il souriait toujours.

« Atlantic City. N'oublie pas. »

Je trouvai Janie au milieu de ses cartons, en train de pendre ses manteaux dans le placard de l'entrée.

« Alors ?

— Alors quoi ? Rien. J'ai offert de la bière au type qui habite à côté, c'est tout.

— Ah, c'est comme ça qu'on dit, de nos jours, quand on a le béguin pour quelqu'un ?

— Janie, je le trouve sympa, rien de plus.

— À d'autres…

— Et il vit avec la plus jolie fille du monde. Et… elle est un peu salope.

— Oh, je vois. »

Elle secoua la tête. Elle avait attaché ses cheveux en chignon à l'aide d'une baguette chinoise.

« Regarde les choses du bon côté… C'est mieux que tu l'apprennes maintenant. Avant de te faire des illusions.

— Mais je ne me faisais pas d'illusions.

— Oh, ma sauterelle, dit-elle en me prenant dans ses bras, sans faire gaffe à sa baguette, qui faillit m'embrocher l'œil. Tu mens très mal, tu sais ça ? »

9

« Comme je vous l'ai dit, mademoiselle, je ne veux pas l'interroger. »

La voix de Stan Bergeron me parvenait depuis l'allée tandis que je descendais l'escalier en robe de chambre.

« Ça n'a rien d'officiel. Je veux juste m'assurer que tout va bien.

— Pas sans avocat », rétorqua ma meilleure amie debout devant l'entrée, les bras croisés, le regard planté dans le sien.

Elle aurait davantage été crédible sans son pyjama rose et ses chaussons géants en forme de ratons laveurs… Et sans mes enfants qui jouaient à cache-cache dans ses pattes.

Je bâillai à m'en décrocher la mâchoire. Il était pourtant dix heures passées, et je me levais d'habitude à six heures. Mais bon, je ne m'étais pas endormie avant deux heures du matin. J'avais voulu rappeler Evan, mais impossible de trouver une excuse pour quitter la maison sans les enfants, et il était hors de question que j'appelle l'ex-amour de ma vie sous le toit que je partageais avec mon mari. Enfin gagnée par le sommeil, j'avais fait les pires cauchemars : j'errais, perdue dans une bibliothèque où tous les livres portaient le nom de Kitty Cavanaugh, et quand je les ouvrais les pages se couvraient de sang… « Je cherche quelque chose d'un peu différent », je disais à la bibliothécaire, qui n'était autre que Mrs Dietl, de la Cabane rouge. Elle tapotait sa montre en me répondant « Hum, encore en retard ! »

Je me frottai les yeux pour mieux apprécier la situation. Janie semblait avoir les choses bien en main, à quelques exceptions près : les enfants étaient encore en pyjama (et avait manifestement pris un petit déjeuner exclusivement constitué de sirop d'érable), et il y avait une voiture de police garée dans mon allée.

« Bonjour, Stan !

— Bonjour, Kate. Je suis juste passé pour vous donner les dernières nouvelles.

— Euh… Pardon…, intervint Janie. Avocat ? C'est un mot que vous ne connaissez pas ?

— T'inquiète, c'est bon, la rassurai-je.

— Mais non, c'est pas bon. Si tu parles à la police, tu as besoin d'un avocat. Est-ce que je me suis tapé dix saisons de *NYPD Blue* pour rien ? ajouta-t-elle en regardant Sophie.

— Ah non alors ! » s'exclama ma fille.

Elle tenait Uglydoll serrée contre elle, elle lui avait mis son uniforme de policier. (Chapitre deux cent trente-neuf : celui où je rejoins les forces de l'ordre.)

« Vous n'êtes pas obligée de parler ! me lança Stan. Vous pouvez simplement faire des signes de tête. »

Je hochai la tête.

« Alors dites-moi ce qui se passe, Stan. Vous avez trouvé l'assassin ?

— Non. »

Puis son visage s'éclaira.

« Mais on a trouvé Evan McKenna ! »

Mon cœur fit un bond.

« Ah ! Bien ! Tant mieux ! réussis-je à articuler.

— Est-ce que c'est un suspect ? interrogea Janie, pleine d'espoir.

— On ne le saura qu'après l'avoir interrogé. Apparemment, il est à Miami en ce moment.

— Mouais, ça c'est ce qu'il dit…, marmonna Janie dans sa barbe. Et le mari ?

— Le mari ? répéta Stan.

— Vous le soupçonnez ou pas ?

— Non, non. Il a un alibi. Il était à New York toute la journée.

— Ah ben voilà, on avance. Vous avez éliminé tout le monde, ou presque. Si ça se trouve, c'est le majordome qui a fait le coup ! »

Je lui lançai un regard noir.

« Est-ce que Mr McKenna a essayé de vous joindre ? » me demanda Stan.

Je m'apprêtais à répondre oui, mais en voyant les gros yeux de Janie je me ravisai et secouai la tête.

« Bon… Tenez-nous au courant, au cas où il vous appellerait », conclut Stan avant de remonter dans sa voiture de patrouille.

Il faillit écraser mes hortensias en effectuant sa marche arrière.

« Ben dis donc ! Si c'est ça, la crème des flics du Connecticut, je vais te filer le nom de quelques agents immobiliers, moi ! »

J'envoyai les enfants à l'étage pour qu'ils s'habillent. Dans la cuisine, je m'attaquai à la vaisselle tandis que Janie se servait un café.

« Alors, Sherlock ? s'enquit-elle. Quel est le programme ?

— Je sais pas… J'imagine que je vais rappeler Evan…

— En ma présence, et pas depuis ton fixe, spécifia-t-elle. On va se trouver une petite cabine téléphonique au calme.

— Pourquoi une cabine ?

— Pour qu'on ne t'accuse pas de frayer avec des criminels si jamais il se fait arrêter.

— Et pourquoi en ta présence ?

— Kate, atterris ! Pour que tu ne lui promettes pas – encore – de l'aimer pour la vie et que tu ne te fasses pas la malle avec lui en me laissant tes mômes sur les bras !

— Tu dis ça, mais je sais très bien qu'ils te font craquer, mes mômes. »

Je tentais de dévier la conversation, mais le souvenir de ma promesse d'amour éternel à Evan me retournait le bide. Pendant ce temps, Janie feuilletait le journal.

« C'était qui, les amies de Kitty ? » me demanda-t-elle.

Je me posai la question tout en récurant une poêle à frire. Je connaissais les personnes qu'elle fréquentait, mais je ne savais pas si on pouvait parler d'« amies ». Je ne les avais jamais entendues discuter des sujets que les copines abordent entre elles : leur mariage, leurs parents, leur vie d'avant, le fait d'être mère... En fait, la plupart de leurs conversations paraissaient tourner autour de questions cruciales, telles que le lait biologique vendu à la petite épicerie du coin est-il VRAIMENT biologique ?

« Je n'en sais trop rien, finis-je par répondre.

— Tu ne sais pas qui étaient ses amies ?

— Je ne sais pas si c'étaient vraiment ses amies. Peut-être que tout le monde avait peur d'elle. Dieu sait que moi, elle me faisait flipper. Il faudrait que je parle à sa baby-sitter. Si elle travaillait, elle en avait forcément une. Il fallait trouver quelqu'un qui allait souvent chez elle. Qui la voyait elle, son mari, ses enfants.

— La baby-sitter, excellente idée ! » s'exclama Janie en me lançant le combiné.

J'appelai Sukie Sutherland, qui semblait tout savoir sur tout le monde, pour lui soutirer le nom de la nounou.

« Lisa DeAngelis, m'apprit Sukie avant de me donner ses numéros de fixe et de portable. Pourquoi ?

— Eh bien... »

Merde ! Je n'avais pas pensé que Sukie me poserait cette question.

Heureusement, elle émit un petit rire.

« Oh, inutile d'avoir honte ! Vous êtes déjà la troisième personne à m'appeler pour avoir son numéro. Je sais comme c'est dur de trouver une bonne nounou. »

Je m'accrochai de toutes mes forces à la perche qu'elle me tendait.

« Vous croyez qu'elle a encore un peu de temps libre ? Un peu d'aide à la maison ne serait pas superflu…

— À votre place, je l'appellerais sans tarder !

— Entendu ! Merci beaucoup. On se voit au parc plus tard ?

— Oui, c'est ça. À plus tard. »

« Bravo ! m'encouragea Janie. Vas-y, appelle-la. Demande à la rencontrer. Je m'occupe des enfants.

— Tu es sûre ? Tu ne dois pas retourner en ville ? Pour bosser ?

— Non, c'est bon. Je suis censée écrire un article sur les nouvelles tendances. Le gris est le nouveau noir, le noir est le nouveau rose, les nombrils sont les nouveaux tétons. Tu vois l'idée… La chute de reins : le nouveau décolleté ?

— Hum… Oui, pourquoi pas ? Bon, je file.

— OK. Euh… Kate ? Ne le prends pas mal, mais… laisse-moi t'aider à choisir une tenue avant que tu partes. »

10

Dans la plupart des villes d'Amérique, l'ouverture d'un café franchisé ne pose pas de problème. À Upchurch, si. Lorsque Starbucks a voulu s'implanter dans notre chère petite ville, cela a donné lieu à trois réunions du conseil municipal, des lettres publiées dans la gazette locale d'habitants criant à la « dégradation du centre-ville » et une manifestation sur Main Street, au cours de laquelle les protestataires portaient des pancartes avec des tasses barrées d'un trait rouge sous les mots *NON AU CAFÉ CORPORATISTE*. De toute évidence, le salon de thé Fraterni'thé leur convenait parfaitement : on pouvait s'y offrir une tasse de lapsang souchong pour quatre dollars, des scones qui s'effritaient tout seuls, et du cake qui aurait fait un excellent ciment.

Les conseillers municipaux donnèrent finalement leur feu vert à Starbucks, mais mirent leur veto à l'enseigne extérieure, arguant qu'elle nuirait au charme pittoresque du centre-ville. Ainsi naquit le Starbucks masqué, trahi seulement par l'odeur de café grillé, à l'angle de Maple Street et de Main Street. On aurait dit un bar clandestin, sauf qu'on n'avait pas besoin de mot de passe pour franchir la porte.

J'entrai dans le café. Je portais les bottines en daim à talons et le pull en cachemire bleu clair de Janie, ainsi qu'un pantalon à moi – propre – que Janie avait modifié de façon que l'on voie la naissance de mes fesses. (« Il faut que je teste ma théorie ! » m'avait-elle dit. J'avais acquiescé avant de filer dans la salle de bains changer de sous-vêtements, pour que l'on ne voie pas ma chair, mais quelques centimètres carrés de culotte en coton gris délavé.)

Janie m'avait suivie en Porsche. La quatrième cabine que nous avions trouvée marchait, mais le téléphone d'Evan avait sonné dans le vide. Lorsque sa messagerie s'était déclenchée, Janie avait coupé la ligne avant que je prononce le moindre mot. « Tout message pourrait être retenu comme pièce à conviction », s'était-elle justifiée. Elle s'était mise au volant du minivan pour ramener les enfants à la maison et m'avait lancé les clés de sa voiture en me demandant de la rappeler après mon rendez-vous avec la baby-sitter.

Une fois ma commande passée, je scrutais la salle à la recherche d'une blonde avec du monde au balcon car, je l'avoue, c'est l'image que j'avais associée aux mots « baby-sitter de vingt-quatre ans » : le cauchemar de toutes les mères, le fantasme de tous les pères.

En d'autres circonstances, Lisa DeAngelis, avec ses grands yeux bleus et ses cheveux bouton-d'or, aurait peut-être fait l'affaire. Mais quand je l'aperçus me faire un signe depuis la petite table du coin, elle ne ressemblait pas à quelqu'un qu'on aurait supplié de poser dans un catalogue de lingerie.

« Kate ?

— Bonjour ! Je vous commande quelque chose ? »

Elle secoua la tête en m'indiquant le gobelet en plastique posé devant elle, en grande partie rempli de crème. Elle avait le regard vitreux. À cause du manque de sommeil ? De l'usage de substances chimiques ? Je n'aurais su le dire. Ses cheveux étaient mollement attachés en queue-de-cheval. Elle avait un bouton de fièvre au coin de la bouche, un bouton d'acné en pleine maturation au beau milieu du front, et le petit clou doré à sa narine droite était entouré d'un renflement de chair rouge, probablement infectée. Peut-être avait-elle un corps de rêve, mais il était caché sous un pantalon de jogging trop grand et un pull informe.

« Merci d'avoir accepté de me rencontrer, commençai-je.

— Oh, vous savez, maintenant, j'ai du temps… Maintenant que… »

Elle soupira, les yeux rivés sur son gobelet. J'étais soulagée qu'elle ne me regarde pas, à l'inverse des trois serveuses et des six autres clients. *J'aurais dû éviter le pull et les bottes*, pensai-je tristement.

« Eh bien, en tout cas, si vous cherchez des enfants à garder, j'ai ce qu'il vous faut ! Il y a Sophie, qui a quatre ans – mais elle est très mûre pour son âge – et puis les jumeaux, Sam et Jack, qui ont trois ans… »

Une larme roula sur sa joue.

« Vous allez bien ? » lui demandai-je en lui tendant une serviette en papier.

Elle cligna des yeux, s'essuya les joues et pencha la tête en arrière en s'éventant le visage.

« Je n'arrive toujours pas à y croire… »

Juste la brèche que j'attendais.

« C'est vrai que c'est à peine croyable…, murmurai-je.

— Elle était très gentille, vous savez… On parlait, toutes les deux. Jamais elle ne me disait *Oh, est-ce que tu pourrais vider le lave-vaisselle, s'il te plaît ?* ou *Et si les filles font la sieste, est-ce que tu pourrais plier le linge ?* Ils avaient le câble aussi, et de la vraie glace au congélateur. Rien que pour moi. Les filles avaient droit à du sorbet sans sucre avec des morceaux de fruits. »

Tu m'étonnes. Je me rappelais encore Kitty épluchant des clémentines pour ses filles au parc. Le même jour, quand mes enfants m'avaient demandé un truc à manger, je leur avais donné des bonbons à la menthe.

« J'aurais dû… l'apprécier davantage… Vous voyez ce que je veux dire ?

— Vous la connaissiez depuis longtemps ?

— Trois ans. Quand les petites ont été admises au jardin d'enfants. Je travaillais trois jours par semaine. Le lundi, le mercredi et le vendredi, de une heure à six heures. Les jours où elle allait à New York, elle prenait le train de 13 h 22, et elle était toujours de retour à dix-huit heures. Si jamais elle était en retard, elle appelait pour me prévenir.

— Combien de fois y allait-elle par semaine ?

— Ça dépendait. Parfois très souvent. Ou bien elle restait chez elle. Elle avait un ordinateur dans sa chambre. C'est là qu'elle travaillait. »

J'observai les mains de Lisa, qui trituraient son gobelet. Ses ongles étaient rongés à vif.

« Vous savez ce qu'elle allait y faire ? »

Elle secoua la tête.

« Elle ne me l'a jamais dit. Et je n'ai jamais posé la question. »

Jamais dit. Jamais posé la question. Intéressant. D'après Laura Lynn Baird, Kitty travaillait chez elle. Elles s'appelaient, s'envoyaient des mails – le job à temps partiel idéal pour une maman qui, soi-disant, ne quittait jamais ses enfants d'une semelle. Mais alors, si Kitty n'allait pas à New York pour travailler, qu'est-ce qui l'attirait là-bas ? J'avais ma petite idée.

« Est-ce qu'elle s'habillait comme pour aller travailler ou pour… »

Rejoindre un homme mystérieux dans un hôtel du centre pour des heures de passion adultère avec mise à sac du minibar malgré le prix exorbitant des bouteilles ?

« … faire autre chose ?

— Je n'en sais trop rien. Elle portait des vêtements, c'est tout. Des jupes, des pulls. Des trucs normaux, quoi. »

Oui, des trucs normaux. Je m'en souvenais très bien.

Je suis sûre que tu as une bonne intuition.

J'usai de la technique de Janie : pour mettre en confiance, ne pas hésiter à flatter.

« Quand on sait bien s'occuper des enfants, continuai-je, et on m'a fait beaucoup de compliments à votre sujet, on sent des choses chez les gens. »

Lisa haussa les épaules, mais à la voir rougir je sus qu'elle était flattée. À moins qu'elle ne fasse une allergie. À mon nouveau look.

« Comment est-ce que vous la perceviez, Kitty ? Est-ce qu'elle était heureuse, ou angoissée ? Est-ce qu'elle s'ennuyait ? Vous pensez qu'elle ait pu… Je ne sais pas moi, avoir une liaison ? »

Lisa rougit davantage.

« Je ne sais pas. Vraiment, je n'en ai pas la moindre idée. »

Elle tira sur une petite peau autour de l'ongle de son pouce jusqu'à ce que perle une goutte de sang.

« Vous auriez besoin de moi combien d'heures par semaine ? »

Il me fallut quelques secondes avant de me rappeler la raison de notre rendez-vous.

« Oh, euh… Dix ? Quinze, peut-être ? C'est vraiment le minimum. Je vous demande juste de vous occuper des enfants. Pas de ménage, pas besoin non plus de répondre au téléphone. »

Je me tus un instant avant de lui demander, de l'air le plus détaché possible :

« Est-ce que vous répondiez au téléphone, chez les Cavanaugh ? »

Bien joué, Kate ! me dis-je. Subtil, ça. Autant qu'un pet dans un ascenseur.

Elle secoua la tête, un peu intriguée.

« Elle me disait de laisser le répondeur se déclencher, alors c'est ce que je faisais. Vous n'avez pas de répondeur chez vous ?

— Si, si, bien sûr, mais je trouve ça… assez impersonnel, disons. »

Ben dis donc, on n'avançait vraiment pas vite. Ma carrière avortait dans l'œuf ; pourtant, je m'y voyais déjà : Kate Klein, super-détective, spécialisée en crimes de banlieues, de 8 h 30 à 11 h 45, les lundi, mercredi et vendredi. Je regardai Lisa droit dans les yeux afin qu'elle ne se sauve pas ou, pire, ne se remette à me brancher sur le baby-sitting.

« Vous savez, moi aussi je faisais du baby-sitting quand j'avais votre âge… »

Si mes compliments n'avaient pas obtenu l'effet escompté, peut-être que l'empathie fonctionnerait.

« J'adorais ça. Sauf que, parfois, les pères prenaient quelques libertés avec moi, vous voyez… comme s'ils pensaient que c'était normal de me draguer. »

Tout cela n'était que pure invention. Il m'était arrivé de garder des enfants quand j'étais au lycée, mais aucun des pères ne m'avait fait du gringue ; tout au plus avais-je eu droit à une poignée de main qui s'éternisait, et encore. Ils étaient tous musiciens, Reina aurait pu ruiner leur carrière d'un regard. Et pour être tout à fait franche, je doute que mon acné, mes grands pulls et mon côté avachi aient été une grande source d'inspiration érotique.

« Mais j'imagine que les temps ont changé… »

Je l'examinai de près et vis qu'elle rougissait de plus en plus et que ses lèvres tremblaient.

« Je… », murmura-t-elle.

Elle a un ordinateur dans sa chambre. C'est ce qu'elle m'avait dit sur Kitty. Comment le saurait-elle si la maîtresse de maison ne le lui avait pas montré ? Elle ou… son mari ?

Je me penchai au-dessus de la table en bois verni et baissai la voix.

« Est-ce qu'il s'est passé quelque chose entre vous et le mari de Kitty ? »

Elle secoua la tête silencieusement en pinçant les lèves tandis que deux grosses larmes roulaient sur ses joues.

« Est-ce que la police vous a interrogée ? »

Elle acquiesça en reniflant.

« Vous avez besoin d'un avocat ?

— Phil… Mr Cavanaugh s'en est occupé. C'est Kevin Dolan. Un ami à lui. Je n'aurais pas dû…

— Pas dû quoi ? »

Elle se tenait la tête entre les mains. Je me penchai un peu plus vers elle et réussis à faire tomber son verre d'eau avec mon sein gauche.

« Pas dû quoi ? » répétai-je, en ignorant la glace pilée qui infiltrait le daim de la botte de Janie.

Mais Lisa, obstinément, secouait la tête. D'un coup, elle se leva. Si vite que sa chaise alla heurter le sol du Starbucks masqué, faisant sursauter les trois filles derrière le comptoir. Elle sortit en courant. *Eh ben, bravo Kate*, me dis-je en finissant mon café. *Comme sur des roulettes.*

11

« J'ai une question à te poser », dit Janie à Evan un soir que nous dînions tous les trois.

Nous avions emménagé depuis six mois dans notre appartement de Jane Street et avions décidé de tester toutes les cuisines du monde, ou du moins celles que proposaient les restos de New York qui faisaient des livraisons à domicile. Au menu ce soir-là : festin grec – souvlaki, feuilles de vigne, tarama sur pitas grillées, olives, feta…

« Qu'est-ce que tu fais de tes journées ? Tu bosses ou pas ? »

Evan lui sourit avant d'avaler une dernière bouchée de moussaka.

« Elle me croit dans le désœuvrement, on dirait…, murmura Evan à mon attention.

— Ah, c'est un truc de comptabilité, ça, non ? demanda Janie.

— Non, tu confonds avec recouvrement, répondis-je.

— Oh, ça va hein, pas la peine de me faire la leçon… Et n'essayez pas de changer de sujet…

— Mais pas du tout ! s'écria Evan en se levant pour débarrasser nos assiettes et ranger les restes au frais. Est-ce que vous saviez que la forme verbale de majordome est majordomer ? ajouta-t-il en riant.

— Et toi, tu sais que la forme verbale de fiancé est officialiser ? rebondit Janie. Ce qui m'amène à cette autre question : est-ce que Michelle et toi avez fixé une date ?

— Non… On n'arrive même pas à se mettre d'accord sur l'endroit. Ni sur la saison. Elle voudrait que ce soit à Malibu en été, et moi, dans le New Jersey en automne. »

Michelle était en déplacement à Miami pour le lancement d'un catalogue de maillots de bain, et Evan était à moi – enfin, à nous – pour tout le week-end. C'était devenu une habitude. Lorsque Michelle partait, on l'adoptait. On rentrait du boulot le soir les bras chargés de bouquins à potasser (c'est-à-dire de journaux à scandale) pour le trouver en train de traîner dans le hall devant les boîtes aux lettres.

« Salut les filles ! disait-il. Alors, quels sont les derniers potins ? »

Janie me faisait les gros yeux tandis que je lui racontais quelle célébrité s'était fait arrêter/incarcérer/envoyer en centre de désintox, et les déboires qui l'avaient menée là. Il nous suivait dans l'ascenseur, nous aidait à porter nos paquets et, une fois dans notre appartement, il se laissait tomber par terre ou dans le canapé en demandant :

« Alors, y a quoi à manger, ce soir ? »

On se faisait livrer, ou parfois on faisait la cuisine. La spécialité d'Evan était le bœuf sauté, moi je me débrouillais en pâtes et en ragoûts, et l'on pouvait toujours compter sur les bons vieux croque-monsieur de Janie. Evan et moi, on s'amusait à se coller sur des chansons de blues inconnues, on échangeait des cassettes et des CD, on se disputait sur le sens de l'exil volontaire de Nina Simone et sur lequel de ses albums était le meilleur.

À minuit, Janie le foutait dehors, sauf ces quelques précieuses soirées où il s'endormait sur le canapé et où j'avais réussi à la convaincre de le laisser dormir. Une fois Janie dans sa chambre, je remontais ma couverture doucement sur ses épaules et lui passais une main sur le front. Une fois – une seule – j'avais osé me pencher et effleurer sa joue de mes lèvres, malgré l'expression qui me trottait dans la tête : amour à sens unique. Dès que Michelle rentrait, elle venait le réclamer comme une valise qu'on a oubliée sur le tapis à bagages. Il traversait le palier en nous faisant un petit signe de la main.

« À plus, les filles. »

Et voilà. Fin de la récré.

Ce soir-là, Evan revint de la cuisine avec un gâteau.

« Baba au rhum ! annonça-t-il.

— Ne crois pas que tu vas t'en tirer comme ça, dit Janie. Tu ne m'as toujours pas dit ce que tu faisais comme boulot. Et c'est pas ton baba qui va me faire taire.

— Moi, si », intervins-je en prenant une grosse bouchée.

Evan nous tendit des serviettes en papier en lançant à Janie un regard plein de mystère.

« Je suis un homme qui ne connaît que le chagrin, déclama-t-il, un verre de vin à la main.

— Et c'est le chagrin qui paye tes factures ?

— J'ai des talents multiples… Disons que je suis un touche-à-tout.

— Un touche-à-tout qui vit de ses rentes ? demanda Janie. Il n'y a rien de mal à ça, le rassura-t-elle. Moi, je ne m'en cache pas ! »

Comme s'il ne l'avait pas remarqué.

« Cela dit je travaille, reprit-elle. Je TRAVAILLE », répéta-t-elle.

Comme si on passait nos journées à la mine, au lieu d'être assises sur des chaises au design ergonomique, dans un bureau avec clim, à lancer des recherches sur Google telles que « Chris Farley+prostituées+cocaïne ».

« Moi aussi je travaille, répliqua Evan. Je suis en free lance.

— Mais free lance, ça peut être des tas de trucs : écrivain, musicien, correcteur…

— Ça, minauda-t-il, c'est mon secret, et c'est à vous de le découvrir… »

Il finit son dessert, claqua une bise sonore sur la joue de Janie et se pencha pour m'embrasser sur le front – j'en profitai pour m'enivrer de l'odeur de sa peau.

« Il faut que je file », dit-il en sortant.

Janie le regarda partir d'un air dubitatif.

« C'est un dealer, lâcha-t-elle.

— Tu dis n'importe quoi.

— Tu vois une autre explication, toi ? Quand on rentre le soir, il est là. Quand on part le matin, il est là. L'autre jour je suis rentrée déjeuner et il…

— Déjeuner ? demandai-je, incrédule.

— OK, pour tirer un coup. Bref. Après, on va pour prendre l'ascenseur, et devine qui passe la tête par la porte du 4-A ? Il est toujours là, sauf quand il part trois jours soi-disant en vacances, ou bien alors quand son portable sonne pendant qu'on joue au Scrabble et qu'il sort non seulement de l'appartement mais de l'IMMEUBLE pour répondre ! Il a toujours du liquide sur lui, et je sais qu'il ne travaille pas dans un bureau…

— Et donc tu en déduis qu'il deale de la drogue ?

— Ça expliquerait beaucoup de choses, tu ne trouves pas ? Quoique… il y ait une autre possibilité.

— Vas-y, je t'écoute. »

Moi, je trouvais Evan sympa, charmant, drôle, sincère… Il s'intéressait à moi et, en plus, il me prêtait des enregistrements pirates des concerts de Diana Krall. Mis à part le fait qu'il était fiancé, il était parfait. Et je n'étais pas prête à entendre quoi que ce soit qui brise mes illusions.

« Peut-être qu'il ne vend pas de drogue. Si ça se trouve, il vend… son corps !

— T'en as d'autres, des comme ça ?

— Mais ça arrive, tu sais !

— Je suis convaincue qu'il y a une autre explication. Rationnelle, j'entends. »

En attendant, je n'avais pu m'empêcher d'imaginer la petite annonce qui lui correspondrait : *jeune homme, vingt-huit ans, beau garçon, bourré de charme, musclé, disponible pour sorties, jeux, et plus si affinités...*

« Alors pourquoi est-ce qu'il fait tant de mystères ? S'il a un vrai boulot, pourquoi ne pas le dire ? »

Je fis autant de bruit que possible avec la vaisselle dans l'évier, afin de ne plus entendre le flot de ses questions. Janie avait raison. Si Evan avait un vrai job, il n'y avait aucune raison pour qu'il nous en cache la nature.

Michelle revint le lendemain, et Evan disparut de la circulation. J'accélérais le pas chaque fois que je passais devant leur appartement, redoutant certains bruits qui, à coup sûr, m'auraient mis le moral à zéro. Deux jours plus tard, on frappait à la porte. C'était Michelle, rayonnante dans son pantalon en cuir et son bustier à armature – la tenue que tout le monde porte pour traîner chez soi, pensai-je amèrement.

« J'organise une fête pour Halloween, annonça-t-elle.

— Sympa ! dit Janie.

— Génial ! ajoutai-je.

— Vers huit heures, samedi soir. C'est une soirée déguisée. Vous pourrez apporter de la bière ? Et... euh, des trucs à manger ? Et m'aider pour les manteaux et tout ?

— Tu sais, tu peux engager des gens pour ça, intervint Janie.

— Oui, oui, on te filera un coup de main, répondis-je.

— Super. Alors vers huit heures. Mais je vous l'ai déjà dit, non ? »

Elle tourna les talons et rentra chez elle.

« Ah… Ce qu'elle m'agace ! » s'énerva Janie.

Je posai le bouquin que j'étais en train de lire et prononçai la question qui m'obsédait depuis la première fois que j'avais vu Michelle.

« Qu'est-ce qu'il fout avec elle ? Elle est belle, mais c'est tout ? »

Janie tira sur son chemisier, se lissa les cheveux et prit un air tout professionnel.

« Il n'est pas avec elle uniquement pour sa beauté. Mais aussi parce qu'elle est intelligente.

— Intelligente ? » répétai-je d'un ton méprisant.

Je n'avais certainement pas passé autant de temps dans leur appart qu'Evan dans le nôtre, mais j'avais remarqué que ses seules lectures se résumaient à des magazines de coiffure. Elle ne regardait pas la télé sauf les clips de Madonna, n'écoutait pas de musique sauf les albums de Madonna et ne parlait de rien à part d'elle-même, de ses cheveux, de sa peau et de ses soins du visage à l'oxygène – les mêmes que son idole.

« Tu plaisantes ? Elle a passé trois semaines à Paris, et elle ne sait toujours pas dans quelle ville se trouve la tour Eiffel !

— Par intelligente, j'entends rusée. Elle sait s'y prendre avec les hommes. Elle ne laisse jamais croire à Evan que c'est gagné. Elle est souvent absente. Elle le fait marcher. Et lui, il court. Tant qu'elle se la jouera inaccessible, il lui courra après.

— Même si elle est chiante comme la pluie ?

— Eh oui… C'est la chasse qui est excitante. Et puis, elle est peut-être bonne au pieu… »

Je grognai et lui lançai mon bouquin à la figure. Janie l'attrapa et me regarda d'un air grave.

« Franchement, oublie-le.

— Mais je… »

Elle leva une main pour me faire taire.

« Kate, j'ai bien vu la façon dont tu le regardes. Ce type va te briser le cœur. Elle l'a à sa botte, et il n'est pas près de rompre avec elle. Trouve quelqu'un qui te mérite.

— Elle, elle ne le mérite pas, marmonnai-je, tout en sachant que Janie avait raison.

— Peut-être, mais comme ont pu le dire les quatre ex-femmes de mon père, et souvent devant un juge, la vie est injuste. »

Elle me passa un bras autour des épaules et m'entraîna dans sa chambre.

« Allez viens, on va te trouver un costume pour la fête. »

« Alors dis-moi, me demande Michelle d'une voix traînante, c'était comment, la fac ? »

Pour sa soirée costumée, Michelle s'était déguisée en sorcière sexy : une bonne couche de rouge à lèvres prune, des bottes noires à lacets et talons, une jupe noire en tulle et satin à bord déchiré, et chapeau pointu qui lui allait à ravir. Sachant qu'il y aurait une ribambelle de copines mannequins de Michelle, toutes déguisées en machintruc sexy – infirmière sexy en miniblouse blanche, fliquette sexy en pantalon ultra-moulant et menottes dans la poche arrière, femme de chambre sexy en bas résille et minitablier –, j'avais décidé de ne pas entrer en compétition, ignoré les supplications de Janie et m'étais déguisée en pirate. Et pas un pirate sexy, hein. Sauf si on considère que des bottes, un bandeau sur l'œil, un crochet en plastique et un perroquet en peluche scotché sur l'épaule sont les attributs suprêmes de la sensualité.

« C'était génial, répondis-je à Michelle. J'ai beaucoup apprécié mes profs, et le fait d'avoir du temps à consacrer à la lecture. »

Michelle n'eut pas l'air spécialement impressionné. Mais bon, d'un autre côté, elle avait toujours l'air de s'ennuyer. En beauté, bien sûr.

« Peut-être que j'irai un jour, finit-elle par dire. Quand je serai trop vieille pour être mannequin. Tu es allée à quelle université ?

— Columbia. »

Ses yeux aigue-marine me dévisagèrent froidement.

« Alors dans ce cas, tu pourrais appeler quelqu'un de là-bas, et comme ça je pourrais y aller moi aussi.

— Hum, ce n'est pas tout à fait comme ça que ça marche. Il faut que tu te présentes au bureau des inscriptions. »

Elle m'adressa un sourire sournois.

« Si je tombe sur un homme, alors ça ne devrait poser aucun problème, fit-elle en me tapotant le bras. Et toi, au fait, qu'est-ce que tu fais exactement comme boulot ? »

Mais, avant même que je puisse répondre, elle aperçut quelqu'un de plus intéressant, lui fit un signe de la main et disparut dans la foule. Je pris une gorgée de cidre agrémenté de rhum.

L'appartement était bondé, et je ne pus m'empêcher de constater que tous les corps présents étaient plus minces que le mien, et de loin. À ma gauche, une blonde plantureuse en robe courte à imprimé psychédélique et bottes blanches en vinyle faisait de grands gestes avec sa cigarette et se plaignait que son agent lui avait encore mis les mains aux fesses. À ma droite, une brune magnifique à la peau café au lait, aux cheveux bouclés et qui s'était dessiné une petite toile d'araignée sur la joue disait à qui voulait l'entendre que depuis dix jours, elle ne mangeait que de la soupe au chou. Méfiante, je la plantai là et me dirigeai vers la porte. Je me demandais comment m'échapper, lorsque deux autres poupées aux longues jambes firent leur apparition, suivies de près par six types. Les filles enlevèrent leurs manteaux pour révéler deux tenues semblables – minishort en jean, tee-shirt sans manches noué au-dessus du nombril – et me les empilèrent sur les bras. Je me frayai un passage jusqu'à la chambre, pensant me débarrasser des manteaux sur le lit d'Evan et Michelle.

« Hé ! On peut avoir un peu d'intimité, si c'est pas trop demander ? »

Je clignai des yeux dans l'obscurité et parvins à distinguer un embrouillamini de membres et de cheveux appartenant à deux êtres extrêmement séduisants, faisant l'amour dans une position que je n'aurais jamais cru possible.

« Oups ! Désolée ! » dis-je en m'assurant que le type n'était pas Evan.

Je me dépêchai de regagner le salon, les joues rouges et mon perroquet brinquebalant sur mon épaule.

« Michelle ! lançai-je, en essayant de couvrir le remix de Madonna que crachaient les enceintes. Je vais poser ces manteaux à côté, dans notre appart. »

Elle fit un geste de la main comme pour dire « M'en fous. » Enfin, j'étais libre. Dans le couloir, je me cognai contre Janie, qui sortait de notre appartement déguisée en papesse sexy (grand chapeau, chapelets et… pas grand-chose d'autre).

« Non non non non non, dit-elle. Tu ne rentres pas déjà. Il y a au moins – elle secoua la tête et me fouetta la hanche avec son encensoir, libérant des volutes d'encens dans le couloir – un, deux, trois, quatre, cinq mecs plus que potables à cette soirée.

— Ouais… et au moins une trentaine de mannequins.

— On s'en tape, des pétasses. Hors de question que tu te caches dans ta chambre toute la soirée.

— Est-ce que je peux au moins me débarrasser de ces manteaux ?

— Je te laisse trente secondes, pas une de plus. Je te surveille, ajouta-t-elle en agitant sa montre. Ah, au fait… tu n'aurais pas vu mes enfants de chœur à tout hasard ? »

Je secouai la tête et l'observai disparaître dans l'appartement où la fête battait son plein. Puis je me glissai enfin dans ma chambre. Ah, le bonheur. Dans le noir, j'ôtai mes bottes et mon perroquet, lançai les manteaux dans un coin et m'apprêtai à me cacher sous la couette… lorsque je remarquai une forme humaine sous les draps. Un corps d'homme, couché sur le ventre, qui marmonnait des paroles incompréhensibles. Il me sembla tout de même distinguer les mots « taré », « rue », et « Chaplin ». Pas de panique… Un sans-abri avait dû se faufiler dans l'immeuble avec le dernier arrivage de mannequins. Ce n'était pas la fin du monde. J'attrapai un spray de mousse pour cheveux au cas où j'aurais à me défendre, songeant que je n'aurais qu'à fermer la porte, appeler la police et…

« Ohé, moussaillon ! »

Le corps avait parlé. J'allumai la lumière. C'était Evan.

« Désolé, je ne voulais pas te faire peur. »

Je reposai le spray, le cœur battant.

« Mais qu'est-ce que tu fiches ici ?

— Je ne supportais plus la musique, répondit-il en faisant la grimace. J'ai mis Elvis Costello. J'ai mis les Clash. Et puis les gens arrivent pour faire la fête et ils se mettent à… »

Il exécuta une vague chorégraphie en fredonnant « Vogue ».

« … moi, je peux, mais à très petites doses. Bon allez, mets-toi à l'aise. »

Je retirai mon crochet et me laissai tomber sur la couette à côté de lui.

« Il te plaît, mon déguisement ? me demanda-t-il.

— Hum, laisse-moi jeter un œil… »

Je soulevai le drap, trop contente d'avoir une excuse pour le mater des pieds à la tête. Il portait un jean et un tee-shirt.

« Hum... »

Il secoua la tête d'un air déçu.

« J'étais pourtant sûr que tu trouverais... Allez, fais un effort ! » dit-il en ajustant ses lunettes à monture épaisse.

Je haussai les épaules en signe d'impuissance.

« Je suis déguisé en Robert Downey Junior ! C'est dingue, ça ! Personne ne me reconnaît !

— Oh... mon pauvre... », me moquai-je.

Bien que minuscule, ma chambre était la pièce de notre appart que je préférais. Il y avait tout ce dont j'avais besoin : un lit large et confortable, une petite table de chevet avec une lampe à abat-jour rose et deux photos encadrées : une de ma mère l'année de ma naissance – peau d'ivoire, cheveux de jais, profil parfait et une de nous trois, prise à Tanglewood quand j'avais cinq ans. Avant d'emménager, j'avais prévu de caser tous mes bouquins sur des planches d'aggloméré séparées par des parpaings comme à la fac, mais Sy refaisait la déco de son appart et m'avait donné trois magnifiques bibliothèques en ébène d'un mètre quatre-vingts avec des portes vitrées. À l'intérieur, mes livres de poche et mes bouquins d'occasion ne payaient pas de mine, mais mon maigre salaire ne suffisait pas à m'offrir des livres reliés.

Evan se pencha pour allumer les bougies. L'ombre des flammes se mit à danser sur son visage. Il avait entrouvert la fenêtre, je sentais l'air frais du soir sur mes joues. La lueur de la lune filtrait à travers les rideaux. Je reconnus l'odeur d'un feu de cheminée, sans doute le premier de la saison.

« Ah... Katie ! L'année prochaine, faudra que tu m'aides à trouver un bon déguisement !

— Pas de problème ! »

Je savourais la douceur qui m'envahit lorsqu'il prononça mon prénom. Cela faisait quelques semaines qu'il m'appelait Katie, et chaque fois j'en frissonnais de plaisir. Pour les autres, j'étais Kate, ou Katerina, mais lui seul m'avait surnommée Katie.

Il se tourna vers moi, et je sentis son souffle sur ma tempe lorsqu'il me retira mon bandeau. Il l'enfila et soumit son visage à mon inspection.

« Très joli, dis-je, surprise de maîtriser ma voix à ce point. L'incarnation même de la piraterie.

— Bon alors, explique-moi un peu. Qu'est-ce que tu viens faire là ?

— Je n'arrivais plus à suivre les conversations, répondis-je sur un ton très sérieux. Tu sais, moi et la physique des particules élémentaires… »

Il secoua la tête.

« Je sais… Elles sont nulles, hein ?

— Mais très décoratives !

— J'aimais bien les fêtes avant. Mes parents en faisaient de super. Je faisais passer les verres, et après je ramassais ceux qui étaient vides… Et s'ils ne l'étaient pas tout à fait, je les finissais en cachette. Scotch, rhum-Coca, vin blanc… Mes parents n'ont jamais compris pourquoi j'étais toujours aussi grognon le lendemain. Sûrement parce qu'ils n'avaient jamais vu un gamin de neuf ans avec une gueule de bois. Et toi, tes parents ?

— Oui, eux aussi ils allaient à des soirées. Ma mère me traînait à ses galas de charité. »

J'imitai Reina, les poses qu'elle prenait, son regard qui scrutait la foule pour me trouver, tandis que je me cachais derrière des plantes en pots gigantesques.

« … et voici ma fille, Katerina. N'est-elle pas ravissante ?

— On dirait que tu n'en as pas gardé de très bons souvenirs. Qu'est-ce qui te gêne là-dedans ? »

Impossible d'avouer à Evan ce qui me mettait au comble de l'embarras – quelques centaines de paires d'yeux se tournant vers moi en même temps, alors que j'étais plus que rondelette à huit ans, godiche à douze, voûtée, renfrognée et couverte d'acné à quatorze et qu'en mon for intérieur je me disais « Euh… Ravissante ? » J'attrapai un oreiller que je serrai contre ma poitrine.

« Eh bien, pour commencer, je ne sais pas chanter, et à ces soirées tout le monde voulait m'entendre. Ils s'attendaient à ce que j'aie une aussi belle voix qu'elle. Et c'est loin d'être le cas… »

Je me souvenais de toutes ces réceptions, dans d'immenses salles toutes de dorures et de marbre. « Reina, une chanson ! » quelqu'un criait à un moment. Elle faisait la modeste quelques minutes, refusait les requêtes en agitant une main chargée de bagues, puis finissait par se lancer et chantait pendant vingt minutes. Plus quelques rappels.

« Mais si, tu chantes bien, me dit Evan.

— Oh que non. Détrompe-toi.

— Si, si, je t'assure. »

Je rougissais à vue d'œil.

« Je te dis que non.

— Et moi je te dis que si. Je t'ai entendue fredonner dans l'ascenseur.

— Oui, fredonner, peut-être, mais ce n'est pas chanter.

— Et tu chantes sous la douche.

— Quoi ?

— Les cloisons sont minces, tu sais… N'aie pas honte, ce n'est pas grave ! Moi aussi j'aime bien Bon Jovi de temps en temps ! »

Oh non, la honte…

« Ah non, ça, ça devait être Janie.

— Arrête, ça ne prend pas. »

Il roula sur le côté, appuyé sur un coude, sans me quitter du regard. Il avait une mèche de cheveux devant les yeux, et je mourais d'envie de lui dégager doucement le front.

« Chante-moi quelque chose. »

Si la pièce avait été plus éclairée, s'il n'avait pas été dans mon lit, s'il n'y avait pas eu de rhum dans le cidre, j'aurais refusé et trouvé un moyen de changer de sujet. Mais qu'est-ce que ça pouvait bien faire ? Il ne serait jamais à moi. Que je me ridiculise ou que je l'impressionne, il irait rejoindre Michelle à la fin de la soirée pour passer la nuit avec elle.

« OK… Je te propose un marché : je te chante une chanson et tu me dis ce que tu fais comme boulot.

— Tu veux vraiment le savoir ?

— Tu ne veux vraiment pas me le dire ?

— D'accord, marché conclu. Mais c'est toi qui commences. »

Je me redressai et m'étirai avant de réajuster le foulard rouge que je m'étais noué autour de la tête. J'hésitai… Oh et puis après tout, pourquoi pas ? L'occasion ne se représenterait pas. J'enlevai le foulard et laissai mes boucles encore humides descendre en cascade dans mon dos. J'entendais les conseils de Mrs Minheizer, m'indiquant comment respirer, positionner ma bouche et ma langue pour façonner l'air qui porterait le son, laisser la musique non pas venir de moi mais me traverser.

Je pris le perroquet dans une main en guise de micro.

« Bienvenue au café du Perroquet en peluche. Je suis Katie Klein, et je serai là tous les soirs de la semaine. Merci de penser au pourboire des serveuses. Elles travaillent dur. »

J'inspirai profondément et me lançai.

« *My funny Valentine. Sweet comic Valentine. You make me smile with my heart…* »

Du coin de l'œil, je voyais Evan m'observer, complètement absorbé, immobile, tandis que ma voix – un peu ténue mais claire – résonnait dans la chambre.

« *Is your figure less than Greek ? Is your mouth a little weak ? When you open it to speak, are you smart ? Don't change a hair for me. Not if you care for me. Stay, little Valentine, stay. Each day is Valentine's Day.* »

Je laissai la dernière note vibrer, légère, et me tus. *Pas mal*, aurait dit ma mère, dans un bon jour. Evan tira sur mon chemisier pour m'attirer près de lui et se mit à applaudir.

« Waouh ! Tu sais que tu es incroyable ? »

Je secouai la tête en rougissant de nouveau.

« Ne dis pas de bêtises.

— Hé, ça suffit, pas de fausse modestie avec moi. Pourquoi tu ne passes pas d'auditions, pour chanter dans un groupe ou je sais pas, moi ? Tu as étudié la musique à la fac ?

— Je ne suis pas si douée que ça, tu exagères. »

Mais il ne m'écoutait pas.

« Je n'arrive pas à croire que tu chantes aussi bien, que tu… aies cette voix en toi, ajouta-t-il en frôlant ma poitrine, juste au-dessus de mon cœur.

— Bon, OK, à ton tour maintenant. On a conclu un marché, tu t'en souviens ?

— Je suis un peu embêté parce que… c'est un secret.

— Tu ne deales pas, au moins ?

— Non, non, t'inquiète, je ne fais rien d'illégal. Je travaille à temps partiel. Disons que je fais des investigations en free lance. Si, par exemple, un employé fait une demande d'indemnité ou d'arrêt de travail suite à un accident du travail, et que la société qui l'emploie pense qu'il essaie de les escroquer, je le suis pendant quelques jours, histoire de voir ce qu'il fait, s'il porte vraiment une minerve ou s'il retrouve une jeune femme dans une boîte de salsa. Je bosse aussi pour des couples mariés. Des histoires de contrats de mariage, de garde d'enfants, ce genre de choses.

— Vraiment ? »

En tout cas, ça expliquait ses disparitions subites et les coups de fil ultrasecrets.

« J'ai aussi un petit portefeuille d'actions.

— Ah, tu vois ! On plaisantait l'autre soir, mais en fait tu es rentier !

— Non, pas exactement… J'ai gagné de l'argent à la télé.

— Quelle émission ?

— Hum, euh… *Vidéo Gag.* Mais n'en parle pas à Michelle. Elle trouve que c'est ringard, comme émission. Elle préfère que je dise *La Roue de la fortune.* »

J'éclatai de rire. C'était plus fort que moi.

« *Vidéo Gag* ? C'est pas l'émission où il y a toujours un type qui se prend un club de golf entre les jambes ?

— Oh, Katie, je te trouve un peu injuste, là ! Des fois, c'est un coup de raquette.

— Mais c'est toujours entre les jambes, on est d'accord ? Alors, dis-moi, tu avais le rôle de l'agresseur ou de la victime ?

— Ni l'un ni l'autre. J'étais juste le type chanceux, assis au premier rang pendant le mariage de sa sœur, autant dire la meilleure place pour voir un bulldog commencer à s'exciter sur la jambe du prêtre.

— Tu plaisantes ?

— Je t'assure que non. Ils avaient appelé le film « Le bulldog porteur d'alliances se déchaîne ». Et, pour tout te dire, le prêtre ne méritait pas mieux. Il a été odieux avec ma sœur pendant la préparation de son mariage, parce qu'elle était lesbienne quand elle était à la fac.

— Ah ? C'était sa matière secondaire ? »

Soudain, la porte s'ouvrit en grand, faisant pénétrer un rayon de lumière aveuglante.

« Evan ? »

Je plissai les yeux… et reconnus le chapeau pointu de Michelle.

« Oh, coucou mon ange », dit-il d'une voix si douce que mon cœur se serra.

L'air exaspéré, Michelle haussa les épaules en faisant la moue.

« Mais qu'est-ce que tu fais à te planquer dans ton coin ? Les gens dansent, je te signale.

— J'arrive dans une minute.

— Très bien, à tout de suite alors. »

Elle referma la porte, nous laissant de nouveau dans la semi-obscurité.

« Bon…, dit-il.

— Bon…, répétai-je. La physique des particules t'appelle, on dirait. Et ne t'inquiète pas, je garderai ton secret.

— Je vais t'apporter quelques trucs à grignoter, dit-il en sortant du lit. Ou un bouquin de physique. »

Il replaça le bandeau de pirate sur ma tête.

« Amuse-toi bien, lui lançai-je tandis qu'il s'éloignait.

— Toi aussi. »

Il disparut en refermant doucement la porte.

12

« Je n'arrive pas à m'en remettre... », murmura Philip Cavanaugh, avachi dans un fauteuil de son salon.

La pièce était emplie de compositions de fleurs blanches et l'air, saturé de l'odeur écœurante des lis. Il porta avec lenteur un index à sa bouche, puis laissa sa main retomber mollement sur ses genoux.

Dès que j'étais sortie du café, j'avais appelé Janie pour lui raconter mes mésaventures avec Lisa DeAngelis.

« Alors il se tapait la baby-sitter, avait conclu mon amie, sa voix couvrant à peine les cris des enfants, qui chantaient à tue-tête. Quel cliché... Bref. Qu'est-ce que tu comptes faire ?

— Je sais pas trop... Appeler la police, non ?

— Pourquoi ne pas rendre d'abord une petite visite au veuf joyeux ?

— Euh... Je ne pense pas porter la tenue adéquate pour aller lui présenter mes condoléances.

— Au contraire ! Tu vas lui remonter le moral ! T'inquiète, j'ai les choses bien en main. Les enfants font toujours la sieste, hein ?

— Oui, oui. »

Je ne pouvais pas rendre visite à Philip Cavanaugh les mains vides. Je m'arrêtai donc à la supérette pour acheter une tarte aux pommes et un torchon à carreaux rouges et blancs. Dans la voiture, je sortis la tarte de son emballage en plastique, l'enveloppai dans le torchon et me remis en route. Direction : le lieu du crime. J'aurais bien fait un crochet par la maison pour la réchauffer un peu, mais il valait mieux pas. Le mois précédent, j'avais allumé le four en position préchauffage en oubliant qu'il y avait une planche à découper à l'intérieur. L'alarme incendie avait fini par se déclencher et quand j'avais ouvert le four une épaisse fumée s'en était échappée, laissant apparaître un magma gluant en train de fondre. Depuis, j'avais lancé le programme autonettoyant deux fois, en vain . tout ce que je faisais cuire avait un arrière-goût de plastique brûlé, y compris le rôti que j'avais préparé quand mon beau-frère était venu dîner avec sa femme.

Devant la porte des Cavanaugh, mes genoux s'étaient mis à jouer des castagnettes. J'avais un petit speech tout prêt – *Je tenais à vous présenter mes condoléances de vive voix... quelle tragédie... comme ça doit être difficile...* – mais, brusquement submergée par le souvenir de ma découverte macabre, je fus incapable d'articuler le moindre mot lorsque Philip était venu m'ouvrir. Peu importait : il avait simplement hoché la tête, pris la tarte, et m'avait menée au salon.

« Je n'y arrive pas... », répéta-t-il, les yeux larmoyants.

J'acquiesçai en inspectant le salon ; le même que le mien, sauf que Kitty l'avait transformé en une pièce à vivre claire et accueillante, le genre d'endroit où l'on aimerait passer des heures. Les murs étaient peints dans les tons cappuccino, assortis aux canapés en cuir couleur chocolat, aux tables basses jaune pâle et aux coffres en osier qui servaient de rangements à magazines et à jouets. Il y avait aussi un tapis persan rouge et or que mon œil, bien que novice, identifia comme authentique – rien à voir avec les tapis produits en série des grands magasins que j'avais chez moi – et aux murs, des tableaux dans des cadres dorés, des marines de style primitif, où le soleil était jaune citron, la mer bleu turquoise, et la plage parsemée de parasols rouge vif, comme autant de coquelicots.

Philip suivait mon regard.

« C'est la mère de Kitty qui les a peints.

— Ils sont magnifiques.

— C'est Cape Cod. Elle est née là-bas. Tous les étés, on allait y passer deux semaines avec les filles. Je... je ne peux pas croire... »

Il ne trouva pas la force d'achever sa phrase. Je détournai le regard tandis qu'il s'essuyait les yeux et je me concentrai sur les photos alignées sur la cheminée. Il y en avait une de Kitty avec les filles, tenant chacune une tranche de pastèque en souriant ; également une photo de mariage, où Kitty, bien que distante derrière son voile, était d'une beauté renversante, à côté d'un Philip rayonnant de bonheur.

Mon plan – si on peut appeler ça un plan – était simple : faire comme si Kitty et moi avions été amies. Faire croire à Philip qu'elle s'était ouverte à moi, et alors peut-être ferait-il de même.

« J'ai toujours adoré cette photo », murmurai-je en indiquant leur souvenir de mariage.

Soudain, je pris conscience que pendant tout le temps où j'avais regardé les tableaux et les photos, Philip Cavanaugh avait eu les yeux rivés sur moi. Sur ma poitrine, pour être précise. Il faut dire qu'on ne voyait que ça, le pull de Janie étant un poil trop juste pour moi. Je croisai les jambes. Lorsque je relevai la tête, je m'aperçus que le regard humide de Philip avait glissé sur mes cuisses. Il avait la bouche ouverte, et je l'entendais respirer. *Beurk.* Dans son genre, il était plutôt bel homme. Yeux bleu-gris, cheveux blond argenté, pommettes hautes, assez grand, bassin étroit et épaules larges. Mais quelque chose clochait, le tout manquait de précision, comme s'il avait les contours flous. Mille fois on avait dû lui dire *Oh, vous êtes le sosie de Robert Redford !*, sauf que de près, pas du tout. Ou bien alors à un vague cousin de Robert Redford, le genre à boire un ou deux verres de trop à l'anniversaire du grand-père et à vous mettre un glaçon dans le dos pour se marrer.

Un tas de questions se bousculaient dans ma tête : avait-il peloté la baby-sitter dans la voiture en la raccompagnant chez elle ? Possible. Lui avait-il chuchoté à l'oreille *Sans Kitty dans les pattes, je pourrais n'être qu'avec toi*, avant de lui demander si elle connaissait quelqu'un susceptible de le débarrasser de sa femme ? Peut-être bien. En revanche, ce que je n'arrivais pas à comprendre, c'est pourquoi Kitty, avec sa tête bien faite et bien pleine, s'était mariée à ce type.

Philip se racla la gorge bruyamment. Je tentai une autre approche : la technique dite du « flirt éhonté ». J'humectai mes lèvres en essayant de me souvenir comment séduire un homme qui ne vous a pas vue jambes écartées, en sueur, jurant et poussant pour expulser un bébé de trois kilos sept. Autant demander à quelqu'un qui a passé les cinq dernières années à décongeler du poisson pané de préparer un saumon en papillote.

« Est-ce que la police vous a donné des nouvelles ? » demandai-je de ma voix la plus aguichante.

Il secoua la tête.

« Quand j'étais au poste de police – je défroissai mon pantalon d'une main et jouai avec une mèche de cheveux de l'autre – vous avez dit… enfin, je vous ai entendu dire que tout était votre faute.

— *Content*, dit-il d'une voix sourde. Cette chroniqueuse avec qui Kitty travaillait… Elle recevait des lettres d'insultes… des menaces de mort. Il y a des gens qui sont vraiment déséquilibrés. Des tarés. Elle disait que personne ne la connaissait. Qu'elle était le nègre de cette femme, mais que personne n'était au courant… »

Des larmes roulèrent sur ses joues.

« … Elle aimait ça. Agir incognito… être invisible… »

Il passa les mains sur sa barbe de trois jours, le frottement était comme celui du papier de verre.

« … Mais je crois que… que quelqu'un a fini par découvrir la vérité. »

Rien de tel pour se disculper auprès de moi – ou de la police.

« Vous songez à une personne en particulier ? »

Il me dévisageait comme si je parlais une autre langue. Je me penchai vers lui et posai une main sur les siennes.

« Est-ce que quelqu'un lui a causé des ennuis ? Je ne sais pas… quelqu'un qui aurait appelé chez vous, ou qui serait passé ici ? »

Il secoua la tête.

« C'est ma faute… J'aurais dû insister… »

Je sortis de ma poche une serviette en papier du Starbucks et la lui tendis. Au ralenti, il la plia en deux et la passa sur ses yeux.

« Je suis désolée, murmurai-je. C'est une perte terrible… »

Je voulais lui poser une tonne de questions : *Qu'est-ce que votre femme allait faire à New York ? Travailler ou autre chose ? Avait-elle une liaison ? Est-ce que vous vous tapiez la baby-sitter ?* Au lieu de quoi je tirai sur le bord de mon pull, ce qui eut pour effet de mettre mes seins un peu plus en évidence.

« Comment avez-vous rencontré Kitty ?

— C'était au bureau… Elle est entrée… »

Même emplis de larmes, ses yeux restaient rivés sur ma poitrine.

« … Elle était tellement… »

Belle, pensai-je intérieurement.

« … Vivante. Curieuse de tout. Elle posait des questions, observait ce qui se passait autour d'elle… Je l'aimais, si vous saviez… »

Ses yeux se fermaient.

« Je suis terriblement désolée », dis-je à nouveau avant de me lever.

Je repensais à ce que m'avait dit Lisa.

« Bon, il est temps que je parte. La dernière fois que je suis venue... »

Oups.

« ... Enfin, non, pas la dernière fois, mais au début du mois Kitty et moi étions à l'étage, et il se peut que j'aie perdu une boucle d'oreille dans la salle de bains. Ça vous dérange si je jette un coup d'œil ? »

Il haussa les épaules puis hocha la tête. Je le remerciai et me dirigeai vers l'escalier. Ma respiration se faisait saccadée à mesure que je montais les marches. Je passai devant les toilettes sur la pointe des pieds et ouvris la porte de leur chambre. Des murs jaune citron, une housse de couette blanche à dentelles, deux douzaines de coussins sur le lit, le genre qu'il fallait enlever tous les soirs et replacer tous les matins. Je traversai la pièce jusqu'à la coiffeuse, en me disant que Kitty avait bien meilleur goût que moi, et qu'elle était aussi beaucoup moins bordélique. Sur un mur était accroché un grand miroir dans un cadre en fer forgé, au-dessous une multitude de flacons de parfum en cristal et, à côté, un petit fauteuil tout en courbes. Sur la coiffeuse, son peigne et sa brosse posés de façon parfaitement parallèle, un pot en verre de poudre libre et son pinceau, une boîte de mouchoirs en papier, et une barrette rose à paillettes qui devait appartenir à l'une de ses filles. Aucune trace de l'ordinateur portable. La police l'avait peut-être saisi.

Il y avait également des photos encadrées : Kitty et Philip tout sourire dans leurs habits de mariage ; Kitty dans un lit d'hôpital, bracelet en plastique au poignet, sourire béat aux lèvres, deux minuscules bébés tout emmaillotés dans les bras ; Kitty et ses filles à la kermesse de la Cabane rouge, chacune une tarte dans les mains.

J'ouvris le premier tiroir. Je ne savais pas trop ce que j'espérais y trouver... Une pile de lettres d'amour entourées d'un ruban rouge portant un code postal de New York et la signature d'un autre homme que Philip ? Un carnet intitulé « Mon journal intime » où au mois d'octobre figurerait le nom du tueur, avec sa description physique détaillée et un Polaroid ? J'en sortis une plaquette de pilules, un tube d'aspirine, un brillant à lèvres, une crème pour les mains, un plan fatigué de New York, un autre de Washington, et enfin une photo. On y voyait Kitty et une jolie brune bras dessus bras dessous, le vent dans les cheveux, elles devaient avoir une petite vingtaine d'années. Je sortis la photo de son cadre et lus l'inscription qui figurait au dos : *K et D, été 92, Montauk*.

Je remis la photo en place, puis finis par découvrir une feuille du même bloc-notes que celle où j'avais vu le numéro d'Evan. Sur celle-ci était écrit *Stuart 1968*. Qu'est-ce que ça pouvait être ? Un endroit ? Un nom suivi d'une année ? Je la repliai avant de la remettre dans le tiroir.

Après quelques babioles sans importance, je tombai sur une carte postale de la statue de la Liberté, adressée à une boîte postale d'Eastham, dans le Massachusetts. « Chère Bonnie, New York tient ses promesses, et bien plus encore. Nous sommes ensemble désormais. Plus heureux que je ne l'aurais jamais imaginé. Avec tout mon amour. » Ni signature ni timbre. Quiconque avait écrit cette carte ne l'avait jamais envoyée.

« Vous avez trouvé ce que vous cherchiez ? »

Je me retournai en sursautant et aperçus Philip appuyé contre le chambranle de la porte, comme s'il n'avait pas la force de se tenir tout seul. Son regard, quoique vitreux, semblait avide de quelque chose.

« Votre boucle d'oreille, vous l'avez trouvée ? »

Je secouai la tête et pris tout à coup conscience de la taille du lit, un king size, qui paraissait s'agrandir de seconde en seconde, s'élargir jusqu'à occuper tout l'espace de la chambre.

Il m'adressa un sourire lubrique.

« J'aime bien vos chaussures. »

Mais, au moment même où il prononça ces mots, son regard concupiscent s'évanouit pour faire place à une expression empreinte de perplexité et de peine. Soudain, il avait l'air vieux, fatigué, et très triste.

« Ne vous dérangez pas, je retrouverai mon chemin toute seule, dis-je en me levant après avoir rangé la carte postale. Encore une fois, toutes mes condoléances... »

Philip se déplaça avec une rapidité que je n'aurais jamais soupçonnée chez un homme aussi ivre de chagrin. Il traversa la chambre en trois enjambées, tomba à genoux, mit ses bras autour de ma taille et pressa sa tête contre mon ventre.

« Dites-moi quelque chose, bredouilla-t-il. N'importe quoi. Est-ce qu'elle était heureuse ? »

Je sentais ses larmes, chaudes et humides, à travers mon pantalon.

« Vous étiez son amie. Vous la connaissiez. Est-ce qu'elle était heureuse ? »

Pauvre homme, pensai-je, oubliant pour un instant que, si ma théorie était juste, Philip Cavanaugh s'était consolé par anticipation avec la baby-sitter et Kitty s'était rendue à New York pour s'adonner à des activités du même genre. Il avait l'air désespéré. Il me rappelait mon père, qui déambulait dans l'appartement son hautbois à la main chaque fois que ma mère partait.

« Vous étiez son amie », répéta Philip.

Si seulement il disait vrai... Je posai mes mains sur ses épaules, m'éclaircis la voix et regardai ses cheveux blonds tandis que ses mains desserraient leur étreinte autour de mes hanches pour migrer vers mes fesses.

« Restez avec moi, me supplia-t-il. Restez avec moi, je vous en prie. Je ne veux pas être seul. »

D'accord, Kate, pas de panique. Je lui tapotai le dessus de la tête, comme s'il était un chien dont je me méfiais. *Calme-toi. Pose-toi la question qui t'a tirée d'affaire plus d'une fois : QFJ ?* Que ferait Janie dans cette situation, avec un veuf malheureux et sous cachetons qui lui tirait sur le pantalon ?

« Philip, dis-je en essayant de me dégager. Il faut que j'y aille. Je dois aller retrouver mes enfants. »

Il finit par relâcher son étreinte.

« Je suis désolé, chuchota-t-il en laissant retomber ses bras mollement le long de son corps.

— Ne vous en faites pas, ce n'est pas grave, répondis-je en attrapant mon sac et mon manteau. Et si je peux faire quoi que ce soit, n'hésitez pas... »

Je griffonnai mon numéro sur un bout de papier, en espérant de toutes mes forces qu'il n'interpréterait pas mon geste de travers, et descendis les marches quatre à quatre.

De retour dans la voiture, j'allumai le chauffage, agrippai le volant jusqu'à ce que mes mains cessent de trembler et fis quelques étirements. Une fois mon cœur revenu à un rythme régulier, je sortis le carnet de Sophie de mon sac pour noter ce dont je me souvenais de la photo et de la carte postale. Je l'ouvris à une page neuve pour y écrire *Elle posait des questions. Observait ce qui se passait autour d'elle*. Qu'est-ce que Kitty avait voulu savoir ? Qu'allait-elle faire à New York trois jours par semaine ? Et quelle vie avait-elle menée avant de rencontrer Philip, d'avoir ses enfants et de devenir la mère modèle d'Upchurch ?

13

Je garai la Porsche de Janie dans le garage et passai la tête dans le salon. Les enfants jouaient à Candy Land et Janie était avachie sur le canapé. Il manquait deux boutons à son chemisier rose en soie et son revers de jean était à moitié déchiré.

« Merci de t'être occupée d'eux… Tu es sûre que ça va ?

— Les petits monstres m'ont enfermée dans leur tente, répondit-elle en se redressant pour passer une main dans ses cheveux tout emmêlés.

— Est-ce que c'est vrai ? » demandai-je en lançant un regard noir à mes enfants.

Sophie gloussa. Sam et Jack gardèrent les yeux rivés sur le plateau de jeu.

« Demandez pardon à Janie.

— Pardon ! s'écrièrent-ils en chœur tandis que Janie titubait vers l'escalier.

— Besoin… d'une… transfusion. Ne jamais… avoir… d'enfants. »

Et moi qui avais prévu de faire monter tout ce petit monde dans le minivan pour aller appeler Evan depuis une cabine… À la place, j'envoyai les gamins au coin et préparai le dîner : bâtonnets de poisson et frites de patate douce surgelées au four, petits pois et carottes dans une casserole. Sam et Jack se retournaient de temps en temps et commencèrent à se disputer pour savoir lequel d'entre eux aurait l'assiette rouge ; je passai donc cinq minutes à fouiller les placards pour enfin en trouver une deuxième quand ils décidèrent qu'ils voulaient des assiettes blanches à la place. À table, Sophie chipotait en attendant que je sorte de la sauce wasabi et du gingembre mariné du réfrigérateur, et lui donne des baguettes en lui assurant que c'était des sushis frits.

À huit heures et demie, les enfants et Janie dormaient déjà. Je me préparai une assiette, me servis un verre de chardonnay dans un gobelet en plastique et m'installai dans le salon, mon carnet Hello Kitty sur les genoux. « Nous sommes ensemble désormais. » Qu'est-ce que cela pouvait signifier ? Qui était la brune sur la photo ? Et si je m'arrangeais pour aller à Montauk afin d'éclaircir ce mystère ?

Quand je rouvris les yeux, il était dix heures. Deux valises à roulettes étaient stationnées dans l'entrée et mon mari – grand et mince, barbe de trois jours et cravate de travers – m'embrassait dans le cou.

« Tu sais qu'il y a une femme un peu bizarre qui dort dans la chambre d'amis ?

— C'est ton jour de chance ! répondis-je en bâillant.

— Non, ne te lève pas », me dit-il en continuant à m'embrasser.

Je passai une main dans ses épais cheveux bruns, caressai son visage, puis, du bout des doigts, frôlai sa boucle de ceinture. Janie et les enfants dormaient, la machine à laver et le lave-vaisselle tournaient – rien de tel pour couvrir les gémissements ou soupirs susceptibles de nous trahir –, nous étions tous les deux éveillés, je n'avais pas mes règles, il était donc fort possible que nous fassions l'amour. Ce qui ne nous était pas arrivé depuis… depuis… L'angoisse. Et si j'avais oublié comment on faisait ?

« Je m'en veux de ne pas avoir été là pour toi… »

Je bâillai de nouveau et entrepris de baisser sa braguette.

« Ç'a dû être horrible.

— J'ai eu très peur, dis-je tandis qu'il glissait ses mains sous mon pull. Et ils n'ont encore arrêté personne. Je suis allée voir Philip Cavanaugh et…

— Oh. Oh, bébé… »

Il avait dégrafé mon soutien-gorge et pressait mes seins dans ses mains. D'abord le gauche, puis le droit, puis les deux en même temps, comme s'il soupesait des melons sur le marché.

« Elle était nègre, tu sais, expliquai-je pendant qu'il m'ôtait mon pantalon.

— Touche-moi, souffla-t-il en posant ma main droite sur son entrejambe, au cas où je n'aurais pas compris où il voulait en venir.

— … Pour Laura Lynn Baird, tu vois qui c'est ? Cette blonde affreuse qui… »

Il pressa sa bouche contre la mienne – dans un élan de désir ou pour me faire taire, je ne savais pas trop. Puis il se redressa et plaqua une main sur ma nuque en attirant ma tête vers son bas-ventre. Je soupirai, me penchai et me mis au boulot.

« Oh… Oh, Kate, c'est bon… »

J'agrippai mes mains à ses hanches.

« Tu sais, haleta-t-il, j'ai entendu des trucs sur Philip Cavanaugh il y a quelque temps.

— Mmph ?

— Sur lui… et une femme. Oh… t'arrête pas… »

Je relevai la tête pour reprendre mon souffle.

« Quand ?

— L'été dernier. Le type qui m'en a parlé – Denny Simon, tu sais, le mec de la banque ? – m'a dit que lui et cette femme avaient été amants l'été dernier. Oh… Oh oui, comme ça… »

L'été dernier, songeai-je alors que Ben me ramenait contre lui sur le canapé.

« Anne quelque chose. Ou Nan, je ne sais plus... »

Il m'ôta mon pull d'un geste brusque et envoya balader deux boutons par terre.

« Kate... Je veux être en toi... »

En entendant les boutons rebondir sur le parquet, je me dis qu'il faudrait penser à les ramasser avant d'aller se coucher. Sophie et Jack savaient qu'il ne fallait pas mettre n'importe quoi dans la bouche, mais pas Sam, que j'avais déjà emmené aux urgences ce mois-ci lorsqu'il s'était fourré une framboise toute sèche et rabougrie dans le nez.

Ben glissa une main entre mes cuisses.

« Oh... Hummm... »

Alors ce n'était pas la baby-sitter, mais Anne, ou Nan quelque chose. Ou peut-être les deux. Il fallait croire que Phil avait de l'énergie à revendre. Je me demandais s'il était question de vengeance, ou simplement de juste retour des choses. Peut-être Kitty avait-elle des rendez-vous galants à New York au lieu de rendez-vous professionnels. Quand le chat n'est pas là...

« Oh..., soupirai-je lorsque Ben m'écarta les jambes. Chéri, non, attends, mon diaphragme...

— Je me retirerai. »

La dernière fois qu'il avait dit ça, Sam et Jack naissaient neuf mois plus tard.

« J'en ai pour deux secondes. »

Il poussa un grognement mais me laissa me lever. Je nouai la couverture autour de ma taille et piquai un sprint jusqu'à l'étage. Mon diaphragme était là où je l'avais laissé, dans l'armoire à pharmacie, et je fus soulagée de voir qu'il n'avait pas trop pris la poussière. En bas, toujours assis sur le canapé, Ben s'était débarrassé de sa chemise et de sa cravate. Son corps pâle était entièrement nu, mais il avait gardé ses chaussettes noires et posé *The Economist* sur ses genoux. J'envoyai valser le magazine, passai une main sur son torse et m'installai sur lui en me disant que c'était comme le vélo : ça ne s'oublie jamais.

« Hum, soupira-t-il… Oh…

— Ne parle pas, lui dis-je tout en bougeant mes hanches.

— Pourquoi ? »

Les yeux fermés, je m'accrochai à ses épaules.

« Parce que ça m'empêche de faire comme si tu étais ce docteur super-canon dans *Urgences*…

— Ha ha, très drôle. »

Il me fit rouler sur le dos. Je me sentais bien. Pour la première fois depuis que j'avais découvert le corps de Kitty, mes pensées n'avaient pas de lien direct avec le meurtre. Et, bien évidemment, en me disant ça, je songeai de nouveau à Kitty et Philip. Ben respirait de plus en plus vite. Je me cramponnai à ses épaules. Il se mordit la lèvre pour se retenir de crier avant de s'effondrer sur moi dans un dernier spasme.

« Tu vois, dis-je en me dégageant, on peut passer de bons moments quand tu rentres du boulot et que je suis encore debout. »

Il posa sa joue en sueur contre la mienne.

« Je sais. Je suis désolé, ça faisait tellement longtemps… »

Doucement, il me caressait entre les jambes.

« Hum, continue… », soupirai-je en fermant les yeux.

C'était bon, tellement bon…

« Maman ?

— Maman est occupée », répondit Ben.

Trop tard. Je m'enveloppai de nouveau dans la couverture et me levai en chancelant. Rien de tel qu'une gamine de quatre ans qui n'arrive pas à dormir pour tuer l'ambiance.

« Maman, Sam dit qu'il veut un verre d'eau, m'annonça Sophie en descendant l'escalier. Mais je lui ai dit “Non, pas d'eau une fois couché, parce que, après, tu feras pipi au lit.” Mais Sam a dit… »

Elle entrevit ma peau nue entre les pans de la couverture.

« … Elle est où, ta culotte ?

— Attends une seconde, ma chérie… »

Je serrai la couverture davantage autour de ma taille et pris ma fille dans mes bras.

« À tout à l'heure », murmurai-je à Ben.

Mais, le temps de donner un verre d'eau à Sam, de l'accompagner aux toilettes, puis de chanter une berceuse à Sophie pour qu'elle se rendorme, Ben avait sombré dans un profond sommeil et ronflait sur le canapé.

Pas de bol. Pendant que je me brossais les dents, la douche me faisait de l'œil. Il était tard, j'allais être épuisée le lendemain, mais j'étais trop excitée pour dormir.

Avec trois enfants et pas une minute à moi, j'avais fait de la masturbation une science très précise. Précise… et rapide, me dis-je en m'adossant au mur carrelé ruisselant, à bout de souffle. J'avais laissé tombé le tuyau de douche, qui se contorsionnait dans tous les sens, comme un serpent possédé. C'était triste, mais je m'éclatais sûrement plus avec le pommeau de douche qu'avec Ben. En fait, depuis qu'on avait emménagé à Upchurch, j'étais certaine de ne devoir la quasi-totalité de mes orgasmes qu'à moi-même. Y avait-il dans cette banlieue des couples mariés avec enfants qui étaient satisfaits de leur vie sexuelle ? Ou est-ce qu'en secret, comme moi, toutes ces mères modèles avaient l'impression de jouer un rôle dans une mauvaise comédie de boulevard, ne faisaient l'amour avec leur mari que très rarement, désiraient d'une manière obsédante le prof d'éveil musical gaulé comme un dieu, et s'endormaient en pensant à leurs ex ?

14

« Dis-moi qu'il n'y a aucun espoir », suppliai-je Janie un lundi matin, assise à mon vieux bureau dans les locaux du *New York Night*.

Notre bureau était envahi des journaux du matin, des magazines à scandale de la semaine et d'objets promotionnels en tout genre (mugs, tee-shirts, un cochon en peluche qui gueulait le titre d'un film quand on lui appuyait sur le ventre).

« Impossible », répondit-elle d'un ton cassant avant d'envoyer un article par mail – six cents mots sur des célébrités pincées en train de s'envoyer en l'air dans des toilettes publiques. Comme on dit, tant qu'il y a de la vie, il y a de l'espoir.

« Oui, mais qu'est-ce que je peux espérer, d'après toi ? Que Michelle perde ses deux bras et ses deux jambes dans un accident du travail ? Même si elle n'était qu'un tronc, elle serait plus jolie que moi. Même si elle n'était qu'une tête.

— C'est faux. En tout cas, elle serait plus pratique à transporter… Et laisse-moi te rappeler deux choses : premièrement, tu es belle, et deuxièmement, la beauté physique ne dure pas éternellement, et puis ce n'est pas le sujet. L'important à retenir, c'est le côté inaccessible de Michelle, et la peur maladive qu'Evan a de s'engager – qui se manifeste dans cette relation avec une femme qu'il ne mènera jamais à l'autel.

— Ah ? Elle va le larguer, tu crois ? »

Janie ouvrit la bouche, puis la referma en secouant la tête d'un air abattu.

« J'abandonne », lâcha-t-elle.

Je soupirai, posai la tête sur mon clavier en la frappant doucement contre les touches. Personne ne semblait s'en soucier. Le rédacteur des pages musique ne manqua pas un mot de sa conversation ; Sandra, la critique littéraire, ne leva pas les yeux du manuscrit qu'elle lisait. Cinq minutes plus tard, Polly laissa une photo sur mon bureau – « Allez, au boulot ! »

J'examinai la photo. Elle devait figurer en dernière page – baptisée, dans un accès de génie, « Page de derrière » – et montrait toujours une personnalité en train de tirer sur son slip pour le remettre en place ou de se gratter tout simplement les fesses. Sur la photo de la semaine, une douzaine de jeunes gens apparemment ivres morts, dont un, vu de dos, avait la main dans son pantalon ainsi que des filles en jean et talons aiguilles qui dansaient sur la table. Mon boulot consistait à identifier chaque personne et à trouver une légende à la fois fidèle à la réalité et pleine d'esprit. J'observai la photo de plus près. Rappeur, rappeur, mannequin, mannequin, people, journaliste, journaliste de presse people... D'un coup, mon cœur s'accéléra. Il y avait un coude... un coude et un bout de bras. Une moitié de hanche, un petit morceau de joue et de longs cheveux roux.

Je connaissais ce bras. Je connaissais ces cheveux. N'avais-je pas passé des mois à souhaiter la mort de leur propriétaire dans un tragique accident, me laissant le champ libre pour consoler et, éventuellement, épouser son fiancé ?

« Hé, Polly ! Elle a été prise quand, cette photo ?

— Cette nuit. Au Mercer Kitchen. »

Le pouls battant à mes tempes, je me focalisai de nouveau sur la photo. Michelle était censée être en déplacement pour son travail. C'est ce qu'Evan nous avait dit. Dans le New Hampshire, posant dans un canoë ou en pleine escalade pour un catalogue de vêtements de sport. Photo à la main, je me dirigeai vers le fond de la salle de rédaction, où bossaient les photographes.

« Est-ce que vous l'avez recadrée ? »

Bingo. La version non tronquée du cliché, que le photographe eut l'obligeance de m'imprimer, révélait que ce bras mince couleur d'ivoire enserrait fermement la taille d'un beau jeune homme aux cheveux bruns mi-longs. Il embrassait la rousse dans le cou, et l'on pouvait affirmer sans aucun doute que ce n'était pas Evan McKenna.

Je courus au bureau de Janie lui fourrer la photo sous le nez.

« Regarde ! Non mais regarde !

— C'est pas vrai ! s'exclama-t-elle. Avec autant d'agents autour de lui, y en a au moins un qui aurait pu lui dire de ne pas se gratter le cul en public !

— Mais non, pas le rappeur ! Là, le bras. C'est qui ? Devine !

— Euh… c'est un nouveau jeu ? Une version de "Cherchez Waldo" pour adultes ?

— Regarde bien, répétai-je en lui montrant cette fois-ci la photo non tronquée.

— Oh, oh. »

Elle saisit la photo et me raccompagna jusqu'à mon bureau.

« Bon, alors, Kate, écoute-moi bien. »

Mais j'étais incapable de me concentrer. Agitée comme jamais, je sautillais sur place.

« Elle le trompe ! m'écriai-je. Et quand il va l'apprendre… ils vont se séparer… »

Janie secoua la tête.

« Et comment l'apprendrait-il ? »

Je ne m'étais pas posé la question.

« Bah… et si c'était moi qui le lui disais ? tentai-je.

— Hors de question. Tu connais l'expression "Ne tirez pas sur le messager" ?

— Mais… mais il faut bien que quelqu'un s'en charge ! On ne peut pas le laisser épouser une nana qui le trompe !

— Ce n'est pas à nous de le faire.

— Alors qu'est-ce qu'on fait ?

— On attend. En envisageant la possibilité qu'il soit déjà au courant.

— N'importe quoi. Pourquoi il resterait avec une fille qui va voir ailleurs ?

— Souviens-toi de ce que je t'ai dit. Les frissons que procure la chasse. L'inaccessible. Sans compter les réconciliations sur l'oreiller. »

Je lui arrachai la photo des mains. Après tout, j'avais peut-être tort. Il y avait beaucoup de rousses à la taille fine dans cette ville. Et même si ce bras appartenait à Michelle, le fait qu'elle soit de retour à New York, à l'insu de son mec, à une fête, avec un autre type ne voulait pas forcément dire qu'elle le trompait – même si ça le suggérait fortement. À moins qu'elle ne soit rentrée plus tôt que prévu. Et qu'Evan soit au courant. Si ça se trouve, je me faisais un film. Il fallait que j'en aie le cœur net.

« Non, désolé, elle est toujours dans le New Hampshire, me répondit Evan lorsque je l'appelai pour lui demander si Michelle avait du temps pour m'aider à choisir une tenue en vue d'un cocktail. Mais je peux te filer son numéro de portable, si tu veux.

— Non merci, ça ira. À plus. »

Dix minutes plus tard, j'étais en ligne avec l'agence de Michelle.

« Bonjour, ici le *New York Night*. On a prévu un petit cahier photo sur les nouvelles tendances en lingerie… J'ai une blonde et une brune mais il me manque une rousse. Un mètre soixante-quinze, taille trente-huit…

— Trente-huit ? répéta la bookeuse sur un ton sceptique.

— Euh… Trente-quatre ! Oh, et euh… je ne sais pas trop comment dire mais… on n'a pas besoin d'une lumière, hein… La dernière fois, on a eu une fille qui nous a saoulés avec un livre de Thomas Pynchon qu'elle venait de lire…

— Un mètre soixante-quinze, trente-quatre, pas une flèche, résuma la bookeuse. Je vous fais porter six fiches par coursier dans l'après-midi.

— Génial. Au fait, le shooting a lieu demain matin. Assurez-vous que les filles soient disponibles et bien à New York.

— C'est noté », dit-elle avant de raccrocher.

Une heure plus tard, je feuilletais les fiches en question : toutes étaient rousses, grandes, sublimes, disponibles et non bibliophiles. Michelle figurait sur la fiche numéro trois.

Du calme. Du calme. Mais je transpirais, je devais être rouge comme une tomate, et je sentais poindre une migraine. J'avalai trois Advil avec une gorgée de café tiède en ouvrant un mail de Janie qui disait « Ne sois pas le messager ! » dix-neuf fois.

Étape suivante : découvrir l'identité de Monsieur Cheveux-Ondulés. Un coup de fil au photographe et le tour était joué. « Travis Marx. C'est le type de Pantene. »

Mes conversations téléphoniques prenaient un tour de plus en plus surréaliste.

« Pardon ?

— Pantene ! La marque de shampooing et d'après-shampooing, ça vous dit quelque chose ? C'est lui qui fait la pub. Monsieur Pantene, quoi. La plus belle implantation capillaire de la profession. Pourquoi ? Vous avez besoin de lui ?

— Un de ces quatre, peut-être… C'est qui, son agent ? »

Au bout de deux coups de fil, je parvins à le joindre. Crédule, il fut ravi de me donner l'adresse personnelle de

Monsieur Pantene, officiellement pour que je lui envoie les coupures du *New York Night* où il figurait. Puis ce fut l'heure d'aller battre le pavé.

Depuis le jour où il avait révélé qu'il était détective, Evan avait sollicité notre aide à deux ou trois reprises. Il frappait à notre porte le samedi matin en jean et casquette, un carnet à la main.

« J'ai besoin de toi dans le hall de l'Algonquin, disait-il par exemple, en me tendant des lunettes noires et la photo d'un homme. Ce type tout à fait charmant prétend passer ses samedis à la soupe populaire en tant que bénévole. Mais sa future ex-femme a comme des doutes. »

Alors je passais quelques heures assise dans le hall, à boire des Coca Light en surveillant les allées et venues. Quand mon homme arrivait et sortait de son portefeuille une liasse de billets d'une main tremblante en jetant des regards inquiets autour de lui, je prenais quelques photos de lui, j'appelais Evan sur son portable et on allait bruncher.

Ou bien il disait « Equinox ».

« Quand je pense qu'il a trouvé un moyen de bosser encore moins », se plaignait Janie.

Mais on finissait par se retrouver en tenue de sport (moi en jogging deux fois trop grand, elle en combi moulante en Lycra), à bavarder sur des tapis de course jusqu'à ce que notre suspecte, une femme souffrant soi-disant d'une lésion traumatique des vertèbres cervicales et d'une hernie discale, surgisse en body rose pour un cours d'aérobic intense.

Ou encore, « Dalton ». Ce jour-là, il était venu au journal à l'heure du déjeuner avec un sac contenant un sandwich au corned-beef, des mocassins et une jupe plissée à carreaux.

« Tu cherches une fille qui s'appelle… »

Il fouilla dans son carnet.

« … Lockhart. Pfff. Pourquoi les riches donnent-ils des prénoms aussi stupides à leurs gamins ? Bref. La nounou est censée la rejoindre après la classe, mais la mère pense qu'elle la laisse rentrer toute seule en métro. »

J'effleurai la jupe, imaginant avec difficulté mes cuisses d'hiver toutes blanches en dessous.

« Je ne pourrais pas plutôt me faire passer pour une des mères ?

— Si, bien sûr, mais ce serait beaucoup moins marrant. »

Je mangeai donc le sandwich puis filai me changer aux toilettes.

« Je ne suis même pas sûre de vouloir savoir de quoi il s'agit », m'avait dit Janie entre deux couches de mascara.

Une demi-heure plus tard, je faisais le pied de grue devant l'école. À trois heures et quart, la petite Lockhart me frôla, un sac à dos presque aussi gros qu'elle sur ses frêles épaules, et se dirigea vers la bouche de métro, sans nounou.

J'avais pensé lui demander pourquoi il ne s'adressait pas à Michelle pour lui filer un coup de main, pourquoi ce n'était pas elle qui se retrouvait sur le tapis de course, dans le hall de l'hôtel, ou devant l'école en jupe plissée. Mais la réponse allait de soi : Michelle était le genre de femme qu'on remarquait et dont on se souvenait. Alors que moi, je possédais un don d'invisibilité, que j'avais perfectionné au cours de toutes ces années passées auprès de Reina. Je savais comment me fondre dans les zones d'ombre, me tenir tranquille dans un coin, passer complètement inaperçue derrière un journal. Il suffisait de prononcer la formule magique – *Ma ravissante fille, Katerina* – et je disparaissais.

Ce soir-là, à cinq heures, je glissai la photo de Michelle et Monsieur Pantene dans une enveloppe et allai louer une voiture. À six heures, j'étais garée en face d'un immeuble de l'Upper East Side, cachée derrière le volant d'un véhicule quelconque, les yeux rivés sur la porte d'entrée de chez Monsieur Pantene. J'avais un bonnet de laine bien enfoncé sur la tête, un gros manteau d'hiver pour ne pas avoir froid, et je m'étais équipée d'un sandwich à la dinde et au fromage, de deux bouteilles d'eau, d'un paquet de chips, d'un appareil photo jetable, et d'un pichet en plastique au cas où j'aurais une envie pressante.

Le pichet se révéla inutile. Je m'étais préparée à attendre des heures – toute la nuit, s'il l'avait fallu – mais dès neuf heures j'étais récompensée de mes efforts. Michelle et Travis sont apparus bras dessus bras dessous, d'un pas nonchalant, la tête rejetée en arrière, ils riaient. Elle portait une robe courte à rayures noires et blanches qui dévoilait ses jambes parfaites, mais pas de chapeau, ni de manteau ni de gants, malgré le froid. Peut-être avait-elle assez de sa culpabilité pour lui tenir chaud. Monsieur Pantene portait un col roulé et un jean noir. Il lui tint la porte, elle lui murmura quelque chose à l'oreille avant d'entrer dans l'immeuble. Je les mitraillai, prenant soin de zoomer sur la main de Travis posée sur la hanche de Michelle, tout le temps que dura la scène.

Deux heures après, j'avais fait développer les pellicules en deux exemplaires, rendu la voiture de location et pris le chemin de la maison. Janie m'attendait avec un saladier de pop-corn et une vodka pamplemousse bien tassée.

« Je ne me faisais pas de film, lui dis-je en lui donnant les photos.

— Tu ne peux rien lui dire, Kate.

— Mais je…

— Je te dis que tu ne peux pas. Tiens, bois ça. »

Elle me tendit un verre et me mena jusqu'au canapé.

« Assieds-toi. Pense à ce que je t'ai dit. Attends le bon moment. S'il doit se passer un truc entre vous, alors ça arrivera.

— Et s'il ne se passe rien ? »

Elle haussa les épaules en rangeant les photos dans un tiroir.

« Bah, je t'arrangerai quelques rencontres. »

Janie et moi avions de grands projets pour le réveillon du nouvel an, peaufinés par des semaines de discussions et de mises au point. Les restos branchés étaient bondés, se faire livrer par le japonais du coin aurait été pitoyable, et la seule fois où je l'avais accompagnée chez son père, je m'étais sentie tellement à côté de la plaque (pour ne pas dire deux fois plus grosse et mille fois plus fauchée que les autres filles présentes) que j'avais sympathisé avec la fille qui tenait le vestiaire et passé la soirée à l'aider à pendre et dépendre des manteaux en fourrure.

Au programme cette année : dîner chez Big Wong dans Chinatown – canard de Pékin et soupe aux raviolis. Ensuite, direction le Lo Kee Inn sur Mott Street pour un karaoké endiablé jusqu'à ce que le bal commence à Times Square. « Avec ta voix et ma chorégraphie, on va sûrement nous proposer de faire un album ! » avait prédit Janie. (J'avais accepté d'apprendre ses pas de danse, mais refusé la perruque Tina Turner.) Après avoir longtemps hésité, j'avais fini par appeler Evan la semaine précédant la fête pour lui proposer de se joindre à nous. « Ç'a l'air sympa », mais il avait déjà prévu de passer la soirée avec Michelle au Windows of the World.

« OK. Amuse-toi bien. »

Avant de quitter le bureau, on avait sauvegardé tous nos dossiers et appelé nos parents pour leur souhaiter la bonne année. Une fois à la maison, Janie m'avait poussée dans sa chambre et mis un pull rose et des chaussures roses à talons très sexy dans les mains.

« Tu sais ce que c'est, ma résolution pour la nouvelle année ? Que tu baises.

— Tu ne peux pas décider de perdre cinq kilos, comme tout le monde ?

— Eh non… Je suis déjà parfaite ! Au fait, Sy m'a prêté sa voiture et son chauffeur. »

J'enfilai le pull et fis les gros yeux à Janie. (La dernière fois que son père lui avait prêté quelque chose, c'est-à-dire son appart de Miami Beach, il ne l'avait su qu'après le week-end que nous y avions passé.)

« Non, non, je t'assure ! Je lui ai demandé ! » s'écria-t-elle en me poussant dans la salle de bains.

Je lui ai prêté un collier, un sautoir en perles de verre de Murano que ma mère m'avait rapporté d'Italie. Elle m'a prêté des boucles d'oreilles, des anneaux en platine sertis de diamants dont je ne cherchais même pas à estimer le prix. On s'est aspergées de parfum, on a trinqué avec le champagne bon marché que le *New York Night* nous avait offert en guise de cadeau de fin d'année, puis on est sorties dans le froid.

À onze heures, on avait exécuté notre medley de Tina Turner (« Proud Mary » suivi de « Private Dancer », le tout avec Janie en minirobe à franges argentée et perruque) et on descendait de scène, en sueur et à bout de souffle, mais plus riches de cinquante dollars, sous les applaudissements de deux cents fêtards plus pintés les uns que les autres.

« Je t'avais dit qu'on gagnerait ! » me dit Janie pendant qu'on se frayait un chemin dans la foule pour rejoindre notre table, acceptant au passage les poignées de main et les coupes de champagne qu'on nous tendait.

Je lui souris et, d'un coup, me retournai.

« Non mais je rêve ! Quelqu'un vient de me pincer le cul !

— T'inquiète, c'était moi ! Bonne année, ma belle ! Bon, je vais me repoudrer le nez ! »

J'arrivai enfin à notre table, où nous attendaient deux vodkas cranberry.

« De la part du monsieur assis au bar », m'indiqua la serveuse.

Je suivis son regard et mon cœur cessa de battre. À moins que mes yeux ne me jouent un tour ou d'être atteinte d'une hallucination du nouvel an, Evan McKenna était assis au comptoir, en smoking, sans cravate. Et seul.

« Evan ! »

C'était sorti tout seul, bien plus fort que je ne l'avais voulu. Je croyais rêver… sauf que dans mes rêves il n'était pas aussi bourré. Je le vis se lever en titubant, se raccrocher au tabouret et réajuster sa ceinture avant de se diriger vers moi. Sur scène, une bande de jeunes, ayant tout juste l'âge de boire de l'alcool, entonna « Ninety-nine Luftballons », tandis qu'Evan avançait en tanguant dangereusement.

« Kate », dit-il avant de s'écrouler sur une chaise.

Il avait manifestement passé sa soirée à boire, et je doutais qu'il ait mis les pieds au Windows of the World. On aurait dit qu'il avait mariné dans du scotch toute la journée. Il avait l'air malheureux comme les pierres.

« Je me disais que je te trouverais sûrement ici.

— Bingo ! Mais… tu n'es pas censé être en train de dîner ?

— Censé, oui… »

Ses yeux verts étaient injectés de sang et il avait du mal à articuler.

« J'aime bien ton haut », dit-il en passant un doigt le long du col.

Mon cœur s'emballa.

« Est-ce que ça va ? m'inquiétai-je. Evan ? »

Je posai une main sur la sienne.

« Il s'est passé quelque chose ? »

Les yeux rivés sur la table, il serra les lèvres pour qu'elles cessent de trembler.

« Hé, toi ! m'interpella un type en smoking, une bouteille de bière à la main. Tina Turner ! Une autre ! »

Je lui adressai un sourire en laissant ma main sur celle d'Evan.

« Vas-y, bredouilla Evan. Je ne veux pas gâcher ta soirée.

— Non, non, ça va, on a déjà fait notre petit numéro. Bon, dis-moi, qu'est-ce que tu fais là ?

— Michelle et moi, on devait se retrouver à l'appart à six heures. Mais elle n'est jamais rentrée. »

Je ne sais comment, je réussis à ne pas hurler *Merci mon Dieu, merci !* J'avais l'impression que mon cœur gonflait dans ma poitrine, devenant si léger qu'il aurait pu me soulever de ma chaise et me faire survoler cette salle bondée, bruyante et enfumée, ces chaises raccommodées au Chatterton, la moquette élimée, la scène avec ses deux écrans de télé, jusqu'à ce que je passe au travers du plafond et flotte dans la nuit claire et pure.

Jouant le rôle de la bonne copine inquiète, je me penchai pour murmurer dans son oreille :

« Mais tu crois qu'elle va bien ? Tu as une idée d'où elle peut être ?

— Je sais », répondit-il.

Il attrapa un des verres et en descendit le contenu en deux longues gorgées.

« Je sais. »

Sa voix se brisa sur la dernière syllabe, et il remarqua à peine ma main posée entre ses épaules pour le réconforter. *Souviens-toi bien de ce moment*, pensai-je. La chaleur de sa peau que je sentais à travers sa chemise en coton, l'air enfumé du bar, les miroirs, les néons, l'odeur des raviolis frits et du champagne bon marché, le parfum sucré de la fausse fumée projetée sur scène tandis qu'une petite Chinoise en robe de satin bleu chantait « *Once upon a time, I was falling in love, now I'm only falling apart.* »

« Ouais… Enfin bon… »

Il secoua la tête. Mes mains me démangeaient, mon cœur battait trop vite. Il avait fait tout ce chemin pour me retrouver. Comme Daniel Day-Lewis dans *Le Dernier des Mohicans*.

Evan me dévisageait.

« Très jolie, murmura-t-il sur un ton que je n'avais entendu qu'en rêve. Tu es vraiment très jolie ce soir. »

On entendit quelqu'un s'éclaircir la voix.

« Tiens, tiens, regardez qui voilà, dit Janie en reprenant sa place.

— Salut, Janie, articula Evan.

— Nom de Dieu, Evan ! Tu as vu ta tête ? T'as eu le temps de relever la plaque du camion qui t'a renversé ? »

Je la regardai avec insistance : j'espérais lui faire comprendre par télépathie que Michelle l'avait laissé tombé un soir de nouvel an et qu'apparemment il avait appris sa liaison avec Monsieur Pantene. Mais, malheureusement, Janie n'était pas devin.

« Qu'est-ce qui se passe ? insista-t-elle.

— Excusez-moi », répondit-il avant de disparaître dans la foule.

« Ben quoi ? Qu'est-ce qu'il a ? »

Je lui répétai ce qu'Evan m'avait dit.

Janie me prit les mains en me regardant droit dans les yeux.

« Bon, alors, Kate, écoute-moi bien. »

Je savais d'avance qu'elle allait me fourguer une nouvelle version de son « Ne tirez pas sur le messager », et je n'avais aucune envie qu'on me fasse la morale.

« Il a le cœur brisé. Il se sent seul. Il souffre. Il est vulnérable. Vu l'état de ses pupilles, il a dû mélanger alcool et calmants. Surtout, surtout, ne couche pas avec lui.

— Mais je n'ai aucunement l'intention de coucher avec lui », me défendis-je, même si c'était exactement ce que j'avais prévu.

C'était une occasion unique. En temps normal, je ne faisais pas le poids contre un mannequin d'un mètre quatre-vingts qui jouait les inaccessibles. Mais si Michelle avait brisé le cœur d'Evan en se faisant la malle avec Monsieur

Shampooing, s'il était saoul, déprimé, et même drogué, je tenais enfin ma chance.

« Je reviens tout de suite, dis-je en me levant.

— Kate... Je suis sérieuse !

— Oui, oui, moi aussi ! Je vais aux toilettes ! »

Je m'éclipsai aussi vite que possible. Au bout du bar, je sentis une main ferme agripper mon soutien-gorge, me tirer vers l'arrière, puis relâcher la bretelle, qui claqua violemment sur mon dos.

« Aïe ! Non mais ça va pas ?

— Kate, je suis désolée, je ne voulais pas te faire mal, me dit Janie. Mais... euh... on ne fait pas d'omelette sans casser d'œufs.

— Hein ? Et... c'est moi l'omelette dans cette analogie ? »

Janie se gratta la perruque.

« Attends deux secondes que je réfléchisse... Oui, tu es l'omelette, c'est ça. Bon, maintenant, écoute-moi. Laisse passer un peu de temps. Ne te jette pas sur lui. Un peu de patience...

— Désolée, faut que je file. »

La patience, c'était bon pour les filles comme Janie, et les occasions comme celle de ce soir étaient faites pour les filles dans mon genre. Evan était assis par terre au bout d'un petit couloir sombre. Je lui pris la main et le guidai jusqu'à une issue de secours.

Les rues étaient pleines de fêtards, de touristes, de femmes qui chancelaient sur leurs talons hauts, de bandes de mecs qui chantaient, bouteilles à la main, bouteilles de bière, de vin, de champagne... Evan me fit prendre une petite rue bordée de boutiques chinoises, décorée de fanions rouges et de lampions à franges dorées. Il semblait que tous les magasins resteraient ouverts toute la nuit.

« Qu'est-ce que tu as fait de ton manteau ?

— Je n'en avais pas », répondis-je en me penchant près de son visage pour qu'il m'entende.

J'aurais dû avoir froid, mais je ne sentais rien, même si je voyais notre souffle se condenser dans l'air glacial quand on ouvrait la bouche.

« Janie a emprunté la voiture de son père… On n'avait pas prévu de marcher. Et puis, il aurait fallu qu'on se trimballe des manteaux avec nous toute la soirée… »

Il m'attira sous le porche d'une pâtisserie chinoise, et là, à la lueur de la vitrine, devant les plateaux débordants de bouchées à la pâte de soja, il ôta son manteau et m'en enveloppa. Il me tira à lui ; nous étions les yeux dans les yeux, l'un tout contre l'autre.

« Kate, soupira-t-il.

— Evan… »

Lorsqu'il m'embrassa, je sentis son cœur battre contre le mien. Je m'appuyai contre la vitrine, sous les lampions et la délicate musique des carillons de bambou. C'était comme si je le respirais, comme si je le buvais, et dans ses bras je ne percevais plus les images ni les bruits de ce réveillon new-yorkais, mais lui, rien que lui.

15

Lorsque j'ouvris les yeux, Ben, debout devant la penderie, contemplait deux cintres emmêlés en se grattant le ventre. Je m'adossai à un oreiller en bâillant.

« À ton avis, qui aurait pu vouloir assassiner Kitty Cavanaugh ? »

Il haussa les épaules sans se retourner. Je supposais que Janie dormait encore. Quant aux enfants, ils devaient déjà être en bas en train de retourner la cuisine afin de se trouver quelque chose à manger pour leur petit déjeuner.

Ben réussit à trouver un costume, une chemise et une cravate.

« Je ne sais pas, dit-il en enfilant son pantalon. C'est à la police de le découvrir, non ?

— Ah, parce que tu crois vraiment que Stannie Bergeron va résoudre cette affaire, toi ? C'est à peine s'il a compris comment fonctionnait notre système d'alarme. »

Ben mit sa chemise, noua sa cravate et, après un coup d'œil dans le miroir, la tira un peu vers la gauche.

« Je te rappelle que toi non plus.

— Touché, grognai-je en repoussant les couvertures. Tu rentres à quelle heure ce soir ?

— Tard. Je suis désolé, j'ai un conseil municipal à Massapequa.

— J'aime autant que ce soit toi que moi. Bon, et sinon, tu n'as pas une petite théorie ? Une intuition ? Quelque chose à partager avec moi avant de partir au fin fond de Long Island ? »

Il secoua la tête, puis arracha le bout de papier-toilette qu'il s'était collé au menton sur une coupure de rasoir.

« Je ne la connaissais pas du tout. Et lui, je ne l'ai vu qu'une ou deux fois dans le train.

— Eh ben, le train, voilà, c'est mieux que rien. Qu'est-ce qu'il fait comme boulot ? »

Ben me tourna le dos pour lancer sa chemise de la veille dans un coin, sur une pile de vêtements que j'avais l'intention de déposer au pressing depuis deux semaines. Peut-être même trois.

« Je n'ai presque plus de chemises, dit-il dans sa barbe, juste assez fort pour que j'entende.

— Je passerai au pressing dans la matinée. »

Je me levai en espérant que mon nouvel ensemble de lingerie le retiendrait encore quelques minutes.

« Il est dans les assurances. »

Et un point pour mes dessous en satin noir.

« Son père tient une compagnie d'assurances maritimes. Pour bateaux, propriétés en bord de mer, colonies de vacances au bord d'un lac, ce genre de choses. Et Philip travaille pour son père. J'ai entendu dire qu'il n'était pas très dynamique et ne ramenait pas beaucoup de clients. Il aime bien les avantages de son boulot, mais il n'est pas très bon, et leur affaire n'est pas particulièrement florissante.

— Ah. »

J'imaginai Philip, dans un costume parfaitement coupé, arriver au bureau après dix heures, partir déjeuner à onze heures et demie et passer l'après-midi sur le green.

« Bon, il faut que je file, dit-il en m'embrassant. Passe une bonne journée avec les enfants.

— OK, à ce soir. »

Ce matin-là, la Cabane rouge était fermée, et c'est à contrecœur que je laissai Janie repartir à ses obligations professionnelles. Je préparai le petit déjeuner des enfants, les aidai à s'habiller puis les emmenai au parc, où les mamans étaient bien emmitouflées et serrées les unes contre les autres, sous un ciel gris des plus menaçants.

Cela ressemblait un peu au jeu où il faut trouver l'élément manquant dans une image. Il y avait Carol Gwinnell, avec son poncho à franges et ses créoles, Lexi Hagen-Holdt, en Nike de pied en cap, et Sukie Sutherland, qui portait des gants en cuir et un rouge à lèvres grenat. Elles étaient debout près du banc où d'ordinaire était assise Kitty.

Je les rejoignis à pas lents. Ces dames écoutaient Marybeth Coe énumérer les rumeurs qui circulaient en ville. Kitty Cavanaugh avait été victime d'une erreur dans un règlement de comptes entre bandes. Kitty Cavanaugh avait été assassinée par des terroristes. Kitty Cavanaugh s'était étranglée avec son porte-bébé et s'était débattue sur le sol de sa cuisine jusqu'à ce que mort s'ensuive.

« On ne m'ôtera pas de la tête que ce sont des féministes qui ont fait le coup », lâcha Sukie Sutherland.

Elle s'assit sur le banc. Entre deux gorgées de jus de fruits enrichi à la spiruline, elle tripotait son téléphone portable. Son pantalon taille basse en laine mettait en évidence son ventre plat et son beau cachemire. Ses bottes en cuir et son manteau en lapin contrastaient drôlement avec mes baskets et mon haut de jogging.

« Et peu importe ce que dit la Constitution, je maintiens que toute personne ayant proféré des menaces à son sujet sur Internet devrait être arrêtée.

— Hum, en fait, c'est la Déclaration des droits de l'homme », murmurai-je.

Mais à la différence de ceux de mon mari, mes chuchotements n'étaient pas audibles. Carol Gwinnell se rapprocha de Sukie. Lexi Hagen-Holdt fit un pas de côté, de façon à me tourner le dos, pas tout à fait, mais presque.

« On va faire installer un nouveau système d'alarme avec détecteur de mouvements, dit-elle.

— Nous, on a fait mettre un portail électronique. Ils sont venus ce matin, répondit Marybeth. Et il paraît que les Raglin ont engagé un garde du corps », ajouta-t-elle à voix basse.

Une sorte d'agitation s'empara d'elles. Il ne s'agissait pas d'exclamations incrédules, mais plutôt de bruits de sacs, de mains qui fouillaient à la recherche d'un morceau de papier et d'un crayon ou d'un Palm Pilot, afin de noter le nom de cette société qui louait des gardes du corps. Je soupirai en enfonçant mes mains dans mes poches. Le cercle des mamans s'était refermé, et j'en étais exclue. J'avais prévu d'étendre mon règne de reine d'un jour jusqu'à la fin du week-end, mais Sukie m'avait damé le pion. Channel Six et Channel Ten avaient diffusé des interviews du voisinage dans leurs infos de dix-huit heures, où l'on voyait Sukie (qui, malgré le « choc » et son « profond chagrin », avait trouvé la force de se pointer au gueuleton chez les Stevens) réciter son petit laïus : *Kitty était généreuse. C'était une femme brillante, et une mère formidable. C'est une perte terrible pour nous tous.*

« Maman ! cria le petit Peyton en tirant sur la manche de Marybeth. J'ai faim ! »

D'un coup, toutes dégainèrent leur sac isotherme et en sortirent le must en matière de snack. Dix secondes plus tard, Peyton picorait des fèves de soja cuites à la vapeur, Charlie Gwinnell croquait des feuilletés aux légumes tandis que Tristan et Iseult grignotaient des biscottes neuf céréales recouvertes de pâte à tartiner au soja. Mes trois gamins s'approchèrent, me lançant des regards affamés. Je me mis à fouiller dans mon sac, comme si je m'étais souvenue de prendre quelque chose pour les enfants, ou comme si la Fée du goûter était passée par là pendant la nuit. Maigre butin : deux pastilles contre la toux et une moitié de barre chocolatée fondue.

« Hum…

— Tenez, dit Sukie en distribuant des petits sandwichs à mes enfants. J'avais prévu un peu plus. »

Pendant que les enfants mangeaient, je me rapprochai de Carol, dans l'espoir que la seule autre mère à part moi à ne pas faire un petit trente-six ressentirait une sorte d'affinité naturelle. Je lui tapai sur l'épaule.

« Vous connaîtriez un bon avocat par ici ? »

Elle referma le sachet hermétique qui contenait les poivrons émincés et tendit une serviette à Charlie.

« Quel genre ?

— Un avocat qui fait les testaments. »

Une fois que j'étais lancée, les mensonges venaient facilement.

« Ben et moi en avons rédigé un après la naissance des enfants, mais maintenant, vu ce qui s'est passé… Enfin, ce n'est pas pour être morbide mais… on voudrait mettre tout ça à jour… »

Elle acquiesça, le regard grave.

« Est-ce que vous connaissez un certain Kevin Dolan ? » demandai-je, l'air de ne pas y toucher.

C'était l'avocat de Lisa et un ami de Philip Cavanaugh.

« Kevin, oui, bien sûr. Ses bureaux sont dans ce grand immeuble victorien à l'angle d'Elm Street et de Main Street. C'est un type très gentil. »

Elle humecta ses lèvres gercées et se rapprocha de moi.

« Sukie m'a dit que vous aviez parlé à la baby-sitter de Kitty ? »

Je hochai la tête.

« Et vous avez vu Philip aussi ?

— Oui, je suis passée lui apporter une tarte et lui exprimer mes condoléances. »

Je décidai de garder pour moi l'épisode où il m'avait demandé à plusieurs reprises si Kitty était une femme heureuse tout en manœuvrant pour m'allonger sur le lit conjugal.

Les bracelets de Carol cliquetaient, mais ne couvraient pas tout à fait la conversation des autres mères, qui se demandaient quelle chaîne de télé consacrait le plus de reportages au meurtre de Kitty et comparaient le nombre d'appels qu'elles avaient reçus de journalistes. De temps à autre, une voix s'élevait : « Peyton ! Reviens ici ! » « Tate ! Non, on ne mange pas les cailloux ! »

« Est-ce qu'il a tenté quelque chose ? » chuchota-t-elle.

Je fis semblant d'être choquée.

« Qui ? Phil ?

— Disons qu'il a une certaine réputation », fit-elle en rougissant.

J'écarquillai les yeux et baissai la voix.

« Est-ce qu'il a déjà essayé quelque chose avec vous ? »

Elle rougit davantage et hocha la tête, les yeux rivés sur ses chaussures.

« Avec tout le monde, en fait. Je ne suis pas la seule.

— Lexi ? Marybeth ? » demandai-je incrédule, en forçant le ton.

Carol haussa les épaules et passa une main dans ses cheveux.

« Il y a trois ans, pendant le réveillon de Noël, il a voulu m'embrasser. Mais on était sous le gui, alors peut-être que…

— La vache… Pauvre Kitty…

— Oui, je sais, c'est triste. C'est tellement triste… »

Sophie accourut vers moi et me tira par la main.

« Maman ! Sam et Jack empêchent tout le monde de monter sur le toboggan ! »

Le temps que j'aille gronder les garçons, Carol avait rejoint le collectif maternel. Je passai vingt minutes toute seule, à pousser Sophie sur la balançoire, pendant qu'elle fredonnait des airs de polka. Je finis par aller chercher Sam et Jack au jeu de bascule et embarquai mon petit monde dans le minivan. Sur le chemin du retour, je m'arrêtai à la supérette acheter du jus de fruits et des crackers tout prêts au beurre de cacahuète – le genre de biscuits tellement chargés en conservateurs et graisse hydrogénée que mes copines du parc se seraient évanouies rien qu'en jetant un simple coup d'œil à la liste d'ingrédients.

Toute la ville était donc au courant que Philip Cavanaugh avait les mains baladeuses, et qu'il n'était pas un as de l'assurance maritime. Je ressentis un frisson de plaisir, immédiatement suivi par une vague de culpabilité. Plaisir, parce que la vie de Kitty Cavanaugh n'avait pas été aussi rose et facile qu'elle le prétendait. Et culpabilité, parce que j'en éprouvais du plaisir. Elle était morte, et ses petites filles allaient devoir grandir sans leur mère, et seul un monstre pouvait se réjouir à cette idée.

Avant d'entrer dans l'immeuble où travaillait Kevin Dolan, j'attachai mes cheveux en chignon, me remis un peu de rouge à lèvres et m'assurai que le pansement à motifs sur ma cheville était bien caché par ma chaussette.

« Je peux vous aider ? me demanda l'hôtesse d'accueil tandis que j'installai les enfants sur des chaises en leur intimant de se tenir tranquilles.

— Bonjour. Je m'appelle Kate Klein Borowitz… J'étais une amie de Kitty Cavanaugh.

— Ah… quelle tragédie », soupira-t-elle.

Elle devait avoir une cinquantaine d'années et portait un blazer marron et une jupe plissée à carreaux marron et crème.

« Je sais que Kevin était un ami de la famille, ajoutai-je. Et… je me demandais s'il aurait un peu de temps à me consacrer, pour m'aider à écrire le discours que je vais prononcer à son enterrement. »

L'air compatissant, elle approuva, appuya sur une touche de son téléphone, murmura deux, trois mots et releva la tête.

« Il va vous recevoir tout de suite. »

Je laissai les enfants en leur jetant un regard qui leur promettait de sévères conséquences pour leur matricule si jamais ils tentaient un raid sur le bol de bonbons posé sur la table basse.

« Soyez sages, les enfants, dis-je sur un ton enjoué afin que la secrétaire ne se doute de rien. Maman revient dans une minute. »

Avant que j'entre dans le bureau, elle posa une main sur mon bras.

« Sachez seulement que cet événement l'a beaucoup perturbé… », murmura-t-elle.

Et si jamais vous me l'abîmez un peu plus, je jette vos gamins dans mon four et je les fais rôtir pour mon dîner, me précisa son regard.

J'acquiesçai, poussai la porte et me retrouvai enfin face à Kevin Dolan, un petit homme voûté dans une chemise trop étroite, à la cravate trop longue, assis derrière un bureau en chêne massif.

Il avait une tête ovale sur un corps tout en rondeurs, des joues rebondies, des yeux noisette pétillants et un sourire chaleureux. Pas un sex-symbol, mais très attirant : le genre à être le pitre de la classe, ou à accumuler quelques diplômes en sciences politiques et à engager mon mari en vue de se faire élire au Sénat. En le voyant, je compris pourquoi sa secrétaire voulait le protéger. Kevin Dolan avait quelque chose de doux, de mignon, qui me rappelait un peu mes fils.

« Bonjour ! » lança-t-il en bondissant de son fauteuil.

Il vint à ma rencontre pour me serrer la main, approcha une chaise, et attendit que je sois assise pour faire le tour de son bureau.

« Merci de me recevoir. Je m'appelle Kate Klein.

— Mais je suis ravi de vous aider. J'ai entendu dire que c'est vous qui avez… »

Il baissa la voix et, d'une main, immobilisa son genou qui avait la tremblote.

« Ç'a dû être horrible. »

Je hochai la tête. Je me dis qu'avec cet homme si bienveillant l'honnêteté – relative – était la meilleure des méthodes à adopter.

« Je ne la connaissais pas si bien que ça, mais avec mes amies, enfin, les autres mères, nous aimerions faire quelque chose en son honneur.

— C'est une merveilleuse idée.

— Dites-moi, commençai-je en sortant mon carnet (Kevin sourcilla à la vue de la couverture à paillettes mais se tut), comment décririez-vous Kitty ? Si vous deviez choisir trois mots, quels seraient-ils ?

— Dévouée », répondit-il.

Il glissa une main dans sa poche et se mit à jouer avec ses clés. Il n'avait pourtant pas l'air nerveux. C'était peut-être un type qui avait des tics, qui se trémoussait sur son siège dès le générique de début au cinéma et se levait au moins deux fois pendant le film pour se dégourdir les jambes.

« C'est la mère la plus dévouée que j'ai jamais connue. »

Dévouée, notai-je en essayant de cacher ma déception. Mais bon, à quoi est-ce que je m'attendais ? À ce que le premier de ses trois adjectifs soit « infidèle » ?

« Dévouée à ses enfants ?

— Oui, à ses enfants. À son mariage aussi, à son foyer. Sa maison était… est magnifique. »

Maison magnifique, écrivis-je dans mon carnet.

« Oui, je sais…

— Trois mots, ce n'est pas suffisant. Kitty était intelligente, elle était belle, elle était… »

Il s'interrompit. Il passa une main dans ses cheveux courts et frisés.

« Enfin, vous la connaissiez… Et vous, vous diriez quoi ? Quelle description feriez-vous d'elle ?

— Intimidante ? »

Je prenais un risque, mais cela se révéla payant. Ses yeux se plissèrent au coin lorsqu'il sourit.

« Ah, vous trouvez ? »

Elle me faisait mourir de trouille, oui, voulus-je ajouter, avant de me rendre compte que c'était plutôt déplacé.

« Eh bien, cela rejoint un peu ce que vous disiez tout à l'heure. Elle était dévouée à ses enfants, elle avait une maison magnifique. Alors que nous autres… Enfin, moi, par exemple, il y a des matins où habiller mes enfants avec des vêtements propres est un véritable défi, alors peu importe s'ils vont bien ensemble, ou si la maison est bien rangée… »

À chaque balancement, sa chaise grinçait.

« Je ne crois pas que Kitty ait voulu intimider qui que ce soit. Mais elle prenait son rôle de mère très au sérieux.

— Vous savez pourquoi ? »

Il me sourit.

« Hum, il me semble que, par ici, tous les parents prennent leur rôle au sérieux, non ?

— Je sais. Ce que je veux dire, c'est… Est-ce qu'il est arrivé quelque chose à ses enfants pour qu'elle devienne si rigoureuse ? On dit qu'un accident peut parfois provoquer ce genre de réaction… »

Le sourire de Kevin s'estompa. Mes paroles parurent l'intriguer.

« … Par exemple, une fois, un de mes jumeaux est tombé du lit et… »

Il n'avait plus l'air intrigué, mais carrément inquiet. Si je ne la bouclais pas, il allait finir par appeler les services sociaux.

« Enfin bref, assez parlé de moi ! »

Le volume de ma voix était beaucoup trop fort pour cet accueillant petit bureau, avec ses antiques canevas au mur et ses fenêtres étincelantes qui faisaient entrer la douce lumière d'automne. Je tentai une nouvelle approche.

« Est-ce que vous pouvez me parler de ce qu'elle faisait pour *Content* ? »

Il secoua la tête.

« Elle avait tendance à garder ça pour elle. Je la connaissais depuis qu'elle était mariée à Phil, et pourtant, avec tout ce qui a été publié, j'ai l'impression de découvrir une étrangère.

— Ça fait longtemps que vous êtes amis, vous et Phil ?

— Depuis le collège. On est du coin, tous les deux. On a grandi ici, et après nos études on est revenus au bercail. »

Tout en prenant des notes, je l'observais. Derrière ses lunettes à grosse monture, ses yeux brillants exprimaient le vif intérêt qu'il portait à notre conversation ; son double menton ondulait au-dessus de son col. *Il est tellement adorable*, devaient dire les filles du lycée à son sujet. De Philip Cavanaugh, elles devaient dire, *Il est canon*.

« Et comment est-ce qu'ils se sont rencontrés ? C'était à New York ? »

J'espérais qu'il allait me fournir de vraies infos, des indices sur ce qu'était la vie de Kitty avant son accouchement, avant qu'elle n'emménage à Upchurch… Qui était-elle, à part cette mère sans reproche au brushing et à la maison impeccables ?

« Non, c'était ici. Il l'a rencontrée au bureau, juste après avoir commencé à travailler pour son père.

— Et avant Philip ? Que faisait-elle avant de venir s'installer à Upchurch ?

— Je sais qu'elle écrivait, et qu'elle habitait à New York. Elle essayait de faire décoller sa carrière. Elle écrivait des articles, assurait la rédaction du bulletin d'un hôpital… »

Je lui demandai lequel. Mais il haussa les épaules en s'excusant.

« Et vous vous souvenez où elle habitait ? Dans quel quartier exactement ? Moi je vivais dans le Village.

— Elle n'en parlait pas souvent, vous savez. »

Il croisa puis décroisa les jambes. Je lui posai une variante de la question si chère à Philip.

« Est-ce qu'elle était heureuse, là-bas ? Ou est-ce qu'elle préférait vivre ici ? Les enfants, la maison, les voitures, le parc, tout ça… Est-ce que c'était vraiment son truc ? »

Il me sourit de nouveau en se radossant à sa chaise.

« Je ne sais pas si elle aimait New York. Je pense qu'elle y menait une vie assez ordinaire. Avec de méchants petits copains, de méchants patrons… Il existe tout un tas de bouquins à couverture rose sur le sujet, non ?

— Rien d'extraordinaire, donc.

— Pas que je sache. Elle n'a jamais été incarcérée en Thaïlande pour trafic de drogue, ni rien de ce genre. Pour ce qui est du Connecticut…

Il continuait à se balancer sur sa chaise, l'air triste. Non, mélancolique, plutôt.

« Je ne sais pas trop, finit-il par dire. Je pense – ou du moins j'aimerais croire – qu'elle était heureuse ici… C'est une femme que j'aimais beaucoup, bredouilla-t-il soudain d'une voix très différente de son ton bonhomme du début. Je n'arrive pas à croire qu'une telle chose ait pu se produire. À New York, passe encore. Mais ici ? »

Le rouge commençait à lui monter aux joues. *C'est une femme que j'aimais beaucoup*. Ha ha ! Je voyais ça d'ici : le beau Philip et son copain quelconque, le beau Philip et sa ravissante épouse, et Kevin, nourrissant un amour secret et interdit pour elle pendant toutes ces années. Kitty l'avait-elle encouragé ? Avaient-ils échangé des regards passionnés, ses doux yeux noisette croisant les siens, d'un bleu stupéfiant, au-dessus du barbecue du 4 Juillet, de la bonbonnière d'Halloween, du lait de poule de Noël ? Avaient-ils consommé leur amour ? Était-ce la revanche de Kitty pour toutes ces années où Phil avait fourré sa langue dans la gorge des voisines sous la boule de gui ? Est-ce que Kevin l'avait suppliée de quitter Philip, lui disant que son mari n'était même pas assez bien pour embrasser le sol qu'elle foulait ? Kitty avait-elle refusé, de peur qu'un divorce ne ternisse son image de mère modèle ? Et Kevin avait-il débarqué chez elle par un frais matin d'automne pour essayer de la convaincre une dernière fois… avant de s'emparer d'un couteau de boucher en criant *Si je ne peux pas t'avoir, tu ne seras à personne !*

Kevin cligna des yeux puis regarda l'horloge.

« Bon, je ne veux pas vous chasser… »

Je me levai et, en me penchant pour attraper mon sac, j'aperçus une photo sur son bureau qui me glaça le sang. Une petite brune sur une plage, en maillot noir très échancré. Ses pieds nus étaient plantés dans le sable fin, sur fond de vagues turquoise, mais ce qui m'intéressait, c'était son sourire, son visage en forme de cœur, son incisive gauche un peu de travers. C'était la même femme que celle sur la photo cachée dans le tiroir de Kitty. *K et D, été 92, Montauk.*

« C'est votre femme ? demandai-je du ton le plus détaché possible. J'ai l'impression de l'avoir déjà vue. Diana, c'est ça ?

— Delphine. Elle enseigne le Pilates. Elle a une petite salle de sport en ville.

— Hum, elle est peut-être venue faire une démonstration à la Cabane rouge ? Je suis sûre de l'avoir vue quelque part.

— Je n'en sais trop rien, répondit-il distraitement en regardant de nouveau son horloge.

— Est-ce que Kitty et elle étaient amies ? »

Brusquement, on entendit un cri, suivi d'un bris de verre, puis de Sophie qui grondait un de ses frères : « Petit imbécile ! » Kevin sourcilla de façon presque imperceptible.

« Nous étions tous amis », conclut-il.

Il me serra la main, je le remerciai et lui promis de rester en contact.

16

« Je cogite peut-être trop », confiai-je à Janie en lui téléphonant une heure plus tard.

Nous étions enfin rentrés, non sans mal : dans la salle d'attente, il avait fallu que je ramasse les éclats de verre et les bonbons et que je laisse un chèque pour la coupe ; puis, de retour à la maison, j'avais fait manger les enfants avant de les installer à table avec un bol de myrtilles et le plateau de jeu de Candy Land.

« Toi ? » ricana-t-elle.

Elle était dans les locaux du *New York Night*, j'entendais ses ongles sur le clavier de son ordinateur.

« Ce n'est pas dans tes habitudes…

— Mais je pense, dis-je en faisant tourner la toupie et avancer mon pion de trois cases, qu'elle avait peut-être une l-i-a-i-s-o-n avec cet avocat, qui était aussi le meilleur ami de son mari.

— Ah bon ? Vas-y, raconte ! Mais arrête d'épeler comme ça, ça prend trop de temps. Tu veux pas parler en verlan plutôt ? »

À la place, j'allai m'isoler avec le téléphone dans la salle de bains pour lui d'écrire mon entrevue avec Kevin, son regard tout embué lorsqu'il avait évoqué le bonheur de Kitty, et le fait que sa femme connaissait la défunte depuis 1992 au moins.

« Il m'a dit que Kitty était une femme qu'il aimait beaucoup.

— Peut-être, mais toi aussi tu es une femme que j'aime beaucoup, répliqua Janie. Ça ne veut pas dire que j'ai envie de coucher avec toi et de te tuer après.

— Ça nous fait toujours une nouvelle piste. On en a plus que la police, je parie. »

J'énumérai les suspects potentiels.

« Ça pourrait être la baby-sitter, parce qu'elle couchait avec Phil.

— Ou alors Phil a fait appel à quelqu'un pour se débarrasser de sa femme afin de se la couler douce avec la baby-sitter.

— Laura Lynn Baird a également un mobile. La somme de l'à-valoir, pour le bouquin. Ou alors, c'est Kevin Dolan. Il l'a tuée parce qu'il était amoureux d'elle et savait qu'elle ne serait jamais à lui.

— Et tu sais tout ça, après avoir parlé quelques minutes avec lui ?

— Non, je devine, c'est tout, enfin, j'essaie. Ça pourrait tout aussi bien être un internaute psychopathe qui la menaçait.

— Continue à creuser, me dit Janie. Ne te décourage pas. Bon, je dois te laisser. »

Je retournai auprès de mes enfants.

« Maman, qui c'est qu'a fait mourir Mrs Cavanaugh ? » me demanda Sophie.

Aïe.

« Est-ce que les enfants en ont parlé à l'école ?

— Non, c'est toi qui en parlais au téléphone avec tante Janie la Fabuleuse. »

Je ne pus m'empêcher de sourire.

« Est-ce que c'est tante Janie qui vous a dit de l'appeler comme ça ?

— Elle dit que c'est son nom.

— Tristan, il en a parlé », intervint Jack de sa voix un peu enrouée.

J'essayai de prendre Sophie sur mes genoux, un peu à la manière des mères qui cajolent leurs enfants dans les tableaux de Norman Rockwell. Mais elle me regarda l'air de dire « Euh… Tu plaisantes, là ? » et s'éloigna.

« Eh bien, voilà, oui, Mrs Cavanaugh est… euh… morte, et la police recherche la personne qui l'a tuée.

— Quelqu'un l'a fait mourir, dit Sam, de la même voix que son frère.

— Pourquoi ? demanda Jack.

— Eh bien… »

Je soufflai un bon coup et sentis mes yeux me picoter. *Est-ce qu'elle était heureuse ?* m'avait demandé Philip Cavanaugh.

« … Personne ne le sait encore. »

Je m'essuyai les yeux d'un geste rapide, en espérant que les enfants ne remarqueraient rien.

« Pourquoi tu pleures ? me demanda Sophie.

— Parce que ce qui s'est passé est très triste. »

Sam me tendit une serviette en papier en m'observant de ses grands yeux marron.

« Pourquoi ?

— Eh bien… »

Leurs trois paires d'yeux me regardaient intensément.

« … parce que c'était une maman », finis-je par dire.

Mes lèvres se mirent à trembler, et mes yeux s'embuèrent à nouveau de larmes.

Malgré ce que je pouvais penser de Kitty – de ses principes, de son mariage, des choix qu'elle avait faits –, c'était indéniable.

17

Ce fameux soir de réveillon, après nous être échappés du Lo Kee Inn, j'aidai Evan à descendre l'escalier du métro, à monter dans le wagon, puis à rejoindre notre immeuble. Le trajet avait été une délicieuse accumulation de baisers et de déclarations énoncées sous forme de fragments. *Tu es tellement… Je n'arrive pas à croire… Je veux… J'ai envie…* Il glissa ses mains sous mon pull. Du bout des lèvres, j'effleurai la bande de peau plus claire de sa nuque que j'avais remarquée la première fois que je l'avais vu. Il plongea ses mains dans mes cheveux et me les détacha. Nous étions assoiffés l'un de l'autre. Chaque fois que j'avais lu cette phrase dans un livre, j'avais levé les yeux au ciel, mais à ce moment précis j'en compris tout le sens.

« Tu sais depuis combien de temps je rêve de te toucher ? » murmura-t-il dans l'ascenseur en m'embrassant dans le cou.

J'étais sur le point de m'évanouir de plaisir – et un cliché, un ! Je sentais mon cœur s'ouvrir comme une fleur. Il rêvait de me toucher. Si la fin du monde avait été pour ce jour-là, je serais morte heureuse.

Son bras passé autour de mon épaule, je le guidai jusque devant ma porte.

« Hum, on dirait que tu essaies de m'entraîner dans ta tanière », dit-il tandis que je cherchais mes clés.

Une fois à l'intérieur, son manteau vola dans un coin, mes chaussures dans un autre, puis nous nous dirigeâmes vers ma chambre en titubant, en se cognant un peu partout ; on savait qu'on aurait des bleus le lendemain, mais on s'en fichait pas mal.

Il s'écroula sur mon lit. Je m'allongeai à côté de lui. J'attendais qu'il se tourne vers moi, qu'il dise encore mon prénom, qu'il me regarde de ses yeux rieurs, qu'il m'embrasse encore et chuchote *C'est avec toi que je veux être*. Je tendais l'oreille… mais lorsque la silhouette allongée à mes côtés se décida à émettre un son, on était loin des mots d'amour tant espérés. Il ronflait.

« Evan ? »

Doucement, je le poussai du coude. Aucune réaction. Je lui secouai l'épaule. Il ronfla de plus belle. Je me penchai pour déposer un baiser sur sa joue. Puis je mordillai le lobe de son oreille. Je le mordis plus fort. Rien. Que dalle. Il écrasait.

Je me rallongeai, défis les deux premiers boutons de sa chemise amidonnée, fermai les yeux et tentai de m'endormir. Mais toutes les cinq minutes, Evan bougeait, écartait les bras, me poussait et manquait me faire tomber du lit. Je me redressai et, jambes croisées, j'observai sa poitrine se soulever et retomber, ses yeux rouler derrière ses paupières.

« Je t'aime », chuchotai-je dans l'obscurité.

J'avais prévu de le regarder dormir toute la nuit, à rêver de notre futur bonheur, mais à trois heures du matin je ne tenais plus… il fallait que j'aille aux toilettes. Je sortis de ma chambre sur la pointe des pieds et faillis hurler lorsque je sentis une main sur mon épaule.

« Qu'est-ce qui se passe ? » dit Janie.

Sa perruque Tina Turner était tout de travers.

« Il dort, répondis-je.

— Il est ivre mort, oui. C'est pas étonnant, quand on essaie de boire tout l'alcool du New Jersey. En attendant, je te signale que j'ai à peine fermé l'œil ! J'étais morte d'inquiétude ! »

La porte de sa chambre s'ouvrit, et un jeune homme typé asiatique, casquette sur la tête, en sortit furtivement pour ensuite quitter l'appartement.

« Morte d'inquiétude, hein ?

— Mais oui, je t'assure. Depuis quand on est obligé d'être seul pour s'inquiéter ? Et puis, tu m'as laissée tomber, alors que le public en redemandait. Que voulais-tu que je fasse ?

— Tu as chanté avec ce mec ? »

Janie se mordait la lèvre. La porte de sa chambre s'ouvrit de nouveau. Deux types visiblement gênés lui firent un vague signe de tête et sortirent.

« Mais enfin, Janie, on se croirait dans un cirque ! Est-ce que tu planques un nain, aussi, là-dedans ?

— Il me fallait des chœurs ! Sans eux, je pouvais pas chanter "Nutbush" ! Et puis n'essaie pas de détourner la conversation ! »

Quand je sortis des toilettes, elle me fit signe de la rejoindre sur le canapé.

« Alors, tu me racontes ? »

Je ne pus m'empêcher de sourire.

« Il m'aime bien.

— Mais bien sûr qu'il t'aime bien, Kate. La question n'est pas là. La vraie question, c'est : est-ce qu'il envisage de rompre avec Michelle ? »

Mon sourire s'évanouit. On n'avait pas parlé de Michelle. À bien y réfléchir, on n'avait pas parlé beaucoup. On était trop occupés à s'embrasser. Mais tous ces baisers n'étaient-ils pas plus éloquents que des mots ?

« Il vaudrait mieux que j'y retourne. »

Manifestement, Janie n'était pas d'accord.

« Bon, finit-elle par dire, allonge-le sur le côté. Qu'il ne s'étouffe pas si jamais il vomit. »

Tout doucement, j'ouvris la porte de ma chambre. Evan s'était à moitié redressé. Dans la lumière électrique qui filtrait à travers le store, il avait l'air malheureux, et un peu perdu.

« Kate », bredouilla-t-il.

J'avais la tête qui tournait. Je me raclai la gorge et tentai de retrouver la complicité qui nous avait unis pendant la soirée.

« Hum, y a comme un malaise on dirait ! » dis-je en m'asseyant près de lui.

Je tendis la main et lui effleurai la nuque. Il frissonna. *Non*, me dis-je. *Ce n'était pas un frisson. C'était un sursaut.*

Il se frotta le visage, passa une main dans ses cheveux, sans croiser mon regard. Je l'entendis prendre une profonde inspiration. Le temps sembla suspendu, comme pour me permettre de graver chaque détail de cette scène à jamais dans ma mémoire, afin de pouvoir la convoquer quand je voudrais et de la rejouer, encore et encore, jusqu'à la fin de mes jours. Je voyais les petites ombres que projetait ma lampe de chevet au mur, sa barbe de trois jours couleur argentée à la lumière de l'enseigne au néon, sa ceinture défaite, son regard qui fixait ses mains tandis qu'il me parlait.

« Kate », répéta-t-il.

Je me levai. Je repensai à ma mère, à ses leçons de maintien. *Kate ! Épaules dégagées, poitrine en avant ! Ne te voûte pas, ça ne te fera pas rétrécir !*

Je dégageai mes épaules. Me cambrai. Contractai mes abdos, comme avant de chanter. Je me préparais au pire. Avant même qu'il ouvre la bouche, je savais ce qu'il allait me dire, et que j'allais souffrir.

« Je suis désolé, dit-il d'un air misérable – presque aussi misérable que moi. Je ne voulais pas que ça se passe comme ça. Tu es mon amie, et je… Je ne suis pas du genre à faire ça. »

J'aurais pu lui faciliter la tâche, lui dire *Oh, t'inquiète, ce n'est pas grave, c'était le nouvel an, on a picolé, je comprends, va retrouver ta belle et oublions tout ça.* Parfaitement immobile, je refusais qu'il me voie trembler, mais je ne pus retenir mes larmes.

« Je croyais… »

On aurait dit une voix de petite fille.

« Je croyais que tu…

— Oh, Katie. Tu es une fille géniale. Mais Michelle et moi… enfin, tu vois. Si j'étais célibataire… Si je t'avais rencontrée en premier… »

Elle te trompe ! avais-je envie de hurler. *Elle te trompe avec un mannequin pour shampooing et j'ai des preuves ! Jamais elle ne t'aimera comme je t'aime !* Mais les mots restèrent coincés dans ma gorge.

« Je n'ai jamais eu l'intention de te faire du mal, dit-il en se frottant lentement le front. Tu mérites quelqu'un de merveilleux…

— Toi, tu es merveilleux… »

J'avais les lèvres presque paralysées, la langue engourdie. *Ensemble, on est merveilleux.* Je savais que si je lui disais ça, je me mettrais à le supplier. Je quitterais peut-être cette chambre sans Evan comme petit ami, mais pas sans ma fierté.

« Katie… Ça va aller ?

— Oh oui, oui, t'en fais pas. »

Je parvins à prononcer ces mots sur un ton enjoué.

« Bon, il est temps que j'y aille. Michelle a peut-être laissé un message sur notre répondeur… »

Tu ferais mieux de commencer à appeler les mannequins pour shampooing…

J'ouvris la porte, il se leva, je le suivis dans le couloir. Devant la porte d'entrée, il se retourna et commença à me parler. Je faisais semblant de m'affairer à la cuisine pour ne pas le regarder, j'ouvris les deux robinets à fond pour ne pas l'entendre.

Je passai les trois heures suivantes à faire le tri dans mon placard, à jeter toutes les fringues qui ne m'allaient plus, comme un acte de pénitence pour avoir exigé trop de choses de la vie.

À six heures, après m'être douchée et habillée, j'entassai quelques vêtements dans un sac de voyage et enfilai mon manteau, mon bonnet et mes mitaines. Je m'assurai que j'avais bien mon portable et mon portefeuille, et sortis mon passeport de la boîte à chaussures où je le cachais.

Je refermai la porte de l'appartement derrière moi et m'arrêtai devant celui d'Evan. Poings serrés et tremblants, je comptai jusqu'à dix ; je lui donnais une dernière chance de revenir vers moi, de me dire qu'il avait eu tort, qu'il était désolé, qu'il m'aimait bien plus qu'il n'aimerait jamais Michelle, qu'on était faits l'un pour l'autre, que j'étais la seule qui comptait à ses yeux. La porte resta fermée. Je me forçai à marcher jusqu'à l'ascenseur, à appuyer sur le bouton, à sortir dans le froid et l'obscurité.

Je chopai un taxi à l'angle de Greenwich et de Jane Street.

« À JFK, s'il vous plaît. »

La tête appuyée contre la vitre froide, j'observais la ville défiler : les bus et les taxis, les poubelles qui débordaient de bouteilles de champagne vides, les serpentins piétinés, les banderoles « Bonne Année » bouchonnées dans les caniveaux. Le comptoir de British Airways était ouvert. Je réservai une place sur le premier vol pour Heathrow. Ma mère était à Londres. Je ne savais pas si elle pourrait me consoler, mais Londres fut la première ville à laquelle je pensai, et la plus lointaine où fuir.

18

Le lendemain après-midi, après avoir couché les enfants pour la sieste (un vrai dodo pour les garçons, pendant que Sophie feuilletait le dernier *Vogue*), j'allai surfer sur Internet et trouvai AmortLauraLynn.com, un des 1 700 sites, blogs et magazines en ligne qui jugeaient la coqueluche des médias insensée, bête, stupide, narcissique, trop ambitieuse, dangereuse pour les femmes du monde entier, et responsable à la fois de la mort du féminisme en ce troisième millénaire et des troubles de l'alimentation chez les jeunes filles. C'était ce site qui avait révélé le premier que Kitty Cavanaugh avait été le nègre de Laura Lynn Baird. Sur la page d'accueil figurait une photo peu flatteuse de Laura Lynn, avec des cornes de diable sur la tête et des flammes animées sortant de sous sa jupe. En dessous défilait l'annonce « Ouh la menteuse : Laura Lynn avait un nègre ! » composée en corps 18 rouge vif.

Je cliquai sur le lien pour accéder au site, et toute une série d'articles apparut sur la mort de Kitty Cavanaugh et sur le fait qu'elle était l'auteur véritable de la chronique « Une bonne mère ». J'en profitai pour prendre des notes sur sa biographie – son nom de jeune fille (Verree), sa ville natale (Eastham, dans le Massachusetts, comme indiqué sur la carte postale que j'avais vue)... Il y avait un autre lien en bas de la page : « Contactez-nous ». D'un clic, une fenêtre s'ouvrit, avec une adresse électronique : *tara@mamansengagées.com*. Il était trois heures et quart, il me restait un quart d'heure avant que Sophie ne réveille ses frères et qu'ils ne descendent tous les trois pour réclamer un goûter, une balade au parc ou, Dieu m'en garde, une énième partie de Candy Land.

« Bonjour, tapai-je. Je suis… »

Aïe. J'étais quoi ? *Une femme mariée, mère de trois enfants, coincée dans une banlieue chiante à mourir, avec trop de temps libre, qui s'est pointée chez sa voisine pour la trouver morte dans sa cuisine ?* Non, impossible d'écrire ça.

« Je suis étudiante en histoire des droits de la femme – au moins ç'avait été vrai à une époque – et je travaille sur un essai ayant pour sujet la condition de nègre d'écrivain en tant que nécessaire effacement de la femme d'un point de vue féministe. » Voilà. Ç'avait l'air assez absurde pour sonner juste. « J'aimerais vous poser quelques questions sur Laura Lynn Baird et Kitty Cavanaugh. Vous pouvez me joindre à ce numéro de 8 h 30 à 11 h 45 les lundi, mercredi et vendredi. » J'ajoutai mon numéro, signai et cliquai sur « envoyer » avant de me dégonfler.

Sophie descendit l'escalier, Uglydoll sous le bras et ses frères deux marches derrière elle.

« Lolo », gémit-elle pour me demander du lait dans son langage bébé.

Je la pris dans mes bras, enfouissant mon nez dans ses cheveux en quête de la douce senteur du shampooing Johnson & Johnson, à la place de quoi je reniflai l'odeur capiteuse d'un parfum cher et probablement français – elle avait dû déchirer un échantillon trouvé dans un magazine.

Le téléphone sonna. Je coinçai le combiné sous mon menton en calant Sophie sur ma hanche.

« Allô ?

— Lundi, mercredi et vendredi entre huit heures et demie et midi moins le quart ? me demanda une voix de jeune femme d'un ton amusé. Je n'ai pas résisté à l'envie de vous appeler tout de suite. Il fallait que je sache si vous étiez en prison.

— Non, pas en prison, non. »

J'installai Sophie et les garçons dans leur rehausseur.

« Non, en fait, hum, je suis étudiante à temps partiel. J'ai trois enfants et je vous ai donné les heures auxquelles ils sont à la maternelle, expliquai-je en sortant trois crèmes au chocolat du réfrigérateur.

— Trois enfants en maternelle, dit la jeune femme d'une voix haut perchée et ironique. Dites donc ! Bref. Je me présente : Tara Singh, de Mamans engagées.

— Mamaaaaaaaan ! » hurla Sophie. Jack venait de lui voler son pot de crème pour lécher l'opercule.

« Eh bien, vous avez du pain sur la planche, on dirait.

— Pour ça, oui, répondis-je en rendant son pot à Sophie avant de leur distribuer des cuillères. Écoutez, si vous avez un peu de temps à m'accorder, je me rends souvent à New York et…

— N'importe quoi ! » s'écria Sophie.

Je mis une main sur le combiné. Trop tard. Tara Singh ricanait.

« Vous seriez libre pour prendre un verre, ou un café ? continuai-je.

— Bien sûr. Attendez, je vérifie sur mon agenda… » J'imaginai une femme plus tendance que je ne le serais jamais, petit haut à bretelles, jean taille basse, bottes, cheveux négligemment attachés, sac de l'US Navy sur l'épaule, avec un badge figurant le symbole de la paix. « Demain, ça vous convient ? »

Demain, c'était vendredi. Les enfants avaient école le matin. Ensuite, les garçons avaient rendez-vous chez l'orthophoniste. Ils y allaient depuis un an, et aucun des deux ne s'était vraiment mis à parler. Au bout de neuf mois, le médecin, excellentes références et honoraires exorbitants, m'avait dit qu'à son avis les garçons savaient parler, mais qu'ils préféraient que Sophie le fasse à leur place.

Je pouvais peut-être demander à Gracie de venir les garder, et à Ben de rentrer plus tôt pour le dîner. Je mettrais des vêtements propres, rencontrerais Tara Singh autour d'un verre, puis irais dîner avec Janie. Ou alors avec mon père, que j'avais un peu négligé ces derniers temps.

« Allons dans un endroit branché », proposai-je.

Ce qui eut pour effet de faire s'esclaffer Tara Singh. Le rire de la New-Yorkaise qui se moque de la banlieusarde qui ne connaît la Grosse Pomme qu'à travers la rediffusion des premiers épisodes de *Sex and the City* sur les chaînes nationales.

« Un endroit branché… Disons Pastis, sur la Neuvième Avenue ?

— Entendu, répondis-je en notant l'adresse sur un sac en papier avec un crayon de couleur violet.

— Au fait, vous ne m'avez même pas dit à quelle fac vous alliez.

— Au centre universitaire d'Upchurch, en premier cycle », débitai-je du tac au tac, comme si je l'avais dit toute ma vie. Je raccrochai juste à temps pour empêcher Sophie de lancer son pot de crème à la figure de ses frères.

« Sois gentille. »

Elle me regarda d'un air mielleux. Elle avait la bouche toute barbouillée de chocolat.

« Maman, tu as menti à la dame. »

Je fondis sur elle pour couvrir ses joues de bisous. Surprise, elle éclata de rire, puis me repoussa doucement.

« Mais non, je ne mens pas. Disons plutôt que je raconte une histoire. »

Tara Singh correspondait assez au portrait que je m'étais fait d'elle, mais pas tant que ça. Elle portait effectivement un jean taille basse, ainsi qu'un haut à bretelles, d'un joli rose. Elle portait aussi une veste en velours cintrée couleur moka, et un tout petit badge sur la poche de poitrine qui disait « Les mamans sont des êtres humains ».

« Merci infiniment d'être venue », dis-je en m'asseyant dans un fauteuil en osier un peu bancal. Nous étions dans mon ancien quartier, bien plus branché que lorsque j'y vivais, à l'image de cet endroit, surchauffé, bruyant et bondé de *beautiful people* qui ne mangeaient pas, mais picoraient. Je m'apprêtais à examiner la carte, quand j'aperçus, deux tables plus loin, une gazelle aux cheveux savamment décoiffés en train de scruter son assiette de haricots verts.

« Mais tout le plaisir est pour moi », me répondit Tara en ouvrant la carte à son tour.

Ladite gazelle fronça les sourcils, poussa un haricot du doigt et appela un serveur. « Hum, excusez-moi, mais est-ce que c'est du beurre que je vois là ? » l'entendis-je demander.

Je croisai puis décroisai les jambes, avant de me rendre à l'évidence : jamais je ne trouverais une position confortable sur ce fauteuil. Lorsque le serveur se présenta à notre table, je commandai un verre de chardonnay et, sans considération pour la sensibilité de Miss Haricots-sans-beurre, un cheeseburger et des frites.

« Je vais prendre la même chose, dit Tara. Avec un Coca Light. »

Elle reposa sa carte, je sortis mon carnet Hello Kitty, qui la fit sourire.

« Donc. Laura Lynn Baird avait un nègre ! jubila-t-elle. Et ce nègre est mort. On dirait que Noël arrive en avance cette année !

— Comment est-ce que vous l'avez appris ? demandai-je.

— En fait, on m'a filé un tuyau. J'ai reçu un mail anonyme. Quand j'ai appelé *Content* pour vérifier, ils n'ont rien nié.

— Vous l'avez reçu quand, ce mail ?

— Hum… Le jour où on a tué Kitty, en fait.

— Et vous ne savez pas qui vous l'a envoyé ? Vous n'avez même pas une petite idée ? »

Elle secoua la tête.

« Je l'ai gardé, bien sûr, et je l'ai envoyé aux flics, mais jusqu'à maintenant… »

Je prenais des notes.

« Et donc, ça fait un petit moment que vous suivez la carrière de Laura Lynn Baird, non ? »

Tara acquiesça et sourit, dévoilant des dents blanches impeccables. Il n'y avait pas une seule ride sur sa jolie peau couleur café. Je me demandais quel âge elle pouvait avoir. Vingt-trois ans ? Vingt-quatre ? C'était encore très jeune pour une mère.

« Je devine ce que vous vous dites », dit-elle.

J'attendais qu'elle poursuive.

« Vous vous demandez si je crois que Laura Lynn Baird a tué Kitty ? La réponse est peut-être. »

Peut-être, notai-je.

« Cette bonne femme est capable de tout, continua Tara. Même de commettre un meurtre. Elle est folle, et pas seulement parce que ça fait de l'Audimat à la télé. Non… Le truc, c'est qu'elle… »

Son sourire s'élargit et elle eut un geste que je n'avais pas vu faire depuis la maternelle : elle pointa un index vers sa tempe et décrivit de petits cercles.

« … est tarée ? tentai-je.

— … qu'elle a été internée. Juste avant la mort de son père. Elle s'est fait admettre dans une clinique de Pennsylvanie. Elle y est restée un mois. Officiellement, pour du surmenage… Qu'on ne me raconte pas d'histoires. Si on est fatigué, on va dans son lit, pas aux Vertes-Prairies. »

Je gribouillai le nom de la clinique. Il faudrait que je demande à Mary Elizabeth, mon ancienne indic du *New York Night*, si elle en avait entendu parler.

« L'essai que j'écris traite de l'effacement de soi en tant que moyen de subversion. Vous savez, toutes ces femmes dans l'histoire de la littérature qui ont utilisé des pseudonymes, ou des noms masculins, ou encore qui ont publié des livres anonymement, afin d'ébranler une société patriarc… enfin hiérarch… » Et merde. À peine sept ans auparavant, j'aurais été capable de lui en mettre plein la vue. « Bref. Vous pensez vraiment que Laura Lynn a pu faire une chose pareille ? Est-ce qu'elle ne fait pas une coupable un peu trop idéale ?

— Même si c'est ce qu'on peut penser, même si en supprimant Kitty elle tuait la poule aux œufs d'or. Cette femme est folle à lier, je vous dis. Vous avez entendu parler dc la fois où elle a envoyé une canette de Coca Light à la tête de Chris Matthews ?

— Euh…

— Je sais, je sais… On dirait une légende urbaine, mais ça s'est vraiment passé. Je vous assure. On a diffusé la vidéo sur notre site Internet.

— Donc… La seule question qu'on doit se poser est : a-t-elle un alibi ?

— Bien sûr qu'elle a un alibi. Le jour où Kitty a été assassinée, elle donnait une conférence à Washington, devant les Femmes unies pour l'avenir de l'Amérique.

— Hum, marmonnai-je tout en prenant des notes.

— Moi aussi, j'ai un alibi, au cas où ça vous intéresse. En tout cas, Dieu sait que les flics se sont penchés sur mon emploi du temps…

— Oui, mais il faut dire que votre site Internet s'appelle AmortLauralynn.com… »

Les éclats de rire de Tara résonnèrent dans la salle, la dame aux haricots verts nous lança un regard noir.

« Franchement, vous ne croyez pas que j'aurais un peu mieux caché mon jeu ? Et le fait que cette menteuse de

Laura ait un alibi ne veut pas dire qu'elle soit blanche comme neige…

— Comment ça ?

— Peut-être que Kitty réclamait sa part du gâteau. Peut-être qu'elle a exigé une partie du salaire de Laura Lynn, ou demandé que son nom apparaisse en bas de la chronique. À moins qu'elle ne l'ait menacée de tout révéler, de déclarer publiquement que non seulement elle n'écrivait pas cette fichue chronique, mais qu'en plus elle ne s'occupait pas de son fils et ne le prenait dans ses bras que pendant les séances photo.

— Je vois… Et vous pensez donc que Laura Lynn a pu louer les services de quelqu'un pour se débarrasser de Kitty ?

— Oui. Pourquoi pas ? Elle a très bien pu agiter quelques billets verts tout frais sous le nez d'un jeune républicain acquis à sa cause et criblé de dettes… »

Une serveuse vint nous apporter nos assiettes.

« Et puis, Laura Lynn était un grand défenseur du droit à la vie – euh, excusez-moi, des Américains non nés. C'est génial, non ? Américains non nés ? Du coup, nous, on est quoi, hein ? Enfin, bref. Les antiavortement, les cinglés fanas des armes, tous ces gens-là, ils la considèrent comme leur sainte patronne. Je l'imagine tout à fait aller voir un de ces tarés et lui montrer une photo de Kitty en lui disant *Cette femme est une ennemie des non-nés*, ou *elle m'a menacée de mort*, ou encore, *elle prend la pilule*. Oui, cela n'aurait rien d'étonnant.

— Et Kitty Cavanaugh, dans tout ça ?

— Vous écrivez sur l'effacement de soi, vous m'avez dit ? »

Je hochai la tête.

« Eh bien, c'est la femme qu'il vous faut. On a assez peu de documents sur elle. Elle a grandi à Cape Cod. Fait ses études supérieures à Hanfield. A eu son diplôme en 1991.

Ensuite, il y a un blanc jusqu'en 95, année à partir de laquelle elle a commencé à rédiger le bulletin d'un hôpital. Elle a aussi été pigiste pour des magazines féminins – *Redbook*, *Cosmo* – dans les années quatre-vingt-dix. Principalement des articles sur la santé : des jeunes femmes qui avaient un cancer du sein, "dix idées de régime pour celles qui ont de gros os", vous voyez le genre. Rien de politique, autant que je sache. Elle s'est mariée en 1999, a emménagé dans le Connecticut, et puis a commencé à servir de nègre à Laura. »

Elle prit une bouchée de son burger et s'essuya la bouche.

« Vous la connaissiez ? me demanda-t-elle. Elle croyait à toutes ces conneries, ou se contentait-elle de les écrire pour le compte d'une autre ?

— Je n'en sais rien. »

Et c'était vrai. J'avais l'impression d'en savoir moins sur la mystérieuse Kitty Cavanaugh qu'au début, lorsque je la prenais pour une super-maman tout juste bonne à vous refiler un complexe d'infériorité.

« Vous savez ce qui est bizarre, dans tout ça ? C'est qu'elle a un air si… gentil, sur toutes ces photos. À la différence de Laura Lynn – qui semble toujours sur le point de sortir ses griffes… Non, Kitty, on se dit qu'on aurait pu être son amie, vous voyez ? »

J'approuvai, en revoyant des images de Kitty défiler dans ma tête : Kitty au parc, Kitty au supermarché, Kitty me faisant un signe au match de football, Kitty en charge de l'atelier décoration de gâteaux à la fête de la Cabane rouge… Et n'avait-elle pas toujours été amicale avec moi, et avec mes enfants ? Elle souriait tout le temps. Au début, j'avais cru que c'était à cause de mes vêtements bon marché, de mes enfants qui pleurnichaient souvent, de l'aspect chaotique qu'avait notre vie comparée à la sienne… Mais peut-être que ces sourires étaient sincères. Peut-être que mon manque de confiance en moi avait biaisé ma vision pour finalement nous empêcher de mieux nous connaître et, qui sait, de devenir amies.

« Kitty a vécu à New York, non ?

— Oui, dans pleins d'endroits. Park Slope au début, puis Chelsea, ensuite West Village… »

Je tournai une page de mon carnet, et soudain, j'entendis la voix de Kitty. *Nous avons un ami commun…*

« Est-ce que vous êtes déjà tombée sur le nom d'Evan MacKenna au cours de vos recherches sur Kitty ? Ou sur Laura Lynn Baird ?

— Non. Pourquoi ? Qui est-ce ?

— Oh, pour rien. Personne, ce n'est personne. »

Après avoir fini mon cheeseburger, montré à Tara les photos de mes enfants et admiré les siennes, je la remerciai pour le temps qu'elle m'avait accordé et sortis du restaurant. Je décidai de retourner l'appel d'Evan. Mon message fut court et courtois : « Evan, c'est Kate. Kate Klein. Il faut que je te parle. Rappelle-moi. Au revoir. »

Je regardais les gens déambuler par grappes sur les pavés de Gansevoort Street. Ils paraissaient tous vingt ans de moins que moi, leurs éclats de voix cristallins s'élevaient dans l'air, vers le ciel noir sans étoiles. Les garçons portaient des bonnets en laine à pompon – encore une mode que je n'avais pas vue venir – et les filles, des écharpes minces à rayures qu'elles enroulaient deux ou trois fois autour de leur cou. Je jetai un œil sur ma tenue : manteau en laine bleu marine vieux de trois ans, le pull de Janie, sac fourre-tout en toile, bottes noires éraflées. Je poussai un soupir et me mis en route pour aller rejoindre mon père.

19

« Poussin ! » s'exclama mon père en ouvrant la porte des coulisses du Met. Il me regarda des pieds à la tête tandis que je lui souriais.

« Tu as l'air en pleine forme. Allez, on y va », ajouta-t-il, son étui de hautbois à la main. En chemin vers le métro, il me demanda si j'avais dîné.

« Oui, mais je vais te tenir compagnie. »

De retour à la maison, j'enlevai avec précaution de la table de la salle à manger les lames de rasoir qu'il utilisait pour ses anches, et posai mon manteau sur le fauteuil qui avait toujours été le mien. Rien ne changeait jamais dans cet appartement. Il y avait toujours les mêmes photos sur le piano, toujours celles de ma mère accrochées aux murs du salon – affiches de concert ou clichés pris sur scène. Mon père mettait la table. Pendant ce temps-là, je vidais le lave-vaisselle et vérifiais que le réfrigérateur contenait les denrées de base, histoire de m'assurer qu'il se nourrissait correctement. Je tombai sur un paquet de dinde fumée toute desséchée, des olives couvertes d'une mousse bleuâtre, deux tranches de pain dures comme de la pierre et une boîte de bicarbonate de soude.

« Je mange souvent dans des petits restos », se justifia-t-il en retirant sa veste et son nœud papillon. Ses bretelles pendaient le long de ses jambes. « Et puis, il y a du lait quand même, tu vois ? » dit-il en m'agitant la bouteille sous le nez.

On sonna à la porte, et quelques secondes plus tard la table de la cuisine était recouverte de travers de porc, raviolis, poulet sauté aux brocolis, légumes sauce piquante et riz frit.

« Alors, comment avance l'enquête ? me demanda mon père en picorant une châtaigne d'eau.

— La police n'a encore arrêté personne. »

Pendant qu'il mangeait, je lui exposais mes découvertes, depuis mon cheeseburger avec Tara en remontant à mon entrevue avec Philip Cavanaugh.

« Il voulait savoir si elle était heureuse.

— Et alors, elle l'était ?

— Je n'en sais rien. Elle semblait toujours tellement équilibrée quand je la voyais. Mais maintenant, je me dis qu'elle devait être tout aussi paumée que moi dans le Connecticut. Il se peut qu'elle ait eu une liaison. Ou alors son mari. Il y a beaucoup de mystère dans cette histoire. »

Mon père planta ses baguettes dans le riz frit et leva les yeux vers moi, l'air inquiet.

« Pourquoi est-ce que tu t'y intéresses autant ? C'est parce que tu as découvert son corps ?

— Oui, d'une part. Je ne sais pas trop… Peut-être aussi qu'elle me fait penser un peu à moi. Le fait qu'elle ait vécu à New York, qu'elle ait été écrivain, tout ça. Elle vivait dans le même quartier que moi. Je crois qu'elle connaissait Evan McKenna.

— Ton ami Evan ? »

Je me levai sans répondre et me mis à fermer les boîtes qui contenaient la nourriture. Entendre ce nom prononcé par quelqu'un qui m'aimait vraiment me faisait encore plus de mal.

« Ça n'a probablement rien à voir avec le meurtre. C'étaient peut-être de vieux amis, voilà tout. Ou alors elle avait fait appel à ses services pour savoir si son mari la trompait. »

Je reniflai la bouteille de lait qu'il avait brandie si fièrement, grimaçai et la vidai dans l'évier.

« Et sinon, comment va maman ?

— Elle sera bientôt de retour. Elle donne un cours de maître au printemps. »

Des mots amers me vinrent à l'esprit – *Tant mieux pour elle.* Je pinçai les lèvres et respirai un grand coup.

« Génial ! Je suis sûre qu'elle te manque. Je sais qu'elle manque aux enfants en tout cas. »

Il m'observait avec attention. Je lui tournai le dos pour ranger les boîtes au frais. Je me souvenais du jour où j'avais fui pour la retrouver à Londres, avec l'espoir qu'elle se transformerait en une mère de cinéma ou de série télé – aimante et inquiète, pleine de compassion et sachant préparer un bon thé anglais bien fort. Au lieu de quoi elle m'avait lancé le menu du room-service avant de se précipiter dans sa voiture avec chauffeur pour aller déjeuner en compagnie des cadres de la filiale européenne de sa maison de disques.

Il secoua la tête.

« Tu sais que ça ne durera pas éternellement. Elle veut simplement chanter aussi longtemps que possible. Un jour, elle finira par poser ses valises.

— Un jour… » C'était toujours la même rengaine. *Je serai de retour cet été… Je rentre pour Noël… Mais bien sûr que je serai là pour la remise des diplômes, ma chérie ! Je ne manquerais ça pour rien au monde !* Mensonges. Non qu'elle ait eu l'intention de mentir, mais il y avait toujours un imprévu – une autre date, un contrat à signer, des avions en retard. Quelque chose qui l'empêchait de tenir parole.

Il posa une main sur la mienne.

« Elle t'aime beaucoup, tu sais.

— Oui, je sais. »

Il me dévisagea, l'air intrigué.

« Ma chérie, qu'est-ce qui cloche ?

— Tu veux dire, à part le fait de tomber sur un cadavre ? Je sais pas moi. Le Connecticut, j'imagine.

— Quoi, le Connecticut ? » Il remplit la bouilloire et alluma le gaz. « Un chocolat chaud ? »

J'acquiesçai. Je me lançai dans de grandes explications : la fête d'anniversaire que j'avais foirée, Marybeth Coe et sa vie sans couches, le gang du parc de jeux. Mais je gardais certains détails pour moi : Ben qui était rarement à la maison, ou alors au téléphone ou en ligne s'il était là ; mes rapports sexuels plus fréquents avec le pommeau de douche qu'avec mon mari ; les autres mères qui semblaient ravies de passer des heures à jouer à Candy Land ou à faire des travaux manuels avec leurs gamins, alors que moi, au bout d'un quart d'heure, j'avais envie de quitter la maison à toute allure en hurlant – et j'en concluais que soit elles avaient toutes un grave problème, soit, et c'était plus probable, c'était moi.

« Ces femmes, si tu voyais ça... Elles ont des jardins magnifiques – bien aménagés, plantés et arrosés... Elles pendent des couronnes à leur porte d'entrée. Et pas seulement à Noël, hein. Elles ont des couronnes de printemps, des couronnes de Pâques, des couronnes de Thanksgiving ; je suis sûre qu'elles en ont même pour le dernier jour de l'école. Leurs maisons, c'est les mêmes que celles qui paraissent en photo dans tous ces magazines de déco : *Maison traditionnelle*, *Maison coloniale*, *Maison truc-chouette*. Elles avaient toutes un métier avant, mais jamais elles n'en parlent. Comme si ça ne leur manquait absolument pas. Leurs conversations tournent uniquement autour de leurs jardins, de la pièce qu'elles sont en train de redécorer, de leurs gamins, et je... » Je m'éclaircis la voix. « J'ai l'impression d'être de retour au lycée. »

Sauf que là, personne n'avait scotché de serviette hygiénique à ma chaise. Ou du moins, pas encore.

Mon père posa un mug de chocolat chaud devant moi. Sous mes doigts, je sentais les notes de musique qui dansaient sur la porcelaine ébréchée. Je le lui avais offert plus de vingt ans auparavant.

« Alors, comme ça, tu enquêtes sur la mort de Kitty Cavanaugh…

— En fait, je m'intéresse surtout à sa vie. J'essaie de déterminer qui elle était avant d'atterrir à Upchurch.

— Fais attention à toi, me dit mon père sur un ton solennel.

— Ne t'en fais pas, il ne m'arrivera rien », fis-je, pleine d'assurance. Mais je n'en étais pas si sûre que ça.

20

Il était presque une heure du matin lorsque le train s'arrêta en gare d'Upchurch. J'étais la seule à descendre. Tout en traversant le quai à grandes enjambées, je remontai mon col. À part mon minivan, faiblement éclairé par les lampadaires, le parking était désert. Mes talons résonnaient sur le trottoir, tels des coups de feu ; je me dépêchais, il faisait froid, j'avais oublié mon écharpe. Il y avait un bout de papier contre le pare-brise, coincé sous l'essuie-glace. Une contravention ? Je ne savais même pas si ça existait à Upchurch.

Ce n'était pas une contravention. C'était une enveloppe où figurait mon nom, à l'intérieur une feuille de papier ligné qu'on avait arrachée d'un cahier. Sur la feuille, ces mots, en capitales noires : « Cessez de poser des questions ou vous serez la prochaine à y passer. »

Affolée, je tournai sur moi-même, le cœur battant, comme si la personne qui avait laissé ce mot était restée dans les parages pour observer ma réaction. Pas une seule voiture alentour, ni âme qui vive, mais je crus entendre des pas qui s'approchaient, d'abord lentement, puis de plus en plus vite.

J'attrapai mes clés, ouvris la portière, grimpai derrière le volant, claquai la porte et la fermai à clé. Puis je jetai un œil dans le rétroviseur, pétrifiée d'horreur en apercevant la silhouette voûtée qui émergeait de la banquette arrière... Non, je délirais. Il n'y avait que les sièges-autos des enfants.

« OK, murmurai-je. OK. »

Mains tremblantes, je saisis mon portable. Qui appeler en premier ? Ben ? Que pouvait-il faire, à une heure du matin ? Réveiller les enfants et venir me chercher ?

« Calme-toi, Kate. Calme-toi. »

Je sortis la carte de Stan Bergeron de mon fourre-tout et le bipai. Puis je serrai le volant de toutes mes forces, jusqu'à ce que mes mains cessent de trembler. Je tournais la tête vers la gauche, puis vers la droite, de nouveau vers la gauche, croyant entendre des pas, ou voir quelqu'un venir vers moi.

Le commissaire de police avait une voix endormie.

« Ici Stan Bergeron, je retourne votre appel.

— Ah, Stan, c'est Kate Klein. Je suis sur le parking de la gare. Quelqu'un a laissé un mot sur ma voiture, qui dit : "Cessez de poser des questions ou vous serez la prochaine à y passer."

— Des questions sur quoi ? »

Ce type me démoralisait.

« Sur la qualité de l'enseignement à l'école Montessori de Greenwich. »

Pas de réaction.

« Sur Kitty Cavanaugh ! » m'emportai-je.

En comprenant qu'il n'allait pas se rendormir tout de suite, Stan soupira.

« Bon, rejoignez-moi au poste de police. Et apportez le mot.

— Je l'ai touché.

— Pardon ?

— Pour le lire. Je l'ai touché. Il y a mes empreintes dessus. »

Stan réprima un bâillement.

« Ne vous inquiétez pas, on fera avec. »

Stan me proposa un café mais ne réussit pas à faire marcher la cafetière. Je m'en occupai puis m'écroulai derrière un bureau, le même que le jour où j'avais trouvée Kitty.

« Vous n'êtes pas la seule..., dit-il en me tendant un carnet et un stylo afin que j'écrive ma déposition.

— Hein ?

— J'ai reçu Alexis Hagen-Holdt ici même pas plus tard que cet après-midi. Elle dit que quelqu'un la suivait pendant qu'elle faisait son jogging et a failli l'écraser.

— C'est pas vrai ?

— Si. Ses voisins, un peu plus bas dans la rue, ont un gamin de seize ans qui vient d'avoir son permis. On est pratiquement sûrs que c'était lui. Tout le monde est sur les nerfs...

— Il y a de quoi, vous ne trouvez pas ? » Je frottai mes mains tremblantes sur mes genoux avant de rédiger ma déposition, énumérant toutes les personnes à qui j'avais parlé, depuis les femmes au parc jusqu'à mon père à New York, en passant par Laura Lynn Baird, Tara Singh, et d'autres encore. Il était plus de trois heures du matin quand j'arrivai à la maison. Stan m'avait suivie en voiture de patrouille et escortée jusqu'à la porte d'entrée. Je me concentrai pour taper le code de l'alarme et ouvris doucement la porte.

Stan éclaira l'entrée avec sa lampe torche. Le rayon de lumière balaya des piles de jouets, les chaussures des enfants éparpillées çà et là, projetant des ombres vacillantes de baskets et de poupées Barbie.

« Vous voulez que j'entre ? chuchota Stan.

— Non, merci, ça va aller. »

Je refermai la porte, tournai tous les verrous, enclenchai l'alarme et montai l'escalier grinçant. Je retins mon souffle en passant devant la chambre des jumeaux, puis celle de Sophie. Plus que six pas et c'était gagné. Cinq… quatre… trois… deux…

« Maman ? »

Et merde.

« Rendors-toi, murmurai-je à ma fille.

— Veux une histoire », dit-elle en prenant un livre de la pile qui encombrait sa table de chevet.

Je m'assis sur son lit. Elle portait un pyjama rose en flanelle. Ses fins cheveux bruns avaient l'air emmêlés. Elle se poussa pour me faire un peu de place et posa sa tête sur mes genoux.

« Dans la grande chambre verte…, commençai-je.

— … il y avait un téléphone, continua-t-elle en serrant Uglydoll tout contre elle.

— Bonne nuit le peigne, bonne nuit la brosse, et bonne nuit personne.

— Maman, c'est qui, Personne ? » me demanda Sophie en pointant son doigt sur la page blanche.

Moi, pensai-je. Je songeais aux couples que j'avais vus à New York, écharpes autour du cou, riant aux éclats dans l'obscurité. À Janie, ses mèches et ses sacs à main, ses doigts qui s'agitaient sur son clavier d'ordinateur, élégante et compétente, gérant sa vie – et non l'inverse. À ma mère que j'étais allée voir à Londres, qui m'avait jeté le menu du room-service avant de partir sans me demander ce qui m'amenait là, malgré mes yeux rougis par toutes les larmes que j'avais versées pendant le vol. À Ben, sur le seuil de la salle de bains tandis qu'à genoux près de la baignoire je donnais le bain aux enfants, son regard vaguement posé sur moi, comme si j'étais transparente.

« Je ne sais pas, mon cœur, dis-je avant d'achever l'histoire. Bonne nuit les étoiles, bonne nuit l'air, bonne nuit les bruits de toute la Terre. »

Je déposai un baiser sur son front et, à sa demande, un autre sur celui de sa poupée, puis me dirigeai vers ma chambre. Si Ben se réveillait, je lui dirais la vérité. De toute façon, il allait falloir que je lui raconte tout. Si quelqu'un laissait des lettres de menace sur le pare-brise de notre voiture, si j'étais en danger, ainsi que les enfants, mon mari devait être au courant. Plus que trois pas. Un… deux…

Mon téléphone se mit à vibrer dans ma poche. Au bout du couloir, un des jumeaux cria dans son sommeil. Je saisis mon portable, faillis le faire tomber mais réussis à le rattraper à temps.

« Allô ? »

Je m'attendais à entendre une voix grave, rocailleuse, un grognement, la voix du monstre qui se cache sous votre lit, et elle dirait : « C'est moi qui ai laissé le mot sur ton pare-brise, Kate. Tu te croyais en sécurité avec tes verrous et ton alarme, mais tu te trompes. Je suis dans ta maison, Kate. Je suis chez toi en ce moment même… »

« Kate ? »

Malgré toutes les années qui s'étaient écoulées, sa voix, rauque et chaleureuse, me faisait toujours autant d'effet. Je le revoyais tel qu'il était ce soir de nouvel an, les yeux mi-clos, ses mains enfoncées dans mes cheveux.

« Evan ! Mais où est-ce que tu es, bon sang ? chuchotai-je en allant m'enfermer dans les toilettes des enfants. Tu sais que la police veut te parler ?

— Kate…

— Kitty Cavanaugh est morte et j'ai trouvé un papier avec ton numéro près de son téléphone et les flics savent que tu as été la dernière personne à l'appeler et il se trouve que ce soir quelqu'un a laissé un mot sur mon pare-brise, “Cessez de poser des questions ou vous serez la prochaine à y passer” et…

— Kate, Kate, calme-toi… »

Je respirai un bon coup et fermai les yeux.

« Où es-tu ?

— À l'aéroport de Newark. Je viens de rentrer de Miami. »

Mon ventre se noua. Je me représentais les palmiers, le sable fin… et Michelle en bikini-string.

« J'ai contacté la police. Je serai là – à Upchurch – demain après-midi. On peut se voir ?

— Je suis mariée, lâchai-je sans réfléchir.

— Je sais. »

Il se tut, et lorsqu'il parla à nouveau je reconnus ce ton taquin qu'il avait lors de nos dîners ou de nos parties de Scrabble à la maison (et, plus récemment, de mes sessions intimes avec le pommeau de douche).

« Mais on peut quand même se voir, non ? »

Je m'assis sur la cuvette des toilettes, main agrippée à mon téléphone. Je n'eus pas le temps de répondre.

« Katie, ça va ? Tu n'as pas l'air dans ton assiette.

— Il faut que je te laisse. Mes enfants sont en train de dormir. »

Mon Dieu, que c'était ridicule. On était en pleine nuit, évidemment que mes enfants dormaient. Et qu'est-ce qu'il entendait par « pas dans ton assiette » ? Comme s'il se souvenait de comment j'étais dans mon état normal… Je raccrochai avant d'éteindre carrément mon téléphone et ne pus m'empêcher de redescendre pour vérifier que l'alarme fonctionnait et que toutes les portes et fenêtres étaient bien fermées.

DEUXIÈME PARTIE

L'écrivain fantôme

21

Le vol de Londres à New York durait six heures, et je m'étais un peu lâchée dans la boutique duty-free : deux livres de poche à la couverture rose bonbon où tout est bien qui finit bien à la page 375 ; quatre magazines féminins ; trois tablettes de chocolat au lait ; et une demi-bouteille de vin rouge que j'avais prévu de boire en cachette dans les toilettes. J'avais aussi un masque en soie pour les yeux et une paire de bouchons d'oreilles. Enfin, en cas de force majeure – une crise de larmes, par exemple –, j'avais une plaquette de calmants qui me restait de mon opération des dents de sagesse.

Une fois dans l'avion, j'avais ôté mes chaussures, remonté la couverture sur mes épaules et ouvert un des magazines. J'entamais ma première tablette lorsqu'un homme de grande taille, un peu voûté et aux traits plutôt agréables prit place à côté de moi.

« Bonjour. »

Il avait à peu près mon âge, et d'après son accent et ses dents parfaites je devinais qu'il était américain. Je lui adressai un sourire, puis tournai la tête vers le hublot, le magazine ouvert sur les genoux. « Toutes les réponses à vos questions de santé les plus intimes », disait l'en-tête de l'article. Manifestement, les rédactrices du *Cosmo* anglais pensaient que toutes mes questions de santé intimes se résumaient à des démangeaisons situées en des endroits du corps impossibles à gratter en public.

Le type ne fut pas découragé par mon indifférence à son égard, ni par les mots « infection des muqueuses » imprimés en rose en haut de page. Il glissa son ordinateur portable sous le siège devant lui et enleva sa veste en cuir.

« C'est intéressant ? me demanda-t-il en montrant le magazine.

— Oui, j'apprends pas mal de choses », répondis-je sans le regarder.

Je me mis à tourner les pages en me demandant s'il allait falloir que je me gratte pour qu'il me laisse tranquille.

Il attacha sa ceinture.

« Vous êtes de New York, non ? »

Pourquoi, mon Dieu ? Pourquoi moi ? Je sortis un calmant de ma poche.

« Votre visage me dit quelque chose », ajouta-t-il.

Je finis par le regarder : yeux marron, rapprochés, sous d'épais sourcils noirs. Traits fins, sauf le nez, un peu crochu, un joli sourire. Pas vraiment large d'épaules, poignets noueux. On risquait pas de le prendre pour une star de rock.

« Vous devez confondre avec quelqu'un d'autre, je pense. » J'avalai mon cachet en douce.

« Vous savez, il y a une chose à laquelle je ne me suis jamais habitué en Angleterre : ils ne mettent pas de glaçons dans l'eau. »

J'approuvai vaguement et tournai de nouveau la tête vers le hublot. Après un certain temps passé avec ma mère, les trucs de diva – le bâillement dédaigneux, le regard dans le vide, le passage soudain d'une langue à une autre… – n'avaient plus de secret pour moi.

« Si vous voulez des glaçons, il faut le préciser, continua-t-il. Vous allez au restaurant, et ils vous apportent une carafe d'eau tiédasse. Franchement, c'est imbuvable.

— Écoutez », me lançai-je. Je savais que si je ne prenais pas les devants, j'allais devoir me taper son baratin jusqu'à ce que le calmant fasse effet.

Mais le balourd crut que je voulais engager la conversation. Il sourit et me tendit la main.

« Ben Borowitz.

— J'ai un flingue », répondis-je en ouvrant mon sac à main.

Il eut un brusque mouvement de recul et leva les mains en l'air. Dès l'instant où les mots m'étaient sortis de la bouche, je m'étais sentie coupable. Doucement, je posai une main sur son poignet. Il sursauta.

« Hé, tout va bien. »

Il m'ignora et prit un des magazines mis à disposition par la compagnie.

« Je plaisantais, je n'ai pas de flingue, dis-je en ouvrant davantage mon sac. C'est juste un poudrier. Ma mère me l'a acheté sur Portobello Road. » Reina et moi avions passé un après-midi à faire du shopping – elle, arpentant les rues d'un air majestueux, en jupe longue et collier de perles, attendant qu'on la reconnaisse ; moi en jean et gros imper à la traîne derrière elle, priant que, le cas échéant, elle ne me présente pas à ses admirateurs.

Il me regarda du coin de l'œil et je sortis le poudrier.

« Vous voyez ?

— Je vois surtout que vous ne voulez pas être dérangée, répondit-il en retournant à sa lecture.

— Peut-être, mais je n'aurais pas dû vous faire peur. Je suis désolée. C'est juste que… » Et merde. Je sentais les larmes me monter aux yeux et ma gorge se serrer. « … je traverse une mauvaise passe en ce moment. »

Il sortit un mouchoir de sa poche et me le tendit. C'était un vrai mouchoir, en tissu, qui sentait la lessive. Je m'essuyai les yeux.

« Je suis désolé, je ne voulais pas vous embêter, dit-il. Mais votre visage me semble tellement familier… »

Je me tenais prête. Je savais à quoi on allait jouer : une petite partie de géographie juive new-yorkaise, à base de vous sortez où / vous connaissez qui.

« J'ai grandi dans l'Upper West Side et j'étais au lycée Pimm.

— Et vous habitiez Amsterdam Avenue ? »

J'acquiesçai et me tournai vers lui.

« Vous ne preniez pas des cours de saxophone à tout hasard ?

— Non, des cours de chant. Mais il y avait des profs de saxo dans mon immeuble.

— Moi je prenais des cours de saxo. C'est peut-être là que je vous ai vue.

— Oui, peut-être. » Je lui tendis son mouchoir.

« Non, gardez-le, il est à vous… pour l'instant. Il faudra me le rendre. Ça vous dirait de dîner avec moi ? »

Je fis oui de la tête. Il avait un beau sourire… Ou alors c'était le calmant qui m'embrouillait la vue. Je fermai les yeux, et quand je les rouvris nous étions sur le tarmac de l'aéroport Kennedy, j'avais la tête posée sur l'épaule de Ben Borowitz. Il m'avait bien emmitouflée dans ma couverture, et il demandait à la charmante hôtesse de l'air comment enlever les traces de bave sur sa veste en cuir, qu'il avait calée sous ma joue.

« Oh… Je suis désolée, bredouillai-je, la bouche pâteuse.

— Non, non, ne vous inquiétez pas. »

Une voiture l'attendait à l'aéroport, il proposa de me ramener chez moi.

Une semaine plus tard, on se retrouvait dans un resto japonais Je posai des questions pertinentes sur sa vie, son boulot, ses amis, ses loisirs ; hochai la tête en souriant au bon moment ; et ne m'absentai aux toilettes que deux fois pour voir si j'avais un message d'Evan. *Convenable*, me dis-je en me penchant pour trinquer au saké avec l'homme qui, deux ans plus tard, deviendrait mon mari. C'est un homme convenable. Ensemble, nous aurons une vie convenable. Je savais que mes sentiments pour Ben n'étaient en rien comparables à la passion que j'avais éprouvée pour Evan. Mais quand je voyais où celle-ci m'avait menée… Convenable, ça me convenait tout à fait.

Après une lune de miel à Sainte-Lucie, j'emménageai chez Ben, un trois-pièces à l'angle de la Cinquante-cinquième et de Central Park West, et pendant trois ans nous avons été heureux. En tout cas, ma vie me plaisait. J'avais un boulot sympa, et puis il y avait Janie. Je trouvais que le mariage ressemblait beaucoup au célibat, à deux détails près : un énorme diamant à l'annulaire gauche et l'impossibilité de sortir avec d'autres mecs. Je ne voyais pratiquement pas mon mari. Avant de me passer la bague au doigt, il consacrait la majeure partie de son temps libre à me faire la cour, mais après il s'absorba dans le travail jour et nuit, le week-end et tout l'été – à part les rares fois où il nous rejoignait Janie et moi dans la maison de Sy à Bridgehampton ; il arrivait le samedi, restait toute la journée au bord de la piscine et repartait le dimanche, un bon coup de soleil sur le visage et une marque blanche sur la joue en forme de téléphone portable.

Puis Sophie est née. Ben a repris le boulot deux jours après sa naissance. Je ne me suis pas plainte, mais il fallait bien constater que Janie et mon père avaient pris plus de congés que mon mari (même Reina s'était fendue d'un aller-retour éclair depuis Rome pour embrasser sa petite-fille). Au bout de dix jours, mon père retourna à son orchestre, Janie au *New York Night*, et je me retrouvai seule, épuisée et déboussolée, avec une machine à cris de trois kilos huit et une nurse ultra-compétente qui, malheureusement, ne parlait que le russe.

Douze semaines après la naissance de Sophie, je me décidai à aller chez le Dr Morrison pour ma visite de contrôle, que j'avais repoussée à deux reprises.

« Alors, comment vous sentez-vous ? me demanda-t-il cordialement tandis que je mettais les pieds dans les étriers.

— Euh... » Franchement, entre un bébé grincheux, un mari absent, une mère qui promettait de venir puis changeait subitement d'avis, et Sveta la nurse qui ne communiquait que par grognements, gestes et grimaces, j'avais du mal à aligner deux mots.

« Voilà... écartez les jambes s'il vous plaît... Bon, quel moyen de contraception envisagez-vous ?

— L'abstinence ? » dis-je avec un petit rire.

Il m'examina. À un moment, il fronça les sourcils.

« Ah.

— Ah quoi ? » demandai-je.

J'aurais dû me montrer plus inquiète, mais être allongée à quelques centaines de mètres de mon bébé hurleur était vraiment l'expérience la plus reposante que je vivais depuis la naissance de Sophie. Je luttais même pour ne pas m'endormir.

« Je crois qu'on devrait passer dans la salle d'échographie.

— Pourquoi ? Euh... Vous avez oublié de m'enlever quelque chose ?

— Suivez-moi. »

Cinq minutes plus tard, j'avais le ventre enduit de gel, et le docteur pressait la sonde contre ma peau. Il ne localisa pas un, mais deux battements de cœur. L'infirmière eut le culot de me dire « Félicitations, maman ! » Heureusement pour elle, elle avait de bons réflexes. La chaussure que je lançai sur le moniteur lui frôla à peine l'épaule. Je quittai la salle puis le bâtiment à toute allure, la braguette ouverte et les lacets défaits.

Ben avait décroché au bout de la troisième sonnerie.

« Ben Borowitz à l'appareil.

— Espèce de salopard ! »

J'avais crié si fort que les pigeons qui picoraient sur le trottoir s'étaient envolés et que le clochard qui fouillait dans les poubelles avait grommelé « Faut se calmer ma p'tite dame. »

« Quoi ? Qu'est-ce qui te prend ?

— Je suis enceinte, dis-je en me mettant à pleurer. Encore ! Et j'attends des jumeaux !

— Tu es enceinte... Mais je pensais que tu ne pouvais pas tomber... Enfin, je sais pas, moi, c'est beaucoup trop tôt !

— Ouais, à qui le dis-tu !

— Hum... Alors... qu'est-ce qu'on va faire ?

— Avoir trois enfants, j'imagine. Mais il va falloir que tu m'aides.

— Je t'aiderai, promit-il.

— Tu ne peux pas continuer à me promettre que tu vas rentrer tôt et ne pas rentrer avant dix heures, ni me dire que tu vas t'occuper de la lessive et ne pas le faire. Je suis... » J'essuyai mes larmes. « Je ne m'en sors pas, Ben.

— Je t'aiderai, Kate. Je te le promets. »

Il était sincère, à l'époque. Du moins, c'est ce que je m'efforçais de croire après la naissance des garçons. La nurse était revenue à la maison, mais ma mère manquait toujours à l'appel. Dix jours après ma césarienne, Janie et mon père étaient de nouveau retournés à leurs boulots respectifs, et je me retrouvais seule dans notre appartement avec une petite fille de onze mois ronchonne et, cette fois, deux nouveau-nés. Le problème, comme me l'expliquait Ben, c'est qu'il montait son affaire, essayait de se faire une réputation et se préparait pour les jours heureux où, dans un futur proche, il ne serait plus obligé de travailler vingt-quatre heures sur vingt-quatre. « C'est pour nous que je fais tout ça », me répétait-il. Ce à quoi je répondais, épuisée, « Je comprends. »

Tant que j'avais New York, mon père et Janie, je me disais que tout irait bien. Les enfants finiraient par grandir. Ils iraient à la maternelle, puis à l'école. Le jour viendrait où, quand je leur parlerais, ils seraient capables de me répondre. Je pourrais reprendre le travail, à temps partiel. Je pourrais retrouver ma vie d'avant, ainsi qu'un certain équilibre.

Puis j'ai été victime d'un détournement de poussette.

Les enfants et moi revenions du musée d'Histoire naturelle, où nous avions passé vingt minutes à admirer l'exposition sur la vie sous-marine, le même temps dans les toilettes pour des questions de couches, et trois quarts d'heure dans la boutique cadeaux. Il faisait très doux pour un mois de février, le ciel était dégagé et une brise clémente annonçait les joies du printemps. Sam et Jack, qui, dès leur naissance, avaient été faciles à vivre et n'avaient pas beaucoup changé, dormaient à poings fermés dans leur poussette. Sophie, qui, dès sa naissance, avait été écarlate et colérique et n'avait pas beaucoup changé non plus, était tout à fait éveillée et se tenait debout sur la planche que j'avais fixée à l'arrière de la poussette.

« Maman, pourquoi c'est rond, les roues ?

— Parce que si elles étaient carrées, elles ne tourneraient pas !

— Pourquoi ?

— Eh bien, elles tournent parce qu'elles sont faites pour ça ! C'est grâce à elles qu'on peut se déplacer !

— Mais pourquoi… »

Avant que Sophie n'ait eu le temps de finir sa phrase, un homme à casquette surgit de derrière une poubelle, saisit les poignées de la poussette et s'enfuit avec, dans une ruelle sombre que je n'avais jamais remarquée auparavant.

« Hé ! » criai-je tandis que Sophie sautait agilement de la poussette pour s'accrocher à ma jambe.

« Du calme, du calme », m'ordonna-t-il en fouillant dans sa poche. Il en sortit un pistolet. Je me figeai instantanément.

« Aboule ton sac. »

Je me penchai pour prendre le sac à langes posé dans le filet sous la poussette.

« Non, ton sac à main.

— Je n'en ai pas ! Je n'ai pas de sac à main, je mets mon portefeuille dans ce sac-là, dis-je en le lui lançant. Je vous en prie, ne faites pas de mal à mes enfants. »

Il laissa tomber le sac sur le trottoir. Lingettes, couches et bonbons s'en échappèrent, ainsi que mon portefeuille, qu'il fourra dans sa poche.

« File tes bijoux. »

Je lui tendis ma montre et mon bracelet et me forçai à le regarder tandis que j'ôtais mon alliance avec difficulté. Il devait faire un mètre soixante-quinze, dans les soixante-dix kilos ; un type très pâle, aux cheveux blondasses, en jean délavé et blouson en cuir.

« Bon, maintenant, donne-moi la poussette.

— Hein ?

— Tu sors tes mômes et tu me files la poussette.

— Ne bouge pas », murmurai-je à Sophie. Elle s'agrippa à mes jambes de toutes ses forces tandis que je me penchais pour détacher la ceinture des jumeaux d'une main tremblante, incapable de croire à ce qui m'arrivait.

Je pris les garçons à mon cou. Le voleur appuya sur le bouton rouge sous la poignée. Sans succès.

« Y a écrit "se plie d'une seule main" là…

— Oui, mais… »

Il appuya de nouveau sur le bouton et se mit à secouer la poussette dans tous les sens, avant de mettre des coups de pied dedans.

« Non, non, pas comme ça, dis-je en essayant tant bien que mal de caler vingt-huit kilos de bébés dans mes bras.

Il faut appuyer sur le bouton et sur cette barre, là, en même temps.

— Celle-ci ? demanda-t-il en agitant son flingue.

— Non, l'autre, en dessous. »

Si incroyable que cela puisse paraître, Sam et Jack dormaient toujours. Quant à Sophie, elle semblait avoir compris ce qui se tramait.

« Maman, pourquoi y prend la poussette, lui ?

— Euh… Parce qu'il en a besoin, j'imagine… »

Soudain, Sophie poussa un hurlement dont sa grand-mère aurait été fière.

« UGLYDOLL ! »

Merde. *Chapitre quarante-trois*, me dis-je intérieurement. *Celui où on me vend sur le marché des esclaves en peluche et où Sophie demeure inconsolable.*

« Hum… excusez-moi. Monsieur ?

— UGLYDOLL ! » hurla de nouveau Sophie.

Les jumeaux ouvrirent les yeux et se mirent à pleurer. Notre agresseur avait finalement réussi à plier la poussette et l'avait posée sur son épaule.

« Je voudrais juste reprendre le jouet de ma fille, s'il vous plaît, dans le filet, là.

— T'auras qu'à en acheter un autre, connasse ! C'est pas le fric qui te manque !

— Y a pas d'autre Uglydoll ! gémit Sophie.

— Y a pas d'autre Uglydoll », répétai-je bêtement.

Il soupira et me fit signe d'avancer vers lui. D'une main tremblante, je fouillai dans le filet. Bricks de jus de fruits, ballon dégonflé, biscuits…

« UGLYDOLL ! »

Je tendis sa poupée à Sophie, qu'elle serra fort contre elle en mettant son pouce dans sa bouche.

« Autre chose ? fit-il.

— Non, répondis-je en m'effondrant contre la poubelle. Allez-y, ce sera tout », ajoutai-je en voyant disparaître ma poussette à quatre cents dollars.

Je rassemblai ce que je pus dans le sac à langes, fis signe à un taxi et appelai mon mari.

Ben vint nous chercher à trois heures au poste de police.

« Bon, dit-il, ça suffit. J'en ai assez de cette ville. Dès que je trouve quelque chose, on s'en va d'ici. »

Je voulus contester sa décision, mais j'étais trop épuisée et secouée pour trouver des arguments cohérents. À quatre heures, Ben appelait des agents immobiliers. Une semaine plus tard, notre appartement était en vente, et la semaine d'après il me remettait les clés de notre nouvelle maison, modèle Montclaire. Au revoir New York ; bonjour Upbeurk, Connecticut.

Avant d'emménager dans cette ville insipide – mais encore plus depuis que nous y étions installés –, je me demandais si ma vie aurait pu prendre une autre tournure. Et si j'avais davantage insisté auprès d'Evan ? Si je m'étais accrochée au grand amour, au lieu de me contenter d'un homme pour qui je n'avais que de l'affection ?

Questions inutiles, me dis-je en me levant le lendemain matin, tandis que les enfants réclamaient leur petit déjeuner, et Ben la housse du pressing. Mais, tout en distribuant bols et chemises propres, je ne pouvais m'empêcher de songer à ce qui se serait passé si l'ordinateur de la British Airways m'avait attribué une autre place, ou si j'étais allée à Paris ou à Miami au lieu de Londres pour soigner mon cœur brisé, ou si j'avais mis mon masque une seconde plus tôt sur mes yeux et que Ben Borowitz n'eût jamais vu mon visage.

22

D'après la plaque fixée au gros bloc de granit devant le bâtiment, la mairie d'Upchurch avait été construite en l'an de grâce 1984. Apparemment, on avait pris très au sérieux le passé colonial de la ville : au lieu des fauteuils habituels, bien rembourrés avec accoudoirs, on avait droit à des sièges en bois à dossier très haut qui auraient fait la fierté de tout puritain, et qui, à en juger par les grincements et les mouvements de jambes, étaient un chouïa trop étroits pour les popotins contemporains.

De toute façon, il n'y avait plus de place. La messe de souvenir en l'honneur de Kitty devait commencer à dix heures mais, de toute évidence, tous les citoyens de notre ville avaient reçu une note leur demandant d'arriver à dix heures moins le quart au plus tard. Quand j'entrai, à l'heure très respectable de 9 h 53, coiffée et bouche maquillée, tous les sièges étaient pris, ainsi que la quarantaine de chaises pliantes disposées le long des murs.

Je fis le tour de la salle et me casai dans un coin. Depuis sa place au troisième rang, Carol Gwinnell me fit un signe de la main. Elle portait une jupe gris perle, un chemisier de soie blanche, des escarpins noirs et, à la place de ses boucles d'oreilles carillonnantes, de petites dormeuses en diamant très sobres. Près d'elle se trouvait Sukie Sutherland, en tailleur beige et double rang de perles. À côté de Sukie,

Lexi Hagen-Holdt, en robe toute simple à manches longues couleur tabac et collant noir, cheveux tressés.

Je me tenais dans un recoin de la salle, en jupe noire et pull bleu marine – on ne m'avait pas passé le mot à propos des nuances terre de Sienne. « Recueillons-nous », dit le pasteur congrégationaliste d'Upchurch. Tout le monde baissa la tête. « Seigneur, nous Te prions. Accueille notre sœur Katherine Cavanaugh dans Ton royaume. Réconforte sa famille endeuillée ainsi que ses proches : son mari Philip, ses filles Madeline et Emerson, ses parents Bonnie et Hugh… »

Parents ? Je ne me souvenais pas que les notices nécrologiques aient mentionné ses parents. Il n'y était question que de son mari et des jumelles. Sur le site Internet de Tara Singh figuraient le nom de jeune fille de Kitty et sa ville natale, mais aucune référence à un père ou à une mère… En revanche, j'avais vu le nom de Bonnie sur la carte postale dans sa chambre.

Sans trop me faire remarquer, je levai la tête pour scruter la foule. Il y avait une bonne dizaine de couples en âge d'être ses parents. J'examinai en particulier le premier rang, mais ne distinguai que Philip ; les filles, en robes identiques ; et un couple plus âgé, dont l'homme était le portrait craché de Philip, si ce dernier avait eu trente ans de plus et qu'ils les eût passés à se nourrir de steaks et à boire du scotch douze ans d'âge.

« Seigneur, nous Te prions. Donne-nous Ton courage », continua le pasteur Gordon. Il avait les cheveux frisés, les épaules voûtées, le visage rond. On aurait dit qu'il luttait pour ne pas éclater de rire – dur, dans ces conditions, de le prendre au sérieux. « Aidons-nous les uns les autres, allégeons la peine de cette famille. Seigneur, donne-nous Ta patience et Ton amour tandis que notre communauté traverse cette terrible épreuve et que la police cherche toujours les auteurs de cet abominable crime afin de les livrer à la justice. »

Il se pencha en avant et agrippa fermement les bords du pupitre. Son alliance en or étincelait sous les lumières.

« Que peut-on dire de Kitty Cavanaugh ? C'était un esprit intelligent. Une mère aimante. Une épouse affectueuse et dévouée. »

Un nègre. Et une femme qui passait trois après-midi par semaine à New York à faire Dieu sait quoi.

Le pasteur Gordon marqua une pause et nous regarda tous, de son air bienveillant.

« Que peut-on dire d'une jeune femme que la mort fauche à trente-six ans ? »

Les bras m'en tombaient. J'avais les yeux tout écarquillés. Malgré moi, je murmurai *Non, quand même, il n'a pas dit ça !* On était à l'enterrement d'une femme qui avait été assassinée, et il nous citait *Love Story* ? Kitty méritait mieux que ça, voyons ! Je cherchai du regard quelqu'un qui partagerait mon avis, mais autour de moi ce n'étaient que sanglots étouffés et reniflements discrets.

Finalement, il s'avéra que le pasteur Gordon avait beaucoup de choses à dire d'une jeune femme qui était morte à trente-six ans. Outre ses qualités de mère et de femme au foyer, il fit l'éloge de sa tarte aux fraises et à la rhubarbe, qui lui avait valu la distinction de meilleure pâtissière de l'année lors de la fête du Printemps deux ans de suite. Il évoqua très brièvement ses articles « brillants », sans mentionner qu'elle les écrivait pour quelqu'un d'autre, et ne fit qu'une référence à son livre, « qui est mort avec elle ». Je glissai un pied hors des escarpins à talons très hauts que j'avais bêtement choisis ce matin-là ; j'attendais une remarque sur la vie de Kitty avant Upchurch – une amie de fac, un rédacteur du bulletin de l'hôpital, un ou une colocataire à New York… En vain. Le pasteur ne parla pas de ses parents, ni de son enfance, de l'université ou de

New York. C'était comme si Kitty n'avait pas existé avant d'épouser Philip et d'emménager à Upchurch. Comme si la famille et l'écriture lui avaient donné corps, ou plutôt la famille et la réécriture, pensai-je en renfilant ma chaussure.

« À présent, est-ce que l'un ou l'une de ses ami(e)s souhaiterait s'exprimer ? » demanda le pasteur.

La grande salle, très haute de plafond, demeura silencieuse, à part quelques personnes qui se mouchaient, ici et là. Le pasteur Gordon nous observait, plein d'espoir. Contre toute attente, en voyant les proches de Kitty regarder droit devant eux, impassibles, je sentis les larmes me monter aux yeux. Marybeth murmura quelque chose à l'oreille de Sukie mais aucune d'elles ne se dirigea vers l'estrade. Alors quoi, personne n'allait prendre la parole ? Kitty n'avait pas d'amis ? Si je passais l'arme à gauche, Janie, au moins, assurerait : elle ferait un super-discours, me décrirait comme quelqu'un de drôle, d'aimant et de compétent, et ne parlerait pas du jour où Sam est tombé du lit et Jack de son siège-auto, m'obligeant à aller aux urgences deux fois en huit heures. Et, à la différence de ma petite personne, on pouvait vraiment chanter les louanges de Kitty. Des femmes dans cette assemblée avaient été témoins, par exemple, de son dévouement envers ses filles. Pourquoi personne ne voulait en parler ?

Au bout d'un certain temps, Kevin Dolan finit par monter sur l'estrade et chuchota à l'oreille du pasteur. Je soufflai un coup, soulagée que quelqu'un parle en l'honneur de Kitty, mais remarquai avec stupeur que Kevin pointait le doigt vers le fond de la salle. Droit sur moi.

« Kate Klein ? » dit le pasteur. Toutes les têtes se tournèrent dans ma direction. Un murmure parcourut l'assemblée tandis que le sang se retirait de mon visage. Je secouai la tête mais le pasteur n'en tint pas compte.

« Kate Klein ! s'exclama-t-il. Allez, n'ayez pas peur, voyons ! »

Je continuai à secouer la tête tout en articulant le mot « non ». Je tentai cependant de garder mon calme. Personne n'avait pigé que je ne voulais pas y aller. Des mains m'agrippèrent par les bras et me propulsèrent dans l'allée, où je titubai à cause de mes talons trop hauts. Sans trop savoir comment, je me retrouvai sur l'estrade. Kevin Dolan me mena doucement jusqu'au pupitre. « Je suis désolé, me dit-il tout bas. J'ai peut-être mal compris, mais je croyais que vous aviez écrit un discours en son honneur. C'est bien ce que vous m'avez dit, non ? »

La main dans le sac, songeai-je hochant la tête – un mouvement complètement indépendant de ma volonté. *Kate, là, tu es vraiment dans la merde.* Les mains sur le pupitre, j'observais la foule – trois cents de mes concitoyens du Connecticut – sans la moindre idée de ce que j'allais dire.

« Kitty Cavanaugh était…

— Plus fort ! cria quelqu'un.

— On n'entend rien ! » protesta un autre.

Je m'éclaircis la voix, j'ajustai le micro qui se mit à couiner et je fis une seconde tentative.

« Kitty Cavanaugh était une bonne mère, et une bonne épouse… comme nous l'avons tous entendu. Elle faisait également un travail important, à savoir… »

Organiser des rendez-vous secrets à New York car il est possible qu'elle ait trompé son mari qui, lui, indubitablement, la trompait. Ô mon Dieu, aidez-moi !

« … un questionnement sur le sens de la maternité, du mariage, et de la générosité en général. Nous n'étions peut-être pas tous d'accord avec ses idées, mais… »

Je marquai une pause en entendant une personne s'indigner au fond de la salle.

« … mais nous pouvons tous reconnaître, je pense, qu'il est difficile d'être parents. Très difficile, même. Beaucoup plus difficile que les livres ou les films ne veulent nous le faire croire. Et, à la fin de cette journée, nous nous souviendrons de Kitty comme quelqu'un de courageux, qui a eu l'audace de poser ces questions-là, d'essayer d'y apporter ses réponses, sans se soucier du fait que cela puisse remettre en question toute notre éducation… »

Je m'essuyai le front du revers de la main. Des gouttes de sueur coulaient dans mon dos à mesure que des images de Kitty me revenaient en mémoire – Kitty en robe de lin rose, Kitty qui souriait à ses filles… Kitty allongée sur le sol de sa cuisine, morte, son chemisier de soie imbibé de sang.

Chante, me dis-je soudain. *Chante en son honneur.*

« Alors… Alors peut-être que nous pourrions tous chanter une chanson. En sa mémoire. »

Mais malgré mes années de cours de chant, les heures passées à écouter tous les disques de jazz jamais enregistrés, une enfance et une adolescence entre une mère chanteuse d'opéra de renommée mondiale et un père hautboïste de haut vol, je dus me rendre à l'évidence, stupéfiée : aucune mélodie ne me venait à l'esprit. Pas les moindres paroles, pas la moindre note. Rien. Que dalle. Mon cerveau était complètement vide. À moins que… Je pris une profonde inspiration. « *Si tu aimes le soleil frappe dans tes mains.* » Ma voix se brisa sur la dernière note. L'assemblée me dévisageait, sidérée. Le pasteur fronça les sourcils. Kevin Dolan ouvrit grande la bouche. Finalement, Lexi Hagen-Holdt et Carol Gwinnell entonnèrent la chanson avec moi.

« *Si tu aimes le soleil frappe dans tes mains.* »

Quelques autres personnes se joignirent à nous à voix basse, frappant timidement dans leurs mains.

« *Si tu aimes le soleil, le printemps qui se réveille…*, chanta le pasteur de sa voix de baryton.

— *… si tu aimes le soleil frappe dans tes mains* », entonna à son tour Kevin Dolan.

Les derniers claps résonnèrent comme des pierres dans un puits sans fond.

« Merci », murmurai-je avant de descendre de l'estrade. De part et d'autre de l'allée, le cortège funèbre s'écarta pour me laisser passer.

Trempée de sueur, je titubai à moitié jusqu'au mur du fond, où de nouveau je m'appuyai. La femme à côté de moi se pencha à mon oreille.

« C'était… c'était quelque chose. »

Tu m'étonnes.

« En guise de conclusion, dit le révérend, nous allons écouter la famille de Kitty. »

Oh non… D'un pas mal assuré, Philip Cavanaugh s'avança vers l'estrade, accompagné de ses filles. Chacune lui tenait une main pour le guider, tels deux petits remorqueurs menant un cargo au port. *Oh non, pas ça…* Je fouillai dans mon sac à la recherche d'un mouchoir, mais dus me contenter d'une serviette en papier de fast-food. La mort de Lady Di ne m'avait pas particulièrement affectée, mais le souvenir de son enterrement m'avait frappée – ce cercueil et cette lettre posée dessus avec l'inscription « Mummy » m'avaient fait autant pleurer que si j'avais perdu ma propre mère (à l'époque, en tournée à Denver, en toute sécurité). Et si ç'avait été moi que l'on avait assassinée, et que Sophie, Jack et Sam se fussent retrouvés sans mère ? Je ne pus m'empêcher de repenser au mot sur mon pare-brise la veille au soir. Je fus prise de tremblements, en observant Philip Cavanaugh, les yeux enfoncés dans les orbites, les joues creuses et la peau du cou comme distendue. Ses lèvres étaient grisâtres et chevrotantes.

Il monta une marche. Puis deux. Il trébucha à la troisième et faillit tomber, mais finit par atteindre le pupitre. La femme aux cheveux bruns assise au premier rang à côté de Kevin Dolan – Delphine, je présumais – sanglotait doucement, un mouchoir sur la bouche. Philip tendit une main devant lui et effleura le micro, comme pour vérifier qu'il était bien là.

« Kitty était… » Sa voix n'était qu'un crissement très bas, inexpressif. Il se racla la gorge. « Kitty était… »

Beaucoup trop fort cette fois, ou alors il s'était trop approché du micro. Il y eut un écho sonore, puis un bruit sourd. Il se pencha en avant et enfouit son visage dans ses mains.

« C'est terrible », chuchota la femme à ma gauche.

Le révérend vint au secours de Philip et le raccompagna jusqu'à sa chaise. Les deux petites étaient restées sur l'estrade, devant le micro, des Kitty miniatures, bien droites, leurs cheveux bruns bien coiffés encadrant leurs pâles visages. Elles échangèrent un regard, et finalement l'une d'elles – j'étais incapable de dire si c'était Madeline ou Emerson – s'avança d'un pas.

« On aimait notre maman très fort », dit-elle.

On entendit le tic-tac de la pendule. Lexi Hagen-Holdt éclata en sanglots. Philip Cavanaugh manqua s'étouffer avec ses larmes, et le pasteur vint lui taper dans le dos.

L'autre petite fille rejoignit sa sœur sur le devant de l'estrade.

« C'était la meilleure maman du monde. »

Le hall de la mairie était bondé. Philip, avec ses parents d'un côté et le pasteur de l'autre, ressemblait à une statue de cire, les mains posées sur les épaules de ses filles. Morte de honte, je me dirigeai vers la sortie aussi vite que je pus, en essayant de ne pas prêter attention à quelques réflexions qu'on faisait à mon sujet. (« C'était qui, cette femme un peu… un peu large ? Et qu'est-ce qui lui a pris ? » demandait une femme très chic à une autre.) Je m'arrêtai un instant lorsque j'aperçus Kevin et Delphine Dolan s'approcher de Philip. Kevin prit Phil dans ses bras tandis que Delphine, le visage barbouillé de mascara, s'essuyait les yeux. Quand Philip lui posa une main sur le bras, il me sembla la voir tressaillir.

Je poussai la porte. Enfin j'étais au grand air. Sur le parking, j'ignorai les visages pour me concentrer sur les plaques d'immatriculation. Eastham, Massachusetts, d'après les notices nécrologiques, était la ville natale de Kitty. C'était aussi la ville de destination de la carte postale, jamais envoyée, que j'avais trouvée chez elle. Les plaques d'immatriculation du Connecticut sont bleu et blanc, celles du Massachusetts, rouge, blanc et bleu. Je repérai trois voitures possibles : un coupé Saab vert, un 4×4 Cadillac avec un rehausseur sur la banquette arrière, et une Honda qui avait au moins cinq ans. Sûrement la plus vieille des trois. Elle était grise, un peu cabossée côté conducteur, et à l'arrière un autocollant clamait « Donnons une chance à la paix. »

Je restai à une distance raisonnable de la Honda jusqu'à ce qu'un des couples les plus âgés que j'avais repérés s'en approche. L'homme, d'apparence fragile, avait les cheveux blancs, le teint pâle et des yeux bleus qui larmoyaient derrière d'épaisses lunettes. La femme, petite et mince, avait des cheveux gris coupés court et portait une robe ample de couleur verte, un sautoir en grosses perles de verre et des Birkenstock par-dessus son collant. Elle n'était pas maquillée, même pas de brillant miel doré sur les lèvres, couleur fétiche des Upchurchiennes. Elle n'était donc pas du coin.

Je pris mon courage à deux mains et m'avançai vers eux.

« Excusez-moi, vous ne seriez pas les parents de Kitty ? » Le regard fixé sur la femme, je m'efforçai de me rappeler le nom de jeune fille de Kitty. « Bonnie Verree ? »

Ils échangèrent un regard avant que la femme ne prenne la parole.

« Oui. C'est moi. Bonnie Verree. Kitty était ma fille.

— Je me présente, Kate Klein, dis-je en leur tendant la main.

— Nous vous avons entendue tout à l'heure », répondit-elle. Elle me serra la main chaleureusement. Elle avait les mêmes yeux bleus que Kitty, mais la ressemblance s'arrêtait là. Je ne retrouvais aucun des traits si fins de Kitty dans ce visage rond… sans mentionner que la fille devait dépasser la mère de vingt bons centimètres.

« C'est vous la peintre », continuai-je.

Elle me lança un regard curieux.

« Je suis déjà allée chez Kitty… j'ai vu ces belles marines…

— Oh, je vois. » Son mari posa une main veinée de bleu sur son épaule.

« Il faut qu'on y aille, dit-il. Ça circule très mal sur la 91.

— Je voulais simplement vous dire à quel point je suis désolée pour cette terrible perte, bredouillai-je.

— Merci, c'est très gentil, répondit-elle.

— C'est moi qui l'ai trouvée », ajoutai-je avant de prendre conscience de l'horreur de ce que je venais de dire. Il n'y avait vraiment pas de quoi se vanter. *Hourra ! C'est moi qui ai trouvé le cadavre de votre fille !*

« Ç'a dû être horrible pour vous », me dit Bonnie.

J'acquiesçai humblement, comme si j'étais du genre à tomber sur le cadavre exsangue de mes voisines tous les quatre matins.

« J'aurais tellement voulu connaître Kitty un peu mieux, repris-je lentement, en me demandant comment mettre la carte postale sur le tapis. Je la voyais souvent, à l'aire de jeux, et puis bien sûr je lisais *Content*, les articles qu'elle écrivait mais… »

Aux mots « articles qu'elle écrivait », tous deux se crispèrent. Le visage ridé et pâle de Hugh rougit d'un coup. Il s'installa derrière le volant et mit le contact tandis que Bonnie me regardait, l'air impuissant.

« Je suis… Je suis désolée », bredouillai-je à nouveau.

Bonnie secoua la tête, son mari passa la marche arrière et ouvrit la portière côté passager.

« Vous ne comprenez pas, fit-elle d'une voix presque inaudible. Cela fait bien longtemps que Hugh et moi avons perdu Katie. »

J'étais si abasourdie par ses paroles et par le surnom qu'elle avait donné à Kitty que je restai plantée là, tandis que Bonnie montait dans la voiture à son tour. La Honda manqua me rouler sur les pieds. Hugh sortit du parking en dérapant, puis la voiture s'engagea sur Main Street pour bientôt disparaître.

Je reculai, trébuchai sur un caillou et serais tombée si on ne m'avait pas rattrapée à temps.

« Ça va ? » me demanda une voix masculine.

Mon talon finit par partir en vrille et cette fois, je m'étalai sur les graviers.

« Aïe ! »

Je réussis à me relever, la cheville douloureuse, les paumes écorchées.

« Désolée… merci », balbutiai-je.

L'homme qui se tenait devant moi avait la cinquantaine ; il était petit, maigre et entièrement chauve, il avait les yeux marron, un visage en lame de couteau et la peau mate. Il semblait nerveux et me faisait penser à une loutre, un animal petit et lisse plus à l'aise dans l'eau que sur terre.

« Ah là là, soufflai-je en tentant de contrôler mes jambes encore flageolantes. Les parents… »

L'homme haussa les épaules d'un air perplexe et me tendit la main.

« Joel Asch », dit-il.

Ce nom m'était familier, mais il me fallut un petit moment pour me rappeler ce que m'avait dit Laura Lynn Baird. C'était le rédacteur en chef de *Content*, amant potentiel de Kitty.

« Vous étiez un ami de Kitty. »

Il acquiesça.

« Oui, j'ai essayé, répondit-il.

— Ça faisait longtemps que vous vous connaissiez ? »

Il tourna la tête vers la mairie, d'où le cortège funèbre sortait par grappes gris et taupe.

« Un café, ça vous dit ? me demanda-t-il. Il me reste un peu de temps avant de rentrer à New York. »

23

Dix minutes plus tard, Joel Asch et moi étions assis au Brookfield Bagels, un petit cottage gris aux stores rayés de jaune et blanc avec quelques petites tables rondes, où, pour six dollars, on avait droit à une tasse de lavasse et à un bagel insipide. Joel Asch prit une bouchée du sien et le reposa en faisant la grimace.

« Je sais… Ils sont dégueulasses, hein ?

— Disons que… ils ne sont pas fameux », répondit-il. Il semblait hésiter : se forcer à avaler ce truc infâme ou le recracher dans sa serviette ? Il décida de continuer à mâcher.

« Alors, dites-moi, commençai-je. Comment une mère au foyer d'Upchurch se retrouve-t-elle chroniqueuse pour l'un des plus importants magazines d'Amérique ? » Tandis qu'il appréciait le compliment, je sortis mon carnet.

« Vous ne chercheriez pas à prendre sa place, par hasard ? me demanda-t-il avec un sourire.

— Non, non, je suis déjà assez occupée comme ça.

— En fait, j'étais le professeur de Kitty à l'université, et nous sommes restés en contact. C'est d'ailleurs Kitty qui a attiré mon attention sur Laura Lynn, et non l'inverse. Je l'avais vue quelquefois sur CNN. Ses idées m'intriguaient. La bataille entre les mères au foyer et celles qui travaillent, toute cette polémique sur la maternité dans notre pays. »

J'acquiesçai tout en notant *polémique*.

« En tant que mère, je peux vous assurer que c'est un sujet fascinant. »

En tant que mère, je savais bien que je n'aurais jamais le temps de lire quoi que ce soit sur le sujet, puisque trop occupée à le vivre, mais un peu de pommade ne pouvait pas faire de mal.

« J'ai donc appelé Laura Lynn, qui a été enchantée à l'idée de travailler pour *Content*.

— Bien sûr, répondis-je sur un ton qui insinuait : *Il faudrait être taré pour ne pas accepter une telle offre.*

— Mais elle avait un emploi du temps surchargé. Il était clair qu'elle aurait besoin… d'aide, dans une certaine mesure. Et à la fac, j'avais vu de quoi Kitty était capable. »

L'intrigue s'étoffait, et ce n'était pas pour me déplaire.

« Quelle matière enseigniez-vous à Hanfield ?

— J'y ai donné un cycle de conférences pendant un semestre. Sur les relations entre la politique et les médias. Kitty m'impressionnait. Son esprit, ses idées. La limpidité de son style. La singularité de son point de vue.

— Hum », approuvai-je en me demandant si *singularité de point de vue* n'était pas, en jargon universitaire, l'équivalent de *beaux nichons*. Kitty avait dû être une étudiante fort appétissante : cheveux chocolat attachés, visage d'une incroyable fraîcheur, jean moulant et sweat de Hanfield.

« Elle était brillante, poursuivit-il. Bosseuse et sérieuse. Elle ne rendait jamais ses devoirs en retard. Je l'ai aidée à trouver son premier boulot, en tant que rédactrice du bulletin d'information de l'hôpital Saint Francis à New York. Lorsqu'il s'est avéré que Laura Lynn avait besoin d'aide, j'ai appelé Kitty pour savoir si ça l'intéressait. Puis j'ai organisé un déjeuner pour qu'elles se rencontrent, et voilà. »

Et voilà, notai-je. Mon cœur s'emballait. Il l'avait rencontrée à la fac, son intelligence l'avait subjugué, ils étaient restés en contact au fil des ans, et il lui avait trouvé non seulement un mais deux boulots sur le marché ultra-compétitif de New York. Si ces deux-là n'avaient pas eu de liaison, je ne savais pas qui… Ce qui voulait dire que l'abominable Laura Lynn avait vu juste.

« Cependant je suis très étonnée qu'elle ait pu trouver le temps d'écrire. Les enfants, c'est tellement prenant.

— Oui, ça surprenait aussi beaucoup ma femme », dit-il en riant.

Je me mis à rire aussi, en songeant que sa femme et moi devions avoir beaucoup en commun – un mari influent rarement à la maison, qui semblait plus apprécier le concept d'enfants que sa réalité, à savoir des gamins qui hurlaient à la moindre contrariété, ne voulaient manger que des cochonneries, réclamaient des jouets en plastique à deux balles à la caisse du supermarché, et qui, les mauvais jours, pleurnichaient à l'heure des repas, du bain, du dodo – sans compter toutes les autres fois.

« Comment s'y prenaient-elles pour travailler ensemble ?

— Par mail, la plupart du temps, par téléphone aussi. Laura Lynn l'appelait d'un aéroport, ou de sa loge si elle passait à la télé… Elles discutaient d'un thème, définissaient les grandes lignes, puis Kitty rédigeait un brouillon, Laura Lynn l'approuvait, et Kitty me l'envoyait par mail.

— Elle ne venait jamais au journal ? »

Il secoua la tête, l'air peiné, et un peu suspicieux.

« C'est-à-dire que les rédacteurs de *Content*… »

Il sortit un tube d'aspirine de sa poche, laissa tomber deux cachets dans son verre, puis, tout compte fait, en ajouta un troisième. Je complétai sa phrase toute seule : les autres rédacteurs de *Content* n'étaient pas censés savoir que Laura Lynn n'était pas l'auteur de sa chronique, et les allées et venues de Kitty auraient pu paraître suspectes.

« Et pour ce qui est de ses opinions politiques ? »

Il me regarda d'un air interdit.

« Laura Lynn a des idées très arrêtées sur les mères qui travaillent », précisai-je.

Regard ébahi, cette fois.

« Selon elle, une mère ne devrait pas travailler en dehors de chez elle.

— C'est une interprétation un peu réductrice de sa pensée. »

Et alors ? J'aurais tout le temps de nuancer mes propos plus tard, quand j'aurais découvert qui avait tué Kitty et laissait à présent sur ma voiture des mots insinuant que j'étais la prochaine sur la liste.

« Je me demande simplement si Kitty avait la même opinion sur les mères actives.

— Vous la connaissiez, non ? Je croyais que vous étiez proches.

— Hum, vous savez ce que c'est… La plupart du temps, on finissait par parler de la marque de beurre de cacahuète que nos enfants préféraient… Bref. Et sinon, à l'université ? Hanfield, c'est plutôt conservateur, non ? » C'est ce que j'avais lu sur Internet. « Est-ce que Kitty était engagée, politiquement ?

— Non, pas que je me souvienne.

— Alors pourquoi aurait-elle servi de nègre à… ?

— D'assistante, me corrigea-t-il.

— Comme vous voudrez… d'assistante à une femme dont elle ne partageait pas les convictions ?

— Contacts, dit-il.

— Pardon ?

— Ça lui permettait d'avoir des contacts dans le milieu. Et puis ça lui donnait un certain cachet, de la crédibilité… »

Il y eut un silence.

« Elle était drôle aussi, reprit-il. Vous savez comment elle appelait cet endroit ?

— Quoi, Brookfield Bagels ?

— Non, Upchurch. Elle l'appelait la Terre des damnés. »

Je ressentis à cet instant une certaine compassion pour Kitty. Finalement, sous ses airs de mère parfaite, elle aussi avait été déconcertée par cette ville. Et elle avait de l'humour. Qui l'eût cru ?

« Alors pourquoi a-t-elle emménagé ici ? »

Je m'attendais à un autre haussement d'épaules, à un autre regard interdit, ou à une variante de ma propre histoire : *Elle est venue à Upchurch parce que c'est là que son mari voulait habiter*. Mais Joel Asch me surprit.

« Je crois qu'elle a atterri ici pour des raisons identiques à celles qui l'ont poussée à travailler pour *Content* et à rédiger des articles avec lesquels elle n'était pas forcément d'accord sur le fond.

— Ah, pour le cachet, proposai-je en le citant.

— Tout à fait. Le statut. Et la possibilité d'évoluer dans les hautes sphères, de côtoyer des gens influents, d'assister aux galas de charité… Si elle décrochait son téléphone et disait "Je travaille pour *Content*, j'effectue des recherches pour Laura Lynn Baird", elle pouvait avoir en ligne des sénateurs. Ou même un président.

— Et elle ne le prenait pas mal, de ne pas avoir son nom au bas de la chronique ? »

Il secoua la tête. Je commençais à me montrer un peu trop curieuse, et lui commençait à s'agiter.

« Écoutez, je ne veux pas me mêler de ce qui ne me regarde pas, mais j'ai peur. Tout le monde est effrayé dans cette ville. La police n'a encore arrêté personne. Les gens ont peur de leur ombre. Alors, tout ce que vous pourrez me dire… Le moindre détail…

— Désolé, dit-il en regardant sa montre. J'aimerais être en mesure de vous fournir des réponses, mais il faut que j'y aille. » Il se leva. Je le suivis.

« Vous pensez qu'un des lecteurs de Laura Lynn puisse être impliqué ? » demandai-je tandis que nous nous dirigions vers le parking. Joel marchait vite, j'avais du mal à me maintenir à sa hauteur. Ma cheville me faisait souffrir le martyre et mes pieds avaient dû gonfler pendant tout le temps où nous étions restés assis. J'avais l'impression de marcher sur des braises.

« Je sais que Kitty a reçu des mails d'insultes.

— Ils étaient adressés à Laura Lynn, rectifia-t-il à nouveau. Je les lui transférais. Elle voulait les voir, qu'ils soient crus, menaçants, ou bourrés de fautes d'orthographe. »

Pour un homme comme lui, un mail *bourré de fautes* devait être tout aussi révoltant qu'un mail *menaçant*.

« Et Kitty, elle les voyait, ces mails ? Elle était au courant ? »

Il se gratta le crâne, puis sortit ses clés de sa poche.

« Je ne saurais pas vous dire. »

Ce n'était pas vraiment une réponse. Je posai une main sur son épaule et il se retourna, en soupirant avec impatience. Le soleil brillait et sur le parking nos corps projetaient des ombres démesurées. Il était midi. Une fois de plus, je serais en retard pour aller chercher les enfants.

« Écoutez, il y a quelque chose que je ne comprends pas. Peut-être qu'à force de rester chez moi avec mes gamins je n'utilise plus que la moitié de mon cerveau, mais franchement ça n'a pas de sens. Vous avez aidé Kitty à trouver deux emplois, dont un représentait pour elle une grande opportunité, et on l'a assassinée. Cette femme, que vous m'avez décrite vous-même comme belle, brillante, bosseuse, drôle, est morte. Et vous ne voulez pas découvrir qui l'a tuée ?

— Si, bien sûr, répondit-il à voix basse.

— Vous aviez une liaison avec elle ? C'est pour ça que vous lui avez offert ce boulot à *Content* ? »

Il se raidit et me lança un regard noir. On entendait le bruit de la circulation sur Main Street, et le gazouillement du ruisseau qui coulait derrière la boutique de bagels. Un vent frais soufflait. Je m'attendais à ce qu'il éclate de rire, ou à ce qu'il s'énerve et grimpe dans sa voiture.

« Non. Non, je n'ai pas eu de liaison avec elle. Pour l'amour du ciel, elle était assez jeune pour être ma fille ! » Il souffla un bon coup et se mit à jouer avec ses clés. « J'apprécie énormément que vous vous intéressiez autant aux circonstances de sa mort. Je suis désolé de ne pas pouvoir vous aider davantage. Et désolé que vous ayez perdu une amie. »

Maladroitement, je lui serrai la main.

« Oui, moi aussi, je suis désolée. »

24

Il était midi dix quand j'arrivai à la Cabane rouge. Sam et Jack m'attendaient assis sur le banc en bois rouge devant le bureau de la directrice. Sophie se tenait debout devant eux, mains sur les hanches, sourcils froncés.

« Maman, tu es encore en retard.

— Je sais », répondis-je en sortant mon porte-monnaie de mon sac, prête à payer une énième amende à Mrs Dietl.

Je la trouvai assise derrière un bureau gris en métal. Sur un coin trônait une pomme en céramique peinte, sur l'autre, un coupe-papier en argent gravé à ses initiales et entre les deux, une boîte en fer avec une fente dans le couvercle. Je lui présentai mes plus plates excuses.

« Quand même, vous vous rendez compte, c'est la cinquième fois que vous êtes en retard ce semestre, me dit-elle. Si ça continue, il va falloir qu'on ait une discussion très sérieuse sur votre façon de vous organiser.

— Je suis désolée », murmurai-je à nouveau en glissant trente dollars dans la boîte. Je sortis récupérer les enfants.

« Faites en sorte que cela ne se reproduise plus ! lança-t-elle.

— Touche pas à mon toot-toot », dis-je dans ma barbe. Sophie gloussa, mais Mrs Dietl, qui avait entendu, ne sembla pas apprécier la plaisanterie. Elle nous poursuivit dans le couloir, dans un concert de bruits en tout genre : chaîne de lunettes qui rebondissait contre son collier, bruissement de sa jupe en gabardine, semelles qui couinaient sur le linoléum.

« Si vous n'aimez pas cette école, ou si notre personnel ne correspond pas à vos attentes, il existe d'autres écoles maternelles, vous savez. Et je suis certaine que de nombreux enfants seraient ravis de prendre la place des vôtres.

— Je sais, répondis-je en me retournant pour la regarder droit dans les yeux. Je suis désolée. » Le pire, c'est qu'elle avait raison. Il y avait sûrement un tas de parents qui se seraient marché dessus pour avoir le privilège de payer neuf mille dollars par semestre afin qu'un prof surdiplômé regarde leurs enfants peindre avec les doigts. Je lui fis mon plus beau sourire, jurai sur ma vie que ça ne se reproduirait plus jamais et menai les enfants vers la sortie.

« On a faim », gémit Sophie une fois que nous fûmes dans la voiture.

La rue était bordée d'érables, dont les branches se rejoignaient en une voûte de feuillages rouge et or. Un décor tout droit sorti d'une carte de vœux, le genre que je n'achèterai et n'enverrai jamais. Ce paysage m'était tellement étranger. À l'époque où je vivais à New York, je connaissais mon quartier comme ma poche : les kiosques à journaux, le café du coin, les types du pressing, les filles de la petite épicerie qui m'avaient dépannée plus d'une fois quand j'étais à court de couches, et même le sans-abri qui m'appelait « jolie maman » quand je passais devant lui avec la poussette.

« Tenez-vous tranquilles. » Sophie poussa un grognement, les mains sur le ventre.

« Faim, faim », dit Sam. Ou peut-être Jack.

« Oui, oui, ça vient, une minute. » Et, au mépris le plus total de tout ce que représentait Upchurch en général et la Cabane rouge en particulier, je m'arrêtai au McDonald's, commandai trois happy meals et distribuai les boîtes sur le parking avant de reprendre la route. « C'est le jour où on joue », bredouilla Sophie la bouche pleine de frites. Le mélange de nitrates, sodium, et autres substances que McDonald's mettait dans ses milk-shakes l'avait déjà quasiment anesthésiée.

« Hein ?

— Aujourd'hui, on doit aller jouer chez Tristan et Iseult », articula-t-elle.

Oups… J'appelai Sukie Sutherland. « On est un peu en retard, mais ils auront déjeuné !

— Aucun problème. On va faire des centres de table pour Thanksgiving et des muffins aux graines de lin.

— Tout un programme ! »

Une fois dans l'allée de chez Sukie, je débarbouillai les enfants, qui s'étaient mis du ketchup partout, leur demandai d'être sages et les accompagnai jusqu'à la porte. Je m'empressai de remonter en voiture. En tournant dans ma rue, j'aperçus un homme devant notre maison, mains dans les poches, l'air amusé. Jean bleu délavé. Épaules larges. Boucles brunes cachant ses oreilles. Evan McKenna, à cinquante mètres à peine de ma porte d'entrée. Ma première impulsion fut d'accélérer et de passer mon chemin. Ma deuxième, d'accélérer et de lui foncer droit dessus. J'imaginai son corps faisant un vol plané ; ensuite, j'aurais baissé ma vitre pour lui hurler « Voilà ce qui arrive aux briseurs de cœur ! » puis je serais partie dans la lumière du crépuscule, comme dans *Thelma et Louise*, sauf que j'ai un minivan au lieu d'une Thunderbird et que je ne précipiterais pas ma voiture du haut d'une falaise.

Au lieu de quoi je me garai le long du trottoir, remerciant le ciel de m'avoir donné la bonne idée de me coiffer ce matin-là et de m'être épilé la lèvre supérieure la veille. J'ouvris la portière côté passager.

« Monte ! Allez ! »

Evan me sourit. « Attends… tu ne vas pas me faire un remake du *Silence des agneaux*, au moins ?

— Monte, je te dis ! »

Il haussa les épaules, ôta sa casquette et s'installa sur le siège à côté de moi. Dès qu'il eut claqué sa portière, je démarrai sur les chapeaux de roues, laissant des traces de gomme sur la route, que mon mari ne manquerait pas de remarquer quand il rentrerait. Le cœur battant, les mains tremblantes, je m'arrêtai au stop au bout de la rue.

« Salut », dit Evan.

Je risquai un œil vers lui. Il avait toujours cette douceur dans le regard. Ses joues étaient rougies par le froid, il avait les sourcils en bataille – comme d'habitude – et sa fossette qui lui creusait le menton quand il souriait.

« On peut savoir ce que tu faisais devant chez moi ?

— Je te l'ai dit. Il fallait que je parle à la police. Alors j'ai pensé, puisque je suis dans le coin…

— Mais tu ne peux pas te pointer comme ça chez moi et traîner dans la rue en m'attendant ! Tu as pensé aux voisins ?

— Katie… » Il enleva ses lunettes de soleil et eut le culot de me faire son petit sourire narquois. « Ce n'est qu'une visite amicale, rien de plus. Ce n'est pas comme si je t'avais sauté dessus en pleine rue ! »

Je sentis le rouge me monter instantanément aux joues.

« Et puis, j'ai des informations sur l'amie que nous avons en commun, ajouta-t-il.

— Vas-y, raconte-moi », dis-je en redémarrant. OK. Je pouvais m'en sortir. Il allait vider son sac, et je le déposerais à la gare. Le tout prendrait un quart d'heure, vingt minutes maxi. Comme ça, je n'aurais pas le temps de retomber amoureuse de lui.

« Tu dois penser que je suis gonflé, non ?

— Evan… » Je ne pense pas à toi tout court, eus-je envie de répondre. Un mensonge plus gros que moi.

« Tu as déjeuné ? me demanda-t-il. Parce que moi, j'ai un petit creux. » Il renifla. « Ça sent les frites ici.

— Oh, ça ? C'est juste mon parfum », répondis-je sans le regarder. C'était trop dangereux. Comme quand on regarde le soleil.

« Voyons, Kate… Ça fait des années qu'on ne s'est pas vus. » Il posa une main sur mon épaule. « Tu m'as manqué, tu sais. »

Je m'engageai sur Main Street un peu brusquement, sans rien dire. Je ne faisais pas confiance à ma voix.

Evan tourna la tête vers sa vitre et observa ma nouvelle ville : l'église en planches de bois blanc et son clocher perçant le ciel sans nuages ; les anciens immeubles victoriens aux moulures tarabiscotées convertis en banques et cabinets d'avocats ; la mairie de brique et de verre ; et la vieille officine de Main Street, où le pharmacien à moitié sourd vous faisait crier votre nom et votre ordonnance jusqu'à ce que toute la ville sache que vous étiez venu chercher du Xanax ou du Viagra.

« Eh ben… Ça ne ressemble pas vraiment à Atlantic City, dis-moi… »

Parfaitement immobile, je restai silencieuse. *Je me serais enfuie avec toi*, pensai-je. *Si tu me l'avais demandé.* Je respirais son odeur, mêlée de savon et de lessive et d'un arôme indéfinissable, une senteur subtile et sucrée qui me rappelait les feux de camp et les biscuits de mon enfance, cette douce saveur dans ma bouche sous la voûte étoilée.

« Tu te plais ici ?

— Ça va.

— Et Janie ? Des nouvelles ?

— Oui. Elle va très bien. Mieux que jamais. Elle est au top, même. Elle est rédactrice en chef du *New York Night* maintenant. Et comment va Michelle ? » De nouveau, je risquai un œil vers lui. Il tourna la tête. « Est-ce qu'elle a fini par t'épouser ?

— Oui, on s'est mariés. Mais ça n'a pas duré. »

Il avait les mains posées sur les genoux, l'air sombre.

« Je suis désolée, dis-je hypocritement.

— J'ai essayé de t'appeler…

— Et c'est ton téléphone ou tes doigts qui étaient en dérangement ?

— D'abord tu es partie pour Londres et ensuite…

— Et ensuite tu as déménagé ! Le temps que je défasse mes valises et que je me remette du décalage horaire, tu avais disparu !

— On n'a pas déménagé, dit Evan patiemment. On s'est fait virer. Tu n'étais pas au courant ?

— Au courant de quoi ?

— Janie a acheté l'immeuble et nous a expulsés. »

Je freinai d'un coup sec et le dévisageai, déchirée entre le choc, l'incrédulité, et l'admiration que suscitait en moi l'incroyable démesure de Janie.

« Elle a fait QUOI ?

— Elle a acheté l'immeuble, répéta Evan. Après, elle nous a dit qu'elle allait le diviser en appartements de copropriété et nous a donné dix jours pour partir.

— Incroyable. Et c'est légal, au moins ?

— Elle a dit que si elle me revoyait, ou que si elle entendait dire que je cherchais à te recontacter, elle me ferait briser les deux jambes. Elle a même essayé de me faire expulser du territoire. »

La voiture derrière nous klaxonna. Je redémarrai.

« C'est pas possible, tu plaisantes. Tu es un citoyen américain, enfin !

— Tu le sais, et moi aussi. Mais apparemment, au service de l'état civil, ils n'en étaient pas si sûrs. Janie a dégoté un autre type du nom d'Evan McKenna, un clandestin qui vivait à Brooklyn… Bref, c'est une longue histoire. Tout est rentré dans l'ordre. Enfin, sauf pour l'autre Evan McKenna. Ils l'ont renvoyé à County Cork.

— Tu n'espères tout de même pas me faire de la peine », répondis-je sur un ton acerbe. Mais soudain, je sentis les larmes monter. « Tu ne m'as même pas appelée après le 11 Septembre. Tout le monde a appelé tout le monde après le 11 Septembre. Ils en ont fait un article dans le *Times*, ajoutai-je en m'essuyant les yeux.

— J'ai voulu t'appeler. Je t'assure. » Il tira sur sa ceinture de sécurité et la laissa claquer contre sa poitrine. « Mais je t'ai vue cet été-là. Dans Central Park, au zoo. Avec un autre type. Tu avais l'air tellement heureuse que je me suis dit, à quoi bon remuer tout ça ? »

Je me souvenais du jour dont il parlait. C'était un magnifique après-midi du mois d'août. J'avais rejoint Ben à sa pause déjeuner, on avait acheté des parts de pizza qu'on avait mangées en observant les otaries. Ç'avait été une journée très agréable… mais, comme chaque fois que j'étais en ville avec Ben, il y avait toujours une partie de moi qui ne pouvait s'interdire de scruter la foule et qui espérait voir Evan apparaître et me tendre les bras en disant « J'ai fait une terrible erreur, Kate. Nous sommes faits l'un pour l'autre. »

« Remuer quoi, par exemple ? » demandai-je, la voix mal assurée.

Il ne répondit pas avant qu'on s'engage sur l'autoroute.

« J'ai beaucoup pensé à toi après cette nuit du réveillon, dit-il tout bas. Et c'est toujours d'actualité. »

Je le regardai du coin de l'œil pour voir s'il se moquait de moi. Après tout, c'était peut-être le genre de blague qu'il aurait fait à une mère de famille délaissée par son mari, débordée et mal à l'aise dans une banlieue qu'elle détestait. Mais non, pas de sourire narquois. Ses yeux verts étaient plongés dans les miens. « Et toi, tu penses à moi ? »

Non, pas trop, juste dix fois par jour…

« De temps en temps, ça m'arrive. Mais qu'est-ce que ça peut bien faire maintenant ?

— *If I could turn back time*, soupira-t-il.

— Je rêve ou tu cites Cher, là ? Et si tu m'invitais à déjeuner, plutôt ?

— Ça roule », dit-il, l'air satisfait.

25

J'emmenai Evan dans le restaurant le moins « dangereux », c'est-à-dire un endroit qui ne nous donnerait pas envie de nous sauter dessus. Le plus indiqué était le Chuck E. Cheese, qui faisait à la fois fast-food et salle de jeux, à une vingtaine de kilomètres d'Upchurch. Il était peu probable qu'on tombe sur une de mes connaissances et, même si c'était le cas, qui voudrait engager la conversation en plein jour dans un restaurant à thème consacré aux moins de six ans ?

« Hum, sympa comme endroit, me dit Evan. Très intime. On peut jouer à attrape-souris ?

— Je suis mariée, répondis-je. Le seul homme habilité à m'attraper la souris ces temps-ci est mon mari.

— Bah, une petite partie de basket-ball alors ? »

Il avait quelques rides au coin des yeux et les tempes grisonnantes, ce qui ne le rendait que plus attirant – au contraire de mes rides et de mes cheveux blancs à moi.

« Bienvenue à Chuck E. Cheese ! » s'exclama une hôtesse à queue-de-cheval derrière le comptoir en plastique jaune et orange. Elle nous tendit des chapeaux pointus en carton et des colliers de fleurs en crépon. « Vous êtes là pour l'anniversaire de Trevor ? »

Evan secoua la tête.

« Oui », m'empressai-je de répondre en mettant mon chapeau. Je regardai Evan avec insistance jusqu'à ce qu'il enfile le sien. Au moins, de cette façon, j'allais pouvoir lui faire face sans avoir envie de foutre en l'air les sept dernières années de ma vie et/ou le traîner dans les toilettes pour une partie de jambes en l'air express.

Je commandai une pizza au fromage et un pichet de soda avant qu'on aille s'asseoir à une table miniature.

« Alors… », se lança Evan. Le coup du chapeau, je m'en rendis compte, ne fonctionnait pas. Peut-être qu'en demandant un nez de clown à la serveuse, ça marcherait. « … Dis-moi comment tu as atterri dans le Connecticut.

— C'est mon mari. Il pensait qu'on serait plus en sécurité ici. »

Il eut l'air surpris. Ses cheveux lui descendaient sur les yeux et, comme autrefois, j'avais une envie folle de lui dégager le front.

« Et tu l'as suivi, comme ça ? En quittant ton boulot ? En laissant Janie ? » Il haussa les épaules. « Ça m'étonne qu'elle n'ait pas acheté le Connecticut pour te faire revenir à New York !

— J'avais des enfants. Enfin, j'ai des enfants. Tiens, regarde. » Je sortis mon portefeuille, où je gardais des photos de Jack, Sam et Sophie vieilles de deux ans. « Là, ce sont mes jumeaux, Sam et Jack. Bon, là, ils avaient à peine douze mois, ils ont trois ans maintenant. Et là, c'est Sophie… » Je passai les photos en revue, puis les posai sur la table, sous ma main gauche, comme la Bible, pour me donner de la force.

« Ils sont adorables. Et sinon, ça te plaît ici ? »

Je ne savais pas quoi répondre. La serveuse nous apporta le pichet et Evan nous servit un verre à chacun.

« Je… Je… » J'avalai une gorgée de soda. « Il y a des trucs qui me manquent.

— La ville ?

— Oui, le rythme de la ville. L'agitation, l'énergie. Pouvoir sortir de chez moi le matin et être quelque part, tu vois ce que je veux dire ? Sans avoir besoin de prendre la voiture. Ou de prévoir des semaines à l'avance le jour où les enfants iront jouer chez leurs copains. Les avant-premières me manquent aussi, non que j'aie encore le temps d'aller au cinéma. Mon boulot me manque, et Mark, qui essayait de jeter son fauteuil les jours de bouclage. Sans parler de la bouffe à emporter, des taxis, du Cowgirl Café, de la boulangerie Magnolia, du lèche-vitrines sur la Cinquième Avenue, des parties de tennis à Riverside Park, et… » *de toi.* Je fermai les yeux. « Ça change vraiment, de vivre ici. » Quand je les rouvris, il m'observait avec attention.

« Tu sais, rien n'a plus été pareil quand tu es partie. »

La serveuse apporta notre pizza. J'en pris une part et mordis dedans tellement vite que le fromage fondu me brûla le palais.

« C'est toi qui es parti, objectai-je dès que je pus reparler.

— Je sais. Ce que je voulais dire, c'est… Je parlais du temps où on habitait sur le même palier, de toutes ces heures que j'ai passées avec toi et Janie. Parfois, je me dis que ç'a été les moments les plus heureux de ma vie.

— Comme je te comprends ! Tu avais tout ce qu'il te fallait : Janie et moi pour te nourrir et te divertir, et Michelle que tu retrouvais chez vous tous les soirs. Quel homme n'aurait pas adoré ça ?

— Tu es injuste, Kate.

— Comment ça, envers Michelle ?

— Non, envers toi-même. Comment peux-tu savoir que ce n'est pas toi que j'aurais préféré retrouver tous les soirs ?

— Parce que je me suis jetée dans tes bras ! Et que tu n'as rien fait ! J'étais tellement amoureuse… J'ai tout fait, à part m'accrocher un panneau de Bienvenue devant la zone privée…

Evan se mit à rire. « Ta zone privée ?

— C'est comme ça que l'appelle Sophie, marmonnai-je en rougissant. Sa zone privée.

— Elle est vraiment mignonne. Elle te ressemble. »

Pour l'énième fois de la journée, j'eus envie de pleurer. Je revoyais Madeline et Emerson Cavanaugh sur l'estrade, dans la mairie. *C'était la meilleure maman du monde.*

« Oui, dis-je en acquiesçant d'un air impuissant. Ma petite fille. » Je m'essuyai les mains, puis les yeux. Bon allez, ça suffit, pensai-je. Je ne vais pas m'engager sur ce terrain glissant.

Je pris une nouvelle gorgée de soda en m'efforçant de me ressaisir. « Et donc, tu connaissais Kitty ?

— Oui, je l'ai rencontrée à New York. C'était une de mes clientes. De temps à autre, elle me donnait le nom d'un type et me demandait d'enquêter à son sujet. Elle voulait des éléments de base – adresse, date de mariage, s'il avait des enfants ou non…

— Quel genre de noms ? Combien ? C'était pour *Content* ? Qu'est-ce qu'elle cherchait exactement ?

— Doucement, doucement », répondit-il en sortant un carnet de sa poche. Je crois que j'ai enquêté pour elle sur cinq ou six types, à partir de 1998.

— Que des hommes ?

— Oui. La plupart vivaient à New York. Il y en avait un qui habitait dans le Maine – un ophtalmo – et un autre à Washington.

— Qu'est-ce qu'elle voulait savoir ?

— Comme je te l'ai dit, elle ne me réclamait que des renseignements de base, ceux qu'on peut trouver aujourd'hui sur Internet. Quant à ses raisons… Je sais juste que certains de ces types étaient des hommes importants – des politiciens, des universitaires – mais pas tous. Il vaut mieux faire preuve de discrétion, dans ce genre de boulot, et les clients en disent parfois très peu. Comme Kitty.

— Et ensuite, elle t'a rappelé ?

— Oui, il y a deux semaines. On a commencé par se donner des nouvelles, puis elle m'a dit que son investigation touchait à sa fin.

— Quelle investigation ?

— Je n'en ai pas la moindre idée. Elle a ajouté qu'elle était sûre d'avoir trouvé ce qu'elle cherchait, mais que quelques zones d'ombre subsistaient, et donc elle m'a demandé si je faisais toujours des enquêtes. Je lui ai répondu que oui, et elle devait me recontacter. Elle avait un nouveau nom, mais elle ne voulait en parler ni au téléphone ni par mail. Alors j'ai attendu. Mais quand on m'a appelé, c'était la police. C'est eux qui m'ont dit qu'on l'avait assassinée. » Il se pencha vers moi. « Une fois, je lui ai demandé si elle te connaissait. »

D'un coup, tout se mit à tourner autour de moi.

« Tu savais que j'avais emménagé à Upchurch ?

— Je me tiens au courant, disons.

— Comment tu as su ? Janie ne te parle plus.

— Accorde-moi un peu de crédit, Kate. C'est mon boulot, je te rappelle. Et puis, ton avis de mariage était dans le *Times*. Ça m'a permis de connaître ton nom de famille.

— Et qu'est-ce que… ? » J'essayais de ne pas penser aux démarches qu'avait faites Evan pour me retrouver. « Qu'est-ce que Kitty t'a dit sur moi ?

— Qu'elle ne te connaissait pas très bien, qu'elle te croisait surtout au parc, mais que tu avais l'air intelligente. Drôle, aussi. Et que tu t'y prenais bien avec tes gamins. »

Je n'en revenais pas. « Elle a dit ça ? » Je m'étais plutôt attendue à une liste du genre : *incompétente*, *incapable*, et *a grand besoin d'un coach personnel*. « Et alors, elle ne t'a jamais donné ce fameux nom ? »

Il secoua la tête.

« Et les autres noms, ça donne quoi ? »

Il déchira une page de son carnet et me la tendit. Sur les quatre noms, j'en connaissais un – Emmett-James, critique littéraire et poète qui enseignait à Yale.

« Je n'ai pas retrouvé tous mes dossiers, mais voilà ce que je peux te dire. Ce type est médecin dans le Maine. Lui, il fabrique des instruments, fit-il en indiquant le nom David Linde. Et lui... »

Je me penchai pour lire les deux derniers noms de la liste et sentis de nouveau les choses tourner autour de moi. « Bo Baird ?

— Elle m'a donné ce nom au début, en 1998. Avant qu'elle travaille pour Laura Lynn. Avant que Laura Lynn devienne ce qu'elle est, d'ailleurs.

— Alors... C'est quoi, le lien ?

— Aucune idée... Tout ce que je sais, c'est que Bo Baird ne l'a pas assassinée.

— Mais peut-être que Laura Lynn oui, décrétai-je en frottant mes mains moites contre ma jupe. Ç'avait peut-être quelque chose à voir avec l'argent. Laura Lynn a signé un contrat faramineux pour son bouquin. »

Je repris mon souffle et sortis mon carnet à mon tour.

« Tu as mené ton enquête, n'est-ce pas ? me demanda-t-il.

— Comment le sais-tu ?

— Parce que je te connais, Katie, répondit-il en souriant. Je sais comment tu fonctionnes. Et je vois mal comment tu aurais pu résister à une occasion pareille.

— Oui, évidemment », marmonnai-je. Je faisais de mon mieux pour ignorer la douce chaleur qui m'avait envahie en l'entendant prononcer mon prénom. « Tu vois, je suis toujours la même. Sauf que je dors moins. »

Il me sourit de nouveau.

« Allez, dis-moi ce que tu as. »

J'ouvris mon carnet à la première page et lui exposai les résultats de mon enquête, personnage par personnage : Philip Cavanaugh, que je soupçonnais d'avoir couché avec la baby-sitter et Dieu sait combien de ses voisines ; Delphine Dolan, qui était déjà amie avec Kitty avant que cette dernière emménage à Upchurch ; son mari Kevin Dolan, qui en avait pincé pour la défunte ; Laura Lynn Baird, qui m'avait raconté que si Joel Asch avait donné un boulot à Kitty c'était peut-être parce qu'ils avaient une liaison, ce que mon entrevue avec lui n'avait ni confirmé ni démenti ; Tara Singh ; et la question de Philip Cavanaugh – *Est-ce qu'elle était heureuse ?* J'hésitai une minute, puis finis par lui parler du mot sur mon pare-brise.

Visiblement impressionné, il ouvrait de grands yeux.

« Eh ben…, lâcha-t-il en gribouillant deux, trois choses. Alors, c'est quoi, la suite des opérations ? »

Je jouais avec une mèche de mes cheveux tout en tapotant mon stylo contre mon carnet. « Il faut débrouiller ces histoires de liaisons. Avec qui couchait Philip ? Avec qui couchait Kitty ?

— Bon, très bon ça. On devrait aussi rejeter un œil sur les types de ma liste. »

On. Il venait de dire *on*. Mon cœur bondit, mais je redescendis sur terre immédiatement. Il n'y avait pas de *on*. J'étais mariée. Avec trois enfants, qui plus est. Et une maison en banlieue. Pas de *on*. Il ne fallait même plus que je pense aux lettres *O* et *N* ensemble.

« Je m'occupe de ta liste, dis-je. Je vais mettre Janie sur le coup. Toi, tu prends les voisins. Les Dolan surtout, et Philip Cavanaugh. Et vois ce que tu peux dénicher sur Joel Asch.

— Qu'est-ce que tu comptes faire ? »

Tout en réfléchissant, je griffonnais des cœurs le long de la page. Soudain, je me rendis compte que je tenais l'occasion parfaite pour essayer d'obtenir des réponses plus détaillées à mes questions. « On reçoit les collègues de Ben samedi à la maison. Je peux très bien en profiter pour inviter les voisins.

— Bonne idée ! » Il me sembla déceler une certaine admiration dans son regard. Je soulevai les cheveux de ma nuque, les secouai, puis laissai retomber mes boucles dans mon dos. Il suivait le moindre de mes mouvements.

« Comment dois-je m'habiller ? » demanda-t-il.

J'enlevai mon chapeau en carton.

« Très cher, vous n'êtes pas invité ! »

26

Jusqu'au fiasco qu'avait été la fête d'anniversaire des garçons, je trouvais plutôt que je savais recevoir. Quand j'habitais avec Janie, j'avais organisé des soirées sympas, en toute simplicité : sacs de glace, packs de bières, et n'importe quel vin bon marché non conditionné en cubitainer.

Les choses se sont calmées quand je me suis mariée. Bien sûr, il y a eu notre mariage, mais c'est la mère de Ben qui avait pris les choses en main. Lorna Borowitz avait accepté avec plaisir le quatuor à cordes qu'avait proposé mon père pour la cérémonie, et nous avions passé six week-ends d'affilée à courir les salons de mariage, mais elle n'avait su que répondre lorsque ma mère avait suggéré de chanter l'« Ave Maria » à la fin de la cérémonie. « Je peux chanter une chanson juive, sinon ! » avait-elle offert depuis Sidney. « "Hava Nagila" ? "Kol Nidré" ? Un air du *Violon sur le toit* ? – Merci, mais on se débrouillera, avait fini par dire Lorna. Reina s'était contentée de fredonner la « Marche nuptiale » en rythme avec le quatuor, jusqu'à ce que je lui fasse les gros yeux pour la faire taire.

À partir de là, les soirées dans notre appartement avaient été plutôt gentillettes, surtout après la naissance des enfants. De temps en temps, on invitait les collègues de Ben et leurs petites amies du moment le dimanche soir et on se faisait livrer par le thaïlandais du coin ; ou alors on achetait du saumon et des bagels pour un brunch avec Lorna, Mark – le frère de Ben – et sa copine. La seule fois où j'avais invité mes amis du *New York Night* à la maison, ça s'était très mal passé. Une petite dizaine de journalistes et de correcteurs s'étaient pointés après minuit, s'attendant à ce que la fête batte son plein. Ils m'avaient trouvée avec deux petits garçons de deux ans dans les bras que je berçais sur un air de jazz, tandis que Janie fouillait parmi les cadavres de bouteilles de champagne et de vin à la recherche d'une dernière petite goutte. Les invités ne s'étaient pas amusés ; les enfants n'avaient pas dormi ; et le lendemain matin, je m'étais réveillée au son des hurlements de Sophie, qui avait découvert une grosse commission de taille adulte dans son pot.

Cette fois, j'étais bien décidée à épater le monde. Pas de chips au fromage, ni de jeux de société ; rien que de la nourriture raffinée et de beaux bouquets de fleurs. La seule chose qui m'inquiétait, c'était que la liste d'invités avait pris des proportions démesurées au fil de la semaine. Ben avait convié une bonne vingtaine de ses collègues afin de mettre au point leur stratégie postélectorale. J'avais ajouté les Dolan, les Sutherland, les Coe et les Gwinnell, puis, par correction, les mères que je croisais au parc, ainsi que leurs maris et même les amis qui étaient de passage chez l'une d'entre elles. J'en avais aussi parlé à mon père, qui avait très envie de venir avec Reina, car pour une fois elle était à New York. J'avais également invité Janie, son père et sa nouvelle femme, et j'avais même enterré la hache de guerre avec Mrs Dietl en lui proposant de venir.

La multitude de détails à organiser – louer des nappes et des chaises supplémentaires, commander des fleurs, vider le salon des monticules de jouets – ne m'avait pas laissé le temps de réfléchir au meurtre de Kitty Cavanaugh ou à la réapparition d'Evan McKenna. Notre seule prise de contact depuis la pizza s'était faite par mail, il me disait faire des recherches sur les Dolan, Joel Asch et Philip Cavanaugh. De mon côté, j'avais lavé le service en porcelaine, loué une cafetière à contenance de cinquante tasses et acheté pour cinq cents dollars de vins et d'alcools divers.

Samedi soir, la maison rutilait – grâce aux femmes de ménage que j'avais engagées pour l'occasion. La cuisine embaumait mille odeurs exquises, du velouté de champignons aux cerises confites, en passant par les mini-soufflés au confit de canard (livrés par mon traiteur préféré de Manhattan). Les enfants resplendissaient dans leurs beaux habits tout propres (achetés par Janie et repassés par Gracie, leur nounou).

Janie arriva à dix-huit heures précises, en manteau de fourrure ahurissant, jupe noire fendue jusque-là et top en satin bleu acier – vêtements dessinés par un créateur dont je n'avais sûrement jamais entendu parler, qui devait pratiquer des prix prohibitifs et fabriquer des fringues dans lesquelles je n'aurais pas pu passer un genou.

Elle m'embrassa et posa sa valise en cuir dans l'entrée. Ses pieds étaient chaussés d'escarpins noirs aux talons vertigineux, dont les rubans de satin s'enroulaient autour de ses mollets galbés, et elle n'avait pas lésiné sur l'eye-liner ni sur le parfum. Ses cheveux avaient l'air fraîchement teints, ses dents étincelaient et pour achever d'aveugler son entourage, elle portait des pendants d'oreilles en platine sertis de diamants.

« C'est quoi, cette valise ?

— Oh, juste des babioles pour les enfants. Et puis, je vais peut-être rester quelques jours. »

Elle me suivit à l'étage. Les enfants déboulèrent dans le couloir pour lui sauter dans les bras.

« Qui vous aime plus que n'importe qui au monde ?

— TANTE JANIE !

— Qui vous a apporté des cadeaux incroyables ?

— TANTE JANIE !

— Qui a largué le type à la perruque parce qu'elle a découvert un traitement contre les morpions dans sa salle de bains ?

— TANTE JANIE ! » s'exclamèrent Sam et Jack en chœur. Sophie, en robe rouge et nœud assorti, retroussa le bout de son nez.

« C'est quoi, des morpions ? Des animaux ? Ils étaient malades, ses morpions ?

— Oui ! Tout à fait ! m'écriai-je en lançant un regard assassin à Janie. Mais je suis sûre qu'ils sont guéris maintenant ! »

Je laissai les enfants à Gracie, guidai Janie dans ma chambre et refermai la porte derrière nous.

« Désolée, ne m'en veux pas », dit-elle en se laissant tomber sur mon lit, les bras en croix. Je mourais d'envie de lui demander si elle avait vraiment acheté notre immeuble dans le seul but de virer Evan et Michelle mais, si j'abordais le sujet, elle en déduirait que j'avais vu Evan, et qui sait ce qu'elle lui ferait subir alors. Ou à moi. Ou à nous deux.

« Ça ne te dérange pas que je reste un peu ?

— Comme si je pouvais t'en empêcher…

— Parfait. Parce que je suis ici en mission. »

Je m'agenouillai devant mon placard à chaussures, en quête de mes petites ballerines en velours qu'il me semblait bien avoir vues là la dernière fois.

« Hein ? Quelle mission ? »

Elle se redressa et m'énuméra ses exemples de gros titres.

« Du rififi dans les banlieues ! » « Peur en Terre promise ! » Elle marqua une pause pour me servir son préféré : « “Mamancide !”

— C'est le pire titre que j'aie jamais entendu. Tu fais ça pour le *New York Night* ? lui demandai-je, sachant que le magazine couvrait rarement autre chose que les people et ce qu'ils se fourraient dans les narines.

— Ils se lancent dans les infos-chocs. Ils sont très intéressés par les gens qui ont quitté la ville pour se sentir en sécurité et se retrouvent à trébucher sur des cadavres. » Elle croisa les jambes en admirant ses chaussures, avant de regarder les miennes avec horreur. « Ne me dis pas que tu vas mettre ça ? »

J'examinai mon reflet dans le miroir : jupe noire à godets, pull gris en cachemire, ballerines noires.

« Quoi ? C'est moche ?

— Hum. Tu as un foulard ? Ou un collier ? Ou une autre tenue ? »

Je haussai les épaules. Janie se mit à passer mes cintres en revue. « Tu me manques, tu sais, marmonna-t-elle. Je déteste cette époque de l'année. Trop de touristes. »

J'enfilai la longue tunique en soie noire qu'elle me tendait et filai dans la salle de bains me sécher les cheveux. « Est-ce que ton père vient, au fait ? »

Pas de réponse.

« Tu l'as invité, au moins ? »

Elle se pencha pour relacer ses rubans. « En fait, y a comme un problème. »

J'essuyai la poussière de mon fer à friser avant de le brancher. « Quoi, qu'est-ce qui se passe, encore ?

— Tu sais qu'il s'est encore remarié ? »

J'acquiesçai. Janie soupira. « Eh bien, monsieur et sa nouvelle dulcinée ne m'adressent plus la parole.

— Qu'est-ce que tu as fait ?

— Euh… Ils revenaient de leur lune de miel dimanche et j'ai appelé les douanes pour leur dire qu'elle avait du cannabis dans ses valises.

— Jane Elizabeth Segal !

— Ben quoi ? C'était mon anniversaire, et mon père m'invite toujours au resto ce jour-là, rien que tous les deux… alors j'ai pensé que si elle était interrogée par la police, il serait disponible !

— Et ils l'ont arrêtée ?

— Non, ils l'ont juste retenue... pendant huit heures. Et, Sy a annulé notre dîner. Il a dit qu'il ne se voyait pas aller au resto pendant que sa femme était au trou.

— Ah ! Il existe encore des hommes sensibles sur cette terre ! » J'inspectai mes boucles dans le miroir. Hum. Pas mal.

« Bref. Ils sont tous les deux en pétard. Elle n'avait pas de drogues dans ses bagages, mais en revanche elle y avait fourré tout un tas de trucs qu'elle n'avait pas déclarés.

— Oups.

— À mon avis, c'est une accro du shopping. Ça peut être une vraie dépendance, tu sais.

— Je te propose un marché : je présente des excuses à Sy de ta part et tu fais quelques recherches pour moi.

— Marché conclu. Mais ne dis pas à Sy que j'avais bu ni rien.

— Tu étais saoule, en plus ?

— Non, mais s'il croyait que je l'étais, il serait foutu de m'envoyer dans ce camp de redressement en Jamaïque dont ils ont parlé à la télé l'autre jour.

— C'est un jeu de télé-réalité, Janie. Ça m'étonnerait qu'ils puissent envoyer les gens là-bas contre leur gré.

— Sy a des relations, tu sais. Bon, dis-moi un peu, qui sont ces gens sur qui je dois enquêter ? »

Je lui tendis le papier qu'Evan m'avait donné en évitant son regard. « Oh, juste des types auxquels s'était intéressée Kitty Cavanaugh. Professionnellement parlant.

— Et où est-ce que tu as dégoté cette liste ?

— Moi aussi, j'ai mes relations, figure-toi. »

Elle cligna plusieurs fois des yeux en observant mon reflet dans le miroir.

« Euh... Ne panique pas, mais ta frange est en train de brûler. »

J'aspergeai aussitôt mes cheveux fumants et je tendis le fer et la brosse à Janie. Au même moment, les enfants surgirent dans la chambre et grimpèrent sur le lit. Je passai un châle sur mes épaules, mais le résultat n'était pas brillant. Il y a un moment où les kilos superflus dus à la grossesse deviennent des kilos superflus tout court, et je n'arrivais pas à perdre les miens, alors que les jumeaux avaient déjà trois ans.

« Ah, Sophie, qu'est-ce qu'on va bien pouvoir faire de ta mère ? demanda Janie.

— Je sais pas ! » cria Sophie en sautant sur le lit. Son nœud en velours rouge tomba sur l'oreiller de Ben.

« OK, dit Janie en pointant la brosse vers Sophie. Toi, tu arrêtes de sauter dans tous les sens. Et vous deux, dit-elle à Sam et Jack, approchez-vous. Vous serez mes assistants. Et toi, m'ordonna-t-elle, tu t'assois et tu ne bouges plus. »

Sophie cessa immédiatement ses sauts de cabri et essaya d'accrocher son nœud à l'oreille d'Uglydoll. Les garçons se postèrent de chaque côté de Janie. Et je pris place devant le miroir.

« Tu devrais mettre tes talents au service de causes humanitaires. Imagine ce que tu pourrais faire au Moyen-Orient.

— Tu as déjà mis les pieds au Moyen-Orient ? Le climat est des plus désagréables. Très mauvais pour mon teint. »

Je fermai les yeux et la laissai s'occuper de ma coiffure. Lorsque je finis par jeter un œil dans le miroir pour m'assurer que je n'avais pas l'air ridicule, je vis de belles boucles encadrer mon visage. Je me trouvais si jolie que je me demandais si je serais capable de parvenir au même résultat toute seule. De toute façon, je n'avais pas le temps. Trouver vingt minutes rien que pour moi tous les matins était aussi peu probable que voir une soucoupe volante atterrir dans notre jardin.

La sonnette de l'entrée retentit. « Oh, et si vous alliez voir qui c'est ? » suggéra Janie aux enfants en leur tendant un paquet-cadeau à chacun avant qu'ils sortent de la chambre. Ils se précipitèrent dans l'escalier. Janie posa la brosse et fouilla dans son sac à main.

« Alors, quel est notre plan, ce soir ?

— Moi je vais parler avec Delphine Dolan, qui connaît Kitty depuis 1992 au moins. Et toi, tu as trois missions. Premièrement, découvrir si Philip Cavanaugh culbutait la baby-sitter, et s'il pourrait être du genre à tuer sa femme ou à louer les services d'un tueur à gages. »

Janie opina.

« Deuxièmement, arrange-toi pour savoir si Kitty couchait avec un certain Joel Asch, le rédacteur en chef de *Content*.

— Joel Asch, répéta-t-elle. Et troisièmement ?

— Surveille les toilettes en bas. Elles se bouchent, des fois.

— OK ! Baby-sitter, rédacteur en chef et déboucheur de toilettes ! C'est noté ! Ah, au fait. Je nous ai acheté un petit cadeau.

— Qu'est-ce que c'est ? »

Elle glissa sa main dans son sac d'un air de conspirateur.

« Devine !

— Je sais pas, moi ! Des bonbons à la menthe ? »

Elle leva les yeux au ciel et ouvrit la main. Il y avait deux petites pilules blanches dans sa paume.

« C'est quoi ?

— Des ecsta ! » Ses yeux noisette brillaient. On aurait dit une gamine qui ramène son premier 20/20 de l'école.

« Janie, on peut savoir pourquoi tu as apporté de l'ecstasy à ma soirée ?

— Au cas où on s'ennuierait, répondit-elle avec une grimace.

— Donne-moi ça. »

Elle cacha ses mains derrière son dos. « Mais c'est comme un sérum de vérité ! T'imagines ? J'en mets un dans le verre de Philip Cavanaugh et…

— … et il te tue ?

— Non, je pensais plutôt qu'il me draguerait.

— Janie, c'est déjà ce qu'il fait en temps normal. Je ne crois pas avoir envie de savoir de quoi cet homme est capable sous l'influence d'un ecsta !

— Bon, d'accord… » Elle remit les cachets dans son sac et me prit par le bras. Les festivités pouvaient commencer.

27

Marybeth Coe et son mari avaient apporté du champagne, Carol et Rob Gwinnell, une bouteille de vin et le DVD de Dora l'exploratrice pour les enfants. Jeremy et Al, des collègues de Ben, étaient venus avec leurs femmes, une boîte de chocolats belges, et des ragots sur le piètre score des démocrates le jour des élections. Ted Fitch, procureur général de l'État de New York et client numéro un de Ben, arriva le nez rougi – soit par le froid, soit, à en juger par son haleine, par un irish coffee qu'il avait bu à une autre soirée.

« Kate ! Bonjour ! » s'exclama-t-il en prenant Janie dans ses bras. Elle se dégagea doucement et fit un geste dans ma direction.

« Oh, Kate, oui, bien sûr ! » Il m'embrassa sur la joue et s'empressa de rejoindre le bar.

Kevin Dolan me présenta sa femme, Delphine, qui ôta son manteau pour révéler une robe ultra-courte et un décolleté vertigineux. Tous les regards masculins se tournèrent vers elle, comme si les hommes avaient des yeux en fer et que son corps était aimanté. *Eh ben, ça commence fort*, me dis-je. Et ça n'allait pas s'arrêter là. Ce fut au tour de ma mère de faire son entrée.

« Kate, ma chérie ! s'exclama-t-elle en rajustant mon étole d'un geste machinal. Tu as une mine superbe !

— Merci, maman », lui dis-je, pleine de reconnaissance. Au moins, ce n'était pas Janie qu'elle avait prise dans ses bras. « Bonsoir, papa.

— Bonsoir, Poussin. » Il me tendit un bouquet d'œillets rouges.

Reina s'avança dans le salon, illuminé par une vingtaine de bougies qui scintillaient sur la cheminée. Elle lança sa cape sur une chaise.

« Mais où sont les enfants ? demanda-t-elle, comme si je les avais enfermés pour qu'elle ne les voie pas. Je leur ai apporté des cadeaux !

— Ah, formidable ! » répondis-je, faisant de mon mieux pour dissimuler ma méfiance. Reina était pleine de bonnes intentions – c'est du moins ce que je m'efforçais de croire – mais elle n'avait pas la notion de ce qu'on pouvait offrir à des enfants en bas âge. D'habitude, elle leur achetait des trucs très chers avec lesquels ils pouvaient s'étouffer ou bien s'entre-tuer. Cette fois, ce n'était pas si mal : des poupées en porcelaine aux joues rouges et aux cheveux peints. Sam avait droit à un clown, Jack à un dompteur de lions et Sophie à une funambule en collant et tutu roses.

« Elles sont superbes ! » dis-je en les rendant à Reina, qui s'empressa de monter les offrir à ses petits-enfants.

Le temps que j'accroche sa cape et une brassée de manteaux dans le placard, que je gère une mini-crise due au manque d'espace dans le réfrigérateur, et que je mette les fleurs de mon père dans un vase, l'entrée s'était remplie de nouveaux invités. Lexi Hagen-Holdt portait une robe en velours noir, et Denny, son mari, gardait une main fermement agrippée à son coude. C'était un rouquin très costaud, le genre à vous démolir les doigts quand il vous serrait la main. Concessionnaire de son état, il vendait des 4×4 à des types dont l'expérience des raids se limitait à enfoncer le portail de leur maison à quatre millions de dollars quand ils avaient un coup dans le nez.

« Il faut être très prudent avec ces lampions, me murmura Sukie en m'accompagnant jusqu'au placard. Il paraît qu'ils peuvent déclencher un incendie en un rien de temps. » Dehors, les lampions que j'avais installés avec les enfants le long de l'allée brillaient d'une chaude lumière orangée. La météo avait prévu une baisse de température et de fortes chutes de neige. À travers la fenêtre bordée de givre, je vis quelques gros flocons commencer à tournoyer.

« Tout se passe à merveille », me dit Ben en me serrant les épaules alors qu'il passait derrière moi. Il avait été ravi que j'accepte d'organiser cette fête à la maison. Non seulement il allait pouvoir faire une grosse note de frais, mais en plus il considérait cette soirée comme l'occasion de nous racheter une crédibilité sociale, suite à notre premier fiasco.

La sonnette d'entrée continua à retentir et la porte à s'ouvrir, jusqu'à ce qu'enfin apparaisse notre veuf, chapeau à la main, écharpe dégoulinante de neige.

« Philip ! » Malgré le brouhaha des autres invités, j'avais eu l'impression de crier. « Je suis tellement contente que vous soyez venu !

— Merci de votre invitation », répondit-il à voix basse. Ses cheveux blonds étaient coiffés en arrière et il sentait le bois de santal et le citron. Je lui pris des mains son manteau en laine bleu marine ; pendant ce temps, son regard descendit de mon visage à ma poitrine – que ma tunique, je m'en rendais compte à présent, dévoilait largement – pour ne plus en bouger.

« Alors, comment vous portez-vous ? »

Il haussa les épaules, l'air de dire *Bah, on fait aller*. « J'emmène les filles en Floride quelque temps. Mes parents ont une maison là-bas, et je crois qu'un petit changement de décor… »

J'acquiesçai et lui indiquai le bar. « J'aimerais vous présenter ma mère, dis-je lorsque Reina réapparut à ma gauche. Philip Cavanaugh, Reina Danhauser. » Philip se retourna de sorte que ses yeux se retrouvèrent plongés dans ses seins au lieu des miens. Il inclina légèrement la tête. « La Reina ? demanda-t-il.

— Bonjour, répondit ma mère dans un battement de cils.

— C'est un immense honneur de faire votre connaissance », dit Philip en lui soulevant le poignet pour un élégant baisemain.

Ma mère fit semblant de ne pas remarquer que cette posture lui donnait une vue plongeante sur son décolleté et qu'il en profitait pleinement. Mais il fallait bien reconnaître que Reina était admirable : malgré ses cinquante-sept ans, son front n'avait pas pris une ride (sûrement grâce à ses cures régulières d'embryons de mouton et aux retouches de collagène ou de Botox), sa bouche était pleine, sa peau d'ivoire parfaite, ses pommettes hautes et lisses, et ses cheveux noirs de jais brillaient comme une laque chinoise. On lui donnait quarante-cinq ans tout au plus. Et elle ne changerait sûrement pas jusqu'à sa mort – qui adviendrait probablement sur scène.

« Ne bougez pas, je vais vous chercher un verre », dit Philip en se dirigeant vers le bar. Dès qu'il fut hors de portée de voix, Reina me saisit par l'épaule.

« Tu as vu cet homme ? Non mais est-ce que tu as vu ça ?

— C'est le mari de Kitty Cavanaugh.

— La morte ? souffla-t-elle en posant une main aux ongles rouge vif sur la peau laiteuse de son décolleté.

— La morte, confirmai-je. Et ne te laisse pas impressionner. Le charme lui suinte par tous les pores, un peu comme la bave d'un escargot. »

Ma mère fit la moue. « Je l'ai trouvé tout à fait délicieux. »

Je lui fis un sourire avant de m'éloigner, songeant qu'elle aurait trouvé n'importe qui délicieux, pourvu qu'il ait acheté son dernier CD.

Dans le salon, Janie discutait avec Philip, un bras posé sur le manteau de la cheminée. Il avança une main vers elle pour saisir une mèche de ses cheveux et tous deux se mirent à rire. Près d'eux se trouvait Lexi Hagen-Holdt. Je m'aperçus que les muscles de ses mollets se contractaient puis se détendaient à un rythme régulier. Même assise, elle ne perdait jamais une occasion de faire de l'exercice.

À huit heures et demie, j'étais sur le point de me féliciter, car la soirée était bien partie. La maison était pleine, les deux barmans étaient occupés, les serveurs circulaient parmi la foule avec leurs plateaux débordants de bonnes choses, et les politiciens semblaient s'entendre à merveille avec tout le monde – même s'ils étaient tous démocrates et que je soupçonnais mes voisins de ne pas être du même bord. À huit heures et quart, les enfants avaient fait leur entrée, sous les *Oh* et *Ah* émerveillés des invités. Ben avait pris les jumeaux dans ses bras et leur avait fait faire le tour du salon pour saluer les invités – c'était plus d'attention qu'il ne leur en avait accordé de tout le mois. Sophie exigea de boire son eau gazeuse dans une flûte à champagne et refusa de remonter dans sa chambre. « Qu'est-ce qu'on s'amuse ! » s'exclama-t-elle, perchée sur les genoux de son grand-père, avant de rejeter la tête en arrière en gloussant – un hommage évident à tante Janie. Elle s'était même noué des petits rubans autour des jambes.

« Je sais, ma chérie, et tu as fait une très bonne impression, mais il commence à se faire tard et…

— Reina dit qu'il ne se passe jamais rien d'intéressant avant dix heures du soir.

— Eh bien, c'est son point de vue, mais moi je trouve que huit heures et demie c'est une très bonne heure pour se brosser les dents et se mettre en pyjama.

— Oh, Kate, pour une fois, laisse-les rester un peu plus longtemps », intervint mon père. À la lumière de la lampe à côté de lui, je remarquai combien ses cheveux s'étaient clairsemés. « Je m'occupe d'elle, ajouta-t-il. Profites-en, amuse-toi un peu ! »

Je soupirai, exposai la situation à Gracie et me mêlai aux invités, un verre de vin rouge à la main, picorant dans les plateaux qui se présentaient à moi. Du coin de l'œil, j'observais Delphine Dolan et attendais qu'elle se retrouve seule – vu sa tenue et le succès qu'elle lui valait, je doutais que l'occasion se présente de si tôt. La nourriture était délicieuse, et beaucoup trop riche. Après une bouchée au saumon fumé, un toast de pâté, quelques raviolis chinois miniatures et trois cuillerées de crème de champignons, je ne pouvais plus rien avaler.

Mais j'avais une mission à accomplir. Lorsque Kevin embrassa sa femme sur la joue avant de se diriger vers le bar, j'entrai en action.

Delphine était assise sur une bergère au coin du feu, jambes croisées. Elle avait attaché ses cheveux en un chignon haut, s'était fait l'œil charbonneux – un look bien trop sophistiqué pour notre banlieue bon chic bon genre. Je m'avançai vers elle tandis qu'elle jouait avec la rondelle de citron sur le bord de son verre.

« Coucou, dis-je.

— Bonsoir.

— Ça va, vous n'avez besoin de rien ?

— Non, non, répondit-elle en m'adressant un sourire poli. Tout est parfait. »

Je m'humectai les lèvres et m'agenouillai près d'elle. « Je sais que votre mari et vous-même étiez proches de Kitty. »

Elle opina. Même les sourcils froncés, elle était jolie, mais son regard s'était troublé.

« Est-ce que Kitty et vous passiez beaucoup de temps toutes les deux ? »

Elle leva la tête vers moi d'un air interrogateur.

« Par exemple, ma meilleure amie Janie et moi, tous les étés, on part en voyage ensemble. » *Mensonge*. Tous les étés, on se disait qu'elle partirait avec nous, mais chaque fois il y avait un imprévu – un des enfants tombait malade, ou Ben ne pouvait plus prendre ses congés. « Même si j'ai des enfants maintenant et qu'elle n'en a pas, on fait en sorte de passer nos vacances ensemble. On va à la montagne… ou à la plage… Mais je sais que Kitty n'aimait pas laisser les filles. »

Delphine sembla se figer. Elle tapota son verre de vin contre ses dents blanches parfaitement alignées. Ce tintement cristallin se mit à résonner dans le salon, soudain silencieux. Ses yeux s'emplirent de larmes. « Tout le monde fait référence à ses qualités de mère… mais elle était tellement plus que ça », dit-elle. Elle avait l'air très triste. « Elle était… »

Mais je ne sus jamais ce que Delphine pensait de Kitty car une des serveuses, une jolie rousse à queue-de-cheval, vint me taper sur l'épaule. « Mrs Borowitz ? Votre téléphone sonne. »

Je m'excusai auprès de Delphine Dolan et coinçai mon portable sous mon menton. « Allô ?

— Je t'ai envoyé un cadeau », répondit la voix à l'autre bout de la ligne.

Je me précipitai vers la porte du sous-sol, la refermai derrière moi et descendis les marches dans l'obscurité. « Tu ne peux pas m'appeler ici, enfin ! murmurai-je.

— J'ai essayé la télépathie, mais ça n'a pas marché. Comment se déroule ta soirée ? » me demanda Evan McKenna.

Je cherchais l'interrupteur à tâtons. Lorsque j'allumai, deux ampoules sur trois éclatèrent. « Très bien.

— Je te manque ?

— Non, pas particulièrement, mais tu adorerais : c'est la fête du siècle ! Il faut vraiment que j'y retourne.

— Très bien, dit-il. Ton cadeau devrait arriver demain.

Le souffle coupé, je me demandais quel cadeau pouvait bien m'envoyer Evan McKenna.

« Les annuaires de l'université de Hanfield, lâcha-t-il. Deux pour toi, deux pour moi. Histoire de voir si on reconnaît des têtes.

— Oh. C'est... bien. » J'avais voulu dire *judicieux*, mais je ne voulais l'encourager d'aucune façon que ce soit. « Est-ce que tu pourrais me rendre un service ?

— Tout ce qu'il te plaira.

— Delphine Dolan, articulai-je.

— La femme de l'avocat, c'est ça ? Celle de la photo que tu as trouvée dans la chambre de Kitty ?

— Oui. Elle est ici, et disons que je la trouve un peu... » Je marquai une pause, savourant à l'avance le mot que j'allais prononcer, l'un de mes préférés à l'époque où j'assistais Evan dans ses enquêtes. « ... louche.

— Louche, répéta-t-il d'une voix amusée. OK, je vais voir ce que je peux trouver. En attendant, retourne t'amuser. »

Je raccrochai et regardai autour de moi. Le sous-sol était plein de vieux jouets, de sièges-autos et de combinaisons de ski trop petites, de sacs de couvertures et de vêtements que je devais donner à des associations caritatives. Sous la lumière de la seule ampoule qui fonctionnait, les chaises hautes et les transats projetaient des ombres distordues au mur.

Cet endroit me donnait la chair de poule. Le cœur battant, les mains moites, je remontai les marches, mais la porte refusa de s'ouvrir.

J'essayai de nouveau. La poignée était coincée. Est-ce que quelqu'un avait fermé à clé derrière moi ? Je toquai doucement, puis plus fort. « Hou-hou ? » Je faisais jouer la poignée en tapant du poing contre la porte. « Janie ? Ben ? Y a quelqu'un ? » Soudain, quelque chose fila à travers le sous-sol sur de petites pattes crochues avant de disparaître dans un trou du mur. Je réprimai un cri et frappai de plus belle contre la porte. « Ben ? »

La porte s'ouvrit enfin et je faillis tomber dans le couloir.

« Qu'est-ce qui s'est passé ? me demanda la serveuse rousse.

— Je… je n'en sais rien. » Mon cœur battait à tout rompre, je me sentais un peu sonnée. « Quelqu'un a dû fermer à clé par erreur. » Je lui assurai que tout allait bien, avalai d'un trait la moitié d'un verre de vin et retournai au salon – je voulais à tout prix dire à Ben qu'on avait besoin d'un dératiseur, et de préférence un qui travaillait le week-end.

Mais Janie me tomba dessus et me poussa dans un coin. « Ne panique pas, mais je crois qu'on a un petit souci, murmura-t-elle.

— Quoi ? C'est les chiottes ? » Elle secoua la tête d'un air grave. « Les enfants ?

— Non, les enfants vont bien », dit-elle en m'attirant dans la cuisine, où les serveurs disposaient éclairs, petits-fours et tranches de fruits confits sur des plateaux. « Bon, se lança-t-elle. Je sais que tu m'as interdit d'utiliser l'ecsta, mais Philip m'a demandé mon numéro, après quoi il a voulu que je lui fasse visiter le reste de la maison, alors je me suis dit…

— Tu as filé de l'ecstasy à Philip ! »

Janie commença à se triturer les mains. « J'ai écrasé une des pilules, j'ai versé la poudre dans le verre de Philip, sur la cheminée, et puis une seconde après…

— Tu as filé de l'ecstasy à Philip ! » Je pensais que répéter la phrase rendrait la chose plus réelle et m'aiderait à savoir quoi faire, peine perdue.

Les épaules de Janie se mirent à trembler de façon incontrôlée, et il me fallut une minute pour me rendre compte qu'elle ne pleurait pas, mais qu'elle riait. « Janie, on peut savoir ce que tu as ?

— Ta… ta mère…

— NON ! Ne me dis pas que… Oh non non non non…

— Elle a attrapé le verre avant que je puisse faire quoi que ce soit, je lui ai dit “Je crois que c’est le verre de Philip”, alors elle m’a regardée d’un drôle d’air, comme si je voulais le lui voler, et elle a bredouillé un truc en italien, et tu sais très bien que je ne parle pas italien…

— Ô mon Dieu ! » Je déglutis et fis demi-tour. En chemin, je remarquai des détails par flashes : un plateau argenté plein de serviettes en papier usagées, des verres de vin à moitié vides, une traînée noire sur le mur, là où Sophie avait fait rouler son mini-scooter, Sukie Sutherland et Marybeth Coe en pleines messes basses devant les toilettes…

Dans le salon, Denny Holdt, debout les mains dans le dos, observait les invités de Ben – politiciens et consultants – qui s’étaient regroupés autour de la télé. Les Gwinnell étaient assis sur le canapé face à la cheminée avec mon père et Sophie. Lexi, mains autour de son verre de vin, semblait mourir d’envie de piquer un cent mètres. Et au milieu de la pièce…

« Mais quel est donc ce tissu ? » s’exclama Reina, la bouche en cœur. Elle prit un pan de la veste de Philip pour l’inspecter de plus près et, à ma stupéfaction, se mit à lui tapoter le torse comme si elle caressait un bon gros chien.

« Euh, je crois que c’est de la laine… Ou alors de la laine mélangée…

— Oh ! Merveilleux… », dit-elle d’un air rêveur.

D’accord, Kate. Pas de panique. « Maman, tu peux venir m’aider une seconde s’il te plaît ?

— *Perché cara ?* demanda-t-elle.

— Il faut absolument qu’on la sorte d’ici, me chuchota Janie.

— Accompagne-moi en haut, on va mettre les enfants au lit. » Je la pris par le coude en tentant de la faire bouger. Impossible. Autant essayer de déplacer un bloc de granit d’un mètre soixante-quinze. Comme au ralenti, je vis la main de Reina flotter dans les airs avant d'aller se poser sur la joue de Philip.

« Vous êtes très bel homme, vous savez.

— Hum, c'est très gentil à vous », répondit-il en reculant. En vain : elle le tenait toujours par le col de sa veste.

« Maman…

— Mrs Klein, tenta Janie.

— Vous me rappelez un ténor que j'ai connu à Barcelone. »

Mon père se leva. « Reina ?

— C'était un très beau jeune homme. Il avait une voix d'ange. Après le spectacle, il me raccompagnait à mon hôtel… » *Ô mon Dieu… !* me dis-je en voyant mon père pâlir.

« Maman ! » sifflai-je. Mais elle m'ignorait et n'avait d'yeux que pour Philip.

« Est-ce que vous voulez m'entendre chanter ? lui demanda-t-elle en battant des cils.

— Je… euh… »

C'était un encouragement suffisant pour que Reina se lance dans une de ses arias préférées. Elle prit une profonde inspiration et ouvrit sa bouche très rouge.

« *Sempre libera degg'io/Folleggiare di gioia in gioia…* »

Je me recroquevillai contre un mur. Le popotin de Delphine Dolan était totalement éclipsé. Tous les regards étaient tournés vers ma mère. La voix de Reina était plus belle que jamais, claire et pure, et si sonore que j'avais peur pour mon lustre en cristal.

« *Vo'che scorra il viver mio/Pei sentieri del piacer…* »

J'attirai l'attention de mon père et fis de grands gestes vers l'étage. Il acquiesça, prit les jumeaux dans ses bras et se dirigea vers l'escalier. Pendant ce temps, Reina chantait toujours, la main agrippée à la veste de Philip. Je traversai le salon, la pris par l'autre main, me fichant pas mal de l'interrompre en pleine représentation. Je la forçai à me suivre, et elle quitta la pièce sous un tonnerre d'applaudissements.

« Tiens, dis-je en lui servant un verre d'eau. Bois ça. »

Reina avait l'air un peu déboussolé.

« Va, retournes-y ! chuchotai-je à Janie. Fais quelque chose !

— Quoi ? Tu veux que je leur mette de la techno maintenant ? Que je leur fasse un petit tour de magie ?

— Ka-ate ? chantonna ma mère. Pourquoi tu m'as amenée ici ?

— Bois ton verre d'eau, maman. Et dis-moi, tu ne prends pas de médicaments, en ce moment ?

— Pourquoi ?

— Pour rien.

— Reina ? »

Mon père et Ben avaient déboulé dans la cuisine en même temps. Roger semblait inquiet. Ben, plutôt furieux. « Est-ce que tout va bien ? » me demanda-t-il.

Dans un monde parfait, il existerait un moyen simple de dire à votre mari et à votre père que votre meilleure amie a drogué votre mère par inadvertance. Mais dans la vraie vie… impossible de savoir par où commencer. « Reina ne se sentait pas très bien, finis-je par dire.

— Mais, au contraire, je me porte comme un charme, protesta ma mère. Je ne faisais que parler à cet Apollon… Philip, c'est bien ça ? »

Est-ce qu'elle est saoule ? articula mon père en silence.

Reina jeta son verre d'eau dans l'évier, où il se brisa en mille morceaux. Comme si de rien n'était, elle rajusta son écharpe en velours doré et son corset en satin noir. « Je n'ai pas soif ! s'exclama-t-elle.

— Reina…, dit Ben.

— J'ai des fourmis partout ! » dit-elle en riant.

Je la poussai dans les bras de mon père et attirai Ben dans l'arrière-cuisine.

« Écoute… ne crie pas, mais il est possible que Reina ait pris de l'ecstasy…

— Quoi ? rouspéta Ben. Et tu peux me dire où elle en aurait trouvé ?

— C'est une longue histoire, mais… » Ben me fusillait du regard. J'étais morte de honte, je m'en voulais terriblement : une fois de plus, notre fête avait mal tourné.

Soudain, Reina ouvrit la porte et s'écria : « J'ai pris de l'ecstasy ? Moi ?

— En fait, c'est plus branché de dire ecsta, fit Janie.

— Bon, il vaut mieux qu'on l'emmène à l'hôpital », dit Ben en prenant ma mère par le bras. Mon père les suivit dans le couloir.

Les invités s'étaient tous attroupés et les observaient passer, interloqués.

« Est-ce que tout va bien ? demanda Carol Gwinnell.

— Très bien, répondit Ben sèchement en enfilant son manteau. Kate, je t'appelle quand je peux. Bonne fin de soirée, tout le monde », lança-t-il à l'attention des invités. Puis le silence se fit de nouveau dans le salon pendant que Ben faisait crisser ses pneus dans notre allée bordée de lampions.

Cela va sans dire que, voir votre mari et vos parents quitter une fête pour se rendre à l'hôpital le plus proche, ça jette un froid. Ça court-circuite aussi votre mission de détective privé. D'un coup, les gens ont reposé leurs verres pour aller récupérer leurs manteaux, bonnets et écharpes, se sont serré la main ou se sont embrassés, et se sont précipités hors de ma maison pour rejoindre leurs voitures et, à coup sûr, s'appeler sur leurs portables pour faire entre eux l'autopsie de ce fiasco.

Les serveurs débarrassaient les plateaux et les verres. Je m'écroulai sur le canapé et j'ôtai mes chaussures, la mort dans l'âme. Je levai les yeux et j'aperçus Janie, entourée de Sukie Sutherland et de Marybeth Coe. « Ah, ce n'est pas le moment de broyer du noir ! s'exclama-t-elle. On va avoir une petite discussion entre nanas ! » Elle s'adressa à Sukie et Marybeth. « Les filles, racontez à Kate ce que vous m'avez dit. »

Elles échangèrent un regard coupable. Marybeth se balançait d'avant en arrière sur ses talons. Sukie jouait avec un bouton de son manteau.

« Ce ne sont que des ragots, finit-elle par dire. Je ne suis pas sûre de vouloir…

— Je vous garantis que tout ce que vous direz restera entre nous, leur assura Janie, ce qui rendit Sukie et Marybeth encore plus agitées.

— Je ne veux pas que ce soit publié », fit Sukie en regardant Janie, qui opina.

Sukie soupira. « Cet homme… pour qui votre mari travaille… »

Il me fallut quelques secondes pour me souvenir de qui elle parlait. « Ted Fitch ? »

Sukie acquiesça. « Je le connais. Enfin, j'ai déjà vu son visage quelque part. »

Je me penchai, suspendue à ses lèvres.

« Je l'ai vu à New York, poursuivit Sukie. Avec Kitty Cavanaugh. À l'Aquavit, ils déjeunaient… Et Kitty pleurait. »

28

Quand je me levai le lundi matin, Ben était déjà parti. Il avait laissé un mot sur la cafetière, disant que mon père avait appelé, que ma mère allait bien, qu'ils se reposaient tranquillement chez eux, et que je ne l'attende pas pour dîner.

« Bah, tu t'en remettras, va », assura Janie en versant des céréales aux enfants et à moi une deuxième tasse de café. Elle m'agita la bouteille de Bailey's sous le nez. Je grognai et secouai la tête, sachant pertinemment que des rivières d'alcool ne suffiraient pas à laver la honte de la soirée de samedi. Comment allais-je pouvoir supporter le regard des autres mères à la Cabane rouge ? J'en étais à me demander si je ne devais pas déposer les enfants au coin de la rue afin de m'épargner ce genre de chose.

La bonne nouvelle, c'était que Janie avait élucidé le mystère de Philip et de la baby-sitter. Les autres mères s'étaient chargées d'éclairer sa lanterne. Phil et Lisa avaient bien eu une liaison, mais elle avait pris fin un an auparavant, après que Lisa se fut retrouvée « sauvée » lors d'un rassemblement de jeunes catholiques et eut décidé de remettre sa vie entre les mains de Jésus, qui, vraisemblablement, condamnait les liaisons extraconjugales, ainsi que le meurtre.

« Bon, qu'est-ce qu'on fait à propos de ce Ted Fitch ?

— J'ai un plan », répondis-je. Je m'apprêtais à le lui dévoiler lorsqu'on sonna à la porte. Un livreur m'attendait, le regard mauvais.

« Colis », annonça-t-il comme si je lui avais personnellement gâché sa matinée. Il me tendit une feuille pour que je la signe. En prenant le colis, je me dis que c'était bien le style d'Upchurch, on n'avait même pas droit aux livreurs sexy des pubs télé. À l'intérieur, je trouvai les deux annuaires que m'avait promis Evan. Je me mis à les feuilleter tandis que Janie regardait l'adresse sur le carton.

« Oh, c'est pas vrai… Encore lui !

— Ah oui tiens, au fait, je voulais te demander… Tu as vraiment essayé de faire expulser Evan ? »

Janie passa unc main dans ses cheveux.

« Hum, disons que… j'ai passé quelques coups de fil.

— Et tu as acheté tout l'immeuble juste pour pouvoir le virer ?

— Tu sais, l'immobilier, c'est surtout un investissement pour le long terme… »

Page 139, je tombai sur une Kitty adolescente, le bras autour des épaules d'une amie. Elles avaient chacune une crosse de hockey à la main. « Kitty Verree et Dorie Stevenson fêtent une nouvelle victoire », disait la légende.

« Qui est-ce ? » interrogea Janie en jetant un œil pardessus mon épaule.

Je me fis la réflexion que Dorie ressemblait énormément à cette grande blonde en tailleur rose que j'avais aperçue à la messe en souvenir de Kitty. « Il vaudrait mieux que j'aille voir Reina aujourd'hui.

— Oh, je t'en prie ! Un peu d'ecstasy n'a jamais tué personne. La MDMA, je dis pas, mais un peu d'ecsta…

— C'est quoi, la MDMA ? demanda Sam.

— Bon, allez hop les enfants, on monte s'habiller et on file à l'école. Tante Janie a beaucoup de travail aujourd'hui. »

Je débarrassai la table et remplis le lave-vaisselle avant de m'installer devant l'ordinateur avec un autre café. Le site Internet des anciens élèves de Hanfield m'apprit que Dorie Stevenson travaillait en tant qu'analyste financière à Princeton. Elle occupait certainement un poste à responsabilités, vu le nombre de personnes à qui je dus parler avant de l'avoir en ligne.

« Cela fait très longtemps qu'on ne s'est pas parlé, vous savez, me dit-elle avec une voix qui évoquait Marilyn, et pas du tout la finance ou l'analyse. J'ai été sous le choc quand j'ai appris cette horrible nouvelle.

— Est-ce que vous auriez un peu de temps à me consacrer ? »

Elle ne répondit pas.

« Je sais que ça peut paraître bizarre, mais… je suis simplement une mère qui habite ce quartier. Comme la police n'a encore arrêté personne, j'essaie d'en savoir un peu plus sur elle, histoire de faire avancer les choses…

— Oui, je comprends, mais je ne pense pas que je vous serais d'une grande utilité…

— J'insiste, j'aimerais beaucoup vous rencontrer. »

Elle accepta de me voir le lendemain à onze heures. Les enfants n'avaient pas école, mais j'étais sûre de pouvoir persuader Janie de les emmener à leur cours de patinage le matin et les faire garder par la nounou l'après-midi. Je raccrochai en songeant à ce que j'allais bien pouvoir mettre pour qu'une analyste financière me prenne au sérieux…

« Premièrement, il faut savoir que Kitty était une très jolie fille, m'annonça Dorie Stevenson. Et deuxièmement, elle n'en avait aucune idée. » Elle mordit dans le pain au chocolat que sa secrétaire avait apporté sur un plateau argenté. « Ah ! qu'est-ce que c'est bon », ajouta-t-elle en roulant des yeux.

J'approuvai tout en prenant des notes. J'avais quitté la maison à six heures du matin ; j'avais fait croire à Ben que j'avais rendez-vous chez le Dr Morrison, mon gynécologue. « OK », avait-il répondu sans lever les yeux du journal tandis que je sortais.

Pour une fois, j'avais choisi la bonne tenue. Avec mon tailleur bleu marine et mes escarpins imitation croco, j'avais l'air moi aussi de travailler dans la finance, et le gel anti-frisottis avait tenu ses promesses.

Le bureau de Dorie Stevenson se déclinait dans les nuances pêche et crème. Son bureau, les fauteuils et le plateau en argent étaient anciens et du meilleur goût. Elle venait de Memphis, et je décelai en effet un soupçon d'accent du Sud dans son timbre voilé.

Je pris une corne de gazelle et versai un peu de lait dans mon café. « Vous auriez dû la voir à Upchurch. C'était la mère modèle, avec une maison toujours impeccable et elle avait toujours l'air tellement…

— Laissez-moi deviner… parfaite ? dit Dorie en me souriant.

— Oui… Est-ce qu'elle était déjà comme ça à la fac ?

— Non, pas au début en tout cas. Comme je vous l'ai dit, on était colocataires. On a été très amies pendant un certain temps et puis, après la deuxième année… disons qu'on a évolué dans des cercles différents… » Elle mordit à pleines dents dans son pain au chocolat et fit passer le tout avec une gorgée de cappuccino. « Ah… je meurs de faim ! J'ai tenté le régime South Beach, mais je n'aurai tenu – elle jeta un coup d'œil sur sa montre – que dix-huit heures.

— Ah.

— Mon record, c'est dix-neuf. Que voulez-vous, je suis de souche paysanne russe… S'il y a une guerre nucléaire, croyez-moi, je pourrai tenir des années. Pas comme tous ces mannequins anorexiques… »

Soixante ans en arrière, le corps de Dorie Stevenson aurait fait fantasmer les hommes – hanches larges, poitrine généreuse, bras et cuisses bien en chair. Mais, dans cette époque, elle vivait probablement chaque instant de sa vie dans le plus grand désespoir, ou alors au régime… ou, ce qui revenait au même, à faire des entorses à ses régimes, me dis-je tandis qu'elle soupirait de plaisir en avalant la dernière bouchée de sa viennoiserie.

« Hum, c'était bien bon…, fit-elle en passant la langue sur ses lèvres. Donc, Kitty.

— Elle était très jolie, lui soufflai-je.

— Oui, en effet, très jolie, et bien armée pour affronter la vie. Toutes les deux, on a fait notre rentrée une semaine avant tout le monde. Hanfield avait un programme spécial pour les… ah, mince, comment ils nous appelaient déjà ? Ah oui, les admis économiquement défavorisés. Autrement dit les pauvres, mais surtout il ne fallait pas prononcer ce mot ! Ils nous ont fait venir une semaine en avance – tous les étudiants pauvres et boursiers, plus ceux issus des minorités – et ils nous ont emmenés camper.

— Camper ?

— Oui, oui. C'était pour "faciliter la transition vers l'environnement universitaire". Et aussi pour s'assurer qu'on savait se servir de nos couverts. » Elle se mit à rire, non sans une pointe d'amertume.

« Et donc, Kitty et vous étiez colocataires ?

— Oui, enfin, au début, on a partagé une tente, quoi. En fait, ils nous ont emmenés dans ce qu'on pourrait appeler le jardin d'un des professeurs – pas vraiment la nature sauvage à laquelle on s'attendait. Kitty était venue avec des cartes de la région et des silex. Elle m'a aussi dit qu'elle avait passé l'été à lire des guides de survie pour savoir reconnaître les champignons vénéneux et trouver le nord en regardant de quel côté la mousse poussait sur les arbres. Et elle avait plein de nourriture dans son sac à dos. Je ne l'oublierai jamais. Comme si elle avait craint qu'ils ne nous donnent pas à manger. Des soupes au vermicelle, des haricots en conserve… » Ses grands yeux bleus s'emplirent de larmes. « Elle avait tout prévu. Tout. »

Tout prévu, notai-je dans mon carnet pendant que Dorie battait des cils en s'éventant le visage.

« Hanfield n'était pas un endroit pour Kitty, reprit-elle.

— Comment ça ?

— Vous y avez déjà mis les pieds ?

— Je suis allée à Columbia.

— Bon, alors vous pouvez sûrement vous faire une petite idée. Il y avait des filles qui venaient au campus avec leurs propres voitures. Et leurs propres chevaux ! Des filles qui avaient tout – des fringues de créateurs tendance, des coupes de cheveux à deux cents dollars, des boucles d'oreilles en diamant, des colliers de perles, une vie idéale qui leur tendait les bras juste après leur diplôme… ou alors une rente assurée à vie. »

Je me souvenais du lycée et de toutes les pétasses qui suintaient l'arrogance par tous les pores, assurées que le moindre problème qu'elles rencontreraient dans la vie serait soit pris en charge par une personne de leur réseau, soit effacé avec une grosse liasse de billets. « Et Kitty ne possédait rien de tout ça ? demandai-je en repensant à la vieille Honda de ses parents sur le parking de la mairie.

— Non, elle était belle, mais… Par exemple, sa coupe de cheveux n'allait pas du tout. Une grosse choucroute permanentée sur la tête… Trop de maquillage… Trop voyant pour Hanfield. Elle s'en est rendu compte une semaine après la rentrée et a opté pour une coupe au carré sobre et moins de bijoux clinquants, mais… les premières impressions, ça reste… »

J'avais énormément de mal à m'imaginer Kitty avec une permanente de caniche et une tonne de fard bleu sur les paupières, elle qui était toujours la perfection incarnée.

« Est-ce qu'elle était jalouse des autres filles ?

— Non, pas jalouse, on ne peut pas dire ça, répondit doucement Dorie. Je dirais qu'elle était très consciente de ce que ces filles avaient qu'elle-même n'avait pas. Et c'était inévitable. On entendait leurs conversations. On savait qu'elles prenaient l'avion pour aller faire du shopping à New York le temps d'un week-end, qu'elles allaient en Suisse au printemps… C'était très difficile d'ignorer ce fossé qui nous séparait. Mais bon, certains s'en accommodent…

— Mais Kitty, non… C'est bien ça ? Comment elle s'y est prise ? »

Dorie pencha la tête. « Hum, c'est un peu délicat à raconter… C'était une fille bien. Elle avait bon cœur, elle ne pensait pas à mal mais… on a toutes fait des conneries à la fac, non ? Après tout, c'est à ça que ça sert, non ?

— Je vous en prie, racontez-moi. Je vous donne ma parole que ça restera entre nous. »

Elle soupira. « Elle fréquentait… des hommes plus âgés. »

Je n'arrivais pas à croire ce que j'étais en train d'écrire.

« Il faut bien avoir en tête à quel point elle était jolie, reprit Dorie, et brillante. Elle était douce, intelligente, et… si vous tombiez malade, elle vous soignait. Même avec rien qu'une plaque chauffante, elle préparait un excellent bouillon de poule. Et elle savait coudre aussi. Elle était… » Elle marqua une pause pour renifler. « Elle aurait pu sortir avec n'importe quel type du campus, je veux dire de son âge, au lieu de quoi elle choisissait des mecs de cinquante ans. »

Je notais tout sans en perdre une miette. « Est-ce que vous savez si elle a eu une liaison avec un prof de passage, un certain Joel Asch ?

— Ah, vous êtes au courant ! » s'exclama Dorie en sursautant.

J'acquiesçai, tandis qu'elle tortillait sa serviette en papier. « Oh, c'était ridicule… Il lui envoyait des roses, lui écrivait des poèmes – affreux, ces poèmes… Kitty me les lisait, et on piquait de ces fous rires… Monsieur le grand rédacteur en chef de New York, et tout ce qu'il trouvait à lui écrire, c'était "Tes yeux sont comme des bleuets" ! Alors je lui demandais "Kitty, mais pourquoi ? Pourquoi lui ?" J'aurais compris s'il avait ressemblé à Harrison Ford, le genre vieux beau, sophistiqué, qui vous emmène faire du shopping, qui vous apprend la vie…

— Et ce n'était pas le genre de Joel Asch, donc ?

— Plus ou moins… Pour le shopping, oui. Une fois, il lui a offert une paire de boucles d'oreilles. Elle en était tellement fière qu'elle les a portées tous les jours jusqu'à la fin de l'année universitaire. Et je crois qu'il lui a aussi trouvé un travail. Enfin, c'est ce qu'on m'a raconté. Comme je vous l'ai dit, on n'est pas restées amies. Elle savait que je n'approuvais pas ce qu'elle faisait. Mon père a quitté ma mère pour une femme plus jeune, alors vous vous doutez bien que je ne me réjouissais pas de la voir se taper le mari d'autres femmes… » Elle soupira. « Ah… j'étais plutôt idéaliste à l'époque.

— Vous ne vous souvenez pas d'autres noms ?

— Non. Je mettais même un point d'honneur à ne pas lui poser de questions. Comme elle savait que ça ne me plaisait pas, elle ne m'en parlait pas. Quand ils appelaient, elle sortait avec le téléphone dans le couloir, et ils venaient la chercher à la bibliothèque – de toute façon, je ne pense pas qu'ils voulaient être vus dans les dortoirs…

— Quand vous lui demandiez pourquoi, qu'est-ce qu'elle vous répondait ?

— Qu'elle avait ses raisons. Je lui répétais qu'il y avait d'autres moyens d'obtenir ce qu'elle désirait, intelligente comme elle l'était. » À nouveau, ses yeux s'emplirent de larmes. « J'aurais dû insister… Pauvre Kitty. Et ses pauvres petites filles… »

29

« Bonjour Kate ! » L'assistante de Ben était une jeune fille mince aux boucles auburn, les oreilles percées de quatre trous chacune, diplômée de Georgetown en relations publiques.

« Melissa ! Ravie de vous revoir ! » La jeune Melissa portait une veste cintrée en daim vert foncé, un mini-kilt, un collant noir et des chaussures à talons bobines. « Je faisais du shopping en ville et je me demandais si Ben serait libre pour prendre un café.

— Oh, je suis désolée, répondit Melissa, sans relever que je n'avais pas de sacs et que leurs locaux se trouvaient à des kilomètres des grands magasins et des boutiques de la Cinquième Avenue. Il est au déjeuner de cérémonie des Droits civils. Il devrait rentrer vers quatre heures.

— Oh, non », soupirai-je en feignant la déception. Je savais qu'il ne serait pas là pour avoir consulté son emploi du temps le matin même avant de partir. « Écoutez, ne dites rien à Ben, mais je pensais… je pensais… »

Melissa se pencha en avant avec toute son attention.

« … Redécorer ! lançai-je. Cette moquette est là depuis une éternité !

— Euh, en fait… elle a été changée l'année dernière, il me semble.

— Ah oui, c'est vrai. Pas la moquette, le bureau ! dis-je en essayant de me rappeler comment était meublé le bureau de Ben. Ce vieux truc !

— Mais… c'est un meuble ancien. »

Mais est-ce qu'elle allait me lâcher les baskets, oui ? « Tout à fait ! C'est pour ça qu'il irait bien mieux dans notre maison du Connecticut. Bon, je vais juste entrer jeter un œil, peut-être prendre quelques mesures… » Je plongeai une main dans la besace Marc Jacobs que m'avait prêtée Janie, comme pour chercher un mètre, ou des échantillons de tissu. « Je vais aussi utiliser les toilettes, ajoutai-je avec un sourire complice. Je crois que je n'aurais pas dû manger ces sushis… »

Quelle imbécile…, me dis-je en m'enfermant à clé dans le bureau de Ben. Pourquoi doutais-je à ce point que parmi toutes ses aventures, Miss Marple n'avait jamais obtenu un indice sans faire semblant d'avoir la diarrhée ?

« Si vous avez besoin de quoi que ce soit, n'hésitez pas !

— Oui, oui, merci ! »

Je pris place au bureau de Ben et agitai la souris, priant pour qu'il n'ait pas fermé sa session. Ouf, c'était bon.

Je lançai une recherche de tous les dossiers contenant les mots *Ted Fitch* en retenant mon souffle. La sonnerie de mon portable me surprit tellement que je faillis tomber de ma chaise.

« Allô ?

— Kate ? Janie. Juste une petite question. Tes enfants sont propres maintenant ?

— Oui. Enfin presque. Pourquoi ?

— Non, pour rien ! Tout va bien. Bon, je te laisse. »

« Dix dossiers correspondent à votre recherche », m'annonça le petit trombone Microsoft.

« Janie, attends ! Si tu n'es pas à la maison et que les garçons ont envie de faire pipi, tu peux les emmener aux toilettes avec toi.

— Oui, très bien ! Pas de soucis ! À plus ! »

Je raccrochai et cliquai sur le premier dossier.

« Biographie Fitch ». Imprimer. « Prises de position Fitch ». Imprimer. « Agenda sept. », « Agenda oct. », « Agenda nov.-déc. ». Allez hop, imprimer. Et puis enfin, un gros filon : « Oppo Fitch ». À force de regarder des émissions politiques avec Ben, je savais qu'« oppo » voulait dire « dossiers de l'opposition », c'est-à-dire tout ce que l'équipe de Ben avait trouvé de compromettant sur Ted Fitch, afin d'être prêts lorsque l'opposition tenterait de nuire à sa réputation. Trente-sept pages. Hou là… Imprimer.

Melissa frappa à la porte. « Kate ? Est-ce que tout va bien ?

— Oui, oui ! J'imprime les mesures que j'ai prises, c'est tout !

— La porte est fermée à clé ! » dit-elle en tournant la poignée.

C'est incroyable ce qu'un diplôme de Georgetown peut rendre ces jeunes gens observateurs, pensai-je en recueillant les pages de l'imprimante laser.

— Oui, euh… attendez quelques secondes… Je suis indisposée pour le moment.

— D'accord mais… ne touchez à rien, entendu ? Ben déteste qu'on dérange son bureau.

— Oh, ne vous en faites pas ! J'ai accès libre à l'imprimante ! »

Accès libre à l'imprimante ? N'importe quoi… Melissa insistait sur la poignée comme une furie.

« Oui, oui, je n'en ai plus pour très longtemps ! »

J'ouvris la porte des toilettes, tirai la chasse d'eau et vaporisai une bonne dose de désodorisant à la cannelle dans la pièce. « Impression terminée », m'indiqua l'ordinateur. Je fermai toutes les fenêtres d'un clic avant de fourrer les pages imprimées dans mon sac et me dirigeai vers la porte. Lorsque je l'ouvris, Melissa faillit me tomber dessus.

« Désolée… »

Elle me regarda d'un air suspicieux en retroussant son petit nez. Normal : c'était à croire qu'une bombe de pot-pourri avait explosé dans le bureau. « Tout va bien ?

— Impeccable ! » dis-je en serrant mon sac contre moi. Je me précipitai vers les ascenseurs. « Euh… je vous déconseille l'accès aux toilettes pendant un petit moment…

— Vous avez trouvé ce que vous cherchiez ? »

Mince. Elle m'a démasquée. Elle sait. « Euh… comment ça ?

— Vos mesures, c'est bon ? me demanda-t-elle comme si j'avais fumé un joint.

— Ah ! Oui ! Je suis sûre de trouver le bureau qui conviendra parfaitement ! Ah ! au fait, ne dites rien de tout ça à Ben… Je veux lui faire une surprise… »

J'entrai dans l'ascenseur sans demander mon reste et sortis enfin de l'immeuble. Je pris un taxi jusqu'à Grand Central, d'où mon train partait à quatre heures et quart. Une fois installée dans un wagon, je commençai à lire le dossier de Fitch. Le premier paragraphe était ennuyeux comme la pluie. Les deux pages suivantes auraient fait un excellent remède contre l'insomnie. Contraventions pour excès de vitesse. Amende de cinquante dollars pour avoir laissé son sapin de Noël sur le trottoir. Pas de quoi fouetter un chat. Mais à la quatrième page… Bingo ! C'était beaucoup mieux – et pire – que tout ce que j'aurais pu imaginer.

30

Lorsque Ben rentra à sept heures ce soir-là, la maison était calme. J'avais envoyé Janie et les enfants à une soirée resto *plus* ciné, et m'étais installée dans le salon pour attendre son retour, en feuilletant le dossier accablant de Ted Fitch. J'avais gardé mon tailleur bleu marine et attaché mes cheveux.

« Je peux te parler une minute ? » lui demandai-je d'une voix douce tandis qu'il accrochait son manteau dans l'entrée. Je plissai les yeux pour voir ce qu'il tenait à la main. Aïe. Aïe aïe aïe.

« Messe en souvenir de Katherine Cavanaugh », disaient les gros titres de la *Gazette* d'Upchurch. En dessous, une photo de moi au pupitre, la mâchoire ouverte, les cheveux en bataille. J'avais l'air énorme.

« Je suis tombé sur Stan Bergeron à la station-service », me dit Ben. Aïe, pas bon, ça non plus. « Il voulait savoir si tu t'étais remise de tes mésaventures de l'autre soir. Alors je lui ai demandé ce qu'il entendait par là…

— J'avais l'intention de…

— Et comme ça, j'ai appris que tu avais reçu des menaces de mort.

— … tout te raconter, mais tu n'es jamais là, et je ne savais pas comment m'y prendre. »

Silence. Échange de regards noirs. Ben se frotta le nez. Il avait pris pas mal de ventre depuis qu'on avait emménagé. « OK. Commençons par le commencement, se lança-t-il. Tu es allée à la messe en hommage à Kitty Cavanaugh. Non, excuse-moi. Tu as PARLÉ à cette messe.

— C'est pas vraiment ma faute, marmonnai-je.

— Pourquoi ? Quelqu'un t'a mis un revolver sur la tempe et t'a dit "Fais un discours ou je te bute ?"

— Oui, c'est à peu près ça, sauf qu'il n'avait pas de pistolet.

— Ensuite, tu harcèles les gens avec des questions…

— Je te signale que j'étais journaliste, tu t'en souviens ? C'est comme ça que je gagnais ma vie !

— Tu demandais aux rock stars si elles avaient des verrues sur le sexe ! Ce n'est pas tout à fait la même chose, excuse-moi ! »

Je relevai le menton. « Non, ce n'était jamais sur les verrues, répondis-je avec autant de dignité que possible. Sur l'herpès, ç'a pu arriver, mais… Mais ce n'est pas le sujet ! Quoi que tu puisses penser de mes enquêtes, j'étais reporter.

— Mais tu ne l'es plus ! cria Ben. Pour l'amour du ciel, Kate, tu n'es plus journaliste, tu n'es pas détective privé, tu n'es pas espionne, tu es une femme au foyer ! »

Je me levai pour aller dans la cuisine et me mis à vider le réfrigérateur : œufs, soja, raisin. Ben me suivit.

« Ce n'est pas ce que je voulais dire. »

Je l'ignorai. « Tu veux dîner ? » lui demandai-je en sortant la mayonnaise, la moutarde, la dinde fumée et le fromage… avant de m'apercevoir qu'on n'avait plus de pain. Je pouvais dire adieu au sandwich sur lequel je fantasmais depuis une heure…

« Je veux simplement que tu sois en sécurité. C'est pour ça qu'on a déménagé. Je ne veux pas que tu te mettes en danger. Ni toi ni les enfants. »

Je tournai la tête, à la fois indignée et morte de honte. Je savais qu'il avait raison, mais je refusais de l'admettre, car dans ce cas mon enquête, et la sensation de vie qu'elle me procurait, après sept ans et trois gamins – cette même sensation qui me faisait espérer qu'Evan McKenna m'aime un jour –, prendrait fin. Je retournerais à ma vie, à ma triste et insipide petite vie, qui ne me convenait pas, dans laquelle je n'avais pas d'amis, et ça je ne le supporterais pas.

« Tu crois vraiment que je ferais quoi que ce soit qui puisse mettre nos enfants en danger ?

— Hum, voyons un peu… Ta meilleure amie verse de la drogue dans le verre des gens…

— Ben, tu es injuste, et tu le sais !

— Tu passes ton temps à interroger tes voisins et des inconnus sur une affaire qui ne te regarde absolument pas…

— Une de mes amies a été assassinée. À coups de couteau, dans sa cuisine, dans notre ville. Et tu oses dire que ça ne me regarde pas ?

— Mais ce n'était pas ton amie ! Tu la connaissais à peine ! Je ne comprends pas pourquoi tu ne restes pas en dehors de tout ça ! Occupe-toi des enfants. Occupe-toi de toi. Trouve-toi un passe-temps si tu ne sais pas quoi faire… »

C'était la goutte d'eau. « Non mais, tu te fous de moi ? Est-ce que tu as une petite idée de ce que je fais la journée ? De ce que tes enfants font ? Tu le sais à quoi elles ressemblent, mes journées ? »

Là, je lui avais cloué le bec. D'un geste rageur, je saisis une poêle et la mis sur le feu.

« Tiens, pendant que tu réfléchis à ce que je viens de te dire, j'ai une autre question pour toi, dis-je en cassant deux œufs au centre de la poêle. On peut savoir pourquoi tu bosses pour un violeur ? »

Le visage de Ben se contracta. « Mais de quoi tu parles ?

— Ne fais pas l'innocent… Va voir les pages que j'ai imprimées, ça te rafraîchira la mémoire… »

Il alla chercher le paquet de feuilles au salon. Je glissai les œufs dans une assiette et m'effondrai sur une chaise. Il s'assit en face de moi et commença à feuilleter le paquet. Il releva la tête, apparemment indigné. Je ne lui avais pas vu cet air choqué depuis notre lune de miel, lorsque après six vodkas bien tassées j'avais suggéré qu'on tente quelque chose de nouveau au lit avant de lui mettre un doigt dans le derrière (alors qu'il s'attendait plutôt à ce que je lui grimpe dessus).

« Ce sont des informations confidentielles, finit-il par dire.

— Ben. Je t'ai toujours considéré comme quelqu'un… quelqu'un d'intègre.

— Fitch a dit qu'elle était consentante, s'exaspéra-t-il.

— Il l'a étouffée ! T'appelles ça un consentement ?

— C'est ce qu'elle a raconté, mais sa version de l'histoire n'a jamais été corroborée. Il n'y a eu ni enquête de police, ni rapport médical.

— Tu crois que cette femme – je jetai un œil sur la feuille –, cette Sandra Williams, a tout inventé ? Tu penses qu'elle a menti ? »

Ben leva les yeux au plafond, comme si les moulures allaient lui fournir une réponse.

« Je crois que quels que soient les événements, c'est de l'histoire ancienne. Et puis, les bêtises de jeunesse, ça arrive.

— Non mais tu te fous de moi ou quoi ? Une bêtise de jeunesse, c'est quand Sam oublie de ranger ses Lego. Je suis désolée, mais violer une copine de fac à vingt ans et demander à son père d'arroser tout le monde pour étouffer l'affaire, je n'appelle pas ça une bêtise de jeunesse.

— Stop ! hurla-t-il. Arrête tout de suite, Kate. Tu ne sais pas de quoi tu parles. Tu ne connais pas toute l'histoire.

— Qu'est-ce qu'il y a d'autre ? Une suite, peut-être ? Le Violeur – Le Retour ? »

Ses lèvres étaient si blanches qu'elles étaient presque invisibles et son ton était on ne peut plus sec.

« Edward Fitch est un héros de guerre. Son travail en tant que procureur général est irréprochable, et lorsqu'il sera élu sénateur il servira les habitants de New York avec dignité.

— Ben voyons… Est-ce que sa femme est au courant ?

— Je n'en ai aucune idée. Pourquoi ? Tu envisages de l'appeler pour lui faire profiter de tes lumières ? » Il me lança le combiné du téléphone sur les genoux. « Vas-y, ne te gêne pas ! » Il prit une voix haut perchée pour m'imiter. « Bonjour, vous ne me connaissez pas… Je m'appelle Kate Klein, mon mari travaille pour le vôtre. Bref… J'étais en ville l'autre jour pour faire du shopping et je suis passée au bureau de mon mari… » Il reprit une voix normale. « D'ailleurs, je suis très étonné que tu te soies souvenue de l'adresse…

— Qu'est-ce que tu entends par là, exactement ?

— Eh bien, disons que tu n'es pas une épouse très attentive quand il s'agit de ma vie professionnelle.

— Tu changes de sujet, Ben.

— Les femmes des collègues viennent souvent au bureau, insista-t-il. Elles s'intéressent à ce qu'ils font. La femme d'Al lui apporte même son dîner quand il travaille tard.

— Tu m'étonnes, ils habitent à deux pas du bureau. Et puis, sa femme s'est tellement fait lifter qu'elle a pratiquement les yeux derrière la tête.

— Ce n'est pas le sujet. Elle lui apporte son dîner.

— Eh bien, excuse-moi de ne pas me taper deux heures de train tous les soirs pour te livrer une putain de tourte à la viande ! » Je me levai et laissai tomber mon assiette dans l'évier.

« Et donc… si ce n'était pas pour m'apporter une tourte à la viande, on peut savoir ce que tu faisais dans mon bureau ? Pourquoi ce brusque intérêt pour Ted Fitch ?

— Ted Fitch et Kitty Cavanaugh se connaissaient. »

D'un coup, Ben se leva.

« Oh, génial ! Vraiment, c'est parfait. Ça ne te suffit pas d'enquêter sur nos voisins ? Il faut en plus que tu harcèles mes clients ?

— Sukie Sutherland les a vus en train de discuter dans un bar avant qu'elle soit assassinée. Kitty pleurait. » Je lui agitai le paquet de feuilles sous le nez. « Et je parie que je sais pourquoi. »

Sa voix était posée, mais il était blanc comme un linge. « Kate, tu plaisantes, j'espère ?

— Est-ce qu'il a un alibi ? demandai-je sans me démonter.

— Je ne me donnerai même pas la peine de répondre à cette question.

— Très bien, répondis-je en fermant le lave-vaisselle d'un coup de pied. Je me débrouillerai toute seule. » Je saisis le combiné et pris la même voix que lorsqu'il m'avait imitée. « Oui, ici Kate Klein. Je vous appelle à propos de cette manie que vous avez d'étouffer les femmes qui refusent de coucher avec vous. Je me demandais simplement si vous vouliez bien me dire où vous étiez le jour où Kitty Cavanaugh a été assassinée ? »

Les doigts de Ben s'enfoncèrent dans la chair de mon bras. « Si tu dis un mot à mon client, un seul mot, à part "Bonjour", "Au revoir" ou "Félicitations, sénateur", je jure que je…

— Que quoi ? criai-je en dégageant mon bras. Que tu me violeras ? »

Il eut l'air horrifié. « Kate…

— Je te conseille de dormir dans la chambre d'amis », sifflai-je en attrapant la liasse de feuilles.

Une fois en haut, je claquai la porte de notre chambre, enfilai ma chemise de nuit, et me pelotonnai sous les couvertures avec la vie d'Edward Jeffords Fitch étalée sous les yeux : cinquante-sept ans, diplômé de Yale et Harvard, décoré de l'étoile de bronze pour sa bravoure au Vietnam, représentant du ministère public, puis procureur général, et bientôt sénateur démocrate de l'État de New York – si mon mari et son équipe faisaient bien leur boulot. *Est-ce lui le coupable ?* me demandai-je en observant son visage sur la photo qui accompagnait l'article publié par le *Times* lorsqu'il avait annoncé sa candidature. Est-ce que c'était lui qui avait planté ce couteau dans le dos de Kitty ? Ben allait-il tenter de faire la lumière sur cette affaire ? Ou s'en fichait-il royalement, tant que cela n'affectait pas l'éligibilité de Ted Fitch ?

Je relevai la couette jusqu'à mes oreilles, tandis que dans le couloir j'entendais mon mari et ma meilleure amie se livrer aux rituels qu'exigeaient les enfants à l'heure du dodo.

« Maman, je veux maman », répétait Sophie.

À vingt et une heures, après avoir refusé un énième verre d'eau à Sam et une énième histoire à Jack, Janie toqua à ma porte.

« Tout va bien ? » murmura-t-elle.

Je lui ouvris et me laissai retomber sur mon lit, la tête enfouie dans l'oreiller. « Oui. Non. J'en sais rien.

— OK…, répondit-elle en s'asseyant à côté de moi. J'avoue ne pas tout saisir mais bon… »

Je lui tendis le dossier Fitch et lui exposai la situation en quelques mots. Janie ouvrait des yeux de plus en plus grands. « Waouh ! » s'exclama-t-elle, puis « Oh ! » et enfin « Ô mon Dieu ! Incroyable ! Mais… qu'est-ce qu'on fait, maintenant ?

— On se renseigne pour savoir si Ted Fitch a un alibi. »

Et ensuite, j'essaie de m'expliquer pourquoi je suis mariée à un type qui bosse pour ce genre d'individu.

31

Lorsque je me levai le lendemain matin, il n'y avait aucune trace de Ben dans la maison. Son pardessus avait disparu de son cintre, sa valise avait quitté le placard et sa place dans le garage était vide. Il y avait cependant un mot sur le réfrigérateur, coincé sous un aimant « Maman numéro 1 ». « Kate, avait écrit Ben. Ne fais rien. N'appelle personne. J'essaierai de répondre à tes questions avant la fin de la semaine prochaine. » Pas de signature, pas de « Je t'embrasse. »

Non merci, me dis-je en enfouissant le papier dans la poche de ma robe de chambre. Je me débrouillerai pour obtenir mes renseignements. Je passai un coup de fil à la Cabane rouge pour dire que les enfants seraient absents puis appelai Janie qui dormait encore pour la prévenir qu'on partait en sortie éducative.

C'est fou ce que le champ de vision des gens rétrécit lorsqu'ils sont confrontés à deux femmes et trois gamins dans un train bondé. D'un coup, c'est comme si tous ces femmes et hommes d'affaires ne voyaient pas plus loin que le bout de leur *Wall Street Journal* et refusaient de nous laisser accéder aux places libres à côté d'eux. L'été précédent, j'avais pris le train avec les enfants pour rejoindre ma mère à Boston. Sophie marchait, les jumeaux étaient dans leur double poussette, et impossible de trouver deux sièges libres côte à côte. Après avoir traversé trois voitures non sans peine, j'avais fini par m'installer par terre avec mes trois gamins, près du compartiment à bagages. J'avais sorti les jumeaux de leur poussette et dégainé le lecteur DVD portable. La femme dont l'imper et l'attaché-case étaient étalés sur le siège à côté d'elle nous adressa un grand sourire. « Qu'ils sont mignons ! » s'exclama-t-elle. Je lui avais rendu son sourire en me retenant de répondre : « Vous savez ce qui les rend encore plus mignons ? Une place assise ! »

J'étais donc rodée. Ce matin-là, dans le train qui nous menait vers New York, nous étions en présence d'une multitude de gens très affairés qui occupaient deux sièges chacun.

« Hum », soupira Janie en observant les rangées son gobelet de café à la main, titubant sur des talons de huit centimètres. Elle s'était fait un chignon et traînait derrière elle sa petite valise à roulettes. « Excusez-moi ! » lança-t-elle à un type absorbé par son Palm et à la femme qui discutait au téléphone en face de lui. « Bonjour. Nous voyageons avec trois enfants en bas âge et je porte des talons hauts. Ça ne vous dérangerait pas de partager une banquette pour qu'on puisse s'asseoir ? »

Les deux levèrent la tête puis échangèrent un regard. Le type finit par baisser les yeux sur son Palm et la femme reprit sa conversation téléphonique. « Allô ! s'énerva Janie. Vous ne parlez pas notre langue, peut-être ? Femmes ! Enfants ! Talons hauts, très hauts !

— Laisse tomber, lui murmurai-je. Allez, suivez-moi. »

Je m'étais sapée pour impressionner la galerie, alors je n'allais pas me laisser faire. Janie m'avait fait un super-brushing, j'avais mis mon pantalon noir préféré et un pull noir plutôt seyant vu ma corpulence. La classe, quoi.

« OK, Sophie ! dis-je en installant ma fille à côté d'un type en costume bleu. Sois sage, ma chérie, maman va faire un tour pour trouver une place à Sam et à Jack. »

Monsieur Costume-Bleu fut tellement surpris qu'il raccrocha son portable. « Hum, madame ? Vous n'allez quand même pas la laisser ici toute seule ?

— Non, pas toute seule, rassurez-vous ! dis-je en sortant une petite bouteille de jus de fruits. Tiens Sophie, c'est pour toi. Fais attention, n'en renverse pas partout comme la dernière fois. »

Monsieur Costume-Bleu grogna quelque chose d'incompréhensible, rassembla ses journaux, sa serviette, son téléphone et son imper avant d'aller s'asseoir à côté d'un de ses pairs. Janie avait vite pigé le truc.

« Bon, Sam », dit-elle en le faisant asseoir près d'un type en flanelle grise. Elle lui tendit des feutres et un livre de coloriage en lui faisant un clin d'œil. « Je sais que tu es très fier de ne plus porter de couches, alors surtout n'oublie pas de m'appeler si tu as envie d'aller aux toilettes. Je serai quelque part vers là-bas… »

Le type en flanelle poussa un gros soupir et s'enfuit vers le wagon-restaurant. Janie me fit un sourire, et en un rien de temps nous avions deux banquettes pour nous tout seuls.

« Je n'arrive pas à le croire, lâcha Janie en secouant la tête. Mais qu'est-ce qu'ils ont, tous ces gens ? » Elle se leva et haussa le ton. « Les femmes et les enfants d'abord, ça ne vous rappelle rien, hein ?

— Janie !

— Personne n'a vu *Titanic* dans ce train, peut-être ? Non mais, je te jure ! » Elle se rassit et sirota son espresso. D'un bond, elle se releva. « Vous devriez avoir honte, tous ! » cria-t-elle, et les passagers se tassèrent un peu plus derrière leurs journaux. Je la tirai par la manche pour la faire rasseoir.

« Bon, merci de ton aide, mais il faut qu'on se concentre maintenant. » Je tendis mon poudrier et un pinceau à Sophie, ainsi que mon iPod, avant de sortir le dossier Fitch de mon sac.

« On peut oublier la liste de noms, puisqu'on pense que Ted Fitch est notre coupable, dit Janie.

— Et en plus, il avait un mobile. Du moins, on sait que Kitty et lui se connaissaient. Assez pour qu'elle le laisse entrer chez elle. Il avait largement le temps, j'ai vérifié son emploi du temps. Le jour de la mort de Kitty, il avait seulement un dîner de prévu. Un gala de charité en faveur du Kiwanis à Westchester.

— Autrement dit, à un saut de puce d'Upchurch.

— Et puis, il a un passé violent. Cette Sandra Williams, qu'il a... » Je jetai un œil sur les enfants avant de continuer. Les garçons étaient penchés sur leur livre de coloriage, et Sophie, oreillettes de l'iPod bien enfoncées dans les oreilles, se mettait de la poudre scintillante sur le visage. « ... bien connue...

— Tout pour plaire, ce mec, ironisa Janie. Hors de question que je vote pour lui. Bon, revenons-en au mobile. Imaginons qu'il n'ait pas apprécié quelque chose publié par Laura Lynn Baird, et donc écrit par Kitty. Même s'il avait été très en colère, tu crois qu'il serait allé aussi loin ? Il ne se serait pas contenté d'une page à la rubrique opinions d'un journal ?

— Dans ce cas, il aurait fait écrire l'article par un des membres de son cabinet... Mais ça n'a peut-être rien à voir avec ce qu'elle a écrit.

— Ah ! Alors un crime passionnel ? s'enflamma Janie. Hou, ça commence à devenir trèèèès intéressant, cette histoire, jubila-t-elle en sortant son carnet. Ils avaient une liaison ! »

Je baissai la voix, espérant qu'elle ferait de même. « Ne nous emballons pas...

— On sait qu'elle aimait les hommes plus âgés, OK ? Donc ils avaient une liaison. Il lui a promis qu'il allait quitter sa femme mais il a changé d'avis, et c'est pour ça que Kitty pleurait au restaurant. Il lui a dit *Patiente jusqu'à la fin des élections*, et elle lui a répondu *Non, je ne peux pas patienter, je ne veux plus vivre dans le mensonge, je suis enceinte de toi, Ted…*

— Janie ! Les enfants ! murmurai-je en riant malgré moi.

— Un petit Fitch ! Ou une Fitchette !

— Hum, l'autopsie l'aurait révélé, tu ne crois pas ? » raisonnai-je. En vain. Janie était en roue libre.

« *Tu ne peux pas m'abandonner, Ted ! Il faut que notre enfant porte ton nom*, elle lui a dit, et quand il s'est rendu compte qu'elle ne plaisantait pas, qu'elle allait révéler leur histoire à la presse à scandale…

— Ou à *Content*, ajoutai-je, me prenant au jeu. Inutile de solliciter la presse à scandale. Elle aurait pu écrire elle-même son article et le publier dans *Content*.

— Ou alors, surenchérit Janie, c'est à toi qu'elle voulait tout raconter. C'est pour ça qu'elle t'a appelée ce soir-là ! C'est pour ça qu'elle voulait te voir ! Elle savait que tu étais journaliste, et que tu me connaissais.

— Et comment elle savait ça ?

— Bah, tu ne parles pas constamment de moi ?

— Moi, si », intervint Sophie.

Je pris soudain conscience que ma fille avait sûrement entendu toute notre conversation et compris chaque mot. Je fis signe à Janie de se la boucler, et elle recommença à gribouiller dans son carnet.

« Il l'a tuée, chuchota Janie une fois que Sophie eut l'air de nouveau absorbée par son maquillage. Elle et son fils.

— Ou sa fille…

— Et il pensait que son secret était mort avec elle…

— … Jusqu'à ce que Kate Klein, super-détective, le démasque et l'envoie sur la chaise électrique ! »

Janie me topa dans la main. « Cela dit, s'il va en prison, Ben va perdre son plus gros client, dit-elle. Mais moi, je ferai l'article de ma carrière ! »

La campagne électorale était financée par deux des plus importants syndicats new-yorkais et le Comité démocrate de l'État de New York ; une estrade avait été dressée sur la place en face de la mairie. Un taxi nous déposa au milieu d'une foule de fervents partisans arborant des pancartes sur lesquelles on pouvait lire « Votons pour le changement ».

Il faisait froid mais le temps était clair. Sous le ciel bleu pâle, les rues étaient bondées de gens qui prenaient leur pause déjeuner ou faisaient les magasins, dans cette excitation caractéristique des fêtes de fin d'année. L'air embaumait les pralines et les hot-dogs ; Janie et les enfants n'en finissaient plus de renifler ces bonnes odeurs.

J'observais les gens sur l'estrade et aperçus aussitôt Ted Fitch. Il était tout à fait en accord avec les couleurs de son parti : nez rouge, cheveux blancs, et manteau bleu marine – qui, avant d'être acheté, avait dû être approuvé par un comité composé de mon mari et de femmes de trente-quatre à cinquante-quatre ans.

Ted était le troisième sur la liste, après le maire adjoint Michael Suarez et la présidente de la Cour des comptes. À mes yeux, le maire adjoint était bien trop séduisant pour perdre son temps en politique et aurait dû entamer une carrière d'acteur ; quant à la présidente de la Cour des comptes, elle avait plus de soixante ans au compteur et avait déjà l'air au bout du rouleau. Un des sympathisants offrit des ballons aux enfants, Janie les leur attacha au poignet. Je sortis mon carnet et un stylo. Ted Fitch commença son discours.

« Je suis Ted Fitch, et je serai le prochain sénateur de l'État de New York ! » s'exclama-t-il sous un tonnerre d'applaudissements. J'étudiai son visage anguleux, son nez aquilin et ses lèvres minces tandis qu'il énonçait ses arguments : la diversité de notre grande nation, la tyrannie du gouvernement en place, le jour nouveau qui se levait en Amérique, le vote massif de ses partisans en sa faveur. « Merci à tous pour votre soutien, et Dieu bénisse l'Amérique ! » conclut-il. Une nouvelle salve d'applaudissements retentit pendant qu'il récoltait poignées de main et accolades des autres représentants du parti. Il salua le petit garçon d'une dizaine d'années venu chanter l'hymne national et s'éclipsa.

« Reste là », dis-je à Janie. Je me faufilai à travers la foule jusqu'à la file de voitures qui longeait le trottoir derrière la scène. Les chauffeurs, appuyés contre les capots, fumaient et faisaient la causette. Je n'eus pas de succès avec les trois premiers, mais le quatrième fut le bon. Le temps que Ted Fitch descende les marches et distribue quelques autres poignées de main, je me préparais à l'accueillir devant sa voiture.

« Tiens ! Quelle agréable surprise ! » dit-il en me prenant par les épaules pour m'embrasser sur la joue. De près, Ted n'était pas aussi fringant que sur ses affiches électorales, et semblait moins détendu que lors de notre soirée. Il avait des poches sous les yeux et de l'écume blanche avait séché aux commissures de ses lèvres.

« Est-ce que vous auriez une minute à m'accorder ?

— Bien sûr ! » s'exclama-t-il d'une voix chaleureuse, celle d'un homme qui s'apprêtait à passer l'année à venir à serrer des mains, embrasser des bébés et manifester un intérêt démesuré au premier venu. « Que puis-je faire pour vous ? »

Je m'approchai de lui et parlai à voix basse pour ne pas être entendue de ses collaborateurs crampon. « Hum, est-ce qu'on peut se parler en privé ? »

L'air surpris, il acquiesça. « Est-ce que la voiture vous convient ? »

J'acceptai, mais dès que j'eus pris place sur cette spacieuse banquette arrière et que la portière claqua derrière moi je le regrettai. J'avais réclamé de l'intimité, mais les vitres teintées et l'intérieur en cuir noir me faisaient l'effet d'une crypte dans laquelle j'étais enfermée avec un assassin potentiel pour seul compagnon.

« Un peu d'eau ? » me proposa-t-il. Je déclinai son offre, et il s'ouvrit une bouteille avant d'avaler une poignée de gélules. « Échinacée, zinc, vitamine C, ginkgo biloba, m'expliqua-t-il. Il faut que je tienne le coup ! » Il avala une nouvelle gorgée d'eau, puis d'autres gélules. « Alors, dites-moi tout, Kate. Tout va bien ? C'est à propos de Ben ? »

Je secouai la tête tout en frottant mes mains sur mon pantalon. Je mourais d'envie d'être dehors, au frais. « Non, je voulais vous parler de Kitty Cavanaugh. »

Je l'observais attentivement, guettant un froncement de sourcils, une grimace, m'attendant à ce qu'il se gratte l'oreille ou qu'il me crie « OUI ! JE L'AI TUÉE ! » Mais son visage demeura impassible. « Ah oui, l'écrivain, dit-il. Quelle tragédie… C'était une de vos voisines, n'est-ce pas ?

— Oui, tout à fait. Et une amie à vous, si je ne m'abuse ?

— Disons que nous avions des connaissances communes », répondit-il prudemment.

Mal à l'aise, je croisais et décroisais les jambes. Il faisait une chaleur épouvantable dans cette voiture. La clim me soufflait un air sec et brûlant au visage et son ronron me donnait l'impression de crier. « Je sais que vous êtes très occupé ces temps-ci mais…

— Ah ! ça, c'est la faute de votre mari ! Il ne me laisse pas une seconde à moi !

— Kitty a été assassinée, continuai-je avant de me dégonfler. Et la police n'a encore arrêté personne. Je sais que vous avez déjeuné avec elle à l'Aquavit avant qu'on ne la tue. Je veux simplement savoir… » *D'accord, Kate. Du calme.* « … quelle était la nature de votre relation. »

L'air indigné, il ouvrit grande la bouche. « Vous me croyez impliqué dans cette histoire de meurtre ? » Il me lança un regard noir, visiblement agacé. « Comment osez-vous insinuer une chose pareille ? Vous êtes détective privé à présent ?

— Non, juste une mère au foyer. »

Il tendit la main vers la poignée. « Bon, je n'ai pas de temps à perdre avec vos inepties.

— Sandra Williams », dis-je abruptement.

Il lâcha la poignée et se radossa à la banquette, le visage tout rouge. « Mais je rêve ! Ben vous raconte tout, à ce que je vois…

— Ce n'est pas Ben qui m'en a parlé. J'étais journaliste avant de le connaître, vous savez. »

Il soupira. « Alors maintenant, les journaux sont au courant… Le… euh… Comment dire… L'incident avec…

— Sandra Williams, répétai-je. Je ne pense pas que les journaux sachent quoi que ce soit. Et je m'en fiche. Ce qui m'intéresse, c'est Kitty.

— Je ne veux pas discuter de ça avec vous.

— Et Sandra Williams ne voulait pas coucher avec vous, mais ça ne vous a pas arrêté, je me trompe ? »

Dès l'instant où j'avais prononcé ces mots, je sus que j'avais gaffé. Son visage se contracta en une drôle de grimace.

« Sortez immédiatement de cette voiture », m'ordonna-t-il.

Il tendit le bras pour ouvrir la portière de mon côté mais je la refermai aussi sec.

« On vous a vu avec elle avant qu'elle meure. De quoi lui avez-vous parlé ? Pourquoi est-ce qu'elle pleurait ? Vous aviez une liaison ? Est-ce qu'elle était… » *Enceinte*, allais-je dire. Malgré tous mes efforts, les délires de Janie avaient annexé mon cerveau.

« Vous voulez que je vous raconte ? bredouilla-t-il d'une voix étranglée. Vous voulez vraiment savoir de quoi nous avons parlé ? » Il glissa une main dans sa poche.

Ô mon Dieu ! Cette fois, c'est moi qui mis la main sur la poignée. « Hum, peut-être devrions-nous reparler de tout ça plus tard… »

Il m'attrapa la main et me plaqua contre la banquette. « C'est ça que vous voulez ? me demanda-t-il en me lançant un bout de papier sur les genoux. Tenez, voilà. Sortez à présent. »

Ce n'est qu'une fois dehors, sur le trottoir, les jambes tremblantes, que je vis ce qu'il m'avait jeté. De l'argent. Je défroissai le billet de vingt dollars, la portière claqua et la voiture s'éloigna.

« Hé ! me lança Janie en accourant avec les enfants et leurs ballons. Ah, je savais bien que ça finirait par payer d'être amie avec toi », ajouta-t-elle en voyant le billet. Mais elle se ravisa. « Hou là ! ça n'a pas l'air d'aller. Qu'est-ce qui s'est passé ? Qu'est-ce qu'il y a encore ? »

Je me ressaisis et soufflai un bon coup avant de faire un bisou aux enfants. « Il y a qu'on va aller déjeuner et faire les magasins ! »

Nous avons passé la journée dans tous nos endroits préférés de New York, comme si tout était normal – comme si je n'avais jamais déménagé pour le Connecticut, que personne n'avait été assassiné, que je ne m'étais pas fait jeter d'une voiture par un politicien qui m'avait lancé un billet de vingt dollars à la figure. Après des sundaes au chocolat, une orgie de bonbons payés avec le billet de Ted Fitch, une visite au musée d'Histoire naturelle pour voir la baleine, un arrêt au Rockefeller Center pour admirer les patineurs, les gamins étaient lessivés, autant à cause de la marche que de la tonne de sucre ingurgitée. Janie nous déposa à la gare. « Bon, du coup, je vais quand même faire des recherches sur notre liste de noms… Appelle-moi quand tu arrives à Pleasantville ! »

Le train qui nous ramenait à Upchurch était presque vide. J'installai les garçons confortablement sur nos manteaux pour qu'ils puissent dormir, et Sophie contre une vitre avec mon écharpe en guise d'oreiller. Elle tenait toujours une sucette dans sa main toute collante. Je la lui enlevai doucement et déposai un bisou sur sa joue sucrée. « Maiiiis heuuuu, laisseueu-moi », marmonna-t-elle les yeux mi-clos.

Je m'installai à mon tour, mon carnet sur les genoux pour tenter de recomposer les événements de la journée. *Vous voulez vraiment savoir de quoi nous avons parlé ?* m'avait dit Ted Fitch en me jetant son billet. *Kitty voulait de l'argent*, notai-je en ajoutant un point d'interrogation. Je repensais à Dorie Stevenson : *une paire de boucles d'oreilles qu'elle portait tous les jours…* Je gribouillais comme une hystérique sur mon carnet, à la fois exaltée et épuisée. Peut-être que Kitty couchait avec tous ces hommes pour de l'argent. C'est peut-être pour ça qu'elle les préférait aux garçons de son âge. Et si, comme me l'avait dit Ben, Philip n'était pas un as en affaires, même mariée, Kitty pouvait encore avoir besoin d'argent.

Mon pouls s'accélérait à mesure que je me représentais sa situation : les frais de scolarité, l'emprunt à rembourser pour la maison, les voitures, les vêtements, les vacances au soleil ou au ski, toutes les choses nécessaires pour faire bonne figure à Upchurch… Affolée par cette addition monstrueuse et consciente que ses revenus de nègre ne lui suffiraient pas, Kitty s'était mise à passer des après-midi dans des chambres d'hôtel, qui se terminaient avec des billets sur une table de chevet. Je me demandais si Dorie savait ce que manigançait sa colocataire, ou si elle s'en doutait. Et je me demandais comment aurait réagi Tara Singh si elle avait appris que le nègre de son ennemie jurée vendait son corps.

De retour à Upchurch, je trouvai le garage vide et la maison plongée dans l'obscurité. Nuggets de poulet pour le dîner des enfants, un bon bain, *Le Petit Chaperon rouge*, et tout le monde au dodo. Comme je me pelotonnais sur le canapé avec mes nuggets et mon carnet, le téléphone sonna.

« Allô ?

— Kate ? » Il me fallut un petit moment pour reconnaître la voix de Denny Holdt. « Je suis navré de vous déranger, mais je me demandais si vous aviez vu Lexi récemment.

— Hum, pas depuis la soirée, non.

— Je vois…, dit-il sur un ton bourru. C'est qu'elle n'est pas rentrée à la maison depuis hier soir. »

Mon Dieu… Je me rappelais ce que m'avait dit Stan au poste de police : Lexi pensait qu'on la suivait.

« Et les enfants ? Ils vont bien ? Et le bébé ?

— Non, non, ne vous inquiétez pas, ils étaient avec la nounou. Brierly est ici avec moi et Hadley… Hadley ! Arrête ça tout de suite ! » J'entendis un cri, puis Denny reprit le combiné. « Excusez-moi, c'est qu'il n'arrête pas de se pencher au balcon…

— Et est-ce qu'elle a laissé un mot ? Ou un message sur votre répondeur ?

— Non, rien. Rien du tout. Je suis rentré à huit heures, les enfants étaient déjà au lit. La nounou m'a dit qu'elle ne savait pas où Lexi était partie, et qu'elle n'avait pas dit quand elle rentrerait. Il ne manque rien, elle n'a rien pris de particulier. Les valises sont toutes là, ses vêtements aussi. Il ne manque que son sac à main, et sa voiture, mais tous ses bijoux sont là et… Hadley, qu'est-ce que je viens de te dire ! »

Un bruit sourd, un cri et des sanglots très sonores. Denny mit un certain temps avant de reprendre la ligne.

« Désolé.

— Je crois que vous devriez appeler la police, dis-je.

— Je l'ai déjà fait. Mais ils m'ont dit qu'ils ne pouvaient rien faire avant quarante-huit heures, malgré… malgré tout ce qui s'est passé ces derniers temps.

— Vous avez une idée d'où elle a pu aller ?

— Elle n'a pas donné de nouvelles à sa mère. Ni à sa sœur. Et comme elle ne répond pas sur son portable, j'appelle ses amies. Hadley, tu cesses ça immédiatement ! »

Je revoyais Lexi lors de notre fête, ses épaules tendues, son cou raidi alors qu'elle observait Philip effleurer les cheveux de Janie.

« Excusez-moi je vais peut-être vous paraître indiscrète…

— Non, non, je vous en prie, allez-y. Si ça peut nous aider à la retrouver…

— Hum… Est-ce que vous aviez des problèmes… des problèmes de couple ?

— Non, tout allait très bien, me répondit-il sèchement.

— OK. Parfait. S'il y a quoi que ce soit que je puisse faire, n'hésitez pas. Vous voulez que j'appelle quelqu'un ?

— Non. Non, vous étiez en dernier sur ma liste. »

Oui, je m'en doutais…, pensai-je tandis que Denny raccrochait sans me dire au revoir. Je tripotai le combiné quelques secondes puis décidai de composer le numéro des Cavanaugh. Philip répondit à la quatrième sonnerie.

« Bonsoir, Kate Klein à l'appareil. Je viens d'avoir Denny Holdt au téléphone.

— Oui, il m'a dit. C'est horrible. » Il avait l'air sincère. Sa voix était celle d'un voisin inquiet, et non d'un homme qui aurait découpé Lexi en morceaux pour la mettre dans son congélo. Mais bon, je n'étais pas non plus une experte quant aux voix des tueurs en série…

« Comment allez-vous ? lui demandai-je.

— Oh, je m'occupe… J'ai pris un congé, je pars rejoindre les filles en Floride demain.

— Elles sont avec vos parents, c'est ça ?

— Avec ma mère. Mon père va venir ici à Upchurch, histoire de garder la maison. »

Je lui souhaitai bon voyage et lui demandai d'embrasser ses filles de ma part et de la part des enfants. Je raccrochai, en notant *Philip en Floride* dans mon carnet. Je n'aurais pas été étonnée d'apprendre qu'il ne voyageait pas seul…

En haut, Sophie avait rejeté sa couverture et était allongée sur le ventre, dans son petit pyjama à rayures roses et blanches, le même que Janie en miniature, Uglydoll au creux de son bras. Sam dormait sur le côté gauche, Jack sur le droit, tous les deux blottis l'un contre l'autre dans le lit du bas, tels que je les imaginais lorsqu'ils étaient encore dans mon ventre. Je me penchai pour les embrasser puis redescendis sur la pointe des pieds. Je décidai d'appeler Carol Gwinnell, la moins intimidante du groupe de supermamans d'Upchurch – groupe qui diminuait à vue d'œil – pour savoir si elle était au courant de la disparition de Lexi.

32

Trois quarts d'heure plus tard, Ben arrivait. « Il paraît que tu as vu mon client, aujourd'hui.

— Pardon ? » demandai-je poliment en levant les yeux de mon écran d'ordinateur.

Il soupira d'un air impatient. « Après son discours, Kate.

— Ah, dis-je en continuant à taper sur mon clavier sans croiser son regard. Oui, on a eu une petite discussion.

— Eh bien, figure-toi que moi aussi, dit-il en posant un fin dossier sur le bureau à côté de mon ordinateur. Une discussion que j'ai passée à essayer de le convaincre de ne pas faire appel à une autre agence de comm.

— Ah, parce que tu veux toujours travailler pour lui ? Ça ne devrait pas me surprendre, j'imagine…

— T'es pas croyable !

— Ce n'est pas un crime, que je sache ? À propos de crime, est-ce que ton candidat a un alibi ? »

Ben pointa le dossier. « À l'heure où Kitty Cavanaugh a été assassinée, il était en train de déjeuner.

— Et il y a des témoins, à ce déjeuner ?

— Oui. Sa maîtresse.

— Ah ? Dommage pour lui ! » Je fermai mon ordinateur pour examiner le dossier. Il y avait la photo d'un immeuble, la photocopie du permis de conduire d'une certaine Barbara Downing, blonde, yeux bleus, un mètre soixante-cinq, trente-six ans. Je me demandais s'il l'appelait parfois Barbie dans l'intimité. Je feuilletai les pages, à la recherche d'autres photos, mais il n'y en avait que quelques autres, floues et sans aucun intérêt.

« Quoi, pas de nus ? »

Ben fit une grimace.

« Ce n'est pas parce qu'il a une maîtresse à qui il peut faire jurer tout ce qu'il veut qu'il n'est pas coupable. »

Les narines de Ben se dilatèrent. « Tu crois qu'il a trouvé le temps de venir à Upchurch, d'assassiner une femme, d'effacer toute trace de sang sur lui, de repartir en voiture et d'arriver à New York à trois heures pour son briefing avant son dîner à Westchester ? » Il reprit son souffle.

« Tu sais, Ben, il y a des jours où j'emmène les enfants à l'école le matin, je fais trois lessives, je passe prendre tes costumes au pressing, je fais la vidange de la voiture, je passe à l'épicerie, je vais chercher les enfants et je leur donne leur déjeuner dans la voiture pour qu'on soit à l'heure à l'atelier de travaux manuels, à treize heures. Tout est affaire d'organisation. Si tu me demandais de caser un meurtre dans ma matinée, je suis sûre que je trouverais un moyen.

— Tu le crois toujours coupable ?

— Je n'en suis pas convaincue. Mais je sais que leur relation n'était pas des plus saines. Sauf si jeter de l'argent aux femmes est une activité normale… » À en juger par la mine déconcertée de Ben, j'en déduisis que Ted Fitch n'avait pas évoqué l'épisode du billet.

« Kate…

— Et je ne cautionne pas non plus le fait qu'il ait une maîtresse… » Un jugement bien prétentieux de la part d'une femme qui jouait si souvent avec le pommeau de sa douche… Je me dirigeai vers le salon. « Rappelle-moi pourquoi tu travailles pour lui, déjà ?

— Parce que c'est le meilleur candidat. Et puis, que veux-tu, Kate, ils ont tous un truc à cacher… quand ce n'est pas une maîtresse, c'est un problème d'alcool. Quand ce n'est ni l'un ni l'autre, c'est un gamin en prison ou en cure de désintox, ou un divorce foireux et une ex-femme en pétard qui veut tout déballer à la presse. L'affaire Bill Clinton a changé tout ça. Après Nixon, il fallait pratiquement être enfant de chœur pour se présenter à une élection, parce que les journaux se faisaient un plaisir de passer la vie des candidats au peigne fin. Leurs moindres faits et gestes faisaient les gros titres des journaux. Maintenant, peu importe leurs mauvaises habitudes, tant qu'ils ont une carapace et un beau sourire. »

Je ramassai les coussins et les Lego qui traînaient. « Est-ce que tu crois que Ted a tué Kitty Cavanaugh ? »

Il secoua la tête sans l'ombre d'une hésitation. « Nous ne sommes pas amis, mais j'ai passé beaucoup de temps avec lui. Je l'ai vu faire des coups bas, perdre son sang-froid, devenir injurieux, offensant même. » Il baissa la tête ; il avait l'air fragile et épuisé. « Il pousse peut-être des gueulantes, mais je ne l'imagine pas du tout assassiner quelqu'un à coups de couteau.

— Alors si ce n'est pas lui, qui est-ce ?

— Tu ne veux pas laisser tomber toute cette histoire ?

— Je ne peux pas... et non, je ne veux pas.

— Mais pourquoi ?

— Parce qu'il y a des femmes dans cette ville – des femmes comme moi – qui disparaissent et qu'on assassine. Lexi Hagen-Holdt a disparu. Son mari vient juste d'appeler. »

Il me regarda en plissant les yeux. « Et tu vas me dire que c'est ta nouvelle enquête, c'est ça ? »

Je sentis la moutarde me monter au nez, mais gardai un ton léger. « Pourquoi ? Ça te poserait un problème ? »

Il fit non de la tête.

« Ben, écoute... J'étais une bonne journaliste d'investigation. Et c'est bien le seul domaine dans lequel j'aie jamais réussi.

— Mais qu'est-ce que tu racontes ? Tu es une très bonne mère.

— D'après les critères d'Upchurch, je suis à peine passable. C'est toujours la même chose. En chant j'étais bonne, mais je n'arrivais pas à la cheville de ma mère. En écriture je m'en sortais, mais pas aussi bien que Janie. Et là je me débrouille vraiment bien. Ou du moins je crois que je le pourrais. »

Il me dévisagea, atterré. « Tu veux continuer ? Parce que tu crois que… tu pourrais faire… carrière ?

— Eh bien, je n'en sais trop rien… Peut-être ! Tu sais, un de ces quatre, les enfants passeront toute la journée à l'école. Il faudra que je me trouve une occupation. Je ne vais pas me contenter de cours de yoga et de bénévolat au musée !

— Pourquoi pas ? Ça ne me semble pas si dévalorisant que ça. » Il m'observa des pieds à la tête. « Tu pourrais aussi t'inscrire dans un club de gym.

— Je ne te ferai pas le plaisir de m'énerver… »

Je tendis la main pour qu'il me remette le dossier de Ted Fitch. Il soupira de nouveau et me le donna. « Tiens… J'abandonne. »

Je l'entendis passer devant notre chambre sans s'arrêter, puis ouvrir et fermer la porte de la chambre d'amis.

J'étais au lit, à moitié endormie, lorsque mon portable se mit à sonner. « Allô ?

— Kate ? me demanda Evan. Est-ce que tout va bien ? »

Non, vraiment, rien n'allait bien. « Oui, oui, tout baigne.

— J'ai une info pour toi.

— Quoi ? demandai-je en me redressant d'un coup.

— Sur Delphine Dolan.

— Quoi ? répétai-je.

— Je pense que ça serait mieux si je te le disais en face. On peut se voir pour prendre un verre ? »

Je lui demandai de me laisser deux jours. « Ne m'appelle pas. C'est moi qui te ferai signe. »

33

« Comment ça, ils ont perdu ton frottis ? me demanda Ben au petit déjeuner trois jours plus tard.

— J'en sais rien. J'imagine que ça doit arriver… Mais le Dr Morrison a dit qu'il pouvait me prendre du moment que j'y suis avant neuf heures.

— Il faut vraiment que tu te trouves un gynéco dans le Connecticut…

— Mais j'adore le Dr Morrison ! » dis-je en essayant d'oublier ce sentiment de culpabilité qui m'aiguillonnait – car, à la vérité, je n'avais pas rendez-vous chez le médecin ce jour-là. « Bien sûr, je pourrais trouver un gynéco ici, mais ce ne serait pas pareil. C'est le Dr Morrison qui a mis nos enfants au monde…

— Euh… Kate ? Tu te sens bien ?

— Je me sentirai mieux quand je me serai occupée de tout ça. »

Je déposai les enfants à l'école. Carol Gwinnell m'avait dit qu'elle serait ravie de ramener les garçons chez elle après l'école, et Gracie devait emmener Sophie dans un salon de manucure avant de la déposer chez Carol.

Assise dans le train à côté de Ben, sur de vieux sièges en plastique à rayures orange et dorées, je l'observais plier son journal avec précision. Quand il finissait une page, il me la tendait, sans un mot. « Une mère d'Upchurch disparaît », disaient les gros titres de *La Gazette*, au-dessus d'une photo de Lexi tenant le petit Brierly dans ses bras. L'article de la une ne m'apprit rien que Denny ne m'ait déjà dit. Lexi n'avait toujours pas donné signe de vie, la police la recherchait, et un numéro vert avait été mis en place afin que toute personne possédant des informations puisse appeler. Les yeux dans le vide, je pensais à Kitty et Lexi, à Joel Asch et Ted Fitch, à Philip Cavanaugh, et aux parents de Kitty, qui m'avaient dit avoir perdu leur fille bien avant qu'elle meure.

« Café ? me proposa Ben.

— Oui, je veux bien. » Il me tendit sa tasse et se leva pour aller jeter le journal au bout de l'allée. Il avait ajouté le faux sucre que j'aimais bien et avait enveloppé le gobelet dans une serviette en papier. Mais, lorsqu'il se rassit et que sa cuisse frôla la mienne, il fit aussitôt un écart en s'excusant. J'avais envie de lui prendre la main, de lui dire *Oublions tout ça. Tu sèches le boulot, moi j'annule mon faux rendez-vous, on va au musée, on déjeune au bar à huîtres, on se prend une chambre au Plaza et on fait l'amour jusqu'à ce qu'on doive choper le train de six heures pour rentrer.*

Mais les mots restèrent coincés dans ma gorge, et le train entra en gare. J'examinais son profil, sa mèche brune et ses sourcils épais, sa jolie bouche dont avaient hérité nos trois enfants. S'il croyait vraiment que j'étais impatiente que les enfants entrent à l'école primaire pour passer mes matinées à faire de la gym, mes déjeuners à picorer des feuilles de laitue en embrassant mes copines du bout des lèvres, mes après-midi à faire du shopping chez Saks en quête de robes du soir pour des dîners mondains où mes talons hauts me feraient souffrir le martyre, il ne me connaissait pas. Ce qui rendait l'école buissonnière et une partie de jambes en l'air à l'hôtel encore plus improbables.

« Bon courage pour le…, me dit-il en faisant un geste vers mon bas-ventre.

— Attends… » Mais il avait déjà disparu dans la foule de Grand Central, parmi les hommes d'affaires en pardessus et les femmes aux baskets couinant sur le sol en marbre humide.

Dans un soupir, je descendis les marches pour prendre le métro jusqu'à mon premier arrêt : petit déjeuner avec Janie.

Elle avait commandé un assortiment de viennoiseries et de bagels qu'elle avait disposé sur son bureau, dans les locaux où, fut un temps, je travaillais.

« Sers-toi », me dit-elle à mon arrivée. Elle portait des lunettes à grosse monture où l'on pouvait lire Prada sur chaque branche. Non qu'elle eût des problèmes de vue, mais elle trouvait ça chic, comme accessoire. En prenant un bagel, je jetai un œil autour de moi. La salle de rédaction du *New York Night* n'avait pas beaucoup changé depuis mon départ, cinq ans auparavant. La moquette gris souris avait été remplacée par une à motifs vert sapin, et les vieilles étagères en métal n'étaient plus au même endroit ; ça mis à part, je n'étais pas dépaysée, loin de là.

« Hé ! s'écria Janie en claquant des doigts sous mon nez. Tu es avec moi ?

— Hein ? Euh, oui, oui, excuse-moi. Alors, tu as trouvé des infos intéressantes ?

— Tout à fait. Autant te dire que je n'ai pas chômé ces deux derniers jours. » Elle sortit un dossier de son tiroir. « David Linde », dit-elle en me glissant une photo. Le type avait la soixantaine, les yeux bleus, les cheveux gris, un catogan. « Profession : luthier. Habite à Eugene, dans l'Oregon. Il m'a dit qu'il n'avait aucune idée de qui pouvait bien être Kitty Verree Cavanaugh. Il ne l'a pas reconnue sur la photo.

— Tu la lui as envoyée par mail ?

— Non, je la lui ai montrée.

— Dans l'Oregon ?

— Sy m'a prêté son jet. Tu connais l'Oregon ? C'est super-mignon ! » Voilà, entre autres, ce que j'adorais chez Janie : sa capacité à parler d'une ville ou d'un État comme d'un sac de soirée qu'elle envisageait de s'offrir.

« Donc, il n'a jamais entendu parler d'elle... », fis-je, démoralisée à l'idée de voir mon enquête prendre la mauvaise direction. Peut-être que Kitty ne couchait pas avec des hommes plus âgés, après tout...

« Oui, c'est ce qu'il m'a dit. Et j'ai vérifié... Apparemment, ils ne se sont jamais retrouvés au même endroit au même moment. Il vit dans l'Oregon depuis plus de vingt ans, et la dernière fois qu'il est venu à New York c'était avant qu'elle soit née.

— Peut-être que Kitty faisait des visites à domicile..., tentai-je sans trop y croire.

— Ne t'inquiète pas, ça va devenir intéressant, me dit-elle en rangeant la photo de David Linde et en en sortant une nouvelle. Je te présente Harold Saccio. Ophtalmo dans le Maine. »

Harold Saccio avait des boucles aux reflets roux, des carreaux à double foyer et un gros nez rose. Avec un teint plus foncé, il aurait été le portrait craché de Monsieur Patate, le jouet préféré de mes enfants.

« Il m'a raccroché au nez quand j'ai mentionné le nom de Kitty.

— Hum, intéressant...

— Et il n'a répondu à aucun de mes dix-huit coups de fil...

— Tiens tiens...

— Ensuite, il s'est mis sa blouse de labo sur la tête quand je l'ai apostrophé sur le parking de son cabinet et m'a menacée de porter plainte pour harcèlement.

— Ah, parce que tu es aussi allée dans le Maine ?

— Oui. C'est très mignon aussi, le Maine. Bref, il a essayé de se débarrasser de moi. Alors je lui ai montré la fourgonnette d'une chaîne de télé garée sur le parking et je lui ai dit qu'on pouvait discuter en privé, ou bien qu'on le filmerait courant se cacher derrière sa Mercedes.

— Quoi, tu as fait venir des journalistes ?

— Le copain d'un copain, en fait. Un type qui me devait un service.

— Tu connais des gens dans le Maine ?

— J'ai des relations, disons… Bon, revenons-en à Harold. On est allés dans un petit resto de Portland et là il s'est mis à parler. L'horreur ! Je comprenais rien. Il parlait comme un commissaire-priseur. Avec un accent. Et il transpirait, fallait voir. Il n'arrêtait pas d'ôter ses fringues les unes après les autres.

— Hein ?

— Manteau, veste de costume, cravate. J'avais peur qu'il ne finisse à poil. Enfin bon. Je lui ai demandé ce qu'il savait sur Kitty Cavanaugh. Là, il me raconte que c'était il y a très longtemps, une erreur de jeunesse, bla bla bla, qu'il n'a pas envie d'en parler, qu'il traversait une mauvaise passe à l'époque, qu'il est désolé, que maintenant il est marié et très heureux en mariage.

— Il la connaissait…

— Ils se sont rencontrés à New York.

— Quand ?

— Impossible de lui faire cracher le morceau. Il ne voulait même pas prononcer son prénom. Il me répétait que ça n'était arrivé qu'une fois, à New York, et que désormais c'était du passé. Par “passé” je ne sais pas s'il faut comprendre l'époque où Kitty a demandé à Evan d'enquêter sur lui, ou… il y a deux semaines… Quand j'ai commencé à entrer dans les détails, il a appelé son avocat en me disant que si j'avais d'autres questions il me faudrait une assignation. Et il m'a plantée avec l'addition à payer !

— Salaud… Après tout le chemin que tu avais parcouru… »

Janie acquiesça et rangea la photo de Harold. « Bo Baird est mort, ce qui nous fait un suspect en moins…

— Lui peut-être, mais reste Laura Lynn… Et si elle avait découvert que son père avait connu son nègre, au sens biblique du terme ?

— Connu, et payé. Je crois que ça vaut le coup d'en parler à notre ami Stan.

— Et Emmett James ?

— Hum, là non plus on ne peut pas dire que ça se soit bien passé… », soupira Janie en sortant une troisième photo. Les deux précédents n'étaient déjà pas de première jeunesse, mais Emmett, lui, était carrément à l'article de la mort. Cheveux blancs, tout petit, pantalon noir à pinces et chemise blanche trop grande, mains veinées de bleu posées sur les genoux.

« Emmett James, reprit Janie. Professeur émérite de littérature, spécialisé en poésie moderne anglaise et américaine. Quatre-vingt-douze ans, vit à New Haven, il se déplace en fauteuil roulant. Je ne veux pas donner l'air de douter des capacités de nuisance des personnes à mobilité réduite, mais je ne pense pas qu'il soit notre assassin. Et je ne l'imagine pas payer une nana pour s'envoyer en l'air. Pas dans ce siècle, en tout cas.

— Est-ce que tu lui as parlé de Kitty ?

— Oui. Ou du moins j'ai essayé. C'est qu'il est très, très vieux. Il s'est mis à me réciter un poème. On était dans son bureau. Que des livres dans cette pièce, du sol au plafond.

— Quel poème ?

— Un poème de Sharon Olds », dit-elle en me tendant une feuille.

Il s'intitulait « Pourquoi ma mère m'a fait ».

Peut-être suis-je ce qu'elle avait toujours voulu,
Mon père en femme,
Peut-être suis-je ce qu'elle voulait être,
Lorsqu'elle le vit pour la première fois, grand et beau,

Sur la pelouse de l'université
Dans cette lumière masculine de 1937…

« Euh… 1937 ? hésitai-je.

— Je te l'ai dit, il était complètement à côté de la plaque. Je m'en suis voulu de l'avoir dérangé. »

J'acquiesçai et parcourus le reste du poème, en quête d'un indice, ou d'une référence à la prostitution. En vain.

Me voilà à présent allongée comme autrefois
Dans le creux de son bras, sa créature
Et je sens son regard posé sur moi
Comme l'artisan de l'épée
Se mire dans l'acier de la lame.

« Et c'est censé vouloir dire quoi, tout ça ?

— Aucune idée. Rien de précis, à mon avis. Ce papy était comme un juke-box. Tu appuies sur le bouton et paf ! il te récite un poème. »

Je rangeai le tout dans le dossier.

« Janie, je ne pourrai jamais te remercier assez d'avoir fait tout ça pour moi…

— Je le fais pour moi aussi, tu sais. Pour mon article.

— S'il y a de quoi en faire un, soupirai-je. Tu vas voir, si ça se trouve, c'est le facteur le coupable…, ajoutai-je en me levant.

— Attends.

— Quoi ? »

Elle me regarda droit dans les yeux.

« Je ne sais pas… Tu n'as pas l'air dans ton assiette, on dirait.

— Comment ça ? »

Elle posa une main sur mon épaule pour me faire asseoir.

« Je m'inquiète pour toi, Kate. Sauf que je ne sais pas comment t'en parler. Je n'ai pas vraiment la fibre maternelle… Mais, sérieusement, je me fais du souci.

— T'inquiète, je vais bien.

— Et comment ça va avec Ben ?

— Ça va bien.

— Et les enfants ? Non, attends, laisse-moi deviner. Là aussi ça va bien, c'est ça ? »

Je finis par lâcher le morceau.

« Ben m'a dit qu'il fallait que je me trouve un hobby. En précisant que j'étais une mère au foyer, et non un détective privé.

— Oh !

— C'est ce que tu penses aussi ? Que j'ai besoin d'un hobby ? »

Janie ôta ses lunettes et les rangea soigneusement dans leur étui Prada.

« Ce que je crois, c'est qu'il faut que tu sois prudente. Promets-le-moi. Si jamais il t'arrivait quoi que ce soit, ou alors aux enfants, je…

— Janie !

— Ben quoi ? Ils n'ont toujours pas retrouvé Lexi Machin-Chouette, que je sache ?

— Hagen-Holdt. Mais ne t'en fais pas, il ne nous arrivera rien », dis-je, plus trop sûre d'y croire. Une phrase du poème me hantait. *Une femme de grande taille, souillée, amère, dure*… Était-ce Kitty ? Était-ce moi ?

« Je t'aime, dit Janie en me serrant dans ses bras. J'ai seulement besoin de te savoir en sécurité. En sécurité et heureuse.

— Moi aussi je t'aime. »

Tout en l'étreignant à mon tour, je ne pus m'empêcher de m'assurer que le dossier avec les photos et le mystérieux poème était bien dans mon sac. Je savais que je ne pouvais pas en rester là, même si j'en avais envie tout à coup.

34

Evan et moi nous étions donné rendez-vous au bar du Time Hotel. Lorsque j'y arrivai, à midi moins le quart, l'endroit était désert. Il y avait une dizaine de tables basses en pierre polie, entourées de banquettes bien rembourrées, toutes vides. L'ambiance était tamisée, et il faisait bien meilleur à l'intérieur que dans le vent glacial. J'enlevai mon manteau et filai aux toilettes m'inspecter dans le miroir. L'éclairage au néon était impitoyable. J'avais le teint cireux, et la seule chose susceptible dans mon sac de remédier à ce désastre était un rouge à lèvres – datant probablement du temps où j'espérais former un couple avec Evan. Gros soupir. J'en appliquai avec soin sur mes lèvres puis m'en mis sur les pommettes du bout des doigts pour me donner bonne mine. Comme il était rose perle, je me demandai si je ne pourrais pas m'en servir aussi d'ombre à paupières… mais il ne fallait peut-être pas exagérer.

Je risquai un dernier coup d'œil dans le miroir : *J'aurais dû mettre plus de maquillage avant de partir de chez moi. J'aurais dû m'épiler les jambes. J'aurais dû écouter Janie et me faire raidir la tignasse à la méthode japonaise.* Pourquoi ce treillis et ce pull noir avaient si piètre allure alors qu'ils semblaient parfaits quand j'étais sortie de la maison ? Si seulement j'avais du temps pour faire les magasins ! Si seulement je n'avais pas autorisé Sophie à enregistrer

Les Aventures d'Elmo l'éléphant par-dessus ma cassette de *Maigrir grâce au Yoga*…

Tu es ridicule, Kate, me dis-je. C'est vrai, enfin : j'étais adulte, mariée, mère de trois enfants – je n'avais rien d'une ado de quatorze ans qui aurait filé rencart à son amoureux dans la salle de chorale pendant le déjeuner. J'avalai un bonbon à la menthe, je m'ébouriffai les cheveux et retournai dans le bar.

Evan était là, accoudé au comptoir, regard vert intense. Exactement comme dans mon souvenir, la même allure qu'autrefois, avant qu'il me brise le cœur, avant que j'aie des enfants, avant que mon mari prenne la décision de déménager sans me consulter, avant que je devienne invisible.

« On ne va pas être dérangés par le bruit, on dirait, dis-je en naviguant entre les tables vides.

— Salut, Kate. » Il souriait, mais je remarquai le léger tremblement de sa main lorsqu'il prit son verre avant de se diriger vers le fond de la salle. Je m'installai sur une banquette et, le cœur battant, l'observai prendre place à côté de moi.

« Alors, des infos intéressantes ? demandai-je.

— Toi d'abord. »

Je secouai la tête. « Parle-moi des Dolan.

— Eh bien, il s'avère que Kevin n'entretenait aucune liaison avec Kitty. D'après mes recherches, il est entièrement dévoué à sa femme. Il ne l'a jamais trompée. »

J'acquiesçai, déçue que ma théorie soit fausse, mais pas mécontente de constater qu'au moins un couple à Upchurch était établi sur des bases solides.

« De toute façon, Delphine Dolan n'existe pas.

— Quoi ? »

Il sortit une feuille de papier de sa poche, une photocopie de l'acte de mariage de Kevin Dolan et Debbie Farber.

« Debbie Farber ?

— Née à Hackensack, dans le New Jersey. Elle a dû changer d'état civil, ou tout simplement commencer à se faire appeler Delphine. Bon, à ton tour, maintenant. »

Je lui appris la disparition de Lexi Hagen-Holdt et lui racontai mon entrevue avec Ted Fitch – ce qu'il avait dit, fait, ce que je savais sur lui (sans préciser que je m'étais introduite dans le bureau de mon mari sous un faux prétexte).

« Tu crois que Kitty se prostituait ? me demanda-t-il tandis qu'un serveur nous apportait des verres d'eau.

— Je crois qu'à un moment de sa vie elle a dû coucher avec des hommes qui lui donnaient quelque chose en échange. » Je me souvenais des boucles d'oreilles dont Dorie m'avait parlé et me demandais pourquoi une femme comme Kitty aurait vendu son corps, et à si bas prix.

« Donc elle se prostituait.

— Pas officiellement.

— Quoi ? Elle n'était pas syndiquée ? »

Je marmonnai et fermai les yeux.

« Arrête de te faire du souci », reprit Evan en me passant une main dans le dos.

Dans ma tête, je le repoussais gentiment mais fermement et je sortais le dossier de Janie afin de comparer nos renseignements. Dans ma tête, je me levais, je prenais mon sac et je le remerciais d'une poignée de main amicale en lui promettant de l'appeler bientôt. Dans ma tête, j'arrivais à temps pour le train de quatre heures et je rentrais chez moi préparer un bon dîner à ma petite famille, donner le bain à mes enfants, récurer la baignoire, leur lire une histoire, leur distribuer des câlins et des bisous et me coucher à dix heures dans mon lit douillet, où je renouais mes relations conjugales avec mon mari dans un tourbillon d'excuses et avec la promesse de m'améliorer.

Mais dans la vraie vie je laissai Evan me pencher la tête en arrière. Je fermai les yeux et j'ouvris la bouche, et lorsque ses lèvres entrèrent en contact avec les miennes je lui rendis son baiser, me fondant dans la chaleur de son corps, si près de lui que j'entendais les battements de son cœur, comme lorsqu'on s'était embrassés la première fois. L'éclairage d'ambiance, le Time Hotel, le meurtre de Kitty Cavanaugh, l'éventualité de sa double vie, New York… C'était comme si une lame de fond avait englouti le monde, nous laissant Evan et moi dans les bras l'un de l'autre.

Il se dégagea. « On pourrait prendre une chambre… », dit-il, le souffle coupé.

J'avais les lèvres en feu, les joues aussi, tout mon corps le réclamait et je savais que si on continuait à s'embrasser j'allais perdre la raison.

« Non, dis-je en me levant. Je ne peux pas.

— Mais si… » Il me prit les mains. « Tu peux faire tout ce que tu veux… Si seulement… Ah, j'aimerais tellement que les choses se soient passées différemment entre nous. »

J'enfonçai mon bonnet en laine rouge sur ma tête et enfilai mes mitaines. La gauche marquait le contour de mon alliance. « Il faut que je rentre chez moi.

— Entendu. Tu m'appelles ?

— Je… »

Il se leva, ajusta mon bonnet et m'embrassa sur le nez. « Je penserai à toi.

— Au revoir, Evan. » Tout au fond de moi, je savais que moi aussi je penserais à lui.

TROISIÈME PARTIE

La fille de personne

35

J'arrivai chez Carol Gwinnell à cinq heures et demie. Lorsqu'elle ouvrit la porte, une bonne odeur de tarte aux pommes me chatouilla les narines.

« Maman ! s'exclamèrent les enfants en courant vers moi pour s'agripper à mes jambes.

— Vous vous êtes bien amusés ?

— Oui ! crièrent Sam et Jack en chœur.

— Merci pour cet agréable après-midi, dit poliment Sophie en regardant la porte avec insistance.

— Une seconde, ma chérie, je voudrais remercier Mrs Gwinnell…

— Oh, mais de rien, voyons… Ils peuvent revenir quand ils veulent ! » Pendant que les enfants enfilaient leurs manteaux, elle s'approcha de moi. « Personne n'a entendu quoi que ce soit sur… sur… Hum, appelez-moi quand vous serez chez vous.

— Vous croyez que – je baissai la voix – la personne qui a tué Kitty a quelque chose à voir avec la disparition de Lexi ? Elles avaient des connaissances communes ?

— Oui, plein. Même école, même église, mêmes amis, même pédiatre, même club de sport… Bon, il faut que je prépare le dîner. Passez-moi un coup de fil quand vous êtes chez vous, entendu ? »

Je le lui promis et menai les enfants à la voiture ; Carol, dans son tablier à carreaux rouges et blancs, nous faisait au revoir depuis son perron.

« Charlie ne tire pas la chasse d'eau quand il a fini, me dit Sophie alors que je l'installais dans son siège-auto.

— Eh bien, dis-moi, c'est mal élevé, ça... »

Une fois à la maison, je fermai tous les verrous et rappelai Carol. Je fis manger les enfants, leur donnai leur bain et leur lus l'histoire de Cendrillon, que les garçons faisaient semblant de ne pas aimer.

À huit heures et demie, tout le monde était au lit. Je pris une douche et j'enfilai une vieille chemise de nuit informe avant de me coucher à mon tour. Je fermai les yeux, mais j'étais sûre que je ne parviendrais pas à m'endormir, pas plus que je n'avais été capable de résister à la tentation d'embrasser Evan. Pourtant, lorsque je les rouvris, le jour filtrait à travers le store, les enfants étaient levés, et à en juger par le lit défait de la chambre d'amis mon mari était rentré et reparti sans que je remarque quoi que ce soit.

« Bon Dieu ! hurla Janie dans mon téléphone portable. Vous n'avez quand même pas...

— Non, non, ne t'inquiète pas... », répondis-je, l'estomac encore tout retourné. L'énormité de ce que j'avais failli faire la veille ne m'avait frappée qu'au réveil, mais ç'avait été un véritable coup de massue. Je soupçonnais la culpabilité que j'éprouvais d'affaiblir mon système immunitaire. Depuis que j'étais debout, j'avais un mal de ventre terrible et je faisais des allers-retours aux toilettes toutes les dix minutes, ce qui avait le don d'amuser les enfants. « Mais j'en avais très envie.

— Tu sais, je peux encore le faire expulser du territoire.

— Inutile. J'ai décidé de ne plus jamais le revoir. » Voilà la résolution que j'avais prise dans le train qui me ramenait à Upchurch. Je n'étais pas taillée pour l'adultère. Je me sentais déjà anéantie, ravagée par la mauvaise conscience… Et, pour une simple question de logistique, ça ne marcherait jamais. Mes mensonges m'avaient déjà mis les nerfs à rude épreuve. J'étais incapable d'inventer de nouvelles excuses pour mes escapades à New York. Ben pouvait croire que le labo du Dr Morrison avait perdu mon frottis une fois, mais pas deux.

« Est-ce que tu l'aimes encore ? »

J'émis un grognement pour toute réponse.

« Et Ben, est-ce que tu l'aimes encore ? »

Je grognai encore plus fort. « Qu'est-ce que ça peut bien faire ? Je suis mariée. J'ai des enfants.

— Tu sais que tu as le droit de divorcer de nos jours, même si tu as des enfants. Non que je t'encourage dans cette voie, s'empressa-t-elle d'ajouter.

— Bien sûr. Mais c'était juste un accident de parcours. Ça ne se reproduira plus. J'avais besoin de son aide.

— Et il t'a aidée. »

Je me forçai à avaler un verre d'eau gazeuse. Puis, jambes tremblantes, je titubai jusqu'aux toilettes et m'assis sur la cuvette. Je n'en revenais pas. Comment, en une nuit, étais-je devenue le genre de femme que je ne supportais pas ? Une menteuse. Infidèle. Une femme prête à jeter son mariage aux oubliettes et à briser une famille pour quelques frissons de pacotille dans une chambre d'hôtel. « Il a découvert que Delphine Dolan n'existait pas.

— Hein ? Elle avait pourtant l'air bien réelle à ta fête, l'autre soir.

— Ce n'est pas son vrai nom. En fait, avant, elle s'appelait Debbie Farber.

— Oh ! Alors appelle Stan et dis-lui de l'arrêter sur-le-champ. »

Je la saluai, raccrochai et retournai dans la cuisine, où les enfants se disputaient les crayons, la maison de poupée et les cahiers d'autocollants que je leur avais rapportés de New York. « Non ! criait Sophie en agitant son toast. Non, petit bébé plein de crotte, rends-moi ça ! »

Kate Klein, voilà ce qu'est ta vie, bienvenue dans la réalité, me dis-je en essayant d'arbitrer la guerre des Crayons.

Je fis un feu dans la cheminée du salon et m'installai sur le tapis pour jouer à Candy Land avec les enfants. Au bout de quatre parties, je fis réchauffer du bouillon de poule tout prêt, sachant pertinemment que les autres mères d'Upchurch servaient à leurs enfants une bonne soupe maison.

Lorsque le soleil perça à travers les nuages, je décidai de sortir faire un tour avec les enfants. Le sol était encore humide, mais il faisait doux. Autant en profiter, car la météo avait annoncé vingt centimètres de neige pour le week-end.

Deux fourgonnettes appartenant à des chaînes de télé étaient garées devant chez Lexi, et une troisième devant la maison des Cavanaugh. Dans le parc, les mamans d'Upchurch étaient agglutinées autour des balançoires et parlaient à voix basse.

« Alors, vous connaissez la nouvelle ? demanda Rainey Wilkes.

— C'est à propos de Lexi ? Est-ce qu'on l'a… », dis-je d'une voix étranglée. Je n'arrivais pas à dire *retrouvée*, car ça s'appliquait plutôt à un chien perdu – ou à un cadavre. « Est-ce qu'elle est revenue ? »

Rainey secoua la tête. « Il paraît qu'ils ont fait venir le FBI. Ils fouillent les bois alentour. Avec des chiens. Je les ai vus ce matin. »

Je ne pouvais m'empêcher de m'imaginer Lexi dans le même état que celui où j'avais retrouvé Kitty – allongée sur le ventre dans une mare de sang visqueux, un couteau planté entre ses épaules musclées.

Je m'effondrai sur un banc. Sam et Jack, avec leurs bonnets rouges à pompon que leur avait achetés Janie, jouaient aux pirates autour des balançoires, engagés dans un duel d'épées imaginaires. Sophie était partie jouer à cache-cache. Carol Gwinnell vint s'asseoir à côté de moi, son sac tout serré contre elle.

« Rob veut vendre la maison », me confia-t-elle en ouvrant son sac. J'aperçus une chose que je n'aurais jamais imaginé y voir – un paquet de cigarettes. Elle prit un bonbon au caramel. « Tout se dérègle dans cette ville. Même moi ! Je n'arrête pas de manger ! Je me suis envoyé tout un sachet de M&M's hier soir !

— Mais où est-ce que vous comptez emménager ? »

Elle haussa les épaules. « Peut-être à White Plains, ou à New Canaan. Une ville avec de bonnes écoles, pas trop loin de New York. J'ai appelé un agent immobilier, et il m'a dit que j'étais la troisième personne de la journée. » Elle prit un autre bonbon. « Caramel ?

— Je veux bien. Merci. » Je le laissai fondre dans ma bouche, tout en écoutant les chuchotements du petit groupe de super-mamans, qui tombaient de haut : leur éden n'était finalement pas si paradisiaque que ça. À vrai dire, j'y trouvais un certain réconfort. Cela me ramenait à l'époque où je vivais à New York, où les autres mères étaient aussi dépassées et épuisées que moi, où toutes les semaines on apprenait que le mariage de l'une ou de l'autre battait de l'aile, où les maris perdaient leur boulot ou se plaignaient de celui qu'ils avaient, où les épouses fantasmaient sur leur obstétricien, leur plombier, ou un ancien petit ami de retour en ville, beau comme c'était pas permis.

« Mamaaaaaaaaaaaan ! »

Toutes les mères se retournèrent en même temps. Sophie était pliée en deux au pied de la balançoire, les mains sur le ventre.

Je me levai et courus aussi vite que je pus pour la prendre dans mes bras.

« Quoi ? Qu'est-ce qui s'est passé ?

— Hummm, gémit-elle. J'ai mal au ventre... » Elle eut un haut-le-cœur et vomit sur ma veste en lapin, que je m'étais décidée à acheter une semaine auparavant, pour ne pas détonner lors de mes promenades au parc.

« Oh, Sophie, mon petit cœur... Allez viens, on va rentrer à la maison. » J'installai tout le monde à l'arrière du minivan. « Et vous, les garçons, ça va ?

— Mal au ventre », gémirent-ils à leur tour.

Je me tenais prête pour un après-midi riche en péripéties.

Une fois garée devant la supérette, je me pris la tête à deux mains. Emmener les enfants avec moi ? Les enfermer dans la voiture deux minutes, le temps que j'aille acheter de la soupe et des biscuits salés ? Impossible.

Je redémarrai et filai droit à la maison, où je passai quatre heures à accompagner les enfants aux toilettes, à laver draps et vêtements, et à nettoyer la moquette de la chambre des garçons – Sam n'ayant pas eu le temps d'atteindre la cuvette.

À cinq heures, crevés, ils avaient fini par s'endormir. Je profitai de l'accalmie pour allumer mon ordinateur. J'avais l'intention de surfer sur le site de *La Gazette* d'Upchurch, peut-être même sur CNN.com quelques minutes, afin de voir s'il y avait quelque chose sur Lexi. « Vous avez un nouveau message », m'annonça ma boîte e-mail. Mon cœur cessa de battre. DE : Evan McKenna. À : Kate Klein. OBJET : Toi.

Comme toujours, Evan allait droit au but. « Tu me manques, avait-il écrit. Quand est-ce qu'on peut se voir ? »

Non non non non non. Je cliquai sur « supprimer », puis sur « vider la corbeille ». Il fallait que je lui dise de me laisser tranquille. Mais quelle crédibilité morale et éthique me resterait-il si je manquais à ma promesse de ne plus jamais lui parler afin de lui dire que je ne voulais plus jamais lui parler ?

Au pied de l'escalier, je tendis l'oreille, mais n'entendis rien. Les enfants dormaient. Je sortis mon téléphone portable et me réfugiai dans le garage, assez loin pour ne pas avoir l'impression de souiller mon foyer, mais assez près pour entendre les enfants au cas où ils auraient besoin de moi.

Evan répondit à la première sonnerie. « Kate. »

En entendant mon prénom dans sa bouche, je sentis mes jambes se dérober sous moi.

« Arrête de m'envoyer des mails, s'il te plaît, bredouillai-je.

— Hum, OK... Et donc, comment on va communiquer ? Par signaux de fumée ? Télégrammes ?

— On ne va plus communiquer. On n'a aucune raison de le faire.

— Même pour échanger des infos ?

— Quel genre d'infos ?

— Une info croustillante sur Delphine Dolan, alias Debbie Farber. Très intéressante. Et des renseignements sur ta voisine disparue.

— Dis-moi !

— Hum, je me sens un peu manipulé là, Kate...

— Crache le morceau, je te dis !

— En fait, c'est plutôt un truc à te montrer... Retrouve-moi au bout de ta rue à minuit ce soir.

— Impossible... Ben va rentrer tard... et les enfants sont malades...

— Très bien. Demain alors. Même heure.

— Evan. Evan ! » Il avait raccroché. « Merde ! »

Je me retournai pour rentrer dans la maison et tombai sur Sophie, Uglydoll et mini-stéthoscope sous le bras, mèches de cheveux collées sur son visage par la sueur.

« Tu as dit "merde".

— Oui, je sais ma chérie. C'est pas bien.

— Pourquoi tu es dans le garage ?

— Parce que je devais passer un coup de fil, et je ne voulais pas vous réveiller. » Je la pris par la main. « Est-ce que tes frères sont descendus aussi ?

— Oui, je leur ai dit de faire des coloriages. »

En effet, installés à la table de la cuisine, Sam et Jack coloriaient dans un silence inhabituel. Presque surnaturel.

« Alors, ça va mieux ? Une petite faim ?

— On fait un gâteau au chocolat ? » proposa Sophie.

Heureusement, elle était encore à un âge où l'on pouvait gagner son affection – ou du moins acheter son silence – avec des friandises.

« Mais vous n'allez plus vomir, hein ? »

Sophie répondit pour tout le monde. « Non, non. »

Je sortis les ingrédients et tout le monde mit la main à la pâte. J'avais du mal à me concentrer. Et si Sophie m'avait entendue ? Et si elle en parlait devant Ben ? Avais-je seulement mentionné à mon mari que j'avais un jour souhaité voir Evan devenir plus qu'un ami ?

« Euh… maman ? me demanda Sophie en faisant de gros yeux. On met du chocolat, peut-être ?

— Excuse-moi, ma chérie. »

En cassant une tablette au-dessus de la casserole, je me demandais quand cesserait ma crise de paranoïa aiguë.

36

« Allô ?

— Oui, bonjour. Est-ce que je parle bien à Bonnie Verree ?

— Oui, c'est moi.

— Je ne sais pas si vous vous souvenez de moi… Kate Klein à l'appareil.

— “Si tu aimes le soleil, frappe dans tes mains. Clap clap” », répondit-elle immédiatement. OK. Elle se souvenait bien de moi.

« Je suis désolée de vous déranger, madame… » Désolée, façon de parler. Ce qui me désolait surtout, c'était d'avoir embrassé Evan, et transformé la messe en mémoire de Kitty en chorale amateur… On était dimanche matin. Ben et moi avions emmené les enfants au cours d'éveil musical, et comme Ben s'était proposé d'entrer avec eux, j'attendais dans la voiture avec mon portable (je lui avais dit que j'en profiterais pour passer quelques coups de fil à propos de Lexi). « … mais je me demandais si je pouvais vous parler de Kitty.

— Pourquoi ? Je crois qu'il n'y a plus rien à dire… C'est encore au sujet de cette chronique ?

— Non, c'est au sujet de Kitty… Je me sens responsable, quelque part. C'est moi qui ai découvert son corps. Et personne n'a encore été arrêté. Et je… je pense qu'on aurait pu être amies. On avait tellement de choses en commun. On a toutes les deux vécu à New York.

— Kitty adorait cette ville, dit-elle avec une pointe de nostalgie.

— Vous saviez que Kitty avait baptisé Upchurch “la Terre des damnés” ?

— Ça ne me surprend pas… » Elle soupira. « Nous vivons toujours à Eastham, dans la maison où Kitty a grandi. Passez-moi un coup de fil avant de venir, et on pourra discuter. »

Je la remerciai puis raccrochai. J’étais en train de prendre des notes dans mon carnet lorsqu’on toqua à la vitre. Je sursautai et me cognai contre le toit ouvrant.

« Aïe ! »

Je tournai la tête. En voyant le visage de Sukie Sutherland, je baissai ma vitre.

« Tout va bien ? » me demanda-t-elle.

J’esquissai un sourire. Mes mains tremblaient.

« Vous voulez du thé ? » Elle me tendit un gobelet d’infusion aux plantes qui sentait le pipi de chat bouilli.

« Non. Non, merci, ça va. » Sukie portait un bonnet en laine écrue et un cache-col assorti, ainsi qu’un manteau en lapin sur lequel personne n’avait vomi et des bottes en cuir à talons tout à fait inadaptées à la neige.

« Bon, eh bien… À plus tard, alors.

— Oui, c’est ça, à plus tard. »

Elle me fit un signe de la main avant de s’éloigner. Quant à moi, je réfléchissais à ce que je pourrais bien inventer comme excuse pour aller passer une journée à Cape Cod.

Ce soir-là, dans mon lit, le ventre noué, j’observais mon mari faire son retour triomphal dans la couche conjugale – ou du moins la chambre conjugale. Il suspendait son pantalon à un cintre en prenant bien soin de marquer les plis.

« Il est bien, ton livre ? me demanda-t-il.

— Oui, oui. Merci d'avoir emmené les petits au cours de musique.

— Mais de rien. Tu penses que tu auras le temps de passer au pressing cette semaine ?

— Bien sûr.

— Je t'en serais reconnaissant.

— Oh, Ben, je t'en prie ! » dis-je en jetant mon livre au pied du lit. Il le ramassa, le ferma et le posa soigneusement sur la table de chevet. Je décidai de dégainer LA phrase clé pour capter l'attention des hommes. « Il faut qu'on parle. »

Il s'arrêta net. Je soufflai un bon coup et commençai à tendre mon piège afin qu'il m'emmène là où je voulais aller.

« Je trouve que la situation est un peu tendue entre nous ces derniers temps... »

Doux euphémisme. Il avait l'air distant et le regard triste. « Je m'en veux de m'être autant impliquée dans cette histoire sur Kitty Cavanaugh, je me suis emballée. » *Et je suis désolée de t'avoir menti, d'être allée à New York en cachette, et... ah oui, désolée aussi d'avoir embrassé Evan McKenna.*

« Moi aussi je m'en veux. »

De quoi ? De nous avoir fait emménager ici, de t'être moqué de la façon dont j'occupais mon temps, de me considérer comme une simple femme au foyer, de ne pas m'écouter ni me regarder depuis des semaines ?

Mais Ben ne développa pas son idée. Il continua simplement à suspendre ses vêtements. C'était au tour de sa chemise. Très bien. Phase deux. Je me remontai la couette jusqu'au menton – la nuisette décolletée que j'avais mise exprès ne semblait pas produire l'effet désiré.

« Je me disais que ça serait sympa si on partait quelques jours pour Thanksgiving.

— Et tu viens de décider ça maintenant ?

— Sans aller trop loin. Juste un petit voyage. Le Vermont, par exemple ? On pourrait se prendre une chambre d'hôte. Ou alors… Tu es déjà allé à Cape Cod ?

— Une fois. Il y a longtemps. Mon père m'y a emmené quand j'étais gamin. On avait fait du canoë, je crois. »

Son visage s'était radouci. Et moi, je me sentais mal. J'étais à mille lieues de me douter que mes manigances feraient resurgir chez Ben des souvenirs de son père, mort quand il avait huit ans à peine.

« Je suis sûre que c'est très calme à cette époque de l'année. On pourrait aller faire des promenades sur la plage. Faire de bons feux de cheminée. Ça devrait plaire aux enfants. Ce serait même un voyage éducatif ! ajoutai-je, forte de ce que j'avais lu sur Internet le matin même. Tu savais que les Pères pèlerins sont arrivés à Provincetown avant Plymouth Rock ? »

Ben eut l'air impressionné. « Ah bon ?

— Ouais. Mais ils ont trouvé que c'était trop… gay. »

Il me sembla deviner un sourire. Mais il finit par secouer la tête. « Le moment est vraiment mal choisi par rapport à mon boulot, dit-il en allant dans la salle de bains.

— Mais c'est Thanksgiving ! » Pas de réponse. « Même les hommes politiques passent quelques jours en famille à cette occasion. » Toujours rien. « Ou avec leur maîtresse ! » Rien à en tirer. « Tu m'as toujours dit “Un peu de patience, Kate, ça ne sera pas toujours comme ça.” Et j'ai été patiente. Le truc, c'est qu'à partir de l'année prochaine Sophie sera à l'école toute la journée, et puis, les jumeaux grandissent et… et on n'est jamais partis en vacances tous ensemble. » Quelle honte ! Invoquer mes enfants pour exécuter mes vils projets… Ben vint se coucher à côté de moi.

« Tu sais quoi ? Brian Davies a une maison dans le coin. Et il a une dette envers moi. Je lui en parle dès demain matin.

— Génial ! » dis-je en l'embrassant sur la joue.

Il se serra contre moi. « Et si tu me prouvais ta reconnaissance, hein ? » murmura-t-il en me caressant le sein gauche. Tandis qu'il m'embrassait, je sentais la bouche d'Evan contre la mienne, ses mains dans mon dos. Je me dégageai de l'étreinte de Ben.

« Je… je ne peux pas… », bredouillai-je.

Le désir que je lisais dans son regard se transforma en déception.

« C'est… à cause de ma visite chez le gynéco… Rien de grave, mais j'ai comme des crampes…

— Oh… D'accord. »

À la fois soulagée et coupable, je songeai qu'il n'y avait rien de tel pour refroidir un mari entreprenant.

« Je suis désolée. » Pas de réponse. Une minute plus tard, bouche grande ouverte, il ronflait.

Je changeai de position plusieurs fois, sans en trouver une qui me soit confortable. Un coup d'œil sur le réveil. 23 h 38. *Non*, m'intimai-je. *Hors de question*. Mais c'était comme si j'avais perdu le contrôle de mon cerveau. Je finis par me lever, traverser la chambre sur la pointe des pieds et enfiler un pantalon. *Je suis en train de rêver*, me dis-je en passant un tee-shirt col en V sans prendre la peine de mettre de soutien-gorge. Sans bruit, je descendis l'escalier.

On va discuter deux minutes, c'est tout… J'enfilai mes bottes, un manteau, désactivai l'alarme, fermai la porte à clé derrière moi et sortis dans la nuit glaciale. J'allais tout simplement écouter ce qu'il avait à me dire, puis je lui interdirais de revenir me voir. Enfin, s'il était au rendez-vous.

Lorsque j'aperçus la voiture garée au fond de notre impasse, mon cœur se mit à battre à tout rompre, et je ne pus m'empêcher de presser le pas, puis de courir carrément vers lui. Je distinguais le moindre bruit : mes bottes brisant la couche de glace qui s'était formée par-dessus la neige, mon souffle qui s'accélérait. Je finis par discerner le visage d'Evan à travers le pare-brise, son sourire éclairé par le tableau de bord. Au-dessus de lui, une myriade d'étoiles scintillaient.

Franchement, j'y étais allée dans un but purement professionnel. J'avais pensé commencer par un très strict « Allez, file-moi tes renseignements. » Et puis je m'étais attendue à garder mon manteau. Mais lorsque Evan ouvrit la portière, son regard était si tendre, si empreint de désir que je me retrouvai dans ses bras à moitié dénudée, sans avoir eu le temps de lui dire quoi que ce soit.

« Non, réussis-je à lâcher après le premier baiser. Arrête, ajoutai-je quand il glissa ses mains sous mon tee-shirt. Stop, je te dis ! » Je me retranchai sur le siège passager.

Notre respiration saccadée avait couvert les vitres de buée. Je baissai les yeux pour ne pas le voir – ses joues rosies, ses cheveux bruns, ses yeux bleu-vert. Puis je vis une enveloppe kraft sur laquelle figurait mon prénom.

« Alors..., articulai-je quelques secondes après. Quelles sont les nouvelles ?

— Je me suis renseigné sur Lexi Hagen-Holdt et je suis tombé sur un truc énorme, grâce au gardien de l'école d'Upchurch. Lexi faisait un jogging tous les matins pendant que son fils... » Il sortit son carnet de la boîte à gants.

« Hadley, complétai-je.

— C'est ça. Pendant que Hadley était à l'école. Lexi mettait le bébé dans son landau tout-terrain et courait douze, treize kilomètres. Sauf les deux mois qui ont précédé la mort de Kitty : elle faisait un crochet par le petit hangar à côté du gymnase. Il y avait une voiture garée pas loin. Une Mercedes bleue, au nom de...

— ... Philip Cavanaugh. » Je m'imaginais Lexi et Philip en train de se peloter sur des tapis de gymnastique, entre les ballons de basket dégonflés et les filets de volley-ball déchirés, tandis que le petit Brierly dormait dans son landau. Pour Lexi, tout ce matériel sportif était sûrement source d'excitation. « Lexi serait donc à Miami Beach avec Phil ?

— Aucune opération sur son compte courant depuis qu'elle a disparu. Et elle n'a passé aucun coup de fil depuis son portable. Mais ce n'est pas tout…

— Quoi ?

— Delphine Dolan, alias Debbie Farber. Elle a un casier.

— Pour… ?

— Racolage. »

Je sentis mes poils se dresser. Enfin ! C'était ça, le chaînon manquant.

« Elle a été arrêtée trois fois à New York. Délit d'intention, troubles sur la voie publique et racolage. Et elle a aussi, hum, travaillé pour un magazine sous son ancien nom. »

Il me tendit la revue en question. *Le Raton-Voyeur*, indiquait le titre. C'était le numéro du printemps 1989.

« Page 37 », me précisa Evan.

À ladite page, je tombai sur une Delphine Dolan très dénudée, posant de façon quasi obscène entre deux types musclés et bien membrés. Celui qui se trouvait au-dessous d'elle avait un scorpion tatoué sur l'avant-bras, et le type à sa droite une coupe « court devant-nuque longue ».

« Continue, me dit Evan. Elle a un cœur tatoué sur les fesses.

— Ouh là, en effet… Bon, alors, qu'est-ce qu'on fait maintenant ?

— Débrouille-toi pour être seule avec elle. Cuisine-la.

— Elle donne des cours de yoga, dis-je. Méthode Pilates. Je vais m'y inscrire.

— Fais attention quand même…

— T'inquiète. Je peux garder ça ? demandai-je en fermant le magazine.

— Besoin de pimenter ta vie de couple ?

— Je… Je ne veux pas parler de ma vie de couple.

— Entendu. N'en parlons pas. » Je sentis la chaleur de sa paume contre ma joue. J'avais envie de le toucher, partout – ses oreilles, son menton, sa nuque. *Evan McKenna*, m'entendis-je murmurer en passant mes bras autour de sa taille tandis que ses mains s'enfonçaient dans mes cheveux.

Soudain, tout autour de nous vira au bleu et rouge, et l'on entendit une sirène. Je jetai un coup d'œil dans le pare-brise arrière, mais Evan devina plus vite que moi. « Les flics, dit-il en remettant mon tee-shirt en place. Laisse, je m'en occupe.

— Non, Evan, laisse, je vais… »

J'ouvris ma portière et sortis en chancelant en même temps que lui. Mon tee-shirt était tout de travers, et sa chemise à moitié déboutonnée.

Stan Bergeron braqua sa lampe torche sur nous.

« Bonsoir, Mrs Borowitz. »

Je lui fis un petit signe de la main.

« Mr McKenna.

— Bonsoir, monsieur l'agent.

— Stan, je peux tout vous expliquer », commençai-je. Au même moment, le numéro du *Raton-Voyeur* glissa du siège passager et tomba sur le trottoir. Stan l'éclaira. « Euh… ça aussi, je peux vous l'expliquer ! Il y a Delphine Dolan à l'intérieur !

— Ça m'étonnerait qu'elle rentre là-dedans, répondit-il.

— Et Lexi Hagen-Holdt a une liaison avec Philip Cavanaugh. »

Il se contenta de hocher la tête. Apparemment, il était déjà au courant.

« Et vous savez que Delphine Dolan a changé de nom et qu'on l'a arrêtée pour racolage ? »

Stan éteignit sa lampe torche. « Et vous, vous savez qu'il y a un couvre-feu ?

— Hein ?

— Un couvre-feu. Personne n'est censé sortir après minuit. Même pour se retrouver dans une voiture. Enfin, ça concerne surtout les jeunes. »

Il nota le numéro de plaque d'Evan dans un calepin.

« Hum, Mrs Borowitz s'apprêtait à rentrer chez elle, bredouilla Evan.

— On ne faisait que parler, ajoutai-je. Stan, si vous tombez sur Ben, il n'est pas obligé d'être mis au courant. Non qu'il se soit passé quoi que ce soit. Je veux dire, je sais de quoi ça a l'air, mais…

— Viens, je te raccompagne à ta porte », me dit Evan.

Stan secoua la tête. « Non, monsieur. Vous, vous venez avec moi. »

Evan le dévisagea, l'air interdit. « Je veux juste lui dire bonne nuit. »

Stan braqua de nouveau sa lampe sur nous. J'entendis un bruit métallique et me rendis compte qu'il venait de sortir ses menottes. « Soit vous me suivez sans opposer de résistance, soit j'appelle du renfort pour procéder à votre arrestation.

— M'arrêter ? Mais pour quel motif ? s'exclama Evan d'un ton incrédule.

— Non-respect du couvre-feu, en premier.

— Vous allez m'arrêter parce que je suis sorti après minuit ?

— Et… votre alibi, continua Stan.

— Quoi, qu'est-ce qu'il a son alibi ? demandai-je.

— Oui, qu'est-ce qu'il a mon alibi ? répéta Evan. Je vous ai dit où j'étais. Je vous ai donné mes billets d'avion, la facture de mon hôtel, le…

— Le problème, intervint Stan, c'est que vous n'avez pas passé les quatre nuits dans cet hôtel… Vous vous êtes présenté les quatre soirs, vous avez payé les quatre nuits, mais un membre du personnel d'entretien a fini par me rappeler, et il s'avère que le jour de la mort de Kitty Cavanaugh vous n'avez pas dormi dans votre chambre. »

Mon corps se figea instantanément. Au ralenti, je levai la tête vers Evan, qui avait mis les mains en l'air. « Ce n'est pas ce que vous pensez, se défendit-il. J'ai passé la nuit chez un ami. » Puis vint le refrain qu'utilisent les infidèles – et peut-être les assassins ? – de par le monde : « Je peux tout vous expliquer !

— Nous en parlerons plus confortablement au poste, affirma Stan avant de se tourner vers moi. Bonne nuit, Mrs Borowitz.

— Très bien, très bien, je vous suis. Ne t'inquiète pas, Kate, tout ça n'est qu'un gros malentendu. »

Je l'observai sans rien dire tandis que Stan le faisait monter dans la voiture de patrouille. « Je t'appelle ! » me lança doucement Evan. La voiture s'éloigna, me laissant seule et transie de froid, la voiture d'Evan garée devant ma maison et une revue porno étalée sur le trottoir. Je ramassai le magazine, traversai la pelouse en courant, ouvris la porte, réactivai l'alarme et ôtai mes bottes. *Rien de tout cela n'est arrivé, c'est un cauchemar, ce n'est qu'un cauchemar*... Ouf, à l'étage, les enfants dormaient à poings fermés.

Le lendemain matin, je regardai par la fenêtre de ma chambre, le cœur battant. La voiture d'Evan avait disparu, et pendant quelques secondes je crus, le cœur léger, qu'effectivement il ne s'était rien passé. Mais lorsque j'enfilai mon manteau pour aller au supermarché, *Le Raton-Voyeur* était bien là, roulé dans ma poche.

37

« Maman ? » Sophie se pencha en avant autant que son siège-auto le lui permettait.

Je réprimai un soupir, me plaquai un sourire sur le visage et me retournai.

« Oui, ma chérie ?

— Jack et Sam veulent savoir si on est bientôt arrivés. »

Mais les jumeaux roupillaient ferme. « Sophie, ils dorment.

— Ils m'ont demandé avant. Ils sont curieux. » Elle avait appris le mot *curieux* la semaine précédente, et depuis, elle l'utilisait à toutes les sauces. Je me mordis la lèvre pour cacher mon sourire. Sophie avait mis un bikini rose au crochet à Uglydoll, même si je lui avais bien précisé qu'on allait à la plage mais qu'il faisait trop froid pour se baigner. Et puis, Uglydoll était censé être un garçon, non ? « Regarde, lui dis-je en lui montrant la carte. On est sur cette route, l'autoroute 195. On va la suivre jusqu'à ce qu'on croise la route 25, ici… Et ensuite on va traverser un grand pont. »

Les yeux de Sophie s'agrandirent.

« Et au bout du pont, c'est Cape Cod ?

— Oui, mais il faudra conduire jusqu'à ce qu'on arrive à l'endroit de Cape Cod où on va séjourner. » Je lui indiquai un point bleu sur la carte. « Truro. Juste là.

— Ah. D'accord. » Elle sembla réfléchir une minute puis se mit à donner des coups de pied dans le siège conducteur, au niveau des reins de Ben. Je sais que j'aurais dû lui demander d'arrêter. Au lieu de quoi je fermai les yeux. Lundi matin, j'avais appelé Stan du parking de la Cabane rouge et avais appris qu'Evan avait été relâché ce même jour.

« Alors, c'est réglé cette histoire d'alibi ?

— On dirait bien que oui. Il nous reste une ou deux formalités à vérifier avec un individu de West Palm Beach.

— Un individu de West Palm Beach, avais-je répété, me représentant une bombe en bikini toute bronzée.

— Vous êtes une grande fille, m'avait dit Stan. Je n'ai pas à vous dire ce que vous devez faire.

— Stan, il ne s'est rien passé. Je vous jure que…

— Soyez prudente, c'est tout. » Je lui avais promis de faire attention à moi.

Et depuis lors je n'avais cessé de penser à Evan, tandis que Ben faisait des journées de quatorze heures au boulot pour pouvoir prendre un week-end de quatre jours. Et si les sept ans qui venaient de passer (et les trois enfants que j'avais eus) avaient été une erreur ? Si je m'étais trompée sur toute la ligne ? Et si, depuis le début, j'aurais dû être avec Evan ? Et s'il était tout ce dont parlent les chansons d'amour : ma moitié, mon âme sœur… ? Puis j'entendis dans ma tête la voix de Janie me répétant qu'Evan n'était intéressé que par ce qu'il ne pouvait pas obtenir, que ce soit moi, Michelle ou n'importe qui d'autre. Que devais-je faire ?

Lorsque je rouvris les yeux, Ben manœuvrait la voiture dans une allée escarpée bordée d'arbustes enneigés.

« Et voilà ! On est arrivés ! » dit-il en s'arrêtant devant le garage d'une grande maison moderne qui ressemblait à un assemblage de trois boîtes à chaussures grises.

J'observais l'immense baie vitrée de l'entrée. « Euh… tu es sûr que c'est ici ?

— Regarde », dit-il en me tendant une photo de la maison.

J'y jetai un œil, puis examinai la maison, sa façade grise exposée aux intempéries percées ici et là de grandes fenêtres carrées. « Ouaip, c'est bien ça. Charmant, comme endroit.

— Brian dit que cette maison tourne le dos au monde », fit Ben en stoppant le moteur. Les enfants s'étaient endormis. Nous sommes restés une minute assis à ne rien dire, à écouter les cliquetis du moteur qui refroidissait et les rafales de vent. « C'est très beau à l'intérieur.

— Oh, pour ça, je fais confiance à Brian », répondis-je en sortant de la voiture. Les plates-bandes, divisées en rectangles, étaient vides.

« Allez viens », me dit Ben. Il avait sorti du coffre les valises et les sacs de provisions que nous avions apportés – y compris une dinde de neuf kilos – et commençait à les transporter devant l'entrée. Il avait dû changer d'état d'esprit, ou se faire un pense-bête – *Faire des efforts avec Kate* –, car il était adorable depuis notre départ. Il s'était arrêté de son propre chef pour m'acheter des graines de tournesol grillées – ma friandise préférée quand j'étais en voiture. Il avait même chanté avec les enfants les airs de *Les chiens chantent la polka*.

« Je m'occupe des bagages. Visite la maison, si tu veux.

— OK… » Je descendis l'allée de gravier et fis coulisser la porte d'entrée. Il y avait trois chambres en bas, réunies par un couloir en carrelage écru. Les rayons de soleil entraient par les grandes fenêtres et dessinaient d'immenses carrés de lumière au sol.

Une fois à l'étage, j'eus le souffle coupé. Salon, cuisine et salle à manger s'alignaient en open space entouré de baies vitrées qui donnaient sur les eaux bleu-vert de la baie de Cape Cod.

« Regarde-moi cette vue. » Je sursautai en sentant la joue de Ben contre ma nuque. « Notre chambre doit être au bout de ce couloir. » Il me prit par la main et me fit entrer dans une chambre spacieuse, très haute de plafond. À ma droite, vue sur les plates-bandes vides et les collines verdoyantes que nous venions de traverser. À ma gauche, vue sur une petite terrasse en teck avec chaises longues. Au-delà, l'océan, les vaguelettes qui se brisaient sur le rivage, charriant des algues et du bois flotté. « Et, attention, surprise ! »

La chambre avait sa propre salle de bains, avec un jacuzzi assez grand pour deux, et un W-C dans un coin, d'où l'on voyait l'océan.

Me débarrasser de ma famille le lendemain de Thanksgiving avait été plus facile que je ne l'aurais pensé. J'avais dit à Ben que j'avais besoin de quelques heures pour récurer les plats et les casseroles, et pour aller faire une petite balade. « Ne travaille pas trop dur, dit-il, me faisant culpabiliser à son insu. Repose-toi un peu, fais un break. Et bravo. C'était délicieux. » Il m'embrassa et emmena les enfants au musée des Pirates de Provincetown. Dès que le minivan disparut, je versai du liquide vaisselle dans le plat où avait cuit la dinde et dans la cocotte où j'avais fait la purée de patates douces, remplis l'évier d'eau chaude et sautai sur le téléphone.

« Nous sommes pile à la limite entre Wellfleet et Eastham, m'indiqua Bonnie Verree.

— Est-ce que je peux venir à pied ?

— À vélo, plutôt. Ça devrait vous prendre une demi-heure.

— Bon, donnez-moi une heure, alors. Je ne suis pas sûre de me rappeler comment on fait.

— Ne vous inquiétez pas, il y a des choses qui ne s'oublient pas. »

Partie faire un tour en vélo, disait le mot que j'avais aimanté sur la porte du frigo. Je filai dans la chambre mettre un jean, un pull, des bottes et mon manteau qui sortait du pressing, sans oublier mon bonnet en laine rouge et mes mitaines assorties. Heureusement, le vélo que j'avais repéré dans le garage avait les pneus gonflés et une chaîne récemment huilée. Dans l'air froid qui me mordait les joues, je me mis en selle.

Dix minutes plus tard, j'ôtai mon bonnet et mes gants. Dix minutes après, arrivant hors d'haleine au sommet d'une colline, j'enlevai mon manteau, que j'accrochai sur le porte-bagages à l'aide d'un tendeur. Un quart d'heure plus tard, je dévalai une pente, cheveux au vent, pris à gauche pour traverser le petit village de Wellfleet puis empruntai une piste cyclable menant chez les Verree.

Bonnie et Hugh vivaient dans une petite maison pittoresque aux bardeaux en bois de cèdre. Dans la cuisine, le lino qui imitait les tomettes, le Formica jaune, la table en bois foncé et les abat-jour devaient dater de 1975, mais tout était mignon et propret, et une bonne odeur de café s'échappait d'un vieux percolateur. Les tableaux accrochés aux murs rappelaient ceux que j'avais vus dans le salon de Kitty : des marines aux couleurs vives – bleu profond de l'océan, jaune or du sable, parasols rouges et orange, mouettes blanches ici et là dans le ciel.

Bonnie posa un panier de muffins aux myrtilles sur la table. « Myrtilles surgelées, m'annonça-t-elle tandis que j'attachais mes cheveux trempés de sueur. Je les ai cueillies l'été dernier. » Elle nous versa du café dans deux gros mugs en céramique et s'assit face à moi.

« J'ai découvert certaines choses sur votre fille, me lançai-je. Et c'est un peu… euh… »

Elle opina et garda la tête baissée, comme pour se préparer à passer à la guillotine. Elle portait un pull violet à col roulé un peu trop grand, un collier d'améthystes grossièrement taillées, de grosses chaussettes en laine dans ses sandales en cuir. Elle avait les traits tirés, l'air fatigué.

« Continuez, me dit-elle.

— Eh bien, il semblerait que… Ou du moins, des gens disent que…

— Allez-y, crachez le morceau, me coupa-t-elle. Quoi que vous me disiez, ça ne sera sûrement pas pire que ce que je sais déjà. »

À votre place, je n'en mettrais pas ma main au feu.

« Il est possible qu'elle se soit prostituée. »

Bonnie écarquilla ses grands yeux bleus. Puis elle se pencha, ses épaules se mirent à trembler, et je l'entendis émettre de drôles de petits bruits. Ce n'est que lorsqu'elle releva la tête en s'essuyant les yeux que je me rendis compte qu'elle ne pleurait pas du tout. Elle riait.

« Kitty ? s'exclama-t-elle. Ma Kitty ? Se prostituer ? Oh, c'est… non, vraiment, c'est… » Et elle se mit à rire de plus belle.

Je ne comprenais rien. Quand Bonnie se calma enfin, elle s'excusa. Elle voyait bien, me dit-elle sérieusement, que j'avais mené mon enquête, et se doutait de ce qui m'avait amenée à cette conclusion. « Les hommes plus âgés, c'est bien ça ? »

J'acquiesçai bêtement.

Bonnie soupira et s'essuya de nouveau les yeux. « Elle ne couchait pas avec eux, et elle ne leur prenait pas leur argent. Elle avait des défauts, bien sûr, mais Kitty était la personne la plus intègre que j'aie connue. Elle n'a jamais rien réclamé à ces hommes, excepté la vérité.

— La vérité sur quoi ?

— Kitty recherchait son père. »

Je commençai à faire certains liens : le refus de Kitty de dire à Dorie ce qu'elle voulait de ces hommes plus âgés ; sa crise de larmes lors de son déjeuner avec Ted Fitch ; Joel Asch me regardant avec regret en me disant que ce n'était pas ce que je croyais, qu'il était assez vieux pour être…

« Son père, murmurai-je. Mais…

— Kitty n'était pas ma fille. C'était la fille de ma sœur Judith. »

Les questions se bousculaient dans mon esprit. Je choisis la plus évidente. « Est-ce que la police est au courant ? »

Bonnie acquiesça.

« Et… que s'est-il passé ?

— C'était dans les années soixante, ce qui explique pas mal des choses que je vais vous dire. Mon père – notre père à Judith et à moi – était agent de police. Agent Medeiros. Un homme très strict. Judith et moi devions être rentrées à la maison à dix heures les soirs de semaine et à onze heures le week-end. On n'a pas eu le droit de sortir avant seize ans, on ne pouvait pas conduire, ni aller où que ce soit si on n'était pas accompagnées. On ne pouvait rien faire. Moi, ça ne me dérangeait pas tant que ça. J'étais plutôt casanière, et puis, je n'avais guère de prétendants. Alors que Judy… » Elle soupira de nouveau en secouant la tête, et il me sembla voir Kitty dans ce geste attristé.

« Et votre mère ? Comment était-elle ?

— Elle est morte très tôt. Cancer du sein. Judy avait onze ans et moi, neuf.

— Oh, je suis désolée.

— Je pense que mon père n'aurait pas autant serré la vis s'il n'avait pas eu peur de nous perdre. Seulement, avec ma sœur, ça produisait l'effet inverse. Plus il disait non, plus elle désobéissait. Elle sortait par sa fenêtre et allait fumer sur le toit, ou elle sortait par la porte de derrière et allait rejoindre ses copines à des soirées. Et à dix-huit ans elle est partie pour de bon.

— Pour New York, devinai-je.

— Oui. Elle voulait devenir peintre. » Elle me montra les tableaux au mur. « C'est elle qui a peint tout ça. »

J'étudiai les tableaux avec plus d'attention. Eau turquoise, sable couleur de miel, couchers de soleil, parasols… Aucun ne représentait des personnages. Rien que la mer, le sable et quelques oiseaux.

« Est-ce qu'elle en vivait ?

— Ici, oui, elle aurait pu. Elle aurait pu trouver une galerie à Wellfleet ou à Provincetown. Elle s'en serait bien sortie. Judy était très belle, vous savez. Elle avait de longs cheveux bruns qui lui arrivaient presque à la taille. Elle était grande et mince. Ç'aurait pu compenser son manque de talent. Pour ici, ça allait encore, mais elle n'était pas à la hauteur pour New York. Il y a énormément de jolies filles dans le monde, et beaucoup d'entre elles ont débarqué à New York dans les années soixante pour devenir chanteuses, actrices, mannequins, artistes, que sais-je... Les tableaux de Judy étaient bien peints, mais ils n'étaient pas à la mode. Tout le monde faisait de l'abstrait à l'époque. Aucune galerie ne voulait exposer de jolies petites peintures de l'océan. Si seulement elle s'était renseignée avant... Enfin. Elle a laissé tomber le lycée dès qu'elle a eu dix-huit ans pour aller vivre à New York. Mon père en a eu le cœur brisé... mais c'était la chose la plus romantique qu'aucune de nos copines pouvait imaginer. »

Quarante ans après les faits, j'entendais encore une certaine amertume dans la voix de Bonnie, de la tristesse mêlée à de l'admiration et de la jalousie envers sa sœur.

« Tenez. » Elle sortit une photo d'un tiroir et me la tendit. Une jeune fille, avec les mêmes cheveux que Kitty, un chemisier décolleté qui dévoilait sa peau mate au grain fin et une minijupe qui révélait de belles jambes.

« Elle avait dix-sept ans.

— Et que s'est-il passé à New York ? Comment faisait-elle pour vivre ?

— Mon père lui envoyait de l'argent, mais je n'étais pas censée le savoir. Judy nous écrivait des lettres, elle décrivait le petit immeuble sans ascenseur où elle logeait, ses colocataires, les restaurants où elle travaillait. Elle nous envoyait des cartes postales avec des photos de la ville – Central Park, l'Empire State Building. » Elle rangea la photo. « Elle a tenu sept ans comme ça, et lorsqu'elle est rentrée à la maison elle était enceinte de six mois.

— Elle s'était mariée à New York ? »

Bonnie secoua la tête. « Judy n'arrêtait pas de dire que le mariage était un instrument de l'oppression bourgeoise, qu'elle voulait vivre, découvrir des hommes différents de la même manière qu'elle voulait expérimenter des villes différentes, qu'elle voulait être une femme libre. Mais nous partagions la même chambre. Et le soir, je l'entendais pleurer. Au bout d'un certain temps, elle a fini par m'avouer qu'elle était amoureuse du père de son bébé, mais que c'était compliqué. D'après elle, c'était un homme très influent. Il était marié, mais avait soi-disant l'intention de quitter sa femme. Lorsqu'il aurait divorcé, Judy et lui pourraient enfin être ensemble. Elle l'aimait, et elle était convaincue que lui aussi.

— Est-ce que vous savez... ?

— Non, elle ne m'a jamais dit son nom. J'aimerais tellement avoir une photo de Judy quand elle était enceinte de Kitty... Je sais que ça peut sembler un peu cliché, mais elle resplendissait. Comme si elle avait avalé de la lumière, ou comme si elle était forte d'un secret, un énorme et délicieux secret qu'elle n'aurait jamais révélé.

— Waouh. » Je n'avais jamais resplendi, moi, quand j'étais enceinte. Au mieux, j'avais eu bonne mine – grâce à l'eau fraîche dont je m'aspergeais le visage entre deux nausées.

Bonnie soupira. « Même à la fin de sa grossesse, elle avait toujours autant de succès auprès des garçons qu'on avait connus au lycée. Ils passaient à la maison lui apporter des cadeaux. Des bougies parfumées, des revues, un coussin brodé qu'elle avait repéré dans une boutique de déco, des homards... »

Je fis une drôle de tête.

« Les homards, ce n'est pas donné, vous savez. Et quand elle était enceinte, Judy avait envie de homard. Pas de glace, ou de cornichons, mais de homard au jus de citron. Pourtant elle se fichait pas mal de tous ces garçons. Celui qu'elle attendait, c'était son amour de New York. Et après son accouchement, dès qu'elle a pu, elle a laissé Kitty à la maison et est retournée à New York. »

Je n'en revenais pas. « Elle est partie, comme ça ?

— C'est lui qui lui payait son loyer. Il la voulait près de lui, disponible.

— Il la voulait elle, mais pas le bébé. »

Elle se leva d'un coup pour aller déposer sa tasse dans l'évier. « Judy était une fille complètement naïve, dit-elle sèchement. Elle pensait vraiment qu'il quitterait sa femme, l'épouserait, et que Kitty porterait son nom. Et elle est morte en le croyant.

— Qu'est-il arrivé ? » Mais, au fond de moi, je connaissais la réponse.

« Quand Kitty avait sept ans... » Sa voix se brisa. « ... Oh, vous auriez dû les voir toutes les deux... Kitty aimait tellement sa mère. Lorsque Judy rentrait à la maison, Kitty s'illuminait et, quel que soit le cadeau que tante Judy lui offrait – une boule à neige avec l'Empire State Building, ou une tasse qui disait "J'adore New York" –, Kitty le gardait précieusement, comme un trésor. Quand elle dormait, elle mettait tous ses petits cadeaux à côté de son oreiller. »

Mes yeux commençaient à me picoter, je voyais mes propres enfants se ruer vers la porte chaque fois que tante Janie arrivait, les bras chargés de cadeaux.

« On donnait de l'argent de poche à Kitty. Deux dollars par semaine. Elle n'a jamais rien dépensé. On l'emmenait à la grande confiserie de Provincetown, ou au centre commercial de Hyannis, mais elle ne s'y est jamais rien acheté. Elle faisait elle-même des cartes d'anniversaire pour Hugh et moi, ou bien ses cadeaux de Noël. Hugh se moquait d'elle. Il l'appelait sa petite grippe-sou. Mais je savais pourquoi elle économisait. Elle me l'avait dit : quand elle serait assez grande, elle s'achèterait un ticket de bus pour New York et elle irait vivre avec sa tante Judy.

— Est-ce que Kitty savait que Judy était sa mère ?

— On a toujours eu l'intention de le lui dire. Lorsqu'elle aurait l'âge de comprendre. Mais Hugh et moi n'arrivions jamais à nous mettre d'accord sur un moment précis. Kitty a découvert la vérité à douze ans. C'est un des amis de mon père qui l'a mise au courant. Il est venu pour Noël, il a bu un coup de trop et il a dit qu'il était grand temps que Kitty sache la vérité.

— Comment a-t-elle réagi ?

— Elle était en colère. Elle nous a demandé pourquoi on lui avait menti tout ce temps. Et puis elle a voulu savoir pourquoi sa mère n'avait pas voulu d'elle. Qu'est-ce que je pouvais bien lui répondre ? Quelle était la réponse adéquate ? Judy était déjà morte à l'époque. Elle avait succombé à une overdose d'héroïne.

— Oh… »

Des larmes roulèrent sur ses joues, mais elle continua à parler d'une voix monocorde. « La police nous a dit que c'était un accident… ou… ou peut-être pas. La drogue était pure, et Judy en avait pris assez pour tuer une dizaine d'hommes. Je n'y ai jamais cru… Je sais que Judy n'agissait pas toujours dans la légalité… elle fumait de l'herbe, prenait des champignons hallucinogènes…, mais de l'héroïne ? C'est absurde, vraiment. Elle avait une peur bleue des piqûres. Chez le pédiatre, elle s'évanouissait chaque fois qu'il lui faisait un vaccin, et cette semaine-là… La semaine où elle est morte… Elle m'a appelée pour me dire qu'il allait la rejoindre, puis j'ai trouvé une carte postale dans son sac à main après… sa mort. Elle écrivait qu'elle était heureuse. Qu'ils allaient enfin vivre ensemble. »

Ensemble, pensai-je, en me rappelant la carte postale qui était dans le tiroir chez Kitty. *Nous sommes ensemble désormais. Plus heureux que je ne l'aurais jamais imaginé.*

« Comment s'appelait-il ?

— Elle ne me l'a jamais dit… Après la mort de Judy, nous avons attendu que quelqu'un vienne à son appartement, ou à son enterrement… En vain. Peut-être qu'il lui mentait. Ou peut-être que Judy en a eu assez de l'attendre. Quoi qu'il en soit, Kitty n'a plus jamais été la même quand elle a su la vérité sur sa mère. Nous l'avons perdue. Elle avait de bonnes notes, ne séchait pas les cours, ne courait pas après les garçons, mais c'était comme si on vivait avec une pensionnaire. Elle nous adressait à peine la parole, et lorsqu'elle le faisait c'était pour parler de Judy : où elle avait vécu, qui elle connaissait, quelle vie elle avait menée, comment elle était morte… Elle était très distante avec nous. Je crois qu'après ça elle n'a plus jamais fait confiance à personne. Pas à nous en tout cas. Ni à son mari. Non, personne. Personne… à part ses filles. Elles venaient ici, en été… » Elle sanglotait maintenant, en reprenant son souffle entre chaque phrase, comme Sam, Jack ou Sophie lorsqu'ils avaient du chagrin. « Je les emmenais à la plage, à la piscine, on allait ramasser des myrtilles, ou des coquillages… » Elle se couvrit les yeux de ses mains fragiles et tremblantes. Elle finit par se ressaisir.

« Retrouver cet homme, c'est la mission que s'était donnée Kitty. »

Le poème qu'Emmett James avait récité à Janie me revint en mémoire : *Me voilà à présent allongée comme autrefois/Dans le creux de son bras, sa créature/Et je sens son regard posé sur moi/Comme l'artisan de l'épée/Se mire dans l'acier de la lame*. En grandissant, Kitty était devenue l'épée de sa mère.

« Au fil des ans, elle me posait des questions : est-ce que tel ou tel nom me disait quelque chose ; est-ce que je me souvenais si Judy était partie en vacances… Je savais dans quel but elle faisait ces recherches. Si un homme avait pris la vie de sa mère – de façon directe ou indirecte –, cet homme devait payer.

— Est-ce que Joel Asch figurait parmi les possibilités ?

— Oui. Il avait rencontré Judy dans le Village, mais Kitty a vite découvert que ce n'était pas lui. Il s'est montré très généreux avec elle. Un peu comme s'il n'avait pas pu sauver Judy, alors il aidait sa fille. Vous savez qu'il a offert un emploi à Kitty…

— Oui, les chroniques. Qu'elle écrivait en tant que nègre…

— Oui, "Une bonne mère", c'est ça. Je crois que, quelque part, ça devait l'apaiser d'écrire ces articles sur les mères qui partent. Elle aimait Judith plus que tout, mais comment pouvait-elle ne pas lui en vouloir ? Sa propre mère l'a abandonnée. C'est une chose très dure à accepter, pour n'importe quel enfant. »

Kitty avait un véritable don de l'invective ; je me souvenais avec quelle joie et quelle verve vénéneuse elle étrillait, dans sa chronique, les femmes qui jugeaient acceptable, ou même louable, de travailler en dehors de leur foyer, de laisser leurs bébés ne serait-ce qu'une minute, de les priver de la chaleur de l'amour maternel.

« Hugh enrageait à cause de ces chroniques. Après tout, moi, j'avais travaillé. Je lui répétais ce que Kitty me disait – écrire "Une bonne mère" était sa catharsis. » Elle s'essuya les yeux. « Une semaine avant sa mort, elle m'a dit qu'elle était tombée sur quelque chose d'énorme. Qu'elle touchait au but. Je lui ai dit d'être prudente. Kitty m'a assuré qu'elle savait ce qu'elle faisait… » Elle haussa les épaules en signe d'impuissance. « J'aurais dû lui dire d'arrêter, de tout abandonner. Je suis la seule mère que Kitty ait jamais vraiment eue. J'aurais dû lui dire d'oublier le passé, que ce qui comptait, c'était l'avenir, ses filles. J'aurais dû la convaincre de renoncer. »

38

« Maman ! Maman ! »

Je descendais l'allée et Sophie venait à ma rencontre, un seau en plastique violet plein d'eau à la main avec laquelle elle s'éclaboussait, escortée par ses frères. Elle avait des couettes, et ses ongles étaient vernis chacun d'une teinte de rose différent. « Papa nous a emmenés à la boulangerie après le musée et on a bu du chocolat chaud et on a mangé des beignets et après on est allés sur la plage et moi j'ai attrapé un bébé crabe et maintenant on fait des sandwiches avec les restes de la dinde !

— Waouh ! Super ! »

Sur le trajet du retour, je m'étais imaginé Kitty marchant dans les rues de Manhattan, grande et noble, telle une déesse grecque. La foule de New York cherchait à attraper ses mains, soulevait sa masse de cheveux pour admirer son port de tête princier, et elle les regardait de toute sa hauteur, tête inclinée, yeux brillants et pleins d'espoir tandis qu'elle prononçait le nom de sa mère.

« Elle s'appelle Princesse Fiona, me dit Sophie en me désignant son petit crabe.

— Génial ! Mais comment tu sais que c'est une fille ?

— Parce qu'elle est belle. Dis, maman, elle peut venir avec nous ?

— On peut la garder sur la terrasse tant qu'on est à Cape Cod, mais je doute qu'elle se plaise dans le Connecticut.

— Pourquoi ?

— L'océan lui manquerait, tu ne crois pas ? »

Sophie gratta le bout de son nez et se pencha au-dessus du seau. « Princesse Fiona ? Est-ce que l'océan te manquerait ? »

Trois heures plus tard, après avoir rincé les enfants sous la douche et les avoir mis au lit pour la sieste, Ben et moi étions assis sur le canapé du salon, face à l'océan. Ben avait fait un feu dans la cheminée et on se tenait presque par la main.

« Tu m'en veux toujours ? lui demandai-je.

— Disons que tu n'es pas vraiment en odeur de sainteté », répondit-il avec un petit sourire. Il sirotait son café corsé au whisky. Les vagues déferlaient, et au-dessus de l'océan des nuages blancs, teintés de rose, filaient dans un ciel bleu pervenche. Le coucher de soleil promettait d'être spectaculaire. Après mon tour à vélo, le whisky et la chaleur du feu me donnaient envie de dormir. J'aurais voulu m'allonger sur le canapé de tout mon long, sous un plaid, chasser Kitty Cavanaugh de mon esprit, ainsi que Delphine Dolan, Bonnie Verree et sa sœur Judith, sans mentionner Evan McKenna, et sombrer dans un sommeil profond.

Ben posa son café sur la table. « Kate, il y a une chose dont j'aimerais te parler. »

Mon sang se figea. *Il sait*. Quelqu'un m'a vue au Time Hotel, ou dans la voiture d'Evan au bout de notre impasse. Je me préparais au flot d'accusations qui allait me submerger.

« Oui ? Je t'écoute ? » réussis-je à prononcer.

Ben se tourna vers moi et posa sa main sur mon avant-bras. « Je m'en veux pour tout ce que je t'ai dit à propos de cette affaire Cavanaugh. » Il passa un bras autour de mes épaules. « Tu as envie de te servir de ton cerveau, ça te manque… Je comprends.

— J'adore mon rôle de mère, dis-je machinalement.

— Mais les enfants ne sont que des enfants… Une discussion avec un gamin de quatre ans, ça devient vite limité… Alors, voilà à quoi j'ai pensé… Pourquoi tu ne viendrais pas travailler avec moi à mi-temps ?

— Je… Je… » Je me dégageai de son étreinte, certaine d'avoir mal entendu. « Quoi ? Mais qu'est-ce que je pourrais bien faire ? Je ne suis pas dans les petits papiers de Ted Fitch, et puis, je ne m'y connais pas trop en politique.

— Oh, ça n'a rien de sorcier tu sais… Tu pourrais répondre au téléphone, au courrier, tout ça…

— Répondre au téléphone, répétai-je. Je serais ta secrétaire, quoi.

— Non, non, pas ma secrétaire. Tu participerais à toutes les réunions stratégiques, tu nous aiderais à réaliser le plan médias…

— Oh, que d'honneur ! Et il faudrait que j'apporte le café, aussi, ou est-ce qu'il y a déjà quelqu'un pour ça ? »

Il soupira. « Kate, j'essaie de t'aider. De NOUS aider.

— Je ne crois pas que ce soit une bonne idée, que je travaille pour toi. Qui plus est, la politique, c'est vraiment pas mon truc.

— Ah oui, c'était quoi déjà ton truc ? Les célébrités qui s'en foutent plein le pif, c'est ça ?

— Non, les verrues sur les parties génitales.

— Ha ha. Et si tu allais t'allonger un moment, non ? Repose-toi, fais une sieste. »

J'allai me réfugier dans la chambre. Étendue sur la couverture saumon et turquoise, j'attendais que le whisky fasse effet. Un quart d'heure plus tard, lorsque Ben vint s'allonger à côté de moi, je gardai les yeux fermés en respirant de façon régulière.

« Je t'aime, Kate », murmura-t-il. Je ne répondis pas. L'espace qui nous séparait sembla s'étirer, encore et encore, jusqu'à prendre autant de place que l'océan derrière la baie vitrée. Je me tins immobile jusqu'à ce qu'il soupire et quitte la chambre. Je comptai jusqu'à cent, sortis mon portable et allai passer mon coup de fil dans la salle de bains.

« Ah, mais je t'entends à peine ! se plaignit Janie.

— Je sais… On capte super-mal par ici. » Si mal que je dus me mettre à quatre pattes dans le jacuzzi. « Tu peux vérifier un truc pour moi ? » Je lui racontai tout ce que m'avait dit Bonnie – Judith Medeiros, les circonstances et l'année de sa mort… « Tu as toujours des amis dans la police ?

— Bien sûr ! Laisse-moi deviner : tu veux savoir si sa mort était vraiment accidentelle ?

— Tout. Je veux tout savoir. Ah, et au fait, tu serais libre lundi matin ?

— Tu sais que je n'aime pas les lundis. Ni les matins.

— Fais-moi confiance, c'est pour une bonne cause. »

39

Cela ne faisait que dix minutes que le cours de yoga méthode Pilates de Delphine Dolan avait commencé, mais je savais déjà que j'allais y laisser ma peau. À en juger par la respiration sifflante à côté de moi, ma meilleure amie ne semblait pas en meilleur état.

« Pointes de pied tendues ! Allez, on y va ! Et un ! Et deux ! Et trois !

— Combien on en fait ? grommelai-je à l'intention de Marybeth Coe, allongée sur le dos à côté de moi.

— Cent », répondit-elle le plus sereinement du monde. Chez elle, pas de respiration saccadée, pas de transpiration, pas de joues violacées. Elle avait bonne mine, tout simplement. « C'est le nom de l'exercice, le Cent. »

Mes abdos me faisaient souffrir le martyre. Jamais je n'avais ressenti une telle douleur. Pas même pour l'accouchement de Sophie. Ni la première fois où j'avais toussé après ma césarienne.

« Dix-huit ! Dix-neuf ! Vingt ! »

Delphine Dolan passait entre nous, bien droite dans sa combi noire ultra-moulante, un entrecroisement de bretelles jouant sur ses épaules toniques et bronzées. Ses cheveux étaient relevés en chignon, pas une seule goutte de sueur n'était venue faire fondre son fond de teint. Elle avait mis du vernis rose pâle sur ses ongles de pied, et un large anneau de diamant brillait à son annulaire gauche.

« Trente et un ! Trente-deux ! Trente-trois ! »

« Merde ! J'en peux plus ! » lâcha Janie en me foudroyant du regard.

« Quarante-six ! Quarante-sept ! Quarante-huit ! »

Mon plan était simple : participer à un cours de Delphine Dolan, puis la coincer sur le parking ou dans les vestiaires et lui poser des questions sur Kitty. Manifestement, ce plan avait besoin d'être revu. Après le cours, je voyais mal comment je serais capable de coincer qui que ce soit. Il allait sûrement falloir m'évacuer sur un brancard.

« Soixante-trois ! Soixante-quatre ! Soixante-cinq ! »

Je tentais de me distraire en me concentrant sur les jambes de Sukie Sutherland – longues, élancées, des pieds parfaitement soignés. Mais où ces femmes trouvaient-elles le temps de s'occuper d'elles ?

« Quatre-vingt-huit ! Quatre-vingt-neuf ! Quatre-vingt-dix ! »

S'il vous plaît, mon Dieu... Je Vous en prie, ne me laissez pas mourir dans un cours de Pilates du Connecticut au milieu de nanas que je ne peux pas blairer !

« Et... cent ! Bras au-dessus de la tête, on inspire... et on relâche. Bien. Maintenant, position assise. Bras au-dessus de la tête, on respire à fond... Voilà !

— C'est fini ? me demanda Janie en s'écroulant sur son tapis.

— Je crois, oui. Ça va aller ? »

Janie, le teint un peu verdâtre, acquiesça. Delphine mit un CD et bientôt les vocalises apaisantes d'Enya emplirent la pièce, avant qu'elle ne baisse les lumières et sorte de la salle.

Je réussis à me mettre debout. Mes bras ressemblaient à des spaghettis trop cuits, mes jambes à de la gelée, et j'avais tellement mal aux abdos que j'évitais de respirer à fond. « Janie ! »

Elle était étalée sur le ventre. « En peux plus… Continue… sans moi…

— Hors de question ! » soufflai-je en la tirant par les bras pour l'obliger à se lever.

Dans les vestiaires, face aux miroirs au-dessus de la rangée de lavabos, Delphine Dolan ôtait les épingles de ses cheveux, sa combinaison roulée en boule à ses pieds. Elle était nue comme un ver.

« Alors Kate ! s'exclama-t-elle le plus naturellement du monde – comme si nous étions habillées, comme si elle n'avait pas passé une heure et quart à essayer de m'achever. Le cours vous a plu ?

— Hum, oui ! C'était quelque chose ! » parvins-je à articuler en évitant mon reflet trempé de sueur dans le miroir.

Delphine Dolan avait un corps de rêve : une peau laiteuse, des seins toniques, une taille de guêpe, des cuisses sans la moindre trace de graisse, le maillot épilé en une bande très mince. J'eus un moment de panique lorsque je m'aperçus qu'à la place du petit cœur tatoué exhibé dans les pages du *Raton-Voyeur* il y avait un carré de peau tout lisse. Elle avait dû se le faire enlever au laser. Peut-être à l'époque où elle avait décidé de changer de nom.

« Vous auriez une minute ? lui demandai-je. J'aimerais vous poser quelques questions.

— À quel sujet ?

— Kitty Cavanaugh. Ça ne prendra que très peu de temps.

— Oh, je suis désolée, dit-elle en indiquant la pendule. Je dois retrouver Kevin pour aller bruncher. »

Bruncher, très chère.

« Une autre fois, peut-être ? ajouta-t-elle avec un grand sourire.

— Ou peut-être tout de suite ? intervint Janie. Qu'en pensez-vous… Debbie ? »

Le sourire de Delphine se figea. « Pardon ? » Elle jeta un œil en direction de la porte, sûrement pour s'assurer qu'il ne restait plus que nous dans le vestiaire et que personne n'avait entendu le nom par lequel Janie venait de l'appeler.

« Debbie Farber…, poursuivit Janie. Née en 1972 à Hackensack, dans le New Jersey. Laisse tomber l'école à quinze ans. Première arrestation à seize. Vol à l'étalage, vol de voiture, agression à main armée et racolage.

— C'était la voiture de ma mère ! marmonna Delphine. Elle l'a déclarée volée, parce que son nouveau mari ne pouvait pas me sentir ! » Elle releva la tête et nous lança un regard de défi. « Et puis… sachez que je n'étais pas prostituée, mais escort-girl. »

Janie émit un ricanement de dédain qui résonna dans tout le vestiaire. Je lui donnai un coup de coude. « Ce n'est pas ce qui nous intéresse, dis-je. On veut juste vous parler de Kitty. Vous la connaissiez, non ? »

Soudain, Delphine croisa les bras sur la poitrine, comme si elle venait de se rendre compte qu'elle était à poil.

« Venez donc avec nous, lui proposa Janie. On va aller prendre un petit café. Vite fait.

— Et si je refuse de vous suivre ?

— Oh, mais c'est très simple. À ce moment-là, on se fera un plaisir de renseigner vos clientes : votre vrai nom, ce que vous faisiez pour gagner votre vie… Peut-être sauront-elles mieux que nous faire la différence entre "prostituée" et "escort-girl". » Elle lui tendit son téléphone portable. « Appelez votre mari et dites-lui que vous arriverez en retard à votre brunch. »

Vingt minutes plus tard, nous étions assises dans le McDonald's de Lakeville – Delphine avait refusé tous les cafés et restos d'Upchurch. Je m'étais commandé une tarte aux pommes chaude, et Janie un Big Mac avec des frites. Delphine avait décliné café, thé et bouteille d'eau, et n'avait devant elle qu'une serviette en papier.

« Kitty m'a contactée au sujet d'un de mes clients du temps où j'étais à New York, dit-elle.

— Qui est-ce ? demanda Janie en même temps que moi.

— Cela n'a pas d'importance. Ce n'était pas le type qu'elle recherchait, et puis, il est mort d'une crise cardiaque il y a cinq ans. Ce n'est pas votre homme. Vous êtes au courant pour…

— Bonnie m'a raconté, acquiesçai-je.

— Ah, Bonnie… Une si gentille femme… Une fois, pour Thanksgiving, j'ai accompagné Kitty chez Bonnie et Hugh, quand on habitait toutes les deux à New York. Je lui serinais que moi j'avais un père, et que c'était pas du gâteau tous les jours. Mais il fallait qu'elle retrouve le sien. C'était vital pour elle.

— Et comment avez-vous atterri ici toutes les deux ?

— On s'est rencontrées à New York et on est devenues amies. On allait au même club de gym et on allait boire un café ensemble après les séances. On discutait. Elle était très sympa. »

Plus ça allait, plus Delphine avait les traits tirés.

« J'ai essayé de l'aider, reprit-elle en baissant les yeux. Parfois, dans… dans mon travail, je tombais sur le nom d'un type qui intéressait Kitty. Alors j'arrangeais un rendez-vous. En échange, elle me rendait certains services. Elle m'a aidée à bénéficier de la Sécurité sociale et une fois, quand… quand j'ai eu des ennuis, elle m'a aidée à les régler. Elle disait, “Les filles comme nous, il faut qu'elles s'entraident.”

— Les filles comme nous ? répétai-je.

— Oui, vous savez, les filles qui ne peuvent compter que sur elles-mêmes, quoi.

— Et donc vous vous êtes connues à New York, la relançai-je.

— Oui. Et puis elle a rencontré Philip. Enfin, d'abord son père. Elle devait l'interviewer pour un article qu'elle écrivait sur les assurances. Elle s'est mariée avec Philip, puis ils m'ont présenté Kevin. » Un sourire sincère illumina son visage lorsqu'elle mentionna son mari.

« J'aurais dû insister, reprit-elle. Je lui ai dit, pourtant, qu'elle était trop bien pour lui, mais elle refusait de m'entendre.

— Comment ça, trop bien pour lui ? demanda Janie.

— Parce qu'il la trompait à tout bout de champ. Il lui mentait. Le genre à coucher avec tout ce qui bouge, pendant qu'elle s'occupait de sa petite famille. Il… »

De nouveau, elle baissa les yeux et j'essayai de deviner la fin de sa phrase.

« Il a tenté sa chance avec vous ?

— Avec tout le monde. Et elle, elle refusait de le quitter. Elle disait que ses filles avaient droit à leurs deux parents sous le même toit et que, quoi qu'il arrive, elle ne partirait jamais. Je lui ai dit qu'il la ridiculisait. Qu'au lieu de perdre son temps à rechercher un père qui ne voulait manifestement pas être retrouvé, elle aurait mieux fait de s'occuper de son mari. Et après ça… on s'est brouillées. » Elle s'éventa le visage. « Je prie pour elle. Tous les soirs. J'espère de tout mon cœur qu'avant de mourir elle a découvert ce qu'elle cherchait. »

« Eh bien… quelle perte de temps, me plaignis-je à Janie après avoir déposé Delphine devant sa salle de yoga.

— Détrompe-toi, ma chère. Je te signale qu'elle nous a donné un indice majeur, répondit-elle en sortant son portable.

— Hein ? Quel indice ? » Je me garai sur le bas-côté de la route.

« Un “article sur les assurances” ? Excuse-moi, mais même *Content*, qui est un vrai somnifère en papier, ne publierait pas un truc aussi ennuyeux. Le mari de Kitty, c'est quoi déjà, le nom de sa boîte ? » Comme je lui répondais, elle appelait les renseignements. « Oui, bonjour, je cherche le numéro d'une compagnie, Assurances maritimes d'Upchurch, dans le Connecticut. » Un silence, pendant qu'on la mettait en relation. « Allô, bonjour, dit-elle à la standardiste, je voudrais parler à Philip Cavanaugh, s'il vous plaît. Père », précisa-t-elle.

Un frisson d'horreur me parcourut tout le corps. « Tu penses que le père de Philip…

— Bonjour, je m'appelle Janie Segal. La fille de Sy Segal, le Roi de la moquette. Vous assurez les canots pneumatiques ?

— Oh non…, grognai-je dans mon coin.

— Oui, dès que possible. Trois heures, c'est très bien. Alors, à tout à l'heure ! » Elle raccrocha. Je n'en revenais pas.

« Tu crois que c'est son père à elle aussi ? Tu crois que Philip et Kitty sont en fait… Ô mon Dieu !

— On se croirait dans un film, tu ne trouves pas ? » Elle se remit du rouge à lèvres et referma son miroir d'un coup sec.

« Mon Dieu…, répétai-je.

— Allez, en route ! s'exclama Janie en guidant ma main vers la clé de contact. Il faut qu'on soit à l'heure à notre rendez-vous ! »

« Alors ? » demanda Philip Cavanaugh père en installant sa grosse bedaine derrière son bureau et nous souriant de toutes ses dents. Son visage était comme la bande-annonce de ce qui attendait son fils d'ici à une trentaine d'années – yeux toujours bleus mais chassieux et injectés de sang, des bajoues couperosées et un double menton ballant. Son costume avait dû coûter une fortune – vingt ans auparavant –, et les lacets de ses vieux mocassins noirs étaient dépareillés. « Vous avez… » Il chaussa ses lunettes et jeta un œil sur le formulaire qu'avait rempli Janie. « … un canot pneumatique à assurer en urgence ? »

Pendant qu'il regardait mon amie, j'observais le bureau. Je m'étais attendue à quelque chose de plus maritime, question déco – un drapeau de pirate, des coussins rayés bleu marine et blanc, ou des fenêtres en forme de hublot. Au lieu de quoi, Philip Cavanaugh père avait opté pour du classique : bois massif, murs lambrissés, cuir et boîte à cigares pourvue d'un humidificateur. Le tout aurait pu impressionner un max, néanmoins il était clair que les affaires n'étaient pas très florissantes. Il n'y avait rien d'autre sur le bureau de la secrétaire qu'un téléphone à cadran. La salle d'attente était vide, et les murs nus, avec des rectangles plus clairs là où l'on avait décroché des tableaux. La seule voiture sur le parking était la vieille Jaguar que j'avais remarquée à la messe en souvenir de Kitty.

« Non, pas vraiment, répondit Janie. En fait, mon canot est déjà assuré. »

Il cligna plusieurs fois. Ses yeux étaient enfoncés dans leurs orbites et entourés de chair renflée et rouge. « Ah ?

— On espérait pouvoir vous parler de votre belle-fille », dis-je.

Il retira ses lunettes et les frotta contre sa cravate. Lorsqu'il les rechaussa, son regard s'était durci. « Je vous reconnais. C'est vous, la jeune femme qui a fait un discours pendant la messe. »

J'opinai en me mordant la lèvre.

Janie alla droit au but. « Est-ce que vous êtes le père de Kitty ? Parce que, franchement, si c'est vous, et qu'elle a épousé votre fils, c'est pas pour dire, mais…

— Janie ! » sifflai-je.

Tandis que Philip Cavanaugh père cherchait ses mots, son gros ventre sembla se dégonfler sous sa veste. « Non, ce n'est pas moi, finit-il par dire.

— Mais vous auriez pu, ajoutai-je.

— J'ai connu sa mère, mais… peu de temps. Kitty m'a dit que sa mère avait eu une relation sur le long terme. Judy et moi… » Il secoua la tête. « … Ça n'a pas duré très longtemps.

— Expliquez-moi comment Kitty vous a retrouvé.

— Comme vous. Les renseignements ou l'annuaire. Elle est venue me voir il y a neuf ou dix ans de ça maintenant, en prétextant avoir besoin de se documenter pour un article. À l'époque, on avait nos bureaux à New York et… » Il regarda autour de lui tristement, comme s'il venait de s'apercevoir que ces bureaux-là n'existaient plus. « Elle m'a posé des questions très pertinentes. Elle prenait des notes. Au bout d'une heure, elle m'a glissé une enveloppe sur la table. Il y avait une photo à l'intérieur.

— Judith. »

Il acquiesça lentement.

« Que s'est-il passé ensuite ?

— Kitty m'a demandé d'aller me faire faire une prise de sang. Elle m'a assuré que ses intentions étaient honorables, qu'elle ne courait pas après l'argent, qu'elle recherchait simplement des informations, médicales et autres. Mais, bien sûr, j'étais un peu méfiant.

— Vous pensiez qu'elle s'apprêtait à vous faire chanter ? s'enquit Janie.

— En effet. J'ai dit à Kitty que j'avais besoin de temps pour réfléchir. Je lui ai expliqué à quel point c'était gênant pour moi : à l'époque à laquelle elle faisait référence, j'étais déjà marié à Flora, bien sûr, et Philip était né. Dès qu'elle est sortie de mon bureau, j'ai appelé mon avocat. Eric Brannon. Un vieil ami de la famille. Je lui ai exposé la situation. Il a rédigé un accord et le lui a envoyé le lendemain.

— Que stipulait ce contrat ?

— Qu'elle s'engageait à ne pas me poursuivre en justice. Que si j'étais… euh… hum, son père, je ferais mon possible pour… je crois que la formule était "l'intégrer dans la cellule familiale". »

Je me demandais comment ça se serait passé. *Salut Flora ! Salut Phil ! Surprise : je vous présente mon enfant, conçue dans les années soixante !*

« Le contrat prévoyait aussi une certaine compensation financière. Mais elle a refusé mon offre. Ça ne l'intéressait pas. Tout ce qu'elle voulait, c'était la vérité. »

Il se leva pour aller se servir un verre de scotch. « Mais bon, l'analyse sanguine s'est révélée négative, dit-il, visiblement soulagé, même après toutes ces années. Elle n'a pas pleuré, ni piqué de crise. Elle m'a serré la main et m'a remercié pour le temps que je lui avais accordé. J'aurais dû me douter… Vous voyez, j'étais tellement soulagé de ne pas être le… que ce ne soit pas moi… J'aurais dû me douter que je ne m'en sortirais pas si facilement.

— Que s'est-il passé ? demanda Janie.

— Ce jour-là, mon fils est entré dans mon bureau et il l'a vue.

— Ah. »

J'imaginais tout à fait la scène : Philip Cavanaugh arrivant dans le bureau de son père d'un pas assuré apercevant un beau brin de fille, grande et mince, aux yeux bleus et à la longue chevelure brillante. Et Kitty, elle, comment l'avait-elle perçu ? Sûrement comme un homme qui avait grandi dans le luxe et jouissait de tous les privilèges. Lui devait la regarder avec désir. De son côté, elle a dû penser : *Il peut m'offrir la vie que je veux. C'est cette vie-là que j'aurais dû avoir, depuis le début.*

« Le coup de foudre, je parie, ajoutai-je.

— Pour mon fils, oui. Je peux vous dire qu'il lui a couru après. Même quand il sortait avec d'autres filles, c'était elle qu'il voulait. Et elle a fini par céder.

— Et là, c'est le drame », intervint Janie, comme une voix off de reportage sur une chaîne régionale. Mais Philip n'y prêta pas attention.

« Je ne sais absolument pas comment il a réussi à la convaincre, comment il a pu lui faire croire qu'il était ce qu'elle désirait, que vivre à Upchurch était ce qu'elle désirait… Mais un jour, pendant qu'on brunchait au club – moi, Flora, Philip et sa petite amie du moment –, Kitty arrive. Elle marche droit vers lui, comme s'il n'y avait personne d'autre dans la salle, personne d'autre au monde, même, et elle lui dit : "J'accepte." Je ne savais même pas qu'il l'avait demandée en mariage. »

J'imaginais très bien cette scène-là aussi : Kitty en robe de lin, queue-de-cheval et mules à talons. D'un regard, elle embrasse la salle – les gens, la porcelaine, le cristal, les montres en or, les bagues en diamant. Puis la moquette épaisse, les lustres et, à travers les fenêtres, le green et les grosses berlines sur le parking. Elle s'est peut-être imaginé la vie de sa mère – et sa mort –, la promesse qu'un homme lui avait faite sans jamais la tenir, puis sa vie à elle et celle de ses enfants, une vie qui ne ressemblerait pas à celle de sa mère si elle épousait Philip Cavanaugh.

« J'aurais dû le prévenir, reprit Philip. J'aurais dû lui raconter notre passif. Nuit blanche après nuit blanche, je pense à ce que j'aurais pu faire… Mes pauvres petites-filles… » Il nous lança un regard mauvais, les joues rougies, les mains posées sur son bureau. « Ça ira comme ça ? Vous avez obtenu ce que vous vouliez ? » Sa voix était mêlée de sarcasme et de tristesse.

« Tout ce que nous voulons, c'est retrouver l'assassin », murmurai-je.

Il secoua la tête. « Ce n'est pas moi, au cas où vous vous seriez posé la question. Et si vous voulez mon avis, Kitty était à la recherche de son père. Et je crois qu'elle l'a trouvé. Ou alors, c'est lui qui l'a trouvée. La police a vérifié mon alibi. Et puis, je n'ai pas de mobile. C'était la femme de mon fils. Ma belle-fille. La mère de mes petits-enfants.

— Elle représentait également une menace pour votre réputation, lui fis-je remarquer. Comme vous l'avez dit vous-même, vous étiez déjà marié à Flora lorsque vous avez rencontré Judy Medeiros.

— Oui, ça m'aurait causé un certain embarras, admit-il. Mais j'y aurais survécu. Il n'y a rien de véritablement insurmontable, dans la vie. »

Le bonhomme n'avait pas totalement tort.

40

Ce soir-là, au dîner, Ben enroula un spaghetti autour de sa fourchette d'un air suspicieux. « C'est du surgelé ? »

J'acquiesçai. Il soupira, ajoutant probablement un énième défaut à ma liste. *N'écoute rien. Devrait faire un régime. Met les enfants en danger. Incapable de me servir des pâtes maison après la sale journée que je viens de passer au bureau.*

Il avait les traits tirés et un bout de spaghetti collé au menton. « Hum, c'est pas mauvais. » Il tendit la main pour prendre la mienne, mais ne réussit qu'à renverser le lait de Sophie.

« Oh, papa ! » le gronda-t-elle. Je me levai à la recherche du Sopalin, Janie me lança une éponge, et Ben resservit un verre de lait à Sophie avant de s'accroupir pour m'aider à nettoyer. Les garçons, hilares à la vue de leurs parents à quatre pattes pour trois gouttes de lait, renversèrent exprès leurs verres pour faire durer le spectacle. « Ah non, ça suffit ! » dis-je. En me relevant, bing ! la tête contre la table. Et le Coca Light de Janie qui se met à couler sur ma tête.

« Aïe ! Et merde ! m'écriai-je, du soda plein les yeux.

— Maman a dit merde, annonça Sophie.

— Kate, ça va ? me demanda Janie en s'agenouillant à son tour pour éponger.

— Mais comment font les gens pour boire un truc pareil ? » Je ramassai la canette et repensai à la première personne que j'avais interrogée : Laura Lynn, son seau à glace rempli de cette même boisson qui était en train de m'aveugler… et la photo encadrée sur une étagère de son salon. Une photo de son père.

« Mais oui, c'est ça..

— Quoi, Kate ? Qu'est-ce que tu dis ?

— Tu te sens bien ? me lança Ben.

— Pas un frère, mais une sœur, bredouillai-je. Tu te souviens de Bo Baird ?

— Oui, il était sur la liste que Kitty a donnée à… sur la liste de Kitty », se ravisa Janie pour ne pas prononcer le nom d'Evan devant mon mari.

Je me relevai d'un bond. « Et Tara Singh m'a parlé d'une rumeur selon laquelle Laura Lynn avait fait une sorte de dépression après la mort de son père. »

Ben agita sa main sous mon nez. « Combien j'ai de doigts, là ?

— Bo Baird ! répétai-je en me dirigeant vers mon ordinateur portable. Ben, aurais-tu entendu dire qu'il avait eu un enfant illégitime ? Ou qu'il se droguait ? À l'héroïne ?

— Quoi ? » Il me suivait, la bouteille de lait toujours à la main. « Kate, ralentis un peu, tu veux ? Et qui est cette Tara Singh, d'abord ? »

Je l'ignorai. « Il est mort dans une chambre d'hôtel avec une autre femme, c'est bien ça ?

— Tu veux que j'appelle une ambulance ? Tu as des hallucinations ? »

Je levai la tête et le regardai droit dans les yeux. « Non, je n'ai pas d'hallucinations et je viens de te poser une question ! »

Il reposa la bouteille. « Bo Baird était un coureur de jupons notoire, mais je n'ai jamais entendu parler d'enfant illégitime ou d'héroïne. Maintenant, explique-moi un peu de quoi il s'agit ou j'appelle le médecin.

— C'est la demi-sœur de Kitty », marmonnai-je. Ça se tenait. Kitty n'était pas que le nègre de Laura Lynn, c'était aussi sa demi-sœur ; et l'incarnation de ce que deux générations de conservateurs condamnaient : la sœur illégitime d'une femme pour qui les mères célibataires sonnaient le glas de la civilisation occidentale – sans oublier qu'elle était également le coauteur d'un livre au contrat mirobolant. J'attrapai aussitôt mon sac et les clés de la voiture. « Allez, Janie, en route ! » Janie me suivit, tandis que les gamins nous regardaient, l'air interdit.

« Je n'en ai pas pour longtemps ! Buvez votre lait, les enfants ! Et, euh… brossez-vous les dents et soyez gentils avec votre père ! » Je me précipitai vers le garage, Ben sur les talons.

« On peut savoir où tu vas ? » dit-il en m'agrippant l'épaule. J'étais incapable de trouver une explication recevable. Soirée entre filles ? Convocation au tribunal en tant que juré un lundi soir à six heures et demie ?

Doucement, Janie lui passa une main sur la joue. « On vient de penser à un truc, dit-elle.

— Il faut qu'on y aille. » Je me dégageai et m'installai au volant. Pendant que je passais la marche arrière, Ben, mains dans les poches, m'observait depuis le perron, le regard indéchiffrable.

Dès que Laura Lynn Baird aperçut mon visage, elle voulut refermer la porte. Mais Janie cala son pied dans l'ouverture. « Laissez-nous entrer ou on appelle les flics.

— Pour leur dire quoi ? C'est moi qui aurais une raison de les appeler.

— Oublions la police. On appellera plutôt les journalistes, dis-je. Pour leur apprendre que Bo Baird a eu un enfant illégitime. »

Il me sembla voir le visage de Laura Lynn pâlir d'un coup. « Vous êtes complètement folles », siffla-t-elle en appuyant sur la poignée. Mais je poussais la porte de toutes mes forces, repensant au corps de Kitty dans sa cuisine, et à ses deux petites filles. *C'était la meilleure maman du monde.*

« Eh bien, dites-nous un peu, qu'est-ce que ça fait de faire assassiner sa propre sœur ? Je parie que ça ferait un article d'enfer pour *Content* !

— Elle ne... Je n'ai pas... »

Janie força le passage et attrapa Laura Lynn par le bras pour la mener au salon. Je leur emboîtai le pas. Les trois écrans plats étaient allumés : un sur CNN, un autre sur MSNBC, et le dernier en arrêt sur image sur le visage de Laura Lynn elle-même. « Ma ! cria Laura Lynn au pied de l'escalier. Donne le bain au bébé ! »

Elle s'assit sur le canapé. Elle portait un de ses innombrables tailleurs Chanel – celui-là était caramel et doré – mais elle était pieds nus. Elle avait du vernis rose écaillé sur les ongles des orteils. Sa tignasse blonde pendait par mèches épaisses sur ses épaules, et son visage sans maquillage était d'un rouge cramoisi qui trahissait un récent peeling chimique.

Janie se mit face à elle tandis que je faisais les cent pas derrière le canapé en lui posant des questions. « Alors, que s'est-il passé, Laura ? Kitty vous a appris qui elle était ? Elle a exigé que son nom figure au bas de la chronique, ou une plus grosse part du contrat ? Ou... peut-être allait-elle écrire son propre livre ? Raconter son histoire. Et quelle histoire ! Son père, un magnat de la presse conservateur qu'elle n'a jamais connu, sa demi-sœur, une vedette des médias, et sa mère... dont la mort n'est peut-être pas si accidentelle que ça ? Combien de temps aurait-il fallu avant que ce soit elle qui occupe tous les plateaux télé ? »

Laura Lynn ne pipait pas mot.

« C'était votre demi-sœur, insistai-je.

— C'était une rivale, ajouta Janie.

— Et je l'aurais tuée ? C'est vraiment ce que vous pensez ? Il faut sortir un peu, les filles. » Elle se leva. « D'ailleurs, pourquoi ne pas commencer dès maintenant ?

— Très bien, dit Janie en saisissant le combiné du téléphone. Mais avant d'y aller, on va passer quelques coups de fil. Aux journaux, et puis à ces chaînes de télé qui vous invitent si souvent. Je me demande si Judith Medeiros laissait votre père porter ses vêtements elle aussi ? »

Les yeux de Laura Lynn s'emplirent de larmes. Elle les essuya d'un geste rageur. « Ça suffit ! » Elle attrapa une télécommande sur la table basse et éteignit les trois écrans. Elle ouvrit une canette de Coca Light avant de se lancer.

« J'ai su qu'elle cherchait quelque chose dès le premier jour où nous nous sommes rencontrées. C'était censé être un entretien d'embauche, mais elle n'arrêtait pas de me poser des questions sur ma vie. Est-ce que j'avais des frères et des sœurs, où est-ce que j'allais en vacances, est-ce que ça faisait longtemps que j'habitais New York ? Je ne voulais pas répondre, mais c'était la protégée de Joel. Je n'avais pas le choix. »

Janie s'appuya contre la bibliothèque et ouvrit un guide de conseils amoureux pour jeunes vierges craignant la colère de Dieu, écrit par une néoconservatrice. « Et comment avez-vous compris ce que Kitty cherchait vraiment à savoir ? demanda-t-elle en feuilletant les pages.

— Elle m'a dit que sa mère et mon père... » Elle avala une gorgée de soda. « Au début, je ne l'ai pas crue. Elle voulait que j'en parle à mon père. Je lui ai répondu que c'était hors de question, que mon père était malade, et que je ne voulais pas aggraver son état. Alors elle a parlé de faire le déplacement elle-même. Je le lui ai déconseillé : ç'aurait été une perte de temps, elle n'aurait pas passé la porte.

— Et ensuite ? »

Pour la première fois depuis que nous étions arrivées, Laura Lynn sembla défaillir.

« Je… mon père… je ne voulais pas lui faire subir tout ça, cette étrangère qui débarquait avec son lot d'accusations. J'ai préféré lui mentir. Je lui ai raconté que mon médecin avait besoin de son analyse sanguine pour une recherche d'antécédents. Nous sommes allés voir son médecin et je suis revenue à New York avec son analyse. Et, attendez… » Elle traversa le salon et fit glisser un des écrans de télé, derrière lequel se trouvait un coffre. À l'intérieur, une enveloppe et un livre relié – sur la couverture duquel je pus lire « Laura Lynn Baird et Katherine Cavanaugh ». Elle ouvrit l'enveloppe et en sortit une feuille jaune à en-tête du Lenox Hill Hospital.

« Vous voyez, là ? me dit-elle en me montrant une ligne d'un air triomphant. Résultats négatifs. »

Je parcourus la page et y vis les noms de Bo et de Kitty.

« Oh.

— Oui, comme vous dites. Je crois qu'il est temps que vous partiez à présent. »

Elle avait retrouvé son agressivité, mais elle paraissait fragile et épuisée, telle une petite fille qui joue à la grande dans les vêtements de sa mère ; telle une petite fille qui aurait bien besoin d'un shampooing et d'une bonne sieste. Je regardai la date qui figurait sur la feuille.

« C'était il y a six ans. »

Elle acquiesça.

« Puisque vous saviez que Kitty n'était pas de votre famille, pourquoi l'avoir laissée continuer à travailler pour vous ?

— Je ne sais pas trop… J'imagine que je l'ai prise en pitié. Elle était si parfaite, si intelligente, mais lorsqu'elle se mettait à parler de sa mère… Elle craquait. Tenez, vous pouvez le garder. » Elle me tendit le livre. Je vis les mots *Une bonne mère* sur la couverture, imprimés en capitales noires au-dessous du nom de Kitty. « Je vous ai dit la vérité. C'était un bon écrivain. Et sûrement une bonne mère. »

« Dommage… », soupira Janie tandis que l'on reprenait le chemin de la maison. Il faisait nuit noire et un froid glacial. Les yeux fermés, je grelottais.

« Mais qu'est-ce que je vais bien pouvoir dire à Ben ?

— Laisse, je m'en occupe. »

Je secouai la tête, évitant de réfléchir à la nature de l'explication qu'elle allait lui servir, mais je n'aurais pas dû m'inquiéter. À notre arrivée, la maison était plongée dans l'obscurité, les portes étaient fermées à clé et la chambre conjugale, déserte. Apparemment, Ben avait préféré la chambre d'amis à ma compagnie, et lorsque j'émergeai le lendemain matin il était déjà parti.

J'avais enfilé un jean et un vieux sweat, déposé les enfants chez Sukie Sutherland et, à dix heures, je préparais un pichet de Bloody Mary extra-fort et très épicé. La matinée s'écoula lentement pour Janie et moi, attablées dans la cuisine à discuter entre deux gorgées.

« C'est vraiment dommage, fit Janie en rajoutant du Tabasco dans nos verres. Ç'aurait été génial que Philip soit son mari et son frère… »

Je bus une longue rasade et poussai mon verre au bout de la table. Sukie m'avait dit qu'elle garderait les enfants jusqu'à deux heures, mais ce n'était pas une raison pour que je boive comme un trou. Si je me pointais pompette, je chuterais encore plus bas dans l'estime des super-mamans d'Upchurch. Enfin, si c'était possible…

« … ou que Laura Lynn soit sa sœur, ajouta Janie. Ç'aurait fait l'affaire.

— Ni Philip Cavanaugh. Ni Bo Baird. Ni Joel Asch. Ted Fitch non plus. Comment veux-tu qu'on fasse ? Faire le tour de New York pour savoir avec qui Judith Medeiros s'est envoyée en l'air ?

— Tu sais que je t'aime. Mais si c'est ça ton plan, c'est sans moi. » Elle leva son verre pour trinquer. « Cette femme avait une sacrée vie mondaine.

— Qu'est-ce que tu as appris sur Judy ? lui demandai-je en pressant un citron dans mon verre. Tu as fait parler les flics, un peu ?

— Bah, pour eux, ce n'était pas vraiment une affaire… Une jeune femme blanche évoluant dans le milieu artistique new-yorkais, que l'on retrouve avec une aiguille dans le bras dans les années soixante-dix à Greenwich Village, pas de quoi fouetter un chat. Cela dit, le rapport du médecin légiste disait qu'elle n'avait pas d'autres marques…

— Tu as lu le rapport du médecin légiste ? »

Janie me sourit de toutes ses dents.

« Et tu peux leur demander de rouvrir le dossier ?

— J'essaie, j'essaie…

— Peut-être qu'Evan a d'autres noms… » Mais l'idée de recommencer depuis le début, retrouver d'autres hommes, les suivre, leur poser des questions, m'épuisait d'avance.

« Commençons par le commencement. Pourquoi les gens commettent des meurtres ? Par amour, ou pour l'argent. Comme on dit dans le jargon, crimes passionnels ou crimes. . de dèche.

— Hum, très éloquent », soupirai-je. J'étais tellement lessivée – par la déception, l'alcool et le cours de Pilates de la veille – que même respirer était un effort surhumain.

« Tu sais quoi ? me demanda Janie. Tu vas aller prendre un bain. Moi, je m'occupe d'aller chercher les enfants.

— Tu es sûre ?

— Tant qu'elle ne se met pas à me parler d'allaitement et tout le tintouin, ça devrait aller. Allez zou ! Au bain ! »

Cinq minutes plus tard, pendant que Janie sortait le minivan du garage, j'appelai *Content* et, cette fois, la petite standardiste arrogante me passa directement Joel Asch.

« J'ai passé Thanksgiving à Cape Cod, dis-je à Joel Asch. J'ai parlé avec Bonnie Verree. Elle m'a expliqué ce que recherchait Kitty. »

Tandis qu'il cherchait ses mots, je l'imaginais les yeux fermés, assis derrière le même genre de bureau que j'avais au *New York Night*.

« J'ai été bête de penser que..., finit-il par dire. Mais elle s'intéressait tellement à moi... » Il se tut. Je continuais d'ajouter des détails à son bureau : un ordinateur portable gris métallisé, un petit poste de radio, des photos encadrées de sa femme et de ses enfants... « J'étais très flatté, poursuivit-il. Oh, et puis, je peux bien l'avouer, j'avais envie d'elle. Alors je lui ai couru après. Jusqu'à ce qu'elle me fasse comprendre pourquoi elle s'intéressait tant à moi. Et là, je me suis senti très bête. Remarquez, il y avait de quoi...

— Mais vous avez essayé de l'aider...

— Oui, de mon mieux, mais je ne pouvais pas faire grand-chose... Lui donner un nom par-ci par-là... La présenter à Laura Lynn Baird. »

Et lui offrir des boucles d'oreilles... Mon cœur se serra à la pensée de mon père, qui aurait tout fait pour moi ; qui avait voulu tout planter pour me rejoindre dans le Connecticut à la minute où il m'avait crue en danger. Lorsque j'observais Kitty au parc, je me disais souvent que cette femme avait tout ce dont elle avait rêvé, sans me douter une seule seconde que je possédais ce qu'elle désirait plus que tout.

« Bon, désolé, nous sommes en plein bouclage... S'il y a quoi que ce soit que je puisse faire pour vous, n'hésitez pas.

— Merci. »

Vingt minutes plus tard, je me délassais dans notre immense baignoire, que je n'avais utilisée qu'une fois depuis que nous avions emménagé. Je contemplais la neige battre les carreaux avec un sentiment d'échec absolu. Thanksgiving était fini, Noël approchait. Le jardin d'enfants serait fermé pendant presque tout le mois de décembre, ce qui voulait dire que mes chers bambins seraient à la maison. Adieu mon temps libre et mon enquête. L'assassin de Kitty courait toujours. L'identité de son père et la mort de sa mère demeuraient des mystères, Lexi Hagen-Holdt était toujours portée disparue, et impossible de savoir qui avait laissé une lettre de menace sur mon pare-brise. Tant de travail, tant de peine, tant de soucis… Tout ça pour quoi ? Pour un discours ridicule à la messe, un mariage en péril, et une situation impliquant un autre homme dangereusement irrésistible, dont je n'arrivais pas à me dépêtrer.

Donc, Delphine s'était prostituée, et Kevin Dolan s'était transformé en Pygmalion des banlieues chic. Kitty cherchait son père et des réponses sur la mort de sa mère auprès des hommes riches et influents de New York. Le client de mon mari avait été un père potentiel, ainsi que Bo Baird et Philip Cavanaugh père.

« L'amour. L'argent. » Je retins mon souffle et plaçais ma tête sous l'eau, laissant mes cheveux tournoyer à la surface. Tout ça n'aboutissait à rien. Sauf pour Janie. Elle partirait d'Upchurch avec de quoi faire un bon article. Quelle chance ! Elle, au moins, elle allait quitter cette ville…

Soudain, mon portable sonna. Je décrochai d'une main trempée. « Salut, Janie.

— Ça va, tu te détends ?

— Oui, plus ou moins.

— Bien. C'était juste pour te dire qu'on enfile des pompons pour faire des guirlandes de Noël. » Elle baissa la voix. « C'est mortel, mais heureusement tes enfants s'amusent d'un rien !

— Super ! Passez un bon moment. À tout à l'heure. »

Je disparus sous l'eau chaude en songeant aux femmes d'Upchurch, ces super-mamans qui ne deviendraient jamais mes amies. Je revis Kitty dans le parc, accroupie face à mes enfants, ses cheveux bruns et ses traits fins illuminés par le soleil. Puis je l'imaginai à nouveau faisant son entrée au country club dans une jolie petite robe, ses yeux bleu pensée parcourant la tablée, Philip père, Flora et Philip junior, son sourire timide tandis qu'on tirait une chaise pour qu'elle prenne place, sa place, juste entre Philip et…

« Mais oui ! Bien sûr ! » Je me redressai d'un coup, envoyant une cascade d'eau sur le carrelage, et sortis de la baignoire.

Lorsqu'il décrocha, Philip Cavanaugh père n'avait pas le ton d'un homme heureux de m'entendre.

« J'ai juste une dernière question à vous poser », dis-je, nue dans la salle de bains, une flaque d'eau se formant à mes pieds.

Il émit un rire sarcastique. « Ben voyons… allez-y, je vous écoute.

— Quand Kitty est venue au country club…

— … On aurait dit que l'endroit lui appartenait. » J'entendis un tintement de glaçons dans un verre. Manifestement, Janie et moi n'étions pas les seules à nous consoler dans l'alcool. « Comme si tout lui revenait de plein droit… Je me demande si son vrai père était juif… »

Je décidai de ne pas relever. « Vous m'avez dit que Philip était accompagné de sa copine du moment. Comment s'appelait-elle ?

— Hum, oui, une jolie pépée, avec du monde au balcon… Suzie quelque chose ? »

On est sortis ensemble, entendis-je Sukie murmurer, sourire aux lèvres, le sourire d'une fille qui n'arrive pas à croire que le garçon de ses rêves lui sourit en retour, un sourire que j'avais dû esquisser moi-même lorsque Evan était venu au Lo Kee Inn le soir du nouvel an et m'avait embrassée dans la rue. Des millions d'années auparavant.

Je raccrochai sans dire au revoir et me précipitai hors de la salle de bains. Mais avec toute cette eau sur le carrelage, je fis une belle glissade et atterris sur le derrière. Ignorant la douleur, je composai le numéro de Janie, mains tremblantes. Une sonnerie… Deux… Trois.

« Allô ?

— Janie ? Prends les gamins et tire-toi !

— Hein ?

— Janie, écoute-moi. Invente une excuse et arrache-toi de là avec les enfants ! Tout de suite !

— OK, OK…

— J'arrive. » J'enfilai un jean et un pull sans prendre le temps de mettre de sous-vêtements et chaussai mes baskets, les pieds encore trempés. Je piquai un sprint dans l'escalier, priant pour que Janie ait laissé les clés de sa voiture avant de partir avec mon minivan. Le guéridon de l'entrée croulait sous un amoncellement de factures, pubs, vieux journaux, dessins des enfants… Ouf ! les clés de Janie.

Dehors, je manquai m'étaler dans la neige avant de m'installer au volant de la Porsche, portable contre l'oreille. « Je suis désolée, l'inspecteur Bergeron n'est pas de service cet après-midi », me dit la standardiste, celle à qui j'avais parlé le jour où j'avais trouvé Kitty.

« Bipez-le ! hurlai-je.

— Vous pouvez m'épeler votre nom, s'il vous plaît ? »

Je démarrai, fis marche arrière à toute vitesse… et paf ! en plein dans la boîte aux lettres. « Merde !

— Je vous en prie ! Inutile d'être grossière ! »

Je manœuvrai autour des restes de la boîte aux lettres et m'engageai dans la rue.

« Envoyez-moi quelqu'un ! Je vais au 12, Folly Farm Way. Chez Sukie Sutherland, elle est armée et dangereuse !

— Vous pouvez répéter, s'il vous plaît ?

— 12, Folly Farm Way ! » En tournant à gauche, j'évitai de justesse un 4×4, dont la conductrice klaxonna de toutes ses forces. Soixante-cinq kilomètres à l'heure. Soixante-quinze. Quatre-vingts. Les pneus de la Porsche crissèrent lorsque je m'engageai à toute allure dans Folly Farm Way. J'appelai Evan. « …lô ?

— Evan, tu m'entends ?

— Non, t'en… bien.

— Putain de ville de merde ! » hurlai-je à pleins poumons. La neige éclaboussait le pare-brise, et pas moyen de faire marcher ces foutus essuie-glaces.

— Ça, par contre, j'ai entendu.

— Il faut que tu viennes ! Je sais qui a tué Kitty et…

— Attends Kate, tu peux me répéter ça ?

— 12, Folly Farm Way ! »

Je raccrochai, freinai comme une tarée pile devant chez Sukie et courus vers la porte en laissant les clés sur le contact et la portière ouverte.

Je décidai d'entrer sans frapper ni sonner. Mais, dès que je mis une main sur la poignée, la porte s'ouvrit en grand. Sukie Sutherland m'attendait dans l'entrée, tout sourire.

« Ah, Kate ! » s'exclama-t-elle sans surprise, comme si j'étais passée prendre le café et discuter des derniers ragots, comme si j'étais entièrement sèche et habillée, au lieu de dégouliner devant elle, hors d'haleine, sans bonnet ni manteau ni chaussettes par moins deux degrés. Sukie, dans son uniforme de mère, était la grâce et l'efficacité incarnées. Cheveux fraîchement lavés, pantalon repassé, cardigan rose pâle angora dont les petits boutons nacrés s'accordaient parfaitement avec… le pistolet argenté qu'elle tenait dans une main. « Entrez donc, Kate ! Là, placez-vous devant le réfrigérateur, OK ? »

J'obtempérai. « Où sont mes enfants ?

— Kate ? » Je me détendis un peu en entendant la voix de Janie derrière la porte du sous-sol. « On est là, en bas !

— Tenez bon ! » Sukie pointa le pistolet sur ma poitrine.

« Votre amie a essayé de s'échapper, dit-elle en secouant la tête. Je les aurais laissés partir, vous savez. Vous aussi, je vous aurai laissée tranquille, mais il a fallu que vous vous accrochiez, hein ? Ah là là ! ça va me prendre tout l'après-midi, cette histoire ! »

J'entendais Sophie sangloter, et Janie qui faisait de son mieux pour calmer les enfants. « Si tu aimes le soleil, tape dans tes mains », chantonnait-elle. Sukie Sutherland. J'aurais dû m'en douter. Ne fallait-il pas se méfier d'une femme qui appelait ses enfants Tristan et Iseult, et rangeait ses boîtes de conserve par ordre alphabétique ?

« Où sont vos enfants ?

— Chez Marybeth. Ils y sont jusqu'à quatre heures. Ce qui devrait me laisser suffisamment de temps… » Elle jeta un œil sur sa montre. « Voyons voir…, murmura-t-elle, comme si elle réfléchissait à sa liste de courses. Faire monter vos enfants dans votre voiture, puis votre amie… Vous avez assez de sièges-autos, n'est-ce pas ? »

J'acquiesçai. *Mais elle est tarée ! Elle va nous tuer, et elle s'inquiète pour des sièges-autos ?* « Qu'est… qu'est-ce que vous comptez faire ?

— Vous emmener au bord du fleuve. Et vous noyer. Quel dommage…, soupira-t-elle en brandissant le pistolet jusqu'à ce que j'aie le dos collé au réfrigérateur. Vous avez tué Kitty, et puis, rongée par la culpabilité, vous avez craqué. Le secret était trop lourd à porter. Vous avez donc décidé de vous supprimer, ainsi que votre meilleure amie et vos enfants, en précipitant votre voiture du pont. C'est cette partie-là qui me chagrine le plus. Quel gâchis, ce joli minivan qui finit dans l'eau ! Plouf !

— Alors c'était bien vous…, bredouillai-je.

— Moi-même, confirma-t-elle en opinant du chef.

— Vous avez tué Kitty. »

Elle opina de nouveau.

« Et c'est vous qui avez laissé le mot sur mon pare-brise. » *Continue à la faire parler*, me dis-je, tandis que mes genoux jouaient des castagnettes. *Continue à la faire parler et après… Et après, quoi ? Appelle au secours ? Casse-toi en courant ? Espère que la standardiste aura envoyé les flics, même si tu ne lui as pas donné ton numéro de Sécurité sociale et le nom de jeune fille de ta mère ?*

« Tout à fait ! dit-elle avec un grand sourire, comme si elle venait de gagner le prix Nobel. Et si vous vous étiez mêlée de vos affaires, au lieu de courir à droite et à gauche sur vos poteaux à varices, vous vous seriez évité bien des ennuis. Enfin bref… C'est marrant, vous ne trouvez pas ? Vous avez toujours cru que c'était vous qui aviez tout compris à la vie. Tellement intelligente ! Tellement évoluée ! Tellement plus au fait que nous, les mères poules de cet État pourri. Je me trompe ?

— C'est vraiment ce que vous pensez ? » *Poteaux à varices…* Si elle ne me tuait pas, c'est moi qui lui ferais sa fête.

« Oui, c'est ce qu'on pensait toutes, sauf Kitty. Elle, elle vous trouvait formidable.

— Ah… Ah bon ?

— D'un autre côté, Kitty n'était pas très bon juge. Elle croyait que son mari l'aimait. Elle croyait que j'étais son amie. Donnez-moi vos mains », dit-elle en sortant un foulard rose et or de sa poche.

J'ignorai ses ordres et enfouis mes mains dans mes poches.

« Mais Philip l'aimait », répliquai-je. Son sourire s'évanouit.

« Non, c'est faux. Pas comme il m'aimait moi.

— Vous ? sifflai-je. Oh, je vous en prie ! » J'avais changé de stratégie : ce n'était plus *Continue à la faire parler*, mais *Fous-la en pétard*. Pour qu'elle commette une erreur d'attention, qui, espérons, ne lui ferait pas appuyer sur la détente.

Je doutais qu'elle me tire dessus dans sa cuisine. Elle n'arriverait jamais à enlever les taches de sang de son carrelage mexicain peint à la main. « Vous n'étiez qu'un bouche-trou. C'est Kitty qu'il désirait. Et je le comprends. Kitty était intelligente. Elle réussissait. Et vu les problèmes qu'il avait dans son travail…

— De quoi voulez-vous parler ?

— De ce que tout le monde sait déjà. Phil avait besoin d'une femme ambitieuse, parce qu'il n'est pas doué pour les affaires. Il n'a pas la carrure. Le seul boulot qu'il ait pu se trouver, c'est bosser avec son père, et même là, il a tout foiré.

— C'est faux ! hurla-t-elle en pointant de nouveau le pistolet sur moi. Il est très capable, c'est juste que personne ne lui a donné sa chance. » Elle agita le foulard. Un Hermès, à tout les coups. Mon premier foulard de grand couturier. Dommage qu'on me le donne en de telles circonstances. « Joignez les mains. »

Je m'avançai doucement vers le plan de travail, les bras le long du corps. « Et qu'est-ce que vous comptiez faire après avoir éliminé votre rivale ? Comment pensiez-vous pouvoir payer à Philip ses chemises et ses chaussures sur mesure ? En vendant des muffins aux graines de lin sur le bord de la route ? En donnant des cours de yoga ? »

Heureusement, la maison de Sukie était aussi une Montclaire. Elle avait la même cuisine que moi – moins la vaisselle dans l'évier et les gribouillis de feutre aux murs. Je passai une main sous le comptoir en granit et ouvris lentement le tiroir du haut.

« On aurait vécu heureux.

— Où ça, en Floride ? C'est ce qu'il vous racontait ? Il vous parlait de la plage, du soleil de South Beach, quand il n'était pas occupé à peloter Lexi derrière l'école ?

— Oublions Lexi. » Le muscle de sa paupière tressautait.

« Ah, et pourquoi ça ? Qu'est-ce que vous lui avez fait ? J'espère que vous ne l'avez pas poussée du pont, parce que ça va faire beaucoup de suicides de femmes au foyer pour un seul fleuve, vous ne pensez pas ?

— La ferme ! » Elle pointa le pistolet entre mes deux yeux. Je remarquai que ses bras tremblaient.

Je secouai la tête, pendant que mes doigts glissaient sur des planches à découper et autres couvercles, jusqu'à ce qu'ils saisissent un objet rond, froid, en marbre.

« Je parie que Phil vous répétait qu'il allait se séparer de Kitty, mais il ne l'a jamais fait, c'est bien ça ?

— Kitty était une putain ! Vous ne savez rien d'elle. C'était une putain comme sa mère, elle ne savait même pas qui était son père et...

— Mais elle a fini par le découvrir, n'est-ce pas ? » Le muscle de sa paupière tressauta de nouveau. « Elle l'a découvert, et c'est elle qui allait quitter Philip. Et du coup l'argent vous passait sous le nez. » Je pris un air triste. « Plus d'à-valoir... Ce bon vieux Phil allait vraiment devoir se mettre au boulot... mais vous lui avez épargné ça. Une fois Kitty éliminée, il était libre. Il s'en sortait avec l'argent de sa femme, son assurance vie, et sans passer par la case divorce, trop pénible. Et qu'est-ce qu'il fait ? Il se tire avec Lexi ! Ce n'est pas une façon de traiter son vieux béguin !

— Espèce de salope ! » cria Sukie. Elle leva la main pour me donner un coup de pistolet au visage, mais je réussis à soulever le rouleau à pâtisserie à temps et à frapper son bras, qui émit un joli petit craquement. Le pistolet glissa sur le plan de travail et alla atterrir dans un coin. Sukie poussa un cri et me sauta dessus, en essayant de m'enfoncer ses doigts dans les yeux. Je fis un pas en arrière et lui fonçai dessus, tête baissée, droit dans le bide. Le souffle coupé, elle vacilla et finit par tomber.

« Plus un geste ! » criai-je en me dirigeant vers le pistolet tout en sortant mon portable de ma poche. Mais Sukie me donna un coup de pied dans la hanche. Je me cognai contre le plan de travail et tombai à mon tour en me mordant la langue si fort que du sang tout chaud jaillit dans ma bouche.

Je criai et me relevai. Sukie cria plus fort encore en se jetant sur mon dos. Tandis qu'elle me tirait les cheveux, je ruais dans tous les sens et parvins à me débarrasser d'elle. Mais elle continua à me donner des coups dans les jambes, jusqu'à ce que je m'étale à côté d'elle. Toutes deux par terre, à quatre pattes, essoufflées, c'était à qui attraperait le pistolet la première. Le bras de Sukie semblait désarticulé et j'avais la bouche pleine de sang. Je vis ses doigts se refermer sur l'arme et réussis à me relever assez pour lui tomber dessus de tout mon poids, remerciant le ciel de ne pas être une de ces fanas d'aérobic qui pèsent quarante-cinq kilos. Je rattrapai le pistolet qu'elle avait lâché, lorsque la porte de la cuisine s'ouvrit d'un coup.

« Mrs Borowitz, posez cette arme ! » cria Stan.

Sukie releva sa tête ensanglantée d'un air suppliant. « S'il vous plaît, sortez-moi de là ! Elle veut me tuer ! Elle est très lourde ! »

J'empoignai Sukie par les cheveux et lui cognai la tête un bon coup contre le carrelage – ce qui me fit un bien fou. « Elle a tué Kitty Cavanaugh, elle a tué Lexi, et elle retient mes enfants captifs dans son sous-sol !

— Et ta meilleure amie ! » cria Janie, indignée.

Stan nous dévisagea, complètement ahuri. Puis il sortit son revolver et visa. Pas elle, mais moi. Sukie criait, Janie hurlait, mes enfants pleuraient.

« Mais c'est elle, l'assassin ! braillai-je, malgré ma langue estropiée.

— Levez-vous », m'ordonna Stan. Je m'apprêtai à le faire, lorsque Sukie me mordit le pouce. Je poussai un cri, à la fois de surprise et de douleur. Le pistolet me glissa des mains et, vive comme une chatte, Sukie le rattrapa. Elle se redressa, posa les yeux sur l'arme, puis sur moi et enfin sur Stan. Sous les coulures de sang, son visage était livide. À son regard, je sus exactement ce qui allait se passer.

Tandis que Stan gardait son arme pointée vers nous, je tendis une main vers elle. « Sukie, ne faites pas de bêtise, je vous en prie… Donnez-moi le pistolet et… On va discuter ! Je… Je vais faire du thé et… Je vais aller chercher de la glace pour votre bras… »

J'entendais Janie qui tapait contre la porte du sous-sol, en essayant de faire croire aux enfants que c'était un jeu. « Toc toc ! » appelait-elle. « Toc toc ! » répétaient les enfants.

« Je l'aimais, murmura Sukie.

— Je sais », répondis-je calmement. Je fis un pas vers elle. Puis un autre. « Je sais que vous l'aimiez. Je comprends ce que vous ressentez.

— Je l'aimais », répéta-t-elle. Trois pas. Quatre. Je pouvais presque la toucher.

« Je sais.

— On aurait pu être… » Au ralenti, elle leva le pistolet, canon pointé non pas vers ma tête mais vers la sienne. Son dernier mot ne fut qu'un soupir. « … heureux.

— Sukie, non…

— Mrs Sutherland, ne… »

Stan s'élança vers elle au même instant que moi, une seconde trop tard. Les yeux fermés, elle appuya sur la détente. Rien au monde n'aurait pu faire plus de bruit que cette détonation.

41

« Je n'ai pas besoin d'aller à l'hôpital », dis-je à Stan en retrouvant Janie et les enfants dehors. Les voitures de police qui patrouillaient dans le quartier depuis le meurtre de Kitty s'étaient toutes garées dans l'allée et un officier clôturait la pelouse de ruban jaune. Les chaînes de télé étaient déjà arrivées. Je m'imaginais les journalistes dans les vans, se faisant poudrer le visage, prêts à révéler au monde le fin mot de l'histoire.

« Vous devriez quand même y aller. Avec les enfants. Juste pour être sûre. » Il m'avait mis une couverture de survie autour des épaules, mais je tremblais toujours comme une feuille. J'avais Sophie, Sam et Jack dans les bras ; Janie était debout à mes côtés, le visage aussi blanc que la neige qui recouvrait la pelouse.

« On n'a rien, ça va, je vous assure. » Deux agents sortirent un brancard à roulettes de la maison. Ils avaient entièrement recouvert le corps de Sukie d'un drap. Je pressai le visage des enfants contre ma poitrine pour qu'ils ne voient rien.

« Vous devriez parler à quelqu'un, insista Stan.

— Je vous parlerai, à vous. Vous aurez besoin d'une déposition, non ? » Mes dents commencèrent à s'entrechoquer.

« Vous voulez que j'appelle votre mari ? »

Je fermai les yeux. *Je ne ferai jamais rien qui puisse mettre les enfants en danger*, lui avais-je promis. Je baissai la tête. « Non. Non, merci.

— Je m'en charge », dit Janie d'une toute petite voix que je ne lui connaissais pas.

Je lui tendis mon portable. Sophie suçait son pouce. Les garçons avaient l'air perdu. « Les enfants ? Je sais que vous avez eu peur, et c'est normal, mais tout va bien maintenant. Maman va bien, tante Janie va bien… » Je marquai une pause pour cracher du sang, me rendant compte trop tard que ce n'était pas un spectacle hyper rassurant.

« Vous devriez montrer ça à quelqu'un », me conseilla Stan. J'acquiesçai et le laissai nous installer dans une ambulance qui nous conduisit à l'hôpital.

Trois heures plus tard, je me retrouvai avec quatre points de suture sur la langue, une ordonnance pour de puissants analgésiques et le numéro de téléphone de trois pédopsychiatres. On emmena les enfants parler à une assistante sociale. De son côté, Janie appela Ben et réussit à empocher du Valium et le numéro de portable d'un interne qui lui plaisait. J'avais échangé mon pull mouillé et taché de sang contre une blouse de l'hôpital ; on était tous les cinq blottis sur un lit lorsque la porte s'ouvrit d'un coup.

Je m'attendais à voir Ben, au lieu de quoi j'aperçus une silhouette enveloppée de fourrure, suivie d'un parfum capiteux.

« Mamie ! » s'exclama Sophie. Ses premiers mots depuis l'épisode qui avait eu lieu dans la cuisine de Sukie.

« Mamie ! Mamie ! s'écrièrent Sam et Jack.

— Kate ! » Reina se rua vers moi et me prit dans ses bras. Je me surpris à la laisser faire, et dix secondes après à éclater en sanglots.

« Oh, maman…

— Chut, chut, murmura-t-elle en me caressant les cheveux. Là, ça va aller, tout va bien. »

Je pleurais tellement que j'avais du mal à reprendre mon souffle. « Les enfants, hoquetai-je. Les enfants étaient dans la maison, et Sukie avait un pistolet et…

— Chut, chut. C'est fini, Kate. Ça va aller.

— Ben va me tuer ! bafouillai-je, sans prendre garde aux mots que j'utilisais. Il m'a dit de rester en dehors de tout ça et je…

— Chut, chut. Tout va bien », me consolait Reina.

Je finis par poser ma joue contre son manteau de fourrure, voulant croire à ce qu'elle me disait. Elle sortit avec Janie et les enfants dans le couloir. Les antidouleur commençaient à faire effet : ma vue se troublait et mes membres s'engourdissaient, comme s'ils étaient remplis de sable chaud.

« Kate. »

Je levai la tête lentement. Mon mari se tenait devant la porte. « Désolée », articulai-je avec difficulté.

Je le vis s'effondrer contre le mur. « Kate… » Sa voix résonnait en écho, comme s'il m'appelait du haut d'un canyon. « Moi aussi, je suis désolé. »

« Hot-dogs ! s'écria Janie.

— Ouais ! Des hot-dogs ! » cria Sophie en prenant place à la grande table en chêne. Sam et Jack lui emboîtèrent le pas, et Janie les installa dans leurs chaises hautes tandis que ma mère servait les plats : hot-dogs, baked beans, carottes et courgettes coupées en lamelles ; et limonade en guise de boisson. Pendant une minute, on n'entendit plus que le murmure des vagues, et le vent qui battait les murs. Cela faisait trois mois que Sukie s'était suicidée sous mes yeux. Les enfants et moi avions pris nos quartiers dans la maison de Truro, celle qui tournait le dos au monde.

« Absolument ! m'avait dit Brian Davies, sur le ton un peu trop chaleureux qu'emploient les gens avec les blessés ou les attardés mentaux. La maison est vide, de toute façon ! Restez-y le temps que vous voudrez ! »

Aussi, le lendemain du suicide de Sukie, après ma sortie de l'hôpital, j'avais embrassé mon mari pour lui dire au revoir et embarqué les enfants, Janie et ma mère dans le minivan. Direction le centre commercial, histoire d'acheter quelques basiques et autres : salopettes et pulls, pyjamas, sous-vêtements, brosses à dents et à cheveux. Reina se tenait debout dans l'aire de restauration, portable à la main, et regardait les gens passer comme si elle venait d'atterrir sur notre planète et qu'elle n'eût jamais vu de grands magasins. Parfois, en la frôlant, je captais des mots en italien. *Emergenza* semblait revenir très souvent. Je lui achetai le thé qu'elle aimait, un déshumidificateur, et sa première paire de chaussures plates depuis des années. Pendant ce temps, elle avait emmené les enfants dans un magasin de disques. « Ils aiment la POLKA ? s'était-elle écriée. Kate, mais c'est affreux ! »

Avant de quitter la ville, je déposai Janie devant chez Sukie. Un des policiers avait garé la Porsche correctement et avait déposé les clés à l'hôpital. La voiture avait un petit air triste, devant la maison vide, les vitres enneigées, un bout de Scotch jaune accroché à l'antenne.

« Je peux venir le week-end prochain, me dit Janie en me serrant dans ses bras.

— Je ne te remercierai jamais assez… » *De m'avoir aidée. D'avoir cru en moi.* « … d'être mon amie. »

Elle me serra plus fort et m'embrassa sur la joue. Elle monta dans sa voiture, moi dans la mienne avec les enfants et ma mère, pour filer vers l'est, vers l'océan.

Les premières semaines se déroulèrent par à-coups. On avait acheté du bois ; tous les matins, on faisait un feu autour duquel on se réunissait le soir, pour faire rôtir des chamallows en regardant un film, blottis sous une grande couverture tandis que le vent de l'océan faisait frissonner les baies vitrées. On allait faire des courses à Orleans. On emmenait les enfants à un cours de musique à Eastham, aux lectures de contes des bibliothèques de Truro, Provincetown et Wellfleet, puis on allait manger de la bonne soupe de poisson au resto.

L'après-midi, pendant que les enfants faisaient la sieste et que Reina était au téléphone, je sortais sur la terrasse qui surplombait la baie et m'installais bien emmitouflée dans une chaise longue. Je me répétais que j'aurais dû percer le mystère plus tôt. Rétrospectivement, il était on ne peut plus évident que Sukie avait mené son monde dans la mauvaise direction. C'est elle qui m'avait dit en premier que Kitty était le nègre de Laura Lynn Baird, elle aussi qui, je l'aurais parié, avait filé des tuyaux anonymes à Tara Singh. Elle m'avait donné le numéro de la baby-sitter, m'avait raconté l'entrevue de Kitty avec Ted Fitch, sachant pertinemment que chaque faux indice m'éloignait d'elle.

J'observais les vagues déferler et repensais à Kitty Cavanaugh. Que m'aurait-elle dit si elle avait survécu jusqu'à notre déjeuner ? M'aurait-elle enrôlée dans la quête de son père ? Avait-elle besoin d'une amie ? D'un témoin ? M'aurait-elle envié mes deux parents, de la même façon que je lui enviais sa beauté, sa silhouette élancée, sa magnifique chevelure, la facilité avec laquelle elle s'acquittait des tâches qui me dépassaient ? Et lui aurais-je dit qu'à force de se concentrer sur le passé elle risquait de compromettre son présent ? Qu'il y a toujours un prix à payer lorsqu'on regarde en arrière ?

À Cape Cod en hiver, seule l'édition nationale du *New York Times* était disponible, et je devais aller à Provincetown pour me la procurer, mais entre ce journal et la connexion Internet capricieuse je suivais les répercussions de l'affaire Kitty Cavanaugh.

Sukie Sutherland avait été enterrée en Caroline du Nord, où ses parents avaient pris leur retraite, et non à Upchurch, où elle avait passé la majeure partie de sa vie. Son mari avait mis leur maison en vente le lendemain de ses funérailles, puis était parti avec ses enfants dans un endroit non connu des médias.

Lexi Hagen-Holdt était toujours portée disparue. La police avait fait venir une équipe de plongeurs de New York qui avaient dragué le fleuve à la recherche de son corps, à l'endroit où Sukie avait eu l'intention de nous emmener. Le *Times* ne mentionnait pas Denny, ni ses enfants, Brierly et Hadley. Je pensais souvent à eux.

Philip Cavanaugh avait été interrogé par la police, afin de déterminer ce qu'il savait et depuis quand. Oui, il avait eu une liaison avec Sukie, et avec Lexi, et pendant un temps avec Lisa la baby-sitter, et Luz la coach sportive de sa femme et il avait même tenté le coup avec Mrs Dietl, la grand-mère plus très fraîche qui dirigeait la Cabane rouge. Oui, il avait eu ce que le *Times* appelait des « conversations banales » avec Sukie à propos du travail de sa femme et de ce que pourrait être sa vie sans elle, mais il ne l'avait jamais encouragée à faire quoi que ce soit, ni su ce qu'elle préméditait.

Quant à Delphine Dolan, elle se faisait de nouveau appeler Debbie après avoir vendu son histoire aux journaux à scandale. « Une femme au foyer ancienne prostituée déballe tout ! » clamait la une d'un journal que Janie m'avait apporté. Il y avait une photo de Delphine, ravissante dans une petite robe bleue au décolleté vertigineux, et une autre, où elle regardait par-dessus son épaule d'un air aguicheur, ne portant qu'un bas de maillot de bain et un sourire.

« Son mari la soutient », lut Janie entre deux gorgées de vodka. Nous étions sur la terrasse, chaudement couvertes de couettes, mitaines et bonnets, le visage fouetté par le vent. « J'aime ma femme bla bla bla… Oh, écoute ça ! Ils vont faire une série téle sur sa vie !

— C'est bien. Tant mieux pour elle. »

Avec un petit sourire timide, Janie me tendit un autre magazine. Un numéro de *Content*, dont Kitty Cavanaugh faisait la couverture. J'avais déjà vu ce cliché sur sa cheminée. C'était une photo de mariage. Ses cheveux magnifiques, ses grands yeux bleus, un voile de dentelle blanche, une robe fourreau en satin blanc, et un sourire qui lui donnait l'air de vouloir conquérir le monde. « Kitty Cavanaugh : sa vie », disait le gros titre. En dessous figurait le nom de Janie, en caractères cinq fois plus gros que d'habitude. « Mon premier article sérieux ! dit-elle fièrement. Ma consécration en tant que journaliste ! C'est Sy qui va être bluffé ! »

L'article faisait cinq pages, toutes plus captivantes les unes que les autres. Janie avait traqué toutes les personnes liées à l'affaire et avait recueilli pas mal de témoignages. Celui qu'ils avaient mis en page en plus gros caractères était de Dorie Stevenson : « C'était la personne la plus généreuse que je connaisse. »

Tout était là : l'histoire de Judith Medeiros, sa vie à New York, son overdose fatale et l'adoption de Kitty *de facto*. Puis venait Hanfield, où Joel Asch avait été son professeur – « pas son père, mais une figure paternelle. Je voulais lui venir en aide. J'espère que j'ai réussi ». Ensuite, la ribambelle de types qu'avait connus Judith Medeiros, aux sens biblique et non biblique. Parmi eux : le membre d'un lobby très influent, un cadre d'une chaîne de télé, le fameux professeur de poésie et l'ophtalmo. « Ted Fitch, le procureur général de New York, s'est soumis de son plein gré à un test de paternité dans les jours qui ont suivi le suicide de

Suzanne Sutherland, avait écrit Janie. Les résultats se sont révélés négatifs. L'identité du père de Kitty Cavanaugh et la mort de Judith Medeiros demeurent un mystère – peut-être bientôt élucidé, puisque la police criminelle de New York a décidé de rouvrir le dossier. Si Kitty Cavanaugh a trouvé ses réponses avant de mourir, elle a emporté la vérité dans sa tombe. »

Les jours s'écoulaient paisiblement. On prenait le petit déjeuner, ensuite on passait à la bibliothèque, ou on allait au supermarché, ou encore au musée des Pirates de Provincetown. Déjeuner, puis sieste, atelier coloriage ou peinture, un film quand il pleuvait. Après le dîner, au coin du feu, Reina nous chantait des airs d'opéra ou de polka. Une fois les enfants au lit, j'allais me coucher moi aussi ; seule dans le grand lit près de la baie vitrée, j'écoutais l'océan, j'observais les lumières de Provincetown scintiller de l'autre côté de la baie, les étoiles qui emplissaient le ciel. J'avais planté des bulbes de tulipe et de jonquille dans les plates-bandes, et pour les beaux jours des graines de marguerite, d'impatiente, de pétunia et de pensée. Le mercredi et le vendredi matin, on prenait le ferry pour Boston, où les enfants avaient rendez-vous avec le Dr Birnbaum, une pédopsychiatre. Elle les faisait entrer dans son bureau où se trouvaient une maison de poupée, un chevalet et toutes sortes de jouets, et refermait la porte avec un petit clic. Assise dans la salle d'attente, je faisais mon possible pour ne pas coller l'oreille contre la porte, j'espérais que Sophie, Sam et Jack se savaient aimés et que malgré les événements ils étaient en sécurité et s'en sortiraient.

Ben venait nous rejoindre tous les week-ends. Il jouait avec les enfants, nous accompagnait si on allait au restaurant, faisait du pop-corn, chantait des airs de polka, habillait, déshabillait et rhabillait Uglydoll, et regardait tous les films de Disney. Le soir, il se couchait près de moi, sans me prendre dans ses bras. « Quand tu seras prête à parler de tout ça… », me dit-il un soir, tard. Je secouai la tête. Il avait vendu notre maison et, pour l'instant, louait un appartement à la semaine. Il avait engagé un autre associé, promis de faire moins d'heures, d'être plus disponible, de nous acheter une maison où je voulais – une autre ville du Connecticut, dans le New Jersey, même à New York, dans le même quartier, dans notre ancien immeuble, s'il y avait moyen. Il voulait qu'on redevienne une famille unie, peu importe où. « On va y arriver, dit-il en passant un doigt sur ma joue. Ce sera comme avant. »

Les yeux fermés, je faisais semblant de dormir. Il finit par soupirer et me tourner le dos.

Evan continuait à m'appeler de temps en temps. « On peut se voir ? demandait-il. Kate, on a assez perdu de temps comme ça. On est faits l'un pour l'autre, et tu le sais. » Lui aussi je le repoussais. Les yeux perdus sur l'océan, je pensais au père de Kitty Cavanaugh. Était-il mort ou en vie ? Est-ce qu'il suivait toute l'histoire ? Ses fautes se limitaient-elles à un enfant illégitime, ou était-il coupable d'autres crimes ?

Bientôt arriva le mois de mars. « J'aimerais pouvoir rester, me dit ma mère, mais j'ai signé un contrat.

— Ce n'est rien, ça va aller maintenant. Tu étais là quand j'ai eu besoin de toi.

— Je serai toujours là quand tu auras besoin de moi, Kate. » Elle dégagea mes cheveux de mon front et m'embrassa. « Souviens-toi bien de ça. »

La brise océane s'était radoucie, chargée d'iode et de l'odeur sucrée des pruniers des grèves. Le week-end, Janie ou Ben s'occupait des enfants, et j'allais faire de longues promenades sur la plage, pieds nus sur le sable mouillé, parmi les algues rejetées par la mer, les piles de bois flotté et quelques poissons morts ici et là. Parfois j'apercevais des phoques jouer dans l'eau ou se dorer au soleil sur les rochers à marée basse. Les rochers étaient ce qu'il y avait de plus rassurant au monde. Jour après jour, la mer se retirait et ils réapparaissaient, tout comme ils le faisaient depuis des siècles, avant que je ne voie cette plage, et continueraient à le faire, longtemps après que nous ne serons plus de ce monde.

Un jour de la mi-mai, en passant une main sous le siège de la voiture pour récupérer le collier de bonbons de Sophie, je tombai sur les premières épreuves d'*Une bonne mère*, l'exemplaire que m'avait donné Laura Lynn Baird. Je passai les pages de garde du début et me mis à lire.

Maman & Moi
de Katherine Cavanaugh
Avant-propos

Il était une fois une belle princesse, aux longs cheveux de jais et à la bouche en bouton de rose, qui partit pour un royaume enchanté et en revint avec un bébé, une petite fille rien qu'à elle.

Lorsque la princesse mourut, la petite fille, en grandissant, voulut savoir qui était sa mère, qui elle avait aimé, et ce qu'étaient cet homme et leur amour devenus.

Il y a des femmes qui grandissent avec de bonnes mères, d'autres qui subissent l'indifférence de leur mère, d'autres encore qui survivent à une éducation toxique, à l'absence ou l'abandon maternel, à des mères qui ne se considèrent telles que biologiquement.

La femme qui m'a élevée, ma tante Bonnie, entre dans la première catégorie, plus aimante et attentive qu'aucun enfant ne pourrait le souhaiter.

Ma vraie mère – ma mère biologique, celle qui m'a donné naissance à l'hôpital de Hyannis en 1969 pour retourner à New York, seule, six mois plus tard – était et demeure un mystère : une présence évanescente, une femme splendide, une beauté ensorcelante. J'ai passé les premières années de ma vie à essayer de la charmer, à attendre qu'elle revienne vers moi de la même façon, découvrirais-je bien plus tard, qu'elle espérait le retour de l'homme qui l'avait mise enceinte.

« Maman ! » Sophie me réclamait son collier. Je le lui tendis et mis le livre dans mon sac. Le soir venu, je repris ma lecture.

L'homme qui est peut-être mon père s'assoit face à moi dans un restaurant en centre-ville. Il porte un costume noir, bien taillé, ou alors gris, ou bleu marine. Il a les cheveux gris coiffés en arrière, ou des boucles poivre et sel, ou le front dégarni, ou la nuque trop longue, ou plus de cheveux du tout, laissant son crâne aussi chauve et vulnérable qu'un œuf. Il a les ongles longs, ou rongés, ou coupés court sous une couche de vernis transparent. Lorsque je fais glisser une photo de ma mère sur la nappe en lin, il y jette à peine un œil et me la rend en disant : « Jamais vu cette femme de ma vie. » Une douzaine d'années, une douzaine d'hommes. L'Internet m'aide beaucoup – en quelques clics, je peux télécharger leur biographie. Je découvre alors où mon père potentiel a grandi, où il passait ses étés, dans quelle université il a étudié, où il s'est marié, combien d'enfants il prétend avoir. J'effectue aussi des recherches depuis la bibliothèque de ma petite ville. Je passe au crible des bandes de microfiches, des coupures de presse jaunies, des feuilles plastifiées, des photos en noir et blanc. Puis je retourne à New York, dans un énième restaurant où le café coûte six dollars, et je me pose l'éternelle question, la seule qui compte : est-ce mon père ? Je le dévisage par-dessus ma tasse et me lance dans le discours que j'ai déjà prononcé cent fois. Êtes-vous mon père ? Et que savez-vous de la mort de ma mère ?

Le premier jour où le thermomètre indiqua vingt-cinq degrés, j'ordonnai à tout le monde de se mettre en maillot, et une bonne couche d'écran total pour les enfants. Janie m'aida à transporter seaux, pelles, serviettes, sièges pliants et le parasol aux couleurs de l'arc-en-ciel. Une fois sur la plage, les garçons coururent directement dans les vaguelettes qui clapotaient sur le rivage. Quant à Sophie, impossible de lui faire lâcher ma main. « Allez, ma chérie, viens avec moi. » Elle fit non de la tête mais n'opposa pas de résistance lorsque je la pris à mon cou. L'eau me glaça les orteils et les chevilles, mais je me forçai à avancer, jusqu'à ce qu'elle m'arrive aux genoux... puis aux hanches.

« Un... deux... trois ! » Je me penchai pour que les pieds de Sophie effleurent la crête d'une vague. Elle se recroquevilla dans mes bras en grelottant, puis se mit à éclater de rire. Je la ramenai au bord pour qu'elle aide ses frères à construire un château de sable. Je me glissai dans l'eau jusqu'aux épaules, inspirai profondément et plongeai la tête. Après avoir essuyé l'eau salée de mes yeux, je me tournai vers le rivage, où les enfants et Janie m'applaudissaient. Je leur adressai un signe de la main puis fis la planche sur le dos. Flottant dans l'océan vert pâle, je regardais le ciel. *Reviens*, me disait Ben. *Reviens*, me disait Evan. Les yeux fermés, je tendais l'oreille, attendant une réponse. Mes cheveux ondulaient dans l'eau. Mon corps se soulevait et retombait, au gré des vagues, qui restèrent muettes.

Le dernier lundi de mai, le jour des morts au champ d'honneur, le téléphone sonna.

« Allume ta télé, me dit Janie.

— Sur quelle chaîne ?

— Peu importe. »

Je m'exécutai et me retrouvai face à un spectacle familier – la Maison-Blanche et sa pelouse vert émeraude sous un ciel bleu resplendissant. On avait dressé un pupitre dans la roseraie, et derrière se tenait le Président.

« Et maintenant, le discours du Président en direct », annonça le présentateur.

Le Président agrippa les deux bords du pupitre et s'éclaircit la voix.

« Après mûre réflexion, j'ai décidé de ne pas me représenter pour un second mandat présidentiel. J'ai pris cette décision au terme d'une longue introspection, et par désir de faire ce qui est juste, non seulement pour mon pays, mais aussi pour... pour ma famille. Je les ai fait souffrir – ma femme, mes enfants, les gens qui m'ont vu au plus bas et continuent néanmoins de m'aimer. » Il jeta un coup d'œil sur ses notes et releva la tête, mâchoires serrées. « Je demande aux médias et au public de respecter notre vie privée tandis que nous traversons cette difficile épreuve. Bonne chance, et Dieu bénisse l'Amérique. »

Quelques secondes s'écoulèrent avant que le présentateur ne reprenne la parole. J'en profitai pour observer le visage du Président. Ces pommettes hautes, cette fossette au menton, ces yeux bleus... Des yeux qui, sous la plume d'un poète, seraient bleu pensée, ou bleuet.

« Hum, eh bien..., bredouilla le journaliste, manifestement décontenancé. Euh... Peter ? Que penser de tout cela ? Aurait-on entendu parler d'un quelconque problème de santé ? »

« Si ce n'était que ça, ça l'arrangerait bien, dit Janie dans le combiné. Les flics ont mis la main sur le dealer cette nuit.

— Le dealer du Président ?

— Non, le président Stuart était déjà membre du Congrès, à l'époque. Il n'était pas idiot au point d'acheter sa came lui-même. C'est son petit frère qui s'en chargeait – tu sais, celui qui a passé les dix dernières années à entrer et sortir de désintox. Bref, l'affaire remonte à il y a trente ans.

Deux cents dollars de poudre pure, et adieu la femme gênante et l'enfant illégitime... »

Les yeux rivés sur l'écran, sur le pupitre vide, je me rappelai tout d'un coup le mot que j'avais trouvé dans le tiroir chez Kitty. *Stuart 1968*.

« Maman ? » Sophie me tirait par la manche.

« Bon, il faut que je te laisse, dis-je à Janie.

— N'éteins pas ta télé ! C'est un scoop ! Et les nouvelles vont aller vite. Bon, je vais me faire un brushing, CNN vient d'appeler. »

Je lui dis au revoir, raccrochai et réduisis la télé au silence. La voix de Bonnie résonnait dans ma tête. *Elle m'a dit qu'elle touchait au but...* Puis celle de Joel Asch. *Écrire pour* Content *a ouvert de nombreuses portes à Kitty. On peut interviewer des sénateurs. Et même des présidents.*

« Allez, viens. » Sophie serra ses bras autour de mon cou et je me mis à fredonner.

« Non, pas de chanson ! s'exclama-t-elle. Tu veux plus regarder le Président ? »

Je secouai la tête et sortis avec elle au soleil, pour descendre les marches qui menaient à l'océan.

« Non... J'en ai vu assez. »

Remerciements

Je tiens tout d'abord à remercier Joanna Pulcini, mon agent au calme légendaire, qui a fourni un travail acharné et sans qui ce roman n'aurait jamais vu le jour. Merci à elle de s'être occupée de ma fille afin que je puisse réviser le texte. Joanna est ce qu'il peut arriver de mieux à un auteur, et j'ai énormément de chance de l'avoir comme agent, et comme amie.

Merci à la merveilleuse Greer Hendricks qui a revu mon texte et à son associée Suzanne O'Neill, merci à mon éditrice Judith Curr, ainsi qu'à Karen Mender, Carolyn Reidy, Justin Loeber, Kate Rogers, Angela Stamnes, et toute l'équipe d'Attia Books et de Simon & Schuster pour leur travail rigoureux et leur bonne volonté.

Je suis très reconnaissante aux sopranos Kathleen Berger et Elizabeth Blancke-Biggs pour leurs renseignements sur le monde de l'opéra, et à Elaine Douvas de la Julliard et du Metropolitan Opera pour ses tuyaux sur le hautbois.

Ken Salikof et Nina Bjornsson sont des correcteurs rigoureux dont les commentaires judicieux m'ont aidée tout au long de l'écriture. Chapeau à Tiffany Yates et à son œil de lynx.

Marcy Engelman, Dana Gidney et Alicia Kalish prennent grand soin de moi et de mes livres, et j'ai énormément de chance de travailler avec elles. Linda Michaels et Emily Grates s'assurent que mes romans voient le jour et sont d'excellentes relectrices.

Une fois de plus, Jamie Seibert m'a permis de vivre ma vie de romancière en s'occupant de ma fille tandis que j'écrivais. Meghan Burnett a toujours été fidèle au poste, infatigable. Andrew Ayala et Peter Jansen ont su nous prêter main-forte lorsque nous en avions besoin.

Merci à tous mes amis qui m'ont soutenue au cours de l'écriture de ce roman, en particulier à mes copines mamans, qui n'ont rien à voir avec celles que je décris dans ce texte : Susan Abrams Krevsky, Debbie Bilder, Alexa Hymowitz, Andrea Cipriani Mecchi, Carrie Coleman, Sharon Fenick et Alan Promer, Phil DiGennaro et Clare Epstein, Lisa Maslankowski et Robert DiCicco, et Craig et Elizabeth LaBan.

Merci à ma famille, proche et lointaine, pour leur amour, leur soutien, et l'inspiration qu'ils me procurent : Ebbie Bonin, Warren Bonin et Todd Bonin, Renay Weiner, Alan et Linda Gurvitz, Joe Weiner, Jake Weiner (qui non seulement est mon frère, mais aussi mon agent cinéma), April Blair, Olivia Grace Weiner, Molly Weiner, Frances Frumin Weiner, et Faye Frumin, ma Nanna.

Enfin, un grand merci à Adam et Lucy, pour leur amour et leur patience.

MILLE COMÉDIES

Cyber coup de foudre de Dan Allan
Sur un site de chat érotique, Tag fait la connaissance de Lisa : un vrai cyber coup de foudre ! Hélas ! l'univers d'Internet est impitoyable et nos deux tourtereaux virtuels vont l'apprendre à leurs dépens...
Dan Allan vit à Wellesley, près de Boston, dans le Massachusetts. Cyber coup de foudre *est son premier roman.*

Sexe, amour et amitié de Paul Burston
Quand Armistead Maupin rencontre Bridget Jones... Les mésaventures tragi-comiques d'un trio prêt à tout au cœur du gay London.
Journaliste et présentateur sur Channel 4, Paul Burston a trente-sept ans et vit à Londres.

Beaucoup de bruit pour un cadavre de Victoria Clayton
Être ou ne pas être au bord de la crise de nerfs... telle est la cruelle question que se pose Harriet Byng. Il faut dire qu'entre son père, Waldo, acteur shakespearien sur le déclin, sa mère, professionnelle du lifting, et ses quatre frères et sœurs, il y a de quoi faire !
Après L'Amie de Daisy (*1998*), Un mariage trop parfait (*2000*), Accordez-moi cette danse (*2002*) *et* La Chaleur des moissons (*2003*), Beaucoup de bruit pour un cadavre *est le cinquième roman de Victoria Clayton paru chez Belfond.*

Un tout petit mensonge de Francesca Clementis
Lauren a beau être une brillante femme d'affaires, en société, elle se transforme en reine des gaffes. Pas facile, dans ces conditions, de lier connaissance...
Après Lorna et ses filles *(2004)*, Un tout petit mensonge *est le deuxième roman de Francesca Clementis à paraître chez Belfond.*

Devine qui vient mourir ce soir ? de Ben Elton
Un *Loft Story* à l'anglaise : un appartement, dix participants, trente caméras, quarante micros, un meurtre... et pas de preuves.
Ben Elton est né en 1959 à Londres. Parallèlement à ses romans, il écrit pour la télévision, le théâtre et le cinéma.

Bonheur, marque déposée de Will Ferguson
Un éditeur aux abois découvre un livre qui promet la recette du bonheur. Seul problème : ça marche.

Will Ferguson est né au Canada en 1964. Après un ouvrage polémique, Why I Hate Canadians, *et d'autres essais,* Bonheur, marque déposée *est son premier roman.*

Une exquise vengeance de Brian Gallagher
Revenue de vacances plus tôt que prévu, Julie découvre son mari dans les bras d'une blonde pulpeuse. Que faire ? Leur mitonner une revanche des plus originales...

Neuf mois de sursis de Brian Gallagher
Comment persuader son époux qu'il est temps de faire un bébé, a fortiori quand l'époux en question est lui-même un grand enfant ?
De nationalité irlandaise, Brian Gallagher est né en 1964 à Stockholm. Après Une exquise vengeance (2002), Neuf mois de sursis *est son deuxième roman paru chez Belfond.*

Chez les anges de Marian Keyes
Les pérégrinations d'une jeune Irlandaise dans le monde merveilleux de la Cité des Anges. Un endroit magique où la manucure est un art majeur, où toute marque de bronzage est formellement proscrite et où même les palmiers sont sveltissimes...
Née en Irlande en 1963, Marian Keyes vit à Dublin. Le Club de la dernière chance, *son premier roman paru en France, a été adapté au cinéma par Marie-Anne Chazel sous le titre* Au secours j'ai 30 ans !, *avec Franck Dubosc et Pierre Palmade dans les rôles principaux.*

Confessions d'une accro du shopping de Sophie Kinsella
Votre job vous ennuie à mourir ? Vos amours laissent à désirer ? Rien de tel que le shopping pour remonter le moral... Telle est la devise de Becky Bloomwood. Et ce n'est pas son découvert abyssal qui l'en fera démordre.

Becky à Manhattan de Sophie Kinsella
Après une légère rémission, l'accro du shopping est à nouveau soumise à la fièvre acheteuse. Destination : New York, sa 5e Avenue, ses boutiques...

L'accro du shopping dit oui de Sophie Kinsella
Luke Brandon vient de demander Becky en mariage. Pour une accro du shopping, c'est la consécration... ou le début du cauchemar !

L'accro du shopping a une sœur de Sophie Kinsella
De retour d'un très long voyage de noces, Becky Bloomwood-Brandon découvre qu'elle a une demi-sœur. Et quelle sœur !

Les Petits Secrets d'Emma de Sophie Kinsella
Ce n'est pas qu'Emma soit menteuse, c'est plutôt qu'elle a ses petits secrets. Rien de bien méchant, mais plutôt mourir que de l'avouer... Quiproquos, coups de théâtre et douce mythomanie, une nouvelle héroïne, par l'auteur de *L'Accro du shopping.*
Sous le pseudonyme de Sophie Kinsella se cache une romancière anglaise à succès qui a exercé la profession de journaliste financière.

Cruautés conjugales de Damien Owens
Peter et Mary s'apprêtent à fêter le premier anniversaire de ce jour béni où ils se sont dit oui, pour le meilleur et pour le pire. Depuis quelque temps, c'est surtout pour le pire, car Mary a un problème : Peter l'agace prodigieusement...
Damien Owens est un Irlandais de trente-deux ans. Après Les Trottoirs de Dublin *(Belfond, 2002),* Cruautés conjugales *est son deuxième roman.*

Cul et chemise de Robyn Sisman
Comme cul et chemise, Jack et Freya le sont depuis bien longtemps : c'est simple, ils se connaissent par cœur. Du moins le pensent-ils...
Née aux États-Unis, Robyn Sisman vit en Angleterre. Après le succès de Nuits blanches à Manhattan, Cul et chemise *est son deuxième roman publié chez Belfond.*

Alors, heureuse ? de Jennifer Weiner
Comment vivre heureuse quand on a trop de rondeurs et qu'on découvre sa vie sexuelle relatée par le menu dans un grand mensuel féminin ?

Chaussure à son pied de Jennifer Weiner
Rose et Maggie ont beau être sœurs, elles n'ont rien en commun. Rien, à part l'ADN, leur pointure, un drame familial et une revanche à prendre sur la vie...

Envies de fraises de Jennifer Weiner
Fous rires, petites contrariétés et envies de fraises... Une tendre comédie, sincère et émouvante, sur trois jeunes femmes lancées dans l'aventure de la maternité.
Jennifer Weiner est née en 1970 en Louisiane. Son premier roman, Alors, heureuse ? *(Belfond, 2002, Pocket, 2004), va être transposé en série télévisée ;* Chaussure à son pied *(Belfond, 2004) a été adapté au cinéma, avec Cameron Diaz, Toni Collette et Shirley MacLaine dans les rôles principaux.* Envies de fraises *est son troisième roman publié par Belfond.*

Achevé d'imprimer sur les presses de

BUSSIÈRE
GROUPE CPI

à Saint-Amand-Montrond (Cher)
en mai 2006
pour les Éditions Belfond

Composition et mise en pages :
FACOMPO, LISIEUX

N° d'édition : 4239. — N° d'impression : 061877/1.
Dépôt légal : juin 2006.
Imprimé en France